COMPANHIA DAS LETRAS

VIAGENS DE GULLIVER

JONATHAN SWIFT nasceu em Dublin em 1667, após a morte de seu pai. Estudou na Kilkenny Grammar School e no Trinity College, onde foi punido por indisciplina e só conseguiu se formar por "favor especial". Durante toda sua vida, sua ferocidade o levaria a entrar em choque com muitas pessoas, mas ao mesmo tempo tornou-se amigo íntimo de alguns homens de distinção, entre eles o visconde Bolingbroke e o poeta Alexander Pope. Swift foi ordenado padre anglicano na Irlanda em 1695, recebendo uma prebenda na catedral de São Patrício, em Dublin, da qual posteriormente se tornou decano. Um pacifista ardoroso que odiava a crueldade, o imperialismo e a guerra, escreveu muitos panfletos sobre religião e guerra, e no decorrer de suas frequentes idas a Londres fez muito no sentido de tentar melhorar a situação política da Irlanda. Na política, de início aliou-se aos *whigs* (liberais), porém indignou-se quando eles se aliaram aos não conformistas (protestantes que divergiam do anglicanismo) em 1710 e passou para o lado dos tóris (conservadores), atacando os ministros *whigs* no *Examiner*, do qual era editor. Os detalhes de sua vida cotidiana em Londres são relatados numa série de cartas íntimas a Esther Johnson, publicadas com o título *Diário a Stella*. Tinha também uma relação muito estreita com Esther Vanhomrigh, que conheceu em 1708; seu rompimento definitivo com Esther por volta de 1723 talvez tenha apressado a morte dela. A história dessa relação amorosa é o tema de um poema de Swift, "Cadenus and Vanessa". A obra-prima do autor, *Viagens de Gulliver*, foi publicada em 1726. Foi um sucesso imediato, mas logo provocou debates acalorados, e até hoje continua a ser um livro extremamente polêmico. *Gulliver* foi o único livro de Swift pelo qual ele recebeu algum pagamento (duzentas libras); tal como boa parte da obra do autor, foi publicado anonimamente. Durante toda sua vida, Swift sofreu de uma espécie de vertigem, e a doença piorou muito em 1738. Com um quadro de demência cada vez mais acentuado, Swift foi declarado mentalmente incapaz em 1742, e curadores foram nomeados para administrar sua vida. Morreu em 1745.

PAULO HENRIQUES BRITTO nasceu no Rio de Janeiro em 1951. Poeta, contista, ensaísta, professor e um dos principais tradutores brasileiros da língua inglesa, formou-se em Português e Inglês pela PUC-Rio. É professor de tradução, criação literária e literatura brasileira na PUC-Rio, onde também defendeu mestrado em língua portuguesa. Em 2002, recebeu o título de Notório Saber na mesma instituição.

Já traduziu cerca de cem livros, entre eles volumes de poesia de Byron, Elizabeth Bishop e Wallace Stevens, e romances de William Faulkner (*O som e a fúria*), Ian McEwan (*Reparação*), Philip Roth (*O animal agonizante*), V. S. Naipaul (*Uma casa para o sr. Biswas*), Thomas Pynchon (*O arco-íris da gravidade*) e Don DeLillo (*Submundo*). Recebeu o Prêmio Paulo Rónai da Fundação Biblioteca Nacional (1995) pela tradução de *A mecânica das águas* (Companhia das Letras), de E.L. Doctorow. Também verteu para o inglês obras de autores brasileiros como Luiz Costa Lima e Flora Süssekind.

ERIC ARTHUR BLAIR (George Orwell) nasceu em 1903, na Índia, onde seu pai era funcionário público. A família mudou-se para a Inglaterra em 1907, e em 1917 Orwell ingressou em Eton, escola de elite, onde era bolsista. Contribuiu regularmente para várias publicações. Publicou *Dias na Birmânia*, *Na pior em Paris e Londres*, *O caminho para Wigan Pier*, entre outros. Seu livro mais famoso, *A revolução dos bichos*, foi publicado em 1945. Foi esse livro, juntamente com *1984* (de 1949), que lhe trouxe a fama mundial. Orwell morreu em Londres, em janeiro de 1950. Alguns dias antes, Desmond MacCarthy lhe enviara uma mensagem de saudações, na qual dizia: "Você deixou uma marca indelével na literatura inglesa [...]. Você é dos poucos escritores memoráveis da sua geração". No Brasil, sua obra é publicada pela Companhia das Letras.

ROBERT DEMARIA JR. ocupa a cátedra Henry Noble MacCracken de inglês no Vassar College, onde leciona desde 1975. Publicou três livros sobre Samuel Johnson, entre eles *Samuel Johnson and the life of reading* (1997), e organizou a antologia *British literature 1640-1789* (segunda edição, 2001). Recebeu bolsa da Guggenheim Foundation e é membro do Center for Advanced Study in the Behavioral Sciences.

JONATHAN SWIFT

Viagens de Gulliver

Tradução de
PAULO HENRIQUES BRITTO

Prefácio de
GEORGE ORWELL

Organização, introdução e notas de
ROBERT DEMARIA JR.

5ª *reimpressão*

COMPANHIA DAS LETRAS

Grafia atualizada segundo o Acordo Ortográfico da Língua Portuguesa de 1990, que entrou em vigor no Brasil em 2009.

Published by Companhia das Letras in association with Penguin Group (USA) Inc.

TÍTULO ORIGINAL
Gulliver's Travels

CAPA E PROJETO GRÁFICO PENGUIN-COMPANHIA
Raul Loureiro, Claudia Warrak

PREPARAÇÃO
Carlos Alberto Bárbaro

REVISÃO
Marise Leal
Ana Maria Barbosa

Dados Internacionais de Catalogação na Publicação (CIP)
(Câmara Brasileira do Livro, SP, Brasil)

Swift, Jonathan, 1667-1745.
Viagens de Gulliver / Jonathan Swift; organização, introdução e notas Robert DeMaria Jr.; tradução Paulo Henriques Britto; tradução do prefácio José Antonio Arantes; prefácio George Orwell. — São Paulo : Penguin Classics Companhia das Letras, 2010.

Título original: Gulliver's travels.
ISBN 978-85-63560-12-4

1. Ficção inglesa — Escritores irlandeses I. DeMaria Junior, Robert. II. Orwell, George 1903-1950. III. Título.

10-12695 CDD-823.91

Índice para catálogo sistemático:
1. Ficção : Literatura irlandesa em inglês 823.91

[2021]

EDITORA SCHWARCZ S.A.
Rua Bandeira Paulista, 702, cj. 32
04532-002 — São Paulo — SP
Telefone: (11) 3707-3500
www.penguincompanhia.com.br
www.companhiadasletras.com.br
www.blogdacompanhia.com.br

Sumário

ILUSTRAÇÕES

Todas as ilustrações foram reproduzidas de uma cópia da primeira edição (1726) em folhas grandes, cedida pela Pierpont Morgan Library, Nova York (PML 15810).

Política versus literatura: uma análise de *Viagens de Gulliver*[*]

GEORGE ORWELL

Em *Viagens de Gulliver*, a humanidade é atacada, ou criticada, de pelo menos três pontos de vista, e com isso o próprio personagem de Gulliver, aí incluído, se transforma um pouco. Na primeira parte, ele é o típico viajante do século XVIII, audacioso, prático e sem romantismo, sua atitude simples inculcada habilmente no leitor pelos detalhes biográficos do início, pela idade (é um homem de quarenta anos, com dois filhos, quando a aventura começa) e pela lista de coisas nos bolsos, sobretudo os óculos, que aparecem várias vezes. Na segunda parte, mantém em geral o mesmo caráter, mas nos momentos em que a história exige tende a se converter num imbecil capaz de se orgulhar de "nossa nobre nação, a soberana das artes e das armas, o flagelo da França", e assim por diante, e ao mesmo tempo tende a trair cada fato escandaloso disponível acerca da nação que declara amar. Na terceira parte, ele é mais ou menos como era na primeira, embora, por manter relações em especial com cortesãos e homens de cultura, tenhamos a impressão de que subiu na escala social. Na quarta parte, concebe um horror à raça humana que não é evidente, ou é evidente apenas a intervalos, nos primeiros livros, e se transforma

* Publicado originalmente no livro *Dentro da baleia*, tradução de José Antonio Arantes, Companhia das Letras, 2005.

numa espécie de anacoreta irreligioso cujo único desejo é viver num lugar solitário onde possa se dedicar à meditação da deusa dos houyhnhnms. Essas incoerências, no entanto, impõem-se a Jonathan Swift pelo fato de que Gulliver está presente sobretudo para estabelecer um contraste. É necessário, por exemplo, que pareça sensato na primeira parte e ao menos periodicamente tolo na segunda, porque nos dois livros a trama essencial é a mesma, ou seja, fazer o ser humano parecer ridículo ao imaginá-lo como uma criatura de quinze centímetros de altura. Toda vez que Gulliver não age como coadjuvante, há em seu caráter uma espécie de continuidade, que se evidencia particularmente na inventiva e na observação de detalhes físicos. Ele é, em essência, a mesma pessoa, com o mesmo estilo de prosa, quando conquista os navios de guerra de Blefuscu, quando rasga as entranhas do rato monstruoso e quando navega pelo oceano no frágil barquinho feito com o couro dos yahoos. Além disso, é difícil não sentir que, nos momentos mais perspicazes, Gulliver é simplesmente o próprio Swift, e há ao menos um incidente no qual Swift parece exprimir um ressentimento pessoal contra a sociedade contemporânea. Quando o palácio do imperador pega fogo, Gulliver o apaga com sua urina. Em vez de ser felicitado pela presença de espírito, ele constata que cometeu um crime capital ao urinar nos recintos do palácio e

> afiançaram-me confidencialmente que a imperatriz, concebendo a maior repulsa ao que eu fizera, mudou-se para a ala mais distante da corte, firmemente resolvida a que aqueles prédios jamais fossem restaurados para uso próprio; e, na presença dos principais confidentes, não se absteve de jurar vingança.

De acordo com o professor George Macaulay Trevelyan (*England under Queen Anne* [A Inglaterra no reinado da rainha Ana]), parte do motivo pelo qual Swift não conseguiu um cargo honorífico foi a rainha ter se escandalizado com *A tale of a tub* [História de uma banheira] — um panfleto com o qual Swift provavelmente acreditou ter prestado um grande serviço à Coroa inglesa, uma vez que nele atormenta os dissidentes, e ainda mais os católicos, ao mesmo tempo que poupa a Igreja anglicana. Em todo caso, ninguém negaria que *Viagens de Gulliver* é um livro tanto rancoroso como pessimista e que, sobretudo na primeira e na terceira partes, com frequência resvala num tipo de proselitismo político estreito. Mesquinhez e magnanimidade, republicanismo e autoritarismo, amor à razão e falta de curiosidade estão todos misturados. A aversão ao corpo humano, à qual Swift está particularmente associado, predomina apenas na primeira parte, mas de certa forma essa nova preocupação não surpreende. Temos a impressão de que todas essas aventuras, todas essas mudanças de disposição de ânimo poderiam ter acontecido à mesma pessoa, e de que a ligação entre as lealdades políticas de Swift e seu supremo desespero é um dos aspectos mais interessantes do livro.

Em termos políticos, Swift foi uma dessas pessoas levadas a um tipo de conservadorismo perverso pelos desatinos da ala progressista do movimento. A primeira parte de *Viagens de Gulliver*, aparentemente uma sátira à grandeza humana, pode ser vista, se olharmos com um pouco mais de profundidade, como um simples ataque à Inglaterra, ao partido liberal-conservador e à guerra com a França, que — não importa o quanto os motivos dos aliados tenham sido errôneos — impediu que a Europa fosse tiranizada por uma única força reacionária. Swift não era um jacobita nem, estritamente falando, um conservador, e seu declarado objetivo na guerra foi apenas um tratado de paz moderado, e não a derrota total da Inglaterra. No entanto, há em sua atitude um toque de colaboracionismo, que se revela no fim da primeira parte e interfere um pouco na alegoria. Quando Gulliver foge de Lilliput (Inglaterra) para Blefuscu (França), o pressuposto de que um ser humano de quinze centímetros de altura é intrinsecamente desprezível parece ser abandonado. Enquanto as pessoas de Lilliput se comportaram com traição e mesquinhez extremas com Gulliver, as de Blefuscu se comportam com generosidade e franqueza, e de fato essa parte do livro termina num tom diferente da desilusão geral dos capítulos anteriores. Evidentemente, a animosidade de Swift é, em primeiro lugar, com a Inglaterra. São "seus nativos" (ou seja, os compatriotas de Gulliver) que o rei de Brobdingnag considera serem "a mais perniciosa raça de vermezinhos odiosos que a natureza jamais fez rastejar na superfície da Terra", e o longo trecho no fim, que denuncia a colonização e a conquista estrangeiras, visa claramente à Inglaterra, embora se afirme o contrário com minúcias. Os holandeses, aliados da Inglaterra e alvos de um dos panfletos mais famosos de Swift, também são mais ou menos gratuitamente atacados na terceira parte. Há até algo que soa como um toque pessoal no trecho em que Gulliver registra sua satisfação com o fato de que os vários países que descobriu não podem ser transformados em colônias da Coroa britânica:

> Os houyhnhnms, de fato, não parecem estar tão bem preparados para a guerra, uma ciência que desconhecem completamente, e sobretudo contra armas missivas. No entanto, supondo que eu fosse vice-ministro, jamais lhes poderia ter advertido por invadi-los. [...] Imagine vinte mil deles irrompendo num exército europeu, tumultuando as tropas, tombando as carretas, reduzindo o rosto dos combatentes a polpa com terríveis golpes dos cascos traseiros [...].

Levando em conta que Swift não desperdiça palavras, a frase "reduzindo o rosto dos combatentes a polpa" provavelmente indica um desejo íntimo de ver os exércitos invencíveis do duque de Marlborough tratados de maneira semelhante. Há vestígios similares em outros momentos. Até o país mencionado na terceira parte, onde "a maioria do povo consiste, de certa forma, inteiramente em descobridores, testemunhas, informantes, acusadores, promotores públicos, depoentes, jurados, junto com vários instrumentos subservientes e subalternos, todos submissos às opiniões, à conduta e ao pagamento dos vice-ministros", é chamado de Langdon, que pela falta de uma letra não forma um anagrama de Inglaterra [England]. (Visto que as primeiras edições do livro contêm erros tipográficos, a intenção talvez tivesse sido um anagrama completo.) A repulsa física que Swift sente pela humanidade é decerto muito verdadeira, mas temos a impressão de que o desmascaramento da grandeza humana, as diatribes contra nobres, políticos, prediletos da corte etc. aplicam-se sobretudo em termos regionais e se originam do fato de que ele pertencia a um partido malsucedido. Ele denuncia a injustiça e a opressão, mas não apresenta nenhum indício de gostar da democracia. Apesar de seus poderes muitíssimo maiores, sua posição subentendida é bastante semelhante à dos inúmeros conservadores espertos e patetas de nossos dias — gente como sir Alan Herbert, professor G. M. Young, lorde Elton, a Comissão de Reformas dos conservadores ou a longa linhagem de apologistas católicos, a começar por William Hurrell Mallock: gente especializada em fazer gracejos de bom gosto à custa do que quer que seja "moderno" e "progressista", cujas opiniões são quase sempre ainda mais radicais, pois sabem que não podem influenciar o atual curso dos acontecimentos. Afinal, um panfleto como An argument to prove that the abolishing of Christianity [Um argumento para demonstrar que a abolição do cristianismo, de Swift] é bastante semelhante a "Timothy Shy" se divertir um bocado com Custódia do cérebro [Brains trust] ou o padre

Ronald Knox denunciar os erros de Bertrand Russell. E a facilidade com que Swift foi perdoado — e perdoado, às vezes, por adeptos devotos — pelas blasfêmias de *A tale of a tub* mostra com clareza a debilidade dos sentimentos religiosos quando comparados aos sentimentos políticos.

No entanto, a mentalidade reacionária de Swift não se revela principalmente em suas afiliações políticas. O importante é sua atitude diante da ciência e, em linhas mais gerais, diante da curiosidade intelectual. A famosa Academia de Lagado, descrita na terceira parte de *Viagens de Gulliver*, é sem dúvida uma sátira justificável aos supostos cientistas da época de Swift. Sugestivamente, as pessoas que ali trabalham são qualificadas como "projetistas", ou seja, pessoas não envolvidas em pesquisas desinteressadas, mas apenas atentas a artifícios que poupem trabalho e gerem dinheiro. Mas não há indicação — de fato, ao longo de todo o livro há indicações em contrário — de que a ciência "pura" parecia a Swift uma atividade valiosa. O tipo mais sério de cientista já tinha levado um puxão de orelha na terceira parte, quando os "estudiosos" patrocinados pelo rei de Brobdingnag tentam explicar a pequena estatura de Gulliver:

> Depois de muito debate, concluíram unanimemente que eu era apenas um Relplum scalcath, que é interpretado literalmente, Lusus naturae; uma definição perfeitamente aceitável para a moderna filosofia da Europa, cujos professores, desdenhando a antiga evasiva das causas ocultas, por meio da qual os seguidores de Aristóteles em vão se esforçaram para disfarçar sua ignorância, inventaram esta maravilhosa solução para todas as dificuldades, para o inefável avanço do conhecimento humano.

Se houvesse alguma sustentação nisso, poderíamos supor que Swift é simplesmente o inimigo da ciência impostora. Em várias partes, no entanto, ele se dá ao trabalho de proclamar a inutilidade de todo conhecimento ou de toda especulação não voltados para um fim prático:

> O conhecimento dos (brobdingnaguianos) é muito deficiente, consistindo apenas em moral, história, poesia e matemática, em que devem se distinguir. Mas o último destes aplica-se inteiramente ao que pode ser útil na vida, à melhoria da agricultura e todas as artes mecânicas; de maneira que entre nós teria pouco valor. Quanto a ideias, entidades, abstrações e transcendências, jamais consegui lhes meter o menor conceito na cabeça.

Os houyhnhnms, seres ideais de Swift, são atrasados até mesmo no sentido mecânico. Não conhecem metais, nunca ouviram falar de barcos, não praticam, na verdade, a agricultura (somos informados de que a aveia de que se alimentam "cresce naturalmente") e parece que não inventaram a roda.[1] Não possuem alfabeto e, evidentemente, não têm muita curiosidade sobre o mundo físico. Não acreditam que exista outro país habitado afora o deles e, embora entendam os movimentos do Sol e da Lua, assim como a natureza dos eclipses, "este é o maior progresso de sua Astronomia". Em contraposição, os filósofos da ilha flutuante de Laputa vivem tão absorvidos em especulações matemáticas que antes de alguém se dirigir a eles precisa lhes chamar a atenção batendo-lhes na orelha com uma bexiga. Catalogaram 10 mil estrelas fixas, estabeleceram os períodos de 93 cometas e descobriram, antes dos astrônomos da Europa continental, que Marte tinha duas luas — informações que, claro, Swift considera ridículas, inúteis e sem interesse. Como poderíamos esperar, ele crê que o lugar do cientista, se

1 Houyhnhnms demasiado velhos para andar são descritos como sendo carregados em "trenós" ou num "tipo de veículo, puxado como um trenó". Provavelmente eram desprovidos de rodas. (N. A.)

houver um lugar, é no laboratório, e que o conhecimento não tem relação com questões políticas:

> O que [...] julguei totalmente inexplicável foi a forte disposição que observei neles para a notícia e a política, sempre investigando os assuntos públicos, oferecendo pareceres sobre assuntos do Estado e contestando apaixonadamente cada palavra de uma opinião partidária. Observei, com efeito, a mesma disposição na maioria dos matemáticos que conheci na Europa, embora nunca tenha descoberto a menor analogia entre as duas ciências; a não ser que essas pessoas suponham que, porque o menor círculo contém tantos graus quanto o maior, o regulamento e a administração do mundo não requerem mais habilidades do que a manipulação e a rotação de um globo.

Não há algo de familiar nesta frase "embora nunca tenha descoberto a menor analogia entre as duas ciências"? Ela tem exatamente o mesmo tom dos apologistas católicos populares que se declaram pasmos quando um cientista emite uma opinião sobre questões como a existência de Deus ou a imortalidade da alma. O cientista, dizem-nos, é um especialista num campo restrito: por que suas opiniões teriam valor em qualquer outro campo? A implicação é que a teologia é uma ciência exata tanto como, por exemplo, a química, e que o padre também é um especialista cujas conclusões sobre determinados assuntos devem ser aceitas. Swift faz de fato a mesma reivindicação para o político, mas vai além no sentido de que não concederá que o cientista — o cientista "puro" ou o investigador *ad hoc* — seja uma pessoa útil em sua própria atividade. Mesmo que não tivesse escrito a terceira parte de *Viagens de Gulliver*, poderíamos inferir do resto do livro que, como Leon Tolstoi e William Blake, ele detesta a ideia de estudar os processos da natureza. A "razão" que ele tanto admira nos houyhnhnms não significa antes de tudo o poder de tirar inferências lógicas de fatos observados. Embora nunca a defina, ela aparece na maioria dos contextos com o significado de senso comum — quer dizer, a aceitação do óbvio e o desprezo a tergiversações e abstrações — ou ausência de paixão e superstição. Em geral ele pressupõe que já conhecemos tudo o que precisamos conhecer e que só usamos nosso conhecimento de modo impróprio. A medicina, por exemplo, é uma ciência inútil, porque se vivêssemos de uma forma mais natural não existiriam doenças. No entanto, Swift não é um simplista nem um admirador do bom selvagem. É favorável à civilização e às artes da civilização. Não só percebe o valor das boas maneiras, da boa conversa, e até mesmo do conhecimento de um tipo literário e histórico, como também percebe a necessidade do estudo da agricultura, da navegação e da arquitetura, e que essas atividades poderiam ser melhoradas de maneira proveitosa. Mas seu objetivo implícito é uma civilização estática, indiferente — o mundo de sua própria época, um pouco mais limpo, um pouco mais são, sem alterações radicais e sem bisbilhotar o incognoscível. Mais do que esperaríamos de alguém tão isento de falácias estabelecidas, ele venera o passado, principalmente a antiguidade clássica, e acredita que o homem moderno degenerou de forma acentuada durante os últimos cem anos.[2] Na ilha dos feiticeiros, onde os espíritos dos mortos podem ser invocados à vontade:

Desejei que o senado de Roma aparecesse diante de mim num grande aposento e um representante de con-

2 A decadência física que Swift afirma ter observado pode ter sido uma realidade naquela época. Ele a atribui à sífilis, uma nova doença na Europa, que talvez tenha sido mais virulenta do que é agora. Bebidas alcoólicas destiladas também eram uma novidade no século XVII, e devem ter resultado, no início, em um grande aumento da embriaguez. (N. A.)

tra-argumento num outro. O primeiro parecia ser uma assembleia de heróis e semideuses; o outro, um bando de mascates, punguistas, bandoleiros e valentões.

Embora Swift use essa seção da terceira parte para atacar a veracidade da história registrada, seu espírito crítico o abandona assim que ele lida com gregos e romanos. Comenta, claro, a corrupção da Roma imperial, mas tem uma admiração quase irracional por algumas das figuras principais do mundo antigo:

> Fui tomado por uma profunda veneração ao avistar Brutus e pude facilmente descobrir a virtude mais consumada, as maiores intrepidez e firmeza de mente, o mais verdadeiro amor ao país e a bondade geral para com a humanidade em cada traço de seu rosto. [...] Tive a honra de conversar bastante com Brutus e me contaram que seus ancestrais, Junius, Sócrates, Epaminondas, Cato, o jovem, sir Thomas More e ele mesmo estavam eternamente juntos: um sextunvirato, ao qual todas as eras do mundo não podem acrescentar um sétimo.

Note-se que, dessas seis pessoas, apenas uma é cristã. Esse ponto é importante. Se somarmos o pessimismo, a reverência ao passado, a falta de curiosidade e o horror ao corpo humano de Swift, chegaremos a uma atitude comum entre os reacionários religiosos — quer dizer, as pessoas que defendem uma ordem injusta da sociedade ao asseverar que este mundo não pode ser melhorado substancialmente e que só o "outro mundo" importa. No entanto, Swift não dá indicações de ter uma crença religiosa, ao menos no sentido comum do termo. Não parece acreditar a sério na vida após a morte, e sua ideia de bondade está estreitamente ligada a republicanismo, amor à liberdade, coragem, "benevolência" (que significa em verdade espírito público), "razão" e a outras qualidades pagãs. Isso nos lembra de que existe outra tendência em Swift, não exatamente congruente com sua descrença no progresso e sua aversão geral à humanidade.

Para começar, há momentos em que ele é "construtivo" e até "avançado". Ser ocasionalmente incoerente é quase um sinal de vitalidade em livros de utopia, e às vezes Swift introduz uma palavra de louvor em um trecho que deveria ser puramente satírico. Assim, suas ideias sobre a educação dos jovens são atribuídas aos lilliputianos, que têm o mesmo ponto de vista sobre o assunto que os houyhnhnms. Os lilliputianos também têm várias instituições sociais e jurídicas (por exemplo, existem pensões para idosos e as pessoas são recompensadas por manter a lei, assim como são punidas por infringi-las) que Swift teria gostado de ver predominar em seu próprio país. No meio desse trecho, Swift relembra sua intenção satírica e acrescenta: "Ao relacionar essas e as leis que se seguem, entenderiam apenas que me refiro às instituições originais, e não às mais escandalosas corrupções em que essas pessoas incorreram pela natureza degenerada do homem", mas, como Lilliput presumivelmente representa a Inglaterra e as leis de que ele fala jamais tiveram paralelo na Inglaterra, fica claro que o impulso de fazer sugestões construtivas foi demais para ele. Mas a maior contribuição de Swift para o pensamento político, no sentido mais estrito da palavra, foi seu ataque, sobretudo na terceira parte, ao que hoje se chamaria de totalitarismo. Ele faz uma previsão extraordinariamente lúcida do "estado policial" assombrado por espiões, com suas intermináveis caças à heresia e seus julgamentos por traição, todos realmente destinados a neutralizar o descontentamento popular ao transformá-lo em histeria de guerra. E devemos nos lembrar de que Swift deduz o todo de uma parte pequeníssima, porque os governos débeis de sua época não lhe forneceram modelos prontos. Por exemplo, há o professor da Escola de Planejadores Políticos, que "mostrou-me um enorme documento de instruções para descobrir complôs e conspirações" e que afirmou podermos descobrir os pensamentos secretos das pessoas ao lhes examinarmos o excremento:

> Porque os homens nunca são tão sérios, pensativos e concentrados como quando estão na privada, o que ele constatou por um experimento frequente: pois em tais conjunturas, quando o usou apenas como ensaio para refletir sobre a melhor maneira de assassinar o rei, seu excremento ganhava um matiz de verde; mas bem diferente quando apenas pensava em levantar uma insurreição ou incendiar a metrópole.

Consta que o professor e sua teoria foram sugeridos a Swift pelo fato — em nossa opinião — não particularmente espantoso ou repulsivo de que num recente julgamento do Estado algumas cartas encontradas na privada de alguém foram apresentadas como indício. Mais adiante no mesmo capítulo parece que estamos realmente no centro dos expurgos russos:

> No reino de Tribnia, pelos nativos chamados langdon [...] a maioria das pessoas consiste totalmente em, de certa maneira, descobridores, testemunhas, informantes, acusadores, promotores, depoentes, jurados [...]. Primeiro concordam, e acertam entre si, com quais pessoas suspeitas serão acusadas de um complô; depois, toma-se o cuidado de obter todas as suas cartas e todos os seus papéis, e acorrentar os donos. Esses papéis são entregues a um grupo de artistas, bastante hábeis em descobrir os misteriosos significados de palavras, sílabas e letras. [...] Quando este método falha, têm outros dois mais eficazes, que os doutos entre eles chamam de acrósticos e anagramas. Em primeiro lugar, podem decifrar todas as letras iniciais em significados políticos. Assim: N significará complô, B um regimento da cavalaria, L

uma frota no mar. Ou, em segundo lugar, ao transporem as letras do alfabeto em qualquer papel suspeito, podem expor os planos mais profundos de um partido descontente. Assim, por exemplo, se eu dissesse numa carta endereçada a um amigo, Nosso irmão Tom acabou de ter hemorroidas, um decifrador habilidoso descobriria que as mesmas letras que compõem a frase podem ser analisadas nas seguintes palavras: Resista — um complô nos espera — A torre. E este é o método anagramático.

Outros professores da mesma escola inventam idiomas simplificados, escrevem livros com máquinas, educam os alunos ao inscreverem as aulas numa hóstia e fazendo-os engoli-la, ou propõem abolir a individualidade ao extrair parte do cérebro de um homem e enxertá-la na cabeça de outro. Há algo curiosamente familiar na atmosfera desses capítulos, porque, mesclada com tanta tolice, existe a percepção de que um dos objetivos do totalitarismo não é apenas se certificar de que as pessoas pensarão pensamentos corretos, mas na verdade torná-las menos conscientes. Assim, mais uma vez, o relato que Swift faz do líder que em geral domina uma tribo de yahoos, e do "predileto" que atua primeiro como desonroso e depois como bode expiatório, encaixa-se de forma extraordinária no padrão de nossa própria época. Mas devemos inferir de tudo isso que Swift foi em primeiro lugar e antes de mais nada um inimigo da tirania e um paladino da inteligência livre? Não: seus pontos de vista, até onde podemos discerni-los, não são notavelmente liberais. Sem sombra de dúvida ele detesta nobres, reis, bispos, generais, damas da moda, ordens, títulos e lisonjas em geral, mas não parece ter o homem comum numa estima mais elevada do que seus soberanos, ou ser favorável a uma igualdade social maior, ou ser um entusiasta das instituições representativas. Os houyhnhnms estão organizados numa espécie de sistema de castas tipicamente racial, e os cavalos que fazem o trabalho servil têm cores diferentes dos donos e não se reproduzem entre si. O sistema educacional que Swift admira nos lilliputianos tem como certas distinções de classe hereditárias, e as crianças das classes mais pobres não vão para a escola porque "sua atividade é apenas lavrar e cultivar a terra [...] portanto sua educação é de pouca consequência para o público". Tampouco ele parece ser totalmente favorável à liberdade de expressão e de imprensa, a despeito da tolerância que seus próprios escritos desfrutaram. O rei de Brobdingnag fica espantado com a multiplicidade de seitas religiosas e políticas na Inglaterra e pensa que aqueles que sustentam "opiniões prejudiciais ao público" (no contexto, isso parece significar simplesmente opiniões heréticas), embora não precisem ser obrigados a mudá-las, deveriam ser obrigados a ocultá-las, porque, "assim como era tirania em qualquer governo solicitar o primeiro, era fraqueza não fazer cumprir o segundo". Há uma indicação mais sutil da própria atitude de Swift na maneira como Gulliver deixa o país dos houyhnhnms. Ao menos intermitentemente. Swift era uma espécie de anarquista, e a quarta parte de *Viagens de Gulliver* é um retrato de uma sociedade anarquista não governada pela lei no sentido comum, mas pelos ditames da "razão", que são aceitos voluntariamente por todo mundo. A assembleia geral dos houyhnhnms "exorta" o mestre de Gulliver a se livrar dele, e os vizinhos o pressionam a obedecer. Dois motivos são apresentados. Um é que a presença desse yahoo insólito pode desconcertar o resto da tribo, e o outro é que uma relação amistosa entre um houyhnhnm e um yahoo "não é conforme à razão ou à natureza, ou a algo que conheceram antes". O mestre de Gulliver não está muito disposto a obedecer, mas a "exortação" (um houyhnhnm, somos informados, nunca é forçado a fazer uma coisa, é apenas "exortado" ou "aconselhado") não pode ser ignorada. Isso ilustra muito bem a tendência totalitária explicitada na visão anarquista ou pacifista da sociedade. Numa sociedade sem lei e, em teoria, sem compulsão, o único árbitro do comportamento é a opinião pública. Mas a opinião pública, devido à tremenda necessidade de conformidade dos animais gregários, é menos tolerante do que qualquer sistema de leis. Quando seres humanos são governados por "não poderás", o indivíduo pode praticar certa quantidade de excentricidades: quando supostamente governado pelo "amor" ou pela "razão", acha-se sujeito a uma pressão contínua para se comportar e pensar exatamente como todo mundo. Os houyhnhnms, somos informados, eram unânimes em quase todos os assuntos. A única questão que discutiam era como lidar com os yahoos. Caso contrário não havia margem para a discordância entre eles, porque a verdade é sempre manifesta, ou então não pode ser descoberta e não tem importância. Pelo visto seu idioma não tinha palavra para "opinião", e nas conversas não havia "diferença de sentimentos". Haviam chegado, de fato, ao estágio mais avançado da organização totalitária, o estágio em que a conformidade se torna tão generalizada que não há necessidade de uma força policial. Swift aprova esse tipo de coisa porque, entre seus muitos talentos, nem curiosidade nem bondade estavam incluídas. A discordância sempre lhe pareceria pura perversidade. A "razão", entre os houyhnhnms, diz ele, "não é um ponto problemático, como para nós, quando os homens podem discutir com plausibilidade sobre ambos os lados de uma questão; mas nos impressiona com uma convicção imediata; como se faz necessário, onde não é mesclada, obscurecida ou desbotada pela paixão e pelo interesse". Em outras palavras, já conhecemos tudo, então por que tolerar opiniões divergentes? A sociedade totalitária dos houyhnhnms, onde não pode haver liberdade nem desenvolvimento, resulta naturalmente disso.

Estamos certos ao pensar em Swift como um rebelde e iconoclasta, mas, exceto em assuntos secundários, como sua insistência em que as mulheres deveriam receber a mesma educação que os homens, ele não pode ser rotulado de "esquerdista". É um anarquista conservador, que desdenha a autoridade ao mesmo tempo que não crê na liberdade, que preserva o ponto de vista aristocrático ao mesmo tempo que percebe claramente que a aristocracia existente é degenerada e desprezível. Quando Swift profere uma de suas invectivas características contra os ricos e poderosos, talvez devamos, como disse antes, descontar alguma coisa pelo fato de que ele mesmo pertenceu a um partido menos bem-sucedido e estava decepcionado. Os partidos da "oposição", por motivos óbvios, são sempre mais radicais do que os partidos "no poder".[3] Mas o mais essencial em Swift é sua incapacidade de acreditar que pode valer a pena viver a vida — a vida comum na terra sólida, não uma versão racionalizada e perfumada dela. É claro que nenhuma pessoa honesta afirmaria que a felicidade é hoje uma condição normal entre os seres humanos adultos; mas talvez pudesse ser normalizada, e é em torno dessa ques-

3 No final do livro, como típico modelo de loucura e depravação humanas, Swift nomeia "um advogado, um punguista, um coronel, um bobo, um lorde, um batoteiro, um político, um femeeiro, um físico, um depoente, um subornador, um procurador, um traidor, ou coisa parecida". Percebe-se aqui a violência irresponsável dos impotentes. A lista junta aqueles que quebram o código convencional e aqueles que o preservam. Por exemplo, se automaticamente condenarmos um coronel enquanto tal, com que pretexto condenamos um traidor? Ou ainda, se desejarmos reprimir punguistas, precisamos de leis, o que significa que necessitamos de advogados. Mas todo o trecho final, no qual o ódio é bastante autêntico e a razão dada a ele bastante inadequada, de algum modo não convence. Temos a impressão de que a animosidade pessoal está atuando. (N. A.)

tão que giram todas as controvérsias políticas sérias. Swift tem muito em comum — creio que mais do que se notou — com Tolstoi, outro que não crê na possibilidade de felicidade. Em ambos temos o mesmo ponto de vista anarquista por cima de uma mentalidade autoritária; em ambos, uma semelhante hostilidade em relação à ciência, a mesma impaciência com os adversários, a mesma incapacidade de enxergar a importância de qualquer assunto que não lhes interesse; e em ambos os casos uma espécie de horror ao processo real da vida, embora no caso de Tolstoi tenha surgido mais tarde e de maneira diferente. A infelicidade sexual dos dois homens não era do mesmo tipo, mas havia isto em comum: em ambos uma sincera aversão se mesclava com um fascínio mórbido. Tolstoi era um libertino reformado que acabou pregando um celibato total, ao mesmo tempo que continuou a praticar o oposto até a velhice extrema. Swift era provavelmente impotente e tinha um horror exagerado ao excremento humano: também pensava nisso sem cessar, como está claro em todas as suas obras. Não é provável que pessoas assim gostem sequer do pouco de felicidade que muitos seres humanos experimentam, e, por motivos óbvios, não é provável que admitam que a vida terrena é capaz de progressos. Sua indiferença, e daí sua intolerância, provém da mesma raiz.

A repugnância, o rancor e o pessimismo de Swift fariam sentido no contexto de um "outro mundo" para o qual este é o prelúdio. Uma vez que, ao que parece, não acredita seriamente nisso, é necessário construir um paraíso que se supõe existir na superfície da Terra, mas algo bem diferente de tudo o que conhecemos, com a eliminação de tudo o que ele desaprova: mentiras, insensatez, mudanças, entusiasmo, prazer, amor e imundície. Como ser ideal, escolhe o cavalo, um animal cujo estrume não é ofensivo. Os houyhnhnms são animais aborrecidos — e isso é admitido em termos tão gerais que não vale a pena examinar a questão. O gênio de Swift os torna verossímeis, mas é possível que haja pouquíssimos leitores em quem despertaram qualquer sentimento além de antipatia. E isso não pela vaidade ferida de ver animais preferidos a homens; porque, dos dois, os houyhnhnms são bem mais parecidos com seres humanos do que são os yahoos, e o horror de Gulliver aos yahoos, junto com seu reconhecimento de que são criaturas do mesmo tipo que ele, contém um absurdo lógico. Esse horror lhe ocorre ao vê-los pela primeira vez. "Nunca vi", diz ele, "em todas as minhas viagens, um animal tão desagradável, nem um pelo qual naturalmente tenha concebido uma repugnância tão forte." Mas em comparação com o que os yahoos são repugnantes? Não com os houyhnhnms, porque nesse momento Gulliver não viu um houyhnhnm. Só pode ser em comparação consigo mesmo, ou seja, com um ser humano. Mais tarde, porém, somos informados de que os yahoos são seres humanos, e a sociedade humana se torna insuportável para Gulliver porque todos os homens são yahoos. Neste caso, por que não concebeu antes sua repugnância à humanidade? De fato, somos informados de que os yahoos são fantasticamente diferentes dos homens, e no entanto são iguais. Swift excedeu a si mesmo em sua fúria e berra com seus semelhantes: "São bem mais asquerosos do que são!". No entanto, é impossível sentir muita simpatia pelos yahoos, e não é porque oprimem os yahoos que os houyhnhnms são pouco atraentes. São pouco atraentes porque a "razão" pela qual são governados é na realidade um desejo da morte. São isentos de amor, amizade, curiosidade, medo, pena e — exceto nos sentimentos para com os yahoos, que ocupam a mesma posição em sua comunidade que os judeus na Alemanha nazista — ira e ódio. "Não têm carinho por seus potros ou filhotes, mas o cuidado que tomam para educá-los procede inteiramente dos ditames da razão."

Dão enorme importância à "amizade" e à "benevolência", mas "estas não se limitam a objetos específicos, mas valem para a raça inteira". Dão valor também à conversação, mas nesta não há divergências de opinião e "nada é transmitido, exceto o que foi útil, expresso com as pouquíssimas e significativas palavras". Praticam um rigoroso controle da natalidade, cada casal gerando dois filhos e depois disso abstendo-se da relação sexual. Os casamentos são arranjados pelos anciãos, com base em princípios eugênicos, e o idioma não contém uma palavra para "amor", no sentido sexual. Quando alguém morre, eles continuam a viver exatamente como antes, sem nenhum sentimento de tristeza. Percebe-se que seu objetivo é ser semelhante a um cadáver tanto quanto possível e ao mesmo tempo conservar a vida física. É verdade que uma ou outra de suas características não parecem ser estritamente "razoáveis" em seu próprio uso da palavra. Assim, dão grande valor não só à intrepidez física como também ao atletismo, e cultivam a poesia. Mas essas exceções podem ser menos arbitrárias do que parecem. Swift provavelmente enfatiza a força física dos houyhnhnms para deixar claro que jamais poderiam ser derrotados pela odiada raça humana, enquanto um gosto por poesia pode figurar entre suas qualidades porque para Swift a poesia era a antítese da ciência, de seu ponto de vista a mais inútil de todas as atividades. Na terceira parte, menciona "imaginação, fantasia e invenção" como faculdades valorosas de que os matemáticos de Laputa (a despeito de seu amor à música) careciam totalmente. Devemos nos lembrar que, embora Swift fosse um admirável escritor de poemas cômicos, o tipo de poesia que ele julgava valioso provavelmente seria a didática. A poesia dos houyhnhnms, diz ele,

> deve se distinguir da de todos os outros mortais; daí que a justeza dos símiles, e a minuciosidade, assim como a

exatidão, das descrições sejam de fato inimitáveis. Seus versos abundam em ambos os tipos e em geral contêm algumas noções exaltadas de amizade e benevolência ou louvores aos que foram vitoriosos em corridas e em outros exercícios físicos.

Lamentavelmente, nem mesmo o gênio de Swift esteve à altura de produzir uma mostra pela qual pudéssemos julgar a poesia dos houyhnhnms. Mas tudo indica que era de um conteúdo econômico (em dísticos heroicos, possivelmente), e não em conflito sério com os princípios da "razão".

Sabe-se como é difícil descrever a felicidade, e retratos de uma sociedade justa e bem organizada são raras vezes atraentes ou convincentes. No entanto, a maioria dos criadores de utopias "favoráveis" se preocupa em mostrar o que a vida poderia ser se fosse vivida mais plenamente. Swift advoga uma simples recusa à vida, justificando isso com a afirmação de que a "razão" consiste em frustrar nossos instintos. Os houyhnhnms, criaturas sem história, continuam geração após geração a viver com prudência, mantendo a população exatamente no mesmo nível, evitando todas as paixões, não sofrendo doença alguma, encarando a morte com indiferença, educando os jovens segundo os mesmos princípios — e tudo para quê? Para que o mesmo processo continue indefinidamente. As ideias de que vale a pena viver aqui e agora, ou de que poderia vir a valer, ou de que a vida deve ser sacrificada por algum bem futuro estão ausentes. O mundo monótono dos houyhnhnms era sobre uma utopia tão boa quanto Swift pôde construir, considerando que não acreditava num "outro mundo" nem conseguia extrair prazer de determinadas atividades normais. Mas não se estabelece como algo desejável em si, e sim como justificativa para outro ataque à humanidade. O objetivo, como sempre, é humilhar o homem ao lembrá-lo de que é fraco e ridículo e, acima de tudo, de que cheira mal; e o motivo supremo, provavelmente, é uma espécie de inveja, a inveja do espírito da vida, do homem que sabe que não pode ser feliz por causa dos outros que — este é seu receio — podem ser um pouquinho mais felizes do que ele. A expressão política para esse ponto de vista deve ser reacionário ou niilista, porque a pessoa que o sustenta desejará impedir o desenvolvimento da sociedade em alguma direção em que seu pessimismo possa ser traído. Pode-se fazer isso arrasando tudo ou evitando a mudança social. Swift, em última instância, arrasou tudo da única maneira viável antes da bomba atômica — ou seja, enloqueceu —, mas, como procurei mostrar, seus objetivos políticos eram em geral reacionários.

Pelo que escrevi, pode parecer que sou contra Swift, que meu propósito é refutá-lo e até mesmo depreciá-lo. Num sentido político e moral, sou contra ele até onde o entendo. No entanto, curiosamente, ele é um dos escritores que admiro com mínimas reservas, e *Viagens de Gulliver*, em especial, é um livro do qual me parece impossível cansar. Li-o pela primeira vez aos oito anos — para ser exato, um dia antes de completar oito, porque furtei e li às escondidas o exemplar que me dariam como presente no dia do meu aniversário —, e desde então com certeza não o li menos do que uma dúzia de vezes. Seu fascínio parece inesgotável. Se tivesse de preparar uma lista de seis livros que deveriam ser preservados quando todos os demais fossem destruídos, sem dúvida colocaria *Viagens de Gulliver* entre eles. Isso levanta uma questão: qual é a relação entre concordar com as opiniões de um escritor e gostar de sua obra?

Se formos capazes de imparcialidade intelectual, perceberemos o mérito num escritor de quem discordamos profundamente, mas gostar é outra coisa. Supondo que exista algo assim como arte boa ou ruim, a qualidade de bom ou ruim tem de residir na própria obra de arte —

independentemente não do observador, da realidade, mas do humor do observador. Em certo sentido, portanto, não pode ser verdadeiro que um poema seja bom na segunda-feira e ruim na terça-feira. No entanto, se avaliarmos um poema pela apreciação que ele desperta, então decerto pode ser verdadeiro, porque a apreciação, ou o gostar, é uma condição subjetiva que não se pode controlar. Durante boa parte de sua vida ativa, mesmo a pessoa mais culta não tem nenhuma sensibilidade estética, e a capacidade de ter uma sensibilidade estética é destruída com muita facilidade. Quando sentimos medo ou fome, ou sofremos de dor de dente ou enjoo, Rei Lear não é melhor do que Peter Pan segundo nosso ponto de vista. Talvez saibamos intelectualmente que é melhor, mas isso é só um fato de que nos recordamos; não sentiremos o mérito de Rei Lear até voltarmos à normalidade. E a avaliação estética pode se frustrar de maneira desastrosa — e mais desastrosa porque a causa não é identificada assim de imediato — por uma discordância política ou moral. Se um livro nos irrita, ofende ou alarma, então não gostaremos dele, pouco importam seus méritos. Se um livro nos parece pernicioso de verdade, porque talvez venha a influenciar outras pessoas de forma inconveniente, é provável que elaboremos uma teoria estética para mostrar que não tem méritos. A crítica literária atual consiste em grande parte nessa espécie de dúbio transitar entre dois tipos de critério. E no entanto o processo oposto também pode ocorrer: o gosto pode dominar a desaprovação, ainda que se reconheça com clareza estar gostando de algo hostil. Swift, cuja visão de mundo é tão peculiarmente inaceitável, mas que é, contudo, um escritor extremamente popular, é um bom exemplo disso. Por que não nos incomodamos de ser chamados de yahoos, embora tenhamos a firme convicção de que não somos yahoos?

Não basta apresentar a resposta habitual de que, claro, Swift estava errado, de fato estava louco, mas era "um bom escritor". É verdade que a qualidade literária de um livro é, até certo ponto, separável do assunto. Algumas pessoas têm um dom inato para usar palavras, assim como algumas têm um "bom olho" em jogos. É, em grande parte, uma questão de senso de oportunidade e de saber instintivamente com que intensidade a ênfase deve ser usada. Como exemplo à mão, recordemos os trechos que mencionei antes, a começar por "No reinado de Tribnia, pelos nativos chamado de Langdon". Muito de sua força provém da frase final: "E este é o método anagramático". A rigor, essa frase é desnecessária, porque vimos antes a decifração do anagrama, mas a repetição pseudossolene, em que parecemos ouvir a voz do próprio Swift pronunciando as palavras, inculca a tolice das atividades descritas como a última martelada num prego. Mas nem toda a força e simplicidade da prosa de Swift, nem o esforço imaginativo que foi capaz de tornar não uma, mas toda uma série de palavras impossíveis mais críveis do que a maioria dos livros de história, nada disso nos faria gostar de Swift se sua visão de mundo realmente ofendesse ou chocasse. Milhões de pessoas, em vários países, devem ter gostado de *Viagens de Gulliver* ao mesmo tempo que enxergaram mais ou menos suas implicações anti-humanas: e até a criança que interpreta a primeira e a segunda partes como uma simples história tem uma noção de absurdo ao pensar em seres humanos de quinze centímetros de altura. A explicação deve ser que se percebe que a visão de mundo de Swift não é falsa de todo — ou, talvez fosse mais exato dizer, não é falsa o tempo inteiro. Swift é um escritor enfermo. Vive permanentemente numa depressão que em muitas pessoas é apenas passageira, como se quem sofresse de icterícia ou dos efeitos secundários de uma gripe ainda encontrasse energia para escrever livros. Mas todos nós conhecemos essa disposição de ânimo, e alguma coisa dentro de nós reage à expressão dela. Tomemos, por exemplo, uma de suas obras mais características, "The lady's dressing-room" [O toucador da dama]: poderíamos acrescentar o poema análogo "Upon a beautiful young nymph going to bed" [Sobre uma bela jovem ninfa ao se deitar]. Qual é mais verdadeiro, o ponto de vista expresso nesses poemas, ou o do subentendido na frase de Blake: "A forma humana feminina desnuda divina"? Sem dúvida Blake está mais próximo da verdade, e no entanto quem pode deixar de sentir uma espécie de prazer ao ver essa impostura, delicadeza feminina, explodir uma vez? Swift falsifica o retrato que faz do mundo inteiro ao se recusar a ver algo na vida humana que não seja imundície, loucura e maldade, mas a parte que abstrai do todo não existe, e é o que todos sabemos e ao mesmo tempo não nos atrevemos a mencionar. Uma parte de nossa mente — que em qualquer pessoa normal é a parte predominante — acredita que o homem é um animal nobre e que vale a pena viver: mas há também uma espécie de ser interior que ao menos de tempos em tempos fica pasmo ante o horror da existência. Da forma mais estranha, prazer e repugnância estão ligados. O corpo humano é belo; é também repulsivo e ridículo, um fato que se pode verificar em qualquer piscina. Os órgãos sexuais são objetos de desejo e também de nojo, tanto assim que em vários idiomas, se não em todos, seus nomes são usados como palavras de insulto. Carne é deliciosa, mas um açougue nauseia — e, de fato, todos os nossos alimentos surgem, em última instância, de excremento e corpos mortos, as duas coisas que, entre todas as demais, parecem-nos as mais horrendas. Uma criança, já tendo passado pelo estágio infantil, mas ainda olhando o mundo com olhos novos, perturba-se com o horror quase com a mesma frequência do que com o espanto — horror ao muco e à saliva, ao cocô de cachorro na calçada, ao sapo moribundo cheio de larvas, ao cheiro de suor dos adultos, à repelência dos homens velhos, com sua careca e seu nariz bulboso. Com sua interminável insistência sobre doença, imundície e deformidade, Swift na verdade não inventa nada, apenas deixa algo de lado. Também o comportamento humano, sobretudo na política, é como ele descreve, embora contenha outros fatores mais importantes que ele se recusa a admitir. Em nosso entender, o horror e a dor são necessários para a continuidade da vida neste planeta, o que permite que pessimistas como Swift digam: "Se o horror e a dor têm sempre de fazer parte de nós, como pode a vida ser significativamente melhorada?". Sua atitude é, na realidade, uma atitude cristã, sem a sedução de um "outro mundo" — que, provavelmente, tem menos influência sobre a mente dos fiéis do que a convicção de que este mundo é um vale de lágrimas e a cova é um lugar de descanso. É, tenho certeza, uma atitude equivocada e que tem efeitos nocivos sobre o comportamento; mas alguma coisa em nós reage a ela, assim como reage às palavras desalentadoras do funeral e ao doce odor de cadáveres numa igreja interiorana.

Com frequência se apresenta como argumento, ao menos por quem reconhece a importância do assunto, que não pode ser "bom" um livro que expressa uma visão claramente falsa da vida. Dizem-nos que em nossa própria época, por exemplo, qualquer livro que tenha um mérito literário genuíno também será de tendência mais ou menos "progressista". Isso ignora o fato de que ao longo da história se trava uma luta semelhante entre o progresso e a reação, e que os melhores livros de qualquer época sempre foram escritos de diferentes pontos de vista, alguns claramente mais falsos do que outros. Na medida em que o escritor é um propagandista, o máximo que podemos lhe pedir é que acredite genuinamente no que diz e que isso não seja de uma tolice ululante. Hoje, por exemplo, podemos imaginar um livro bom escrito por um católico, um comunista, um fascista, um pacifista, um anarquista, talvez um liberal à antiga ou um conservador comum; mas não podemos imaginar um livro bom escrito por um espiritualista, um partidário do buchmanismo[4] ou um membro da Ku-Klux-Klan. A visão que um escritor sustenta deve ser compatível com a sanidade, no sentido clínico, e com o poder do pensamento contínuo: afora isso, o que pedimos a ele é talento, que é provavelmente outro nome para convicção. Swift não possuía juízo comum, mas possuía, sim, uma espantosa intensidade de visão, capaz de pinçar uma única verdade oculta e depois amplificá-la e distorcê-la. A durabilidade de *Viagens de Gulliver* demonstra que, com o respaldo da força da convicção, uma visão de mundo que seja aprovada apenas no exame da sanidade já é suficiente para produzir uma grande obra de arte.

Polemic, 1946

4 Referência a um grupo informal da Universidade de Oxford, reunido em torno do dr. Frank Buchman, em que se trocavam experiências e orientações de caráter religioso. (N. T.)

Introdução

ROBERT DEMARIA JR.

Como acontece com todas as obras cuja popularidade transcende sua época, *Viagens de Gulliver* pode ser lida com prazer e proveito de várias maneiras diferentes por uma grande variedade de leitores. Em tempos modernos, os leitores acostumados com a forma ficcional predominante do século XX tendem a encarar a obra como uma espécie de romance. Segundo essa leitura, Gulliver é o personagem central, e acompanhamos seus feitos nas suas quatro viagens interessando-nos por sua experiência, suas realizações, seu desenvolvimento e sua sobrevivência. É essa a leitura que está por trás das inúmeras adaptações bem-sucedidas do livro, para o cinema e o público infantil, e também das ilustrações por ele inspiradas; boa parte do sucesso perene da obra deve ser atribuída a ela.[1] Sem dúvida, Swift leva em conta (e explora) o antiquíssimo anseio dos leitores por narrativas, e aqueles em quem esse anseio é mais forte talvez cheguem mesmo a encontrar no personagem apenas delineado da esposa de Gulliver uma Penélope a quem esse Ulisses moderno retorna após cada uma de suas longas e perigosas viagens. Seria absurdo negar o poder que tem o livro de interessar leitores dessa maneira. Por mais importante, porém, que a leitura narrativa ou romanesca de *Gulliver* seja para a longevidade da obra, há outras coisas acontecendo nesse texto, e muitas delas têm o efeito de minar de modo drástico uma das formas de leitura responsáveis pelo sucesso duradouro do livro.

Quando o leitor não está mais tomado "por uma combinação de hilaridade e estupefação", e "a Crítica não está [mais] ofuscada pelo Maravilhamento", como Samuel Johnson caracterizou o efeito inicial das *Viagens de Gulliver*, alguns problemas se tornam visíveis. Para começar, o protagonista nos fala de coisas que violam de modo espantoso o decoro do gênero de narrativa de viagens que julgamos estar lendo. Algumas quebras de expectativas já surgem no início da primeira parte. No trecho que se segue, Gulliver está em meio à gente pequenina de Liliput e Blefuscu, onde todas as coisas são doze vezes menores do que suas contrapartes no mundo europeu. Na qualidade de nosso correspondente no estrangeiro, Gulliver nos dá informações sobre este lugar estranho, sua vida política, suas intrigas e alguns de seus costumes. Quando é capturado pelos liliputianos e levado para a cidade, Gulliver é acorrentado e alojado num templo desusado (o qual apenas os leitores bem informados reconhecerão como semelhante à abadia de Westminster, de Londres). Porém, o leitor fica desconcertado quando o narrador passa a relatar detalhes referentes ao ato de defecar:

> Nas últimas horas, eu me sentia premido pelas Necessidades da Natureza; o que não admirava, pois já quase fazia dois dias desde a última vez em que eu me aliviara. Estava eu dividido entre a Urgência e a Vergonha. A melhor Solução que pude encontrar foi entrar de gatinhas na minha Casa, o que fiz em seguida; então, fechando o Portão após entrar, fui até onde me permitia a extensão da Corrente, e lá livrei meu Corpo daquela Carga incômoda. Mas foi essa a única vez em que incorri numa Ação tão imunda; e só me resta esperar que o Leitor me faça Justiça e me encare com certa compreensão, depois de examinar de forma madura e isenta a Situação

> aflitiva em que eu me encontrava. A partir desse dia, passei a desempenhar essa Ação, assim que despertava, ao ar livre, no ponto extremo a que minha Corrente me dava acesso, e antes que chegassem as Visitas, todas as manhãs a Substância asquerosa era despachada em Carrinhos de Mão, por dois Criados escolhidos para essa tarefa. Eu não teria me alongado de tal modo sobre um Assunto que à primeira vista talvez não pareça muito importante, se não julgasse necessário justificar meu Caráter perante o Mundo no que diz respeito à questão da Limpeza; pois me foi relatado que alguns de meus Detratores me têm criticado sob esse aspecto, a propósito dessa Ocasião e de outras.

O tom é apropriado, mas não é esse o tipo de assunto que se espera encontrar num relato de viagem. Nesse ponto, apenas os leitores que estão de todo dispostos a consumir impensadamente tudo aquilo que a página impressa lhes ofereça não serão levados a questionar seus pressupostos referentes ao narrador e ao livro como um todo. Essa passagem é uma das muitas que obrigam os leitores a reconhecer que Swift está ridicularizando o tipo de relato de viagem que ele ao mesmo tempo está imitando, o que provoca a incômoda suspeita de que os leitores, também, estão sendo atacados.[2]

Apenas na primeira parte, "o leitor" é invocado mais vinte vezes, e no decorrer de todo o livro as inúmeras referências ao leitor "honesto", "curioso", "cortês" ou "gentil" têm o efeito de nos lembrar de que modo Swift está subvertendo tanto a forma aparente de sua história quanto a espécie de leitura que ela estimula, apesar dos pesares. Ao final da quarta parte, Gulliver ataca frontalmente o gênero que vinha imitando:

> Muito bom seria que houvesse uma Lei obrigando todo Viajante, antes que se lhe dessem Licença de publicar

> suas Viagens, a jurar perante o *Chanceler do Reino* que tudo por ele declarado era absolutamente verdadeiro, até onde ia seu Conhecimento; pois desse modo o Mundo não mais seria enganado como costuma ocorrer, quando alguns Escritores, para que suas Obras mais circulem em meio ao público, impõem ao Leitor incauto as mais grosseiras Falsidades. Quando jovem, li com grande prazer vários Livros de Viagens; porém, tendo tido ensejo de conhecer a maior parte do Globo terrestre, e podendo assim contradizer muitos Relatos fabulosos lidos a partir de minha própria Observação, passei a sentir grande Repulsa por esse tipo de Leitura, e alguma Indignação ao ver a Credulidade dos Homens ser abusada de modo tão desavergonhado.

Assim, Swift estava o tempo todo reprovando seus leitores, ao mesmo tempo em que os estimulava a ler seu livro. Ademais, o alvo da sátira não é apenas um ato de leitura em particular; também é atacada a maioria dos pressupostos que formam a mentalidade de um leitor — pressupostos sobre o discurso, a razão e a natureza humana. É revelador o fato de que as frequentes menções aos excrementos, por vezes apresentados como um "remédio" recomendado ao leitor, constituem um dos sinais mais claros da atividade subversiva do autor. Nem a prosa límpida e clara de Swift nem sua condição de obra veneranda (quase trezentos anos) disfarçam o fato de que este livro é muitas vezes tão brutal e hostil quanto qualquer produto do ativismo político moderno.

Viagens de Gulliver não são, fundamentalmente, um romance ou narrativa; na verdade, pertencem a um gênero literário mais difícil: a sátira. Trata-se da paródia de um relato de viagens como as *Voyages* de William Dampier (obra a que Swift muitas vezes alude), porém, o que é mais importante é que o livro adota a forma e o espírito de uma longa linhagem de obras satíricas, a qual remonta à Antiguidade. Já foram cuidadosamente estabelecidas as correspondências entre *Viagens de Gulliver* e certas obras satíricas; são particularmente importantes os paralelos com o poeta grego Luciano, Rabelais, Thomas More e Cyrano de Bergerac.[3] No entanto, o espírito satírico de *Gulliver* vai mais fundo do que as semelhanças com obras específicas. Swift conhecia bem os escritores clássicos, em particular — como muitos de seus contemporâneos — a poesia dos grandes satíricos latinos: Horácio, Juvenal e Pérsio. Na Rothschild Collection há um manuscrito em que Swift transcreveu uma tradução da sexta e da décima sátira de Juvenal, e seus outros escritos deixam claro que o autor conhecia bem esses poemas e as outras grandes sátiras clássicas. De vez em quando Swift parece afirmar seu parentesco com essa antiga linhagem de autores satíricos. Próximo ao final do livro, por exemplo, Gulliver considera a possibilidade de que os europeus ataquem os Houyhnhnms, esses seres semelhantes a cavalos, altamente racionais, que ele tanto admira:

> Imaginem-se vinte mil deles irrompendo no meio de um Exército *Europeu*, confundindo os Soldados, derrubando as Carroças, esmagando os Rostos dos Guerreiros com terríveis Coices desferidos com as Patas traseiras. Pois eles haveriam de merecer o comentário que foi feito a propósito de *Augusto*: *Recalcitrat undique tutus*. Porém, ao invés de propor a Conquista daquela Nação magnânima, melhor seria se ela tivesse Capacidade e Disposição para enviar um Número suficiente de seus Habitantes com o fito de civilizar a *Europa*, ensinando-nos os Princípios básicos da Honra, Justiça, Verdade, Temperança, Espírito Público, Fortitude, Castidade, Amizade, Benevolência e Fidelidade. Os *Nomes* de todas essas Virtudes ainda são conservados entre nós na maioria dos Idiomas, e podem ser encontrados nas

Obras dos Autores modernos tanto quanto nas dos antigos; é o que eu mesmo posso afirmar com base em minhas parcas Leituras.

A citação latina significa: "de sua posição de segurança ele escoiceia em todas as direções". A fonte é um poema de Horácio em que o autor defende sua vocação satírica, embora reconheça que seria mais lucrativo produzir escritos de outros gêneros, como o panegírico (*Sátiras* 2.1). De certo modo, Swift assume a voz de Horácio para defender sua própria identidade como satírico, chegando ao fim de sua sátira mais longa e mais bem realizada.

Viagens de Gulliver abordam todos os tópicos tradicionais da sátira clássica. Tal como a décima sátira de Juvenal, o livro zomba da vaidade dos desejos humanos mais comuns: dinheiro, poder, fama, longevidade, saber (principalmente o adquirido sem esforço), beleza etc. Como a maioria das grandes sátiras, não se pode dizer que a obra tente convencer os leitores a adotar uma forma de vida virtuosa específica, ainda que uma tríade cristã simples de fé, esperança e caridade seja recomendada implicitamente.

Um veículo importante da sátira geral de Swift, é claro, é a sua utilização da perspectiva. O fato de que a perspectiva muda de uma parte da obra para a outra é uma característica notável e deliciosa da obra. Pode-se até mesmo encará-la como um *concetto*, um truque, semelhante — como observou Denis Donoghue — ao tipo de *concetto* que costuma ser utilizado pelos poetas metafísicos.[4] Na verdade, Samuel Johnson encarava os *concetti* de Swift com a mesma impaciência que manifestava em relação à poesia metafísica. Disse ele a Boswell: "Uma vez que se teve a ideia de homens grandes e homens pequenos, é muito fácil fazer todo o resto".[5] "Todo o resto" não equivale a todo o livro, porém cobre uma boa parte dele, especialmente as duas primeiras partes, e muitas vezes acarreta aspectos da sátira geral. Por exemplo, o tamanho de Gulliver em comparação com o dos liliputianos é o recurso que gera toda a discussão em torno da dificuldade de alimentar e alojar seu corpanzil enorme. Gulliver é doze vezes mais alto do que os liliputianos, porém, disso segue-se (em termos do *concetto* matemático) que ele é doze vezes maior do que eles em todas as dimensões, de modo que seu volume é 12^3 (1728) vezes maior que o deles. Essa enormidade tem algo de repulsivo, o que é um tema comum nas sátiras e sermões cujo objetivo é desestimular o orgulho mundano e nos lembrar da importância do espírito. O mesmo se aplica ao famoso episódio em que Gulliver aproveita seu tamanho para apagar o incêndio no palácio liliputiano urinando nos aposentos da rainha. Do alto de sua superioridade corpórea, ele não leva em conta o quanto o seu ato pode ser repulsivo e humilhante para a sensibilidade da rainha.

Por outro lado, a enormidade de Gulliver muitas vezes tende a ressaltar a pequenez moral, a mesquinhez dos liliputianos, mais do que a delicadeza ou sutileza deles. Os liliputianos distinguem diferenças de altura que são minúsculas para a escala europeia "normal", e se caracterizam mais por exigências excessivas do que por um discernimento sutil. O contraste entre o tamanho diminuto dos liliputianos e a imensidão repulsiva de Gulliver prenuncia a inversão do *concetto* na segunda parte, em que a pequenez e a insignificância de Gulliver são contrastadas com a imensidão repulsiva (mas por vezes também a grandiosidade) dos brobdingnaguianos. Agora é a pele de Gulliver que parece delicada, e a de seus anfitriões que é grosseira. Fixando sua vista agora microscópica na pele deles, Gulliver vê imperfeições, cancros e — o mais horrível de tudo — piolhos, tudo isso ampliado a proporções medonhas. Como leitores, porém, sabemos que o que ele vê na carne dos brobdingnaguianos é tudo aquilo que há na carne humana; isso deveria ter o efeito de diminuir nosso orgulho insuportável; e deveria nos ensinar a voltar nossa fé para virtudes mais duráveis, interiores. Na segunda parte, tal como na primeira, Swift pode mais uma vez inverter o *concetto*, fazendo-nos concentrar nossa atenção não na repulsividade dos brobdingnaguianos, e sim na pequenez humana de Gulliver. Talvez a passagem satírica mais explícita e prolongada de todo o livro seja a que ocorre depois que Gulliver descreve a cultura e a história da Europa ao rei de Brobdingnag. A resposta do rei coloca em sua perspectiva Gulliver e seus semelhantes (ou seja, nós): "sou obrigado a concluir que o Grosso dos Nativos de tua Terra são a mais perniciosa Raça de Sevandijas abjetas e odiosas que a Natureza permitiu rastejar na Superfície da Terra". Para realizar essa visão radicalmente satírica, Swift não faz outra coisa senão manipular o *concetto* básico de *Viagens de Gulliver* e olhar para Gulliver pela extremidade errada de um telescópio muito grande.

Swift não precisava que Samuel Johnson lhe apontasse o que há de previsível e matematicamente árido no *concetto* ótico utilizado em *Gulliver*. Ele tinha perfeita consciência de suas limitações, tal como compreendia as limitações dos autores metafísicos ao parodiá-los em *Uma história de um tonel* e *Uma meditação sobre um cabo de vassoura*. Nas *Viagens de Gulliver*, ele faz troça do recurso ao mesmo tempo em que o utiliza. As transformações que ocorrem no famoso episódio do inventário dos objetos contidos nos bolsos de Gulliver constituem um exemplo detalhado dessa sua abordagem dúplice.[6] Além disso, Swift praticamente não volta a utilizar o recurso na terceira e na quarta parte do livro. Se há uma mudança de perspectiva na quarta parte, ela é de natureza abstrata e ontológica: os seres humanos e os cavalos trocam de posições relativas em termos da maioria das qualidades que definem a vida humana em oposição à equina, ao menos do ponto de vista dos lógicos.[7] Por meio de um raciocínio engenhoso, podemos encarar a inversão do senso comum e do senso acadêmico na parte três como uma mudança de perspectiva, mas a ausência do *concetto* ótico já bem conhecido nessa parte do livro é sem dúvida um motivo pelo qual ela não é muito popular entre a maioria dos leitores. Outro motivo é que ela parece mais voltada para a sátira de acontecimentos e indivíduos específicos, contemporâneos, do que as duas primeiras partes (embora isso talvez seja uma ilusão). Esse fato pode parecer uma incoerência do livro, porém o gênero da sátira permite que o autor mude de método no meio da obra (um dos significados da palavra latina *satira* é justamente "mistura"), e justifica sua preocupação com temas relativamente tópicos. A sátira clássica era por vezes grandiosa e filosófica, mas também dirigia-se amiúde a alvos contemporâneos específicos. Do mesmo modo, *Viagens de Gulliver*, apesar de toda a sua abrangência filosófica, estão impregnadas com as questões políticas de seu tempo.

É possível que o autor já estivesse pensando em escrever uma obra como *Viagens de Gulliver* em 1713. Naquela época, Swift, embora nascido e criado em Dublin, estava na Inglaterra, profundamente envolvido na política, muito ligado aos ministros tóris que controlaram o Parlamento entre 1710 e 1714. No final desse período, os tóris sofreram reveses violentos, e os *whigs*, liderados primeiro por Robert Walpole, tomaram o controle do governo, permanecendo no poder pelo resto da vida de Swift e mais alguns anos. Quando o governo que ele servia estava prestes a cair, Swift voltou para a Irlanda. Como recompensa por seus serviços, recebeu um prêmio bem inferior ao que esperava: o cargo de decano da catedral de São Patrício de Dublin, a partir de 1714. Ocupando esse cargo um tanto decepcionante, ele rememorava seus tempos de altas movimentações políticas em Londres, e até certo ponto refletia sobre os eventos políticos anteriores e mais recentes. Escreveu uma obra sobre o tempo que atuou na política, intitulada *The last four years of Queen Anne*, na qual defendia seus amigos políticos que haviam perdido o poder, mas foi convencido a deixar a obra de lado, e ela só foi publicada postumamente. Redigiu *Viagens de Gulliver* na Irlanda entre 1721 e 1725, aproximadamente, publicando-as em 1726. Essa obra de ficção era um meio menos perigoso e mais artístico em que Swift podia refletir sobre seu período de atuação política. Nela, o autor aborda a política de sua era de modo ora abrangente, ora pontual, porém sempre trata da história política de modo artístico, e assim pode-se apreciar *Viagens de Gulliver* mesmo sem saber muita coisa sobre o momento histórico que Swift tinha em mente. Por outro lado, a biblioteca pessoal do autor, sua trajetória de leitor e sua biografia política indicam que a história era seu interesse primordial, e para os leitores que querem compreender melhor Swift e suas intenções ao escrever *Gulliver* é importante conhecer alguns dos fatos.

O contexto maior das *Viagens de Gulliver* é a história da Inglaterra, principalmente entre a execução de Carlos I em 1649 (a que o autor alude discretamente ao descrever o templo caído em desuso na primeira parte) e a crise do ministério tóri que terminou com o indiciamento e a expulsão dos políticos a ele ligados, Robert Haley, lorde Oxford e Henry Saint-John (o visconde Bolingbroke), a morte da rainha Ana e a ascensão do eleitor de Hanôver, Jorge I, ao trono inglês. Um dos eventos mais importantes nessa história, a que Swift faz alusão, é a chamada Revolução Gloriosa, que depôs o rei católico Jaime II e entronizou sua filha Maria e o marido dela, Guilherme de Orange. Esse evento foi duplamente importante para Swift, pois provocou uma rebelião dos irlandeses católicos, a qual foi assustadora por si própria e pelo modo brutal como foi esmagada por Guilherme III na batalha de Boyne. A essa altura, Swift estava com 22 anos de idade. Ele partiu do Trinity College, onde recebera seu bacharelado três anos antes, e foi visitar a mãe em Leicester, Inglaterra, onde ela vivia separada dele desde sua infância. Em seguida, mudou-se para Moor Park, onde atuou como secretário de William Temple, veterano da guerra civil britânica e um político muito experimentado que passara a maior parte de sua vida no poder.

Um aspecto importante da história então recente da Inglaterra e da Irlanda era a reconfiguração frequente da esfera religiosa do mundo político. Sempre que ocorria uma mudança na monarquia, mudavam também as leis que afetavam as diferentes seitas religiosas e seus súditos. Swift via sua situação de sacerdote da Igreja da Irlanda (ordenado em 1695) como uma posição intermediária, evitando os extremos dos católicos e seus simpatizantes, muitos deles favoráveis à volta dos Stuart ao trono, e os não conformistas, que queriam mais separação entre Igreja e Estado e cuja forma de religião relativamente racionalista era encarada por Swift e muitos outros como uma espécie de ateísmo. No reinado de Ana, parte da tolerância que havia sido concedida aos não conformistas por Guilherme foi retirada por atos legislativos como a "Lei do Teste". O clima reinante incentivou os defensores da ala anglo-católica do anglicanismo, porém o jacobitismo (isto é, a preferência pelo pretendente ao trono que pertencia ao ramo dos Stuart — na época, James Francis Edward) ainda era considerado traição, e foi com base nessa acusação que os ministros tóris de Ana foram exilados. Acontecimentos importantes referentes à queda dos tóris aparecem nas *Viagens de Gulliver*: assim, por exemplo, o processo de traição contra o bispo Atterbury, envolvido em atividades jacobitas, surge na terceira parte, na descrição dos intérpretes enlouquecidos da Academia de Lagado, os quais "descobrem que uma Retrete é um Conselho Privado, uma Revoada de

Gansos é um Senado, um Cão manco é um Invasor" etc. Do mesmo modo, os "*Artigos de Impedimento contra* Quinbus Flestrin" na primeira parte constituem uma versão mal disfarçada dos artigos de impedimento levantados contra Harley e Bolingbroke.

Embora por vezes seja difícil separá-los da política partidária doméstica, Swift também alude com frequência a eventos internacionais da maior importância para a história moderna da Grã-Bretanha. O tratado de Utrecht foi uma realização diplomática dos tóris que foi debatida de modo acalorado e terminou se tornando impopular; há várias alusões ao tratado nas *Viagens de Gulliver*. Utrecht assinalou o fim da Guerra da Sucessão Espanhola, um conflito mundial que foi disputado não apenas na Europa como também na América do Norte. A Grã-Bretanha enfrentou, tanto no plano militar quanto no diplomático, os espanhóis, os portugueses, os holandeses e seus velhos inimigos, os franceses, bem como muitas outras nações menores. Quando personagens espanhóis, holandeses ou portugueses aparecem nas *Viagens de Gulliver*, a maneira como são apresentados reflete a visão parcial que tinha Swift das políticas e religiões desses países, especialmente no que diz respeito à sua atuação na guerra e no tratado que a ela deu fim. Porém, quando se trata desse contexto político mais amplo, fica mais claro do que nunca que algumas das preocupações políticas de Swift, ainda que sempre partidárias sob certos aspectos, são parte integrante de uma visão da política mais profunda e mais filosófica. O veemente sentimento antibelicista manifestado nas *Viagens de Gulliver* tem sua origem não apenas na retórica dos tóris referente ao tratado de Utrecht, mas também numa posição tradicional defendida por grandes humanistas, como Erasmo e Thomas More, os quais, é claro, também tinham em mente conflitos específicos. Do mesmo modo, a ojeriza aos horrores da colonização expressa nas *Viagens de Gulliver* recaem principalmente sobre os espanhóis por uma série de razões historicamente específicas, mas também reflete uma posição filosófica geral que é compreensível e coerente mesmo para quem nada sabe sobre a atuação da Espanha no "Novo Mundo".

São menos importantes, porém igualmente visíveis no livro, algumas das manobras políticas de Swift durante o período em que, tendo voltado à Irlanda, aposentou-se da política londrina. Uma das realizações políticas de que Swift mais se orgulhava era sua tentativa de derrotar um esquema conhecido como "o meio pêni de Wood".[8] Tendo oferecido à duquesa de Kendall um suborno colossal, William Wood obteve em Londres uma patente para cunhar 360 toneladas de cobre como moedas irlandesas de meio pêni; essa manobra lhe proporcionaria muitos milhões de libras em termos de dinheiro moderno. Os irlandeses perderiam uma quantia quase equivalente de seu poder de compra já reduzido, ao menos nos mercados estrangeiros, porque a liga metálica inferior utilizada nas moedas sem dúvida seria rejeitada por muitos. A tramoia foi inteiramente concebida e aprovada em Londres, e do ponto de vista de Swift e outros ela representava mais uma manifestação da velha tirania econômica exercida pela Grã-Bretanha contra a Irlanda. Em fevereiro de 1724, Swift assumiu um de seus inúmeros disfarces literários e promoveu uma campanha contra a negociata, assinando-se William Drapier. Numa série de seis cartas publicadas num período de um ano, Swift ajudou a acirrar os ânimos dos irlandeses contra o plano de Wood, correndo sério risco de ser preso por calúnia sediciosa. Em agosto de 1725, a patente de Wood foi cancelada; Swift e o Parlamento irlandês comemoraram.

O envolvimento intenso de Swift na derrota do plano de Wood coincidiu com a redação das *Viagens de Gulliver*. A alusão aparece, de forma alegórica, nos cinco parágrafos da terceira parte em que se relata a rebelião de

Lindalino (palavra que alude ao nome Dublin) contra Laputa, o reino da ilha voadora. Esses parágrafos não foram incluídos na primeira edição de 1726, nem na segunda de 1727, nem mesmo na edição bem modificada de 1735, provavelmente porque os editores temiam revides políticos. Só vieram à luz em 1896, e certamente não são essenciais para o livro. Porém o episódio exemplifica o modo como eventos políticos e históricos específicos recebiam destaque na composição das *Viagens de Gulliver*. Para muitos leitores, quando detalhes políticos vêm à tona de modo tão explícito, a arte é prejudicada, e o livro só sobrevive como uma realização literária atemporal porque se eleva acima das situações políticas específicas, ou as generaliza de tal modo que o texto se torna acessível mesmo para leitores cada vez mais distantes do contexto. A terceira parte, a última a ser escrita, é muitas vezes considerada a menos bem realizada das quatro, e talvez isso se deva ao modo como a política contemporânea influenciou o autor nas etapas finais da redação do texto. Mas praticamente todas as seções do livro ostentam as marcas da história política britânica recente, e quase todas elas também transcendem esse sentido político e fincam raízes num mundo de ficção e fantasia, no qual os leitores não precisam de notas de rodapé para apreciar os livros, mesmo aqueles que foram escritos num passado remoto, tematizando situações históricas longínquas. Até as passagens de conteúdo político mais pontual da terceira parte, a meu ver, realizam essa transformação, o que é atestado pelo interesse que os estudiosos e outros novos leitores manifestam por todas as partes do livro.

Vale a pena mencionar também um outro aspecto sob o qual texto ficcional e contexto histórico disputam a atenção do leitor nas *Viagens de Gulliver*. A arena linguística dessa competição é assinalada pelo uso do pronome da primeira pessoa do singular. No livro, “eu” designa Lemuel Gulliver, é claro, um personagem que, sob muitos aspectos, tem pouco em comum com o autor que o criou. Como o indicam suas origens familiares na cidade de Banbury e sua formação no Emanuel College de Cambridge, ele provavelmente é um protestante não conformista, enquanto Swift era um sacerdote conservador da Igreja da Irlanda. Como médico, e sob muitos outros aspectos, Gulliver dá mais atenção ao corpo físico do que ao espírito, o qual era o campo de interesse de Swift. Como racionalista que era, especialmente após viver entre os Houyhnhnms, Gulliver afastou-se das virtudes cristãs de fé, esperança e caridade de um modo que certamente seria condenado por Swift. Com muita frequência no livro, Gulliver é o alvo da sátira, muito embora seja ele o narrador. Se não percebemos isso no início, a posição de Gulliver fica perfeitamente clara quando ele se vê atolado nos gigantescos montes de bosta de Brobdingnag, ou mergulhado numa tigela de creme de leite, ou transformado em boneco de uma criança ou brinquedo de uma dama.

Sem dúvida, o fato de que Gulliver é o suposto autor da obra é um argumento contra a ideia de que ele seja o alvo da sátira. Embora Swift nos forneça muitas pistas de que essa autoria é falsa, e dê a entender de modo bem claro que, como todos nós devemos saber, toda escrita humana é uma forma de falsidade, de vez em quando ele inverte a ironia estabelecendo conexões reais entre ele próprio, o autor verdadeiro, e Gulliver. Um bom exemplo da espécie de confusão que Swift adora criar é o texto que veio a se tornar a primeira aparição de Gulliver em todas as edições publicadas após 1735, a "Carta do Cap. *Gulliver*, a seu primo *Sympson*". Nela Gulliver queixa-se ao editor, a quem ele chama de primo Sympson, o nome adotado por Swift ao iniciar as negociações com Benjamin Motte para a primeira publicação das *Viagens de Gulliver*. As queixas de Gulliver são exatamente as mesmas que, na vida real, Swift dirigiu a Motte, através de seu amigo Charles Ford, numa carta enviada de Dublin com a data de 3 de janeiro de 1727. Diz Gulliver a Sympson: "Não me lembro de te haver dado Permissão para consentires que alguma coisa fosse omitida, e muito menos acrescentada". Na realidade, o que Swift escreveu a Motte foi: "Tenho total Respeito pela Memória da falecida Rainha, e agrada-me sempre ouvir demonstrações de tal natureza da parte de outrem; todavia, o Parágrafo que diz respeito à sua aparência me parece de tal modo irrelevante que não consigo imaginar que tenha ele sido escrito pelo mesmo Autor".[9] Há diferenças óbvias entre as duas afirmações, e a última oração da frase de Gulliver, ainda que talvez estranha ou até mesmo incompreensível para o leitor que trava seu primeiro conhecimento com a obra, manifesta o caráter de Gulliver depois que ele se converte ao houyhnhnmismo, na quarta parte. Porém, os sentimentos expressos nos dois documentos são precisamente os mesmos, e Gulliver aqui está falando até certo ponto em nome de Swift.

Há outras ocasiões em que o porta-voz crédulo e vaidoso de Swift aproxima-se de modo surpreendente da voz do autor, fato que já foi observado por muitos críticos. Robert C. Elliott analisou esse ponto de modo aprofundado, e Claude Rawson fala num "intercâmbio íntimo entre criação ficcional e autorrevelação ao mesmo tempo parodiada e contida".[10] Tal como outros, Rawson cita um exemplo do comentário de Swift contido numa carta a Pope de 26 de novembro de 1725, pouco antes de ele ir à Inglaterra com os originais de *Gulliver*: "Eu te asseguro que, afinal, não odeio a Humanidade, *vous autres* é que o fazeis, porque gostaríeis que os homens fossem animais razoáveis, e a decepção vos encoleriza. [...] Quanto a mim, não me encolerizo com [eles], tal como não me encolerizei com o Milhafre que na semana passada levou uma das minhas Galinhas, e no entanto regozijei-

-me quando um dos meus criados o matou dois dias depois". Esse comentário aproxima-se bastante da opinião do Senhor Houyhnhnm, segundo o relato de Gulliver: "embora detestasse os *Yahoos* de seu País, assim mesmo os não culpava por suas Qualidades abomináveis, tal como não culpava o *Gnnayh* (uma Ave de Rapina) por sua Crueldade". Mesmo quando não há um paralelo verbal, em diversos momentos o leitor não deixará de sentir uma correspondência mais próxima entre Swift e Gulliver, o que ocorre sempre que este se dá conta da vaidade dos desejos humanos (ou liliputianos) de fama e glória, beleza e longevidade. Talvez haja até momentos em que Swift sente uma espécie de identificação com seu personagem que o impede, após uma reflexão, de sujeitá-lo a constrangimentos adicionais. Na primeira edição, por exemplo, Gulliver observa que os Houyhnhnms utilizam com fins medicinais "uma Mistura de *seus próprios Excrementos* e *Urina*, enfiada à força pela Goela do *Yahoo*. Tive ocasião de prová-lo eu próprio com frequência e recomendo-o a meus Compatriotas para o Bem público, como um Remédio admirável contra todas as Doenças produzidas pela Repleção". Ao revisar e corrigir o texto pouco depois da primeira tiragem, porém, Swift alterou essa passagem para: "Tive ocasião de ver tal Tratamento ser aplicado com bom êxito, e assim recomendo-o a meus Compatriotas". Uma certa ternura pelo narrador, ou mesmo identificação com ele, parece haver intervindo nesse ponto, impedindo que Swift se sujeitasse "ele próprio" àquela degradação.

As relações entre o Gulliver fictício e o Swift real são complexas, tal como as relações entre Swift e os inúmeros outros porta-vozes que ele cria em suas obras. A complexidade dessas relações é uma das marcas distintivas da escrita de Swift, tal como é também sua instabilidade. É fato notável que, no *Dictionary of literary pseudonyms in the English language* [Dicionário de pseudônimos literários na língua inglesa], o verbete referente a Swift é muito maior que o de qualquer outro escritor, contendo 41 pseudônimos.[11] Mas na maior parte dessas figuras encontramos alguma semelhança com Swift. Na edição de George Faulkner das obras reunidas de Swift (1735), esse editor dublinense — com ou sem a cooperação do autor — forçou o reconhecimento da semelhança entre Swift e Gulliver utilizando no frontispício do primeiro volume um retrato do autor bem semelhante ao retrato de Gulliver que ele colocou no frontispício do terceiro volume.[12] De modo análogo, os lugares imaginários citados nas *Viagens de Gulliver* guardam, em sua maioria, semelhanças com as cidades em que Swift morou, Londres e Dublin. Apesar de sua variedade, por exemplo, os nomes de muitos desses lugares são variações lúdicas em torno dos nomes "Dublin" e "Londres": Lindalino e Glubbdubdrib; Mildendo, Langden e Maldonada são algumas das maneiras mais óbvias de brincar com esses nomes. O uso repetitivo de nomes inspirados por "Dublin" e "Londres" ilustra um famoso dito de Horácio, "*Caelum non animum mutant qui trans mare currunt*", o qual, livremente traduzido, significa que, por mais longe que viajemos, nunca conseguiremos (como bem sabia outro dublinense famoso, James Joyce) nos livrar de nós mesmos.[13] Talvez haja uma alusão a esse lema nos nomes que Swift cria para as criaturas mais importantes da quarta parte. Tanto "Houyhnhnm" quanto "Yahoo" podem ser formas do pronome pessoal *you* ou variações em torno da palavra *human*. Como outras grandes obras de arte humanistas, *Viagens de Gulliver* têm como tema o homem à procura de si próprio, e por mais que tentemos fugir para esse mundo de fantasia, não há como ignorar os reflexos satíricos de nós mesmos com que Swift povoou todos os seus reinos. E se ele se dispõe a encontrar a si próprio nesse salão de espelhos é porque Swift é tão espirituoso quanto sábio.

NOTAS DA INTRODUÇÃO

1 Uma lista das diversas adaptações da obra pode ser encontrada no *Gulliver's Travels Website*, http://www.jaffebros.com/lee/gulliver/index.html.

2 Para uma análise brilhante das relações de Swift com seus leitores nas *Viagens de Gulliver*, v. Claude Rawson, *Gulliver and the gentle reader.* (As referências bibliográficas da maioria das obras mencionadas aqui podem ser encontradas na lista de Indicações de leitura.)

3 Paul Turner destaca muitos desses paralelos em sua edição das *Viagens de Gulliver.*

4 V. Donoghue, *Jonathan Swift*, p. 63.

5 Boswell, *The life of Samuel Johnson*, org. G. B. Hill, rev. L. F. Powell, 6 vols. (Clarendon Press, 1934-64), 3:319; também *apud* Donoghue, *Jonathan Swift*, p. 59.

6 Talvez seja por conta dessa consciência acentuada da parte de Swift que Johnson confessou a Boswell que via "muitíssimo mérito" no "inventário de artigos encontrados no bolso do Homem Montanha" (Boswell, *Life* 2:319).

7 É o ponto de vista de R. S. Crane, exposto num dos melhores artigos já escritos sobre *Viagens de Gulliver*, "The Houyhnhmms, the Yahoos, and the history of ideas".

8 Sigo aqui o relato do evento que aparece em *The Drapier's letters*, org. Herbert Davis, ix-lxvii.

9 Swift, *Correspondence* 3. 195.

10 Claude Rawson, "Gulliver and others: reflections on Swift's I narrators", p. 239.

11 Org. T. J. Carty (Mansell, Londres, 1995).

12 V. Richard Rodino (1991).

13 Horácio, *Epistles* 1. 11. 27.

Nota sobre o texto

O texto-fonte da atual tradução é baseado na primeira edição das *Viagens a algumas nações remotas do mundo*, publicado por Benjamin Motte, Jr. em 28 de outubro de 1726.[1] É provável que Motte tenha utilizado uma transcrição fiel do manuscrito de Swift. Como de praxe na época, Motte destruiu o manuscrito quando não precisava mais dele para a impressão e a revisão de provas. Também o manuscrito original já não existe. Se a história se resumisse a isso, não haveria por que não utilizar a primeira edição de Motte como base para todas as edições subsequentes das *Viagens de Gulliver.* Infelizmente, isso é apenas o início de uma história de publicação bem complicada.

Antes de imprimir *Viagens de Gulliver*, Motte enviou o manuscrito a seu amigo e sócio Andrew Tooke, pedindo que ele reescrevesse algumas seções a fim de evitar processos de difamação. Tão logo viu o livro impresso, Swift percebeu "algumas passagens que parecem estar emendadas e alteradas", e reclamou que "seu manuscrito foi vilmente estropiado, violado e eivado de acréscimos, e riscado pelo impressor".[2] Seis semanas depois, fez com que seu amigo Charles Ford enviasse a Motte uma carta queixando-se das operações e listando certas correções específicas que deveriam ser feitas na edição seguinte.[3] Em resposta a essa carta, Motte incorporou a maioria das mudanças especificadas na sua "segunda edição" revista de 1727 (ele já havia tirado duas outras edições não revistas em 1726). Porém, Motte nada fez em relação às principais queixas contidas na carta de Ford; é possível que não fosse capaz de fazer nada nesse sentido por já ter destruído o manuscrito original em que constavam as passagens que ele devia restituir ao texto, e a carta não especificava as mudanças de tal modo que não fosse necessário recorrer ao original.

Embora Motte tenha provavelmente destruído seu manuscrito em 1726, o de Swift parece ter sobrevivido por mais algum tempo. Charles Ford claramente utilizou-o para corrigir dois exemplares em folhas grandes da primeira edição das *Viagens de Gulliver*. Um desses exemplares agora está guardado na Forster Collection da National Art Reference Library, no Victoria and Albert Museum; o outro pertence à Pierpoint Morgan Library, em Nova York. Os acréscimos feitos à mão por Ford nesses exemplares não se limitam a restituir as passagens "estropiadas" no texto original; em alguns casos, elas representam revisões que sem dúvida partiram de Swift, ou então, o que também é possível, "correções" feitas pelo próprio Ford. Seja como for, é necessário respeitá-las, pois claramente derivam das intenções do autor. Swift possuía também dois exemplares em que fazia suas correções pessoais. O mais interessante deles está na Armagh Public Library. Não contém tantas anotações quanto os exemplares de Ford, e de forma geral limita-se a repetir as correções que foram feitas de modo mais integral por Ford. Ainda que escassas, essas correções possuem uma autoridade evidente.

Há mais um problema ainda. Motte jamais publicou uma edição que levasse em conta os exemplares anotados de Ford (ou de Swift); essa tarefa foi assumida por um editor de Dublin, George Faulkner, que publicou uma nova edição das *Viagens de Gulliver* como o terceiro volume das obras reunidas de Swift, em 1735. Swift tentou obter um dos livros impressos por Ford para que Faulkner o utilizasse como base da sua edição, mas não temos certeza de que ele conseguiu fazê-lo. Em todo caso, há muitas diferenças entre os dois exemplares de Ford e a edição de Faulkner. Por exemplo, houve umas poucas passagens que Faulkner, tal como Motte, não quis incluir, aparentemente por temer processos legais e problemas políticos. Além disso, há um número muito grande de diferenças menores. Algumas delas, sem dúvida, representam correções posteriores feitas pelo próprio autor, tenha ele lido todas as provas da edição de Faulkner ou não — o que, segundo o editor de Dublin, ele teria feito; já outras talvez se devam a diferenças entre as normas editoriais adotadas por Faulkner e as seguidas por Motte.

A geração de estudiosos de Swift que floresceu na primeira metade do século XX travou uma grande batalha em torno dos méritos relativos das edições de Motte e Faulkner. De modo geral, *sir* Harold Williams levou vantagem em relação à posição defendida por Arthur Case, e por esse motivo a edição de Faulkner de 1735 tem sido adotada, de modo geral, como a padrão.[4] Williams sem dúvida conseguiu demonstrar que a edição de 1735 é a que melhor corresponde às últimas intenções do autor, e esse padrão foi até recentemente adotado como última instância para as decisões editoriais. Vivemos agora numa época em que os editores adotam uma visão mais pluralista e levam em conta o interesse e a viabilidade de diversas edições, estando menos preocupados em estabelecer um texto final, padrão, definitivo. Dadas essas circunstâncias, e para esta edição em particular, julgamos possível e apropriado apresentar um texto que se aproximasse daquele que foi lido pelos primeiros leitores, incluindo ao mesmo tempo as mudanças que parecem ser oriundas do manuscrito original ou devidas a correções feitas pelo autor.

Assim, o texto básico da edição por trás da presente tradução é a primeira tiragem da primeira edição de

1726. Nesse texto foram incluídas as alterações contidas nos exemplares de Ford da Morgan Library e do Victoria and Albert Museum, bem como umas poucas mudanças adicionais que aparecem no exemplar da Armagh Public Library. Mesmo quando as leituras de 1726 parecem preferíveis, damos a última palavra aos exemplares de Ford. Por fim, acrescentamos também lições extraídas da edição de Faulkner de 1735, que parecem ser correções do próprio Swift, e não características do estilo editorial de Faulkner. Claro está que nem sempre é fácil distinguir uma coisa da outra, porém essa tarefa foi auxiliada pela consulta das correções feitas à mão por Swift em suas *Miscellanies* de 1727, bem como dos manuscritos do autor que ainda existem, os quais apresentam uma pontuação muito mais leve do que a adotada no texto de Faulkner. As alterações de uma ou mais palavras do texto de 1726, bem como outras decisões textuais que parecem discutíveis, são registradas nas Notas Textuais. Para economizar espaço, essas notas são redigidas no modo convencional adotado em aparatos textuais, porém elas representam apenas uma versão parcial desse tipo de recurso acadêmico.[5]

NOTAS EXPLICATIVAS

Todo organizador de uma edição é obrigado a incluir notas, mas quando se vê diante de uma grande obra literária, especialmente pela primeira vez, o leitor pode resolver não consultá-las. "As notas são amiúde necessárias, porém são males necessários", como observou Samuel Johnson no prefácio de sua edição de Shakespeare. "Passagens específicas são esclarecidas pelas notas, mas o efeito geral da obra é enfraquecido. A mente é esfriada pela interrupção; os pensamentos são desviados do tema principal; o leitor sente cansaço, e não sabe por quê; e por fim abandona o livro, a que dedicou um excesso de diligência".[6] Se o autor pode privar seu leitor de prazer e proveito literários por recorrer excessivamente a um contexto histórico remoto, o editor corre no mínimo um risco idêntico de estimular e incitar esse crime, mesmo que tenha a intenção de mitigar seus efeitos. O editor das *Viagens de Gulliver* corre o risco adicional de ser vítima da grande brincadeira de Swift ao fornecer glosas e interpretações de um texto que é ele próprio parodístico, o que faz com que as interpretações mais sérias dele se transformem em tolices, uma espécie de "metaparódia". Tal como outros editores de Swift, não me furtei a me tornar alvo da brincadeira, porém tentei levar em conta o fato de que, se *Viagens de Gulliver* não pudessem ser lidas sem notas, provavelmente não teriam leitores. Não obstante, o leitor curioso, disposto a submeter-se a um pouco de esfriamento mental, encontrará muito material divertido e explicativo nas muitas notas incluídas na presente edição. Busquei me concentrar em informações elucidativas, resistindo ao impulso de oferecer auxílio interpretativo e identificar fontes ou paralelos na literatura, exceto nos casos em que este conhecimento é necessário para a compreensão de determinada passagem.

NOTAS

1 O exemplar da primeira edição, primeira tiragem (Teerink A) da Rothschild Collection, no Trinity College, Cambridge, é a base do original desta edição. O relato que se segue da história editorial das *Viagens de Gullliver* é apenas um resumo das conclusões de David Wooley e do falecido Michael Treadwell, que estudaram com cuidado este problema complexo de bibliografia histórica. Ver, em particular, Treadwell, "Benjamin Motte, Andrew Tooke and *Gulliver's travels*", e Wooley, "'About ten days ago...'".

2 Swift, *Correspondence* 3, 189-90.

3 Para uma lista completa dessas mudanças, ver David Wooley, "Swift's copy of *Gulliver's travels*". A carta em si está na Forster Collection da National Art Reference Library, no Victoria and Albert Museum, Londres.

4 Ver Harold Williams, *The text of* Gulliver's travels e *Gulliver's travels* (1926), introdução; Arthur Case, "The text of *Gulliver's travels*", em *Four essays on Gulliver's travels*, 1-49.

5 Na edição brasileira, foram mantidas apenas as notas textuais referentes a trechos mais longos da obra que foram suprimidos ou substancialmente modificados. [N. T.]

6 "Johnson on Shakespeare", em Arthur Sherbo (org.), *Yale edition of the works of Samuel Johnson*. Yale University Press, 1968, vols. 7-8, aqui, p. 111, vol. 7.

Viagens de Gulliver

ilustração 1

TRAVELS

INTO SEVERAL

Remote NATIONS

OF THE

WORLD.

In FOUR PARTS.

By *LEMUEL GULLIVER*,
First a SURGEON, and then a CAPTAIN of ſeveral SHIPS.

VOL. I.

LONDON:

Printed for BENJ. MOTTE, *at the Middle* Temple-Gate *in* Fleet-ſtreet.
MDCCXXVI.

ilustração 2

Advertência

A carta do sr. Sympson *ao Capitão* Gulliver,[1] *prefixada a este volume, torna desnecessária uma Advertência longa. As Interpolações de que se queixa o* Capitão *foram feitas por uma Pessoa já falecida,*[2] *em cujo discernimento o Editor se fiou ao fazer todas as Alterações julgadas necessárias. Essa Pessoa, todavia, não atinando de todo com o Propósito do Autor, nem tampouco sendo capaz de imitar seu Estilo simples e direto, houve por bem acrescentar, em meio a muitas outras Alterações e Inserções, um louvor à Memória da falecida Monarca, dizendo que ela governou sem* Primeiro-Ministro.[3] *Certificamo-nos de que o Texto enviado ao Livreiro em Londres era uma Transcrição do Original, Original esse que está em posse de um Cavalheiro mui digno em Londres, Amigo íntimo do Autor;*[4] *o qual Cavalheiro adquiriu o Livro em Folhas soltas, cotejou-o com os Originais, fê-lo encadernar com Folhas em branco e efetuou as Correções que o Leitor encontrará em nossa Edição. Pois o referido Cavalheiro fez-nos o Obséquio de permitir que transcrevêssemos suas Correções.*

CARTA
DO cap. *GULLIVER*,
A SEU
primo *SYMPSON*[1]

Espero que estejas disposto a declarar em público, quando tal te for pedido, que com muitas e frequentes Insistências me convenceste a publicar um mui descosido e incorreto Relato das minhas Viagens; instruindo-me a contratar uns jovens Cavalheiros de uma das duas Universidades para que o organizassem e lhe corrigissem o Estilo, como o fez meu primo *Dampier*[2] seguindo meus Conselhos, em seu Livro intitulado *Uma Viagem de volta ao Mundo*. Porém não me lembro de te haver dado Permissão para consentires que alguma coisa fosse omitida, e muito menos acrescentada: dessarte, quanto a tais acréscimos tomo a oportunidade para desvincular-me de todos eles; em particular, de um Parágrafo sobre Sua Majestade, a falecida Rainha Ana, da mais pia e gloriosa Memória; muito embora eu a reverenciasse e estimasse mais do que a qualquer outro membro da humana Espécie. Porém tu, ou teu Interpolador, devíeis haver tido em conta que, não sendo essa a minha Inclinação, não seria decoroso elogiar nenhum Animal da nossa Estirpe diante de meu Senhor *Houyhnhnm*:[3] ademais, trata-se de uma completa Falsidade; pois até onde sei, havendo estado na *Inglaterra* durante uma parte do Reinado de Sua Majestade, sei que ela governou por intermédio de um Primeiro-Ministro; mais ainda, de dois em sequência, sendo o primeiro deles o Senhor de *Godolphin*, e o segundo, o

Senhor de *Oxford*;[4] assim, fizeste-me *dizer a coisa que não era*.[5] Do mesmo modo, no meu Relato da Academia de Projetistas, e em algumas Passagens do meu Discurso a meu Senhor *Houyhnhnm*, omitiste algumas Circunstâncias relevantes, ou as truncaste ou modificaste de tal sorte que mal consigo reconhecer minha própria Obra. Quando anteriormente te dei a entender algo nesse sentido numa Carta,[6] houveste por bem responder que temias causar Ofensa; que as Pessoas no Poder mantinham vigilância mui atenta sobre a Imprensa; e eram propensas a não apenas interpretar, como também a punir tudo que parecesse uma *Insinuação* (creio ter sido esse o termo por ti empregado). Mas, dize-me, como poderia algo que afirmei tantos anos atrás, a mais de cinco mil léguas de distância, num Reino outro, ser aplicado a algum dos *Yahoos*[7] que agora, segundo se diz, governam a Manada; especialmente numa época em que eu mal considerava a possibilidade, e mal temia o Infortúnio, de viver sob o domínio deles. Não terei eu motivo de queixa, quando vejo esses mesmos *Yahoos* sendo carregados por *Houyhnhnms* em Veículos, como se estes fossem as Bestas, e aqueles as Criaturas racionais? E de fato, evitar ver tais Cenas monstruosas e detestáveis foi um dos principais Motivos de me haver eu retirado para cá.[8]

Isso tudo julguei apropriado dizer-te em relação a ti mesmo, e à Confiança que em ti depositei.

Em seguida, quero lamentar minha própria Falta de Juízo, quando me deixei levar pelos Apelos e Raciocínios falsos, teus e de outrem, indo muito contra minha própria Opinião, e concedi que fossem publicadas as minhas Viagens. Relembres quantas vezes te pedi, quando invocaste insistentemente como Motivo o *Bem público*, que levasses em conta que os Yahoos eram uma Espécie de Animal de todo incapaz de emendar-se à força de Preceitos ou Exemplos: e foi o que se deu; pois em vez de constatar o fim de todos os Abusos e Corrupções, ao menos nesta pequena Ilha,[9] tal como eu tinha Motivos para imaginar que ocorresse: eis que, sendo decorridos mais de seis meses, não consta que meu Livro tenha produzido um único Efeito pretendido pelas minhas Intenções: pedi-te que me mandasses notícia por Carta, quando os Partidos e as Facções fossem abolidos; os Juízes se tornassem sábios e corretos; os Querelantes,[10] modestos e honestos, com algumas Tintas de Senso comum; e em Smithfield[11] ardessem pilhas de Compêndios de Direito; a educação dos jovens Nobres fosse modificada por completo; os Médicos fossem banidos; as *Yahoos* fêmeas se notabilizassem pela Virtude, a Honra, a Veracidade e o Bom-Senso; as Cortes e Recepções dos grandes Ministros fossem muito bem varridas e capinadas; o Espírito, o Mérito e o Saber, recompensados; todos os que enxovalham a Imprensa em Prosa e Verso, condenados a não comer outra coisa que não seu próprio Algodão,[12] e a matar a Sede com sua própria Tinta. Essas reformas, e mil e uma outras, eu as esperava, com base nos teus Incentivos; e de fato elas podiam claramente ser deduzidas a partir dos Preceitos contidos no meu Livro. E, há que admitir, sete meses seriam Tempo suficiente para corrigir todos os Vícios e Loucuras de que padecem os *Yahoos*; se suas Naturezas fossem capazes de manifestar o mais mínimo pendor à Virtude ou à Sabedoria: e no entanto, em nenhuma das tuas Cartas deste resposta às minhas Expectativas; pelo contrário, entregas a nosso Mensageiro toda semana um carregamento de Libelos, e Chaves, e Reflexões,[13] sendo acusado de censurar grandes Estadistas; de denegrir a Natureza humana (pois eles ainda têm Confiança bastante para assim denominá-la) e de difamar o Sexo Feminino. Percebo também que os Autores de tais Cartapácios não estão de acordo uns com os outros; pois alguns não admitem que eu seja Autor de minhas próprias Viagens; enquanto outros atribuem-me a Autoria de Livros sobre os quais nada sei.

Além disso, verifico que teu Impressor, por relapso, confundiu os Tempos, errando quanto às datas das minhas diferentes Viagens e Regressos; não lhes atribuindo nem o ano, nem o mês, nem o dia corretos. E dizem-me que o Manuscrito original foi todo destruído, após a Publicação de meu Livro.[14] Também eu não possuo nenhuma Cópia; entretanto, enviei-te algumas Correções, as quais podes inserir, caso venha a haver uma segunda Edição: e no entanto nelas não posso insistir, porém deixo essa Questão aos meus leitores judiciosos e imparciais, para que ajustem o Texto como bem o entenderem.

Chega-me aos Ouvidos, outrossim, que alguns de nossos *Yahoos* do Mar põem Reparos na minha Linguagem marítima, ou por não ser apropriada em muitos Trechos, ou por haver caído em Desuso. Quanto a isso, nada posso fazer. Nas minhas primeiras Viagens, ainda jovem, fui instruído pelos Marinheiros mais idosos, e aprendi a falar tal como eles o faziam. Constatei, porém, que os *Yahoos* do Mar, como seus congêneres de Terra, gostam de embriagar-se com Palavras novas e requintadas, as quais mudam a cada ano; tanto assim que, quando me lembro a cada Viagem de Regresso a meu País, seu Falar antigo havia de tal modo mudado, que mal conseguia eu compreender o novo. E observo que, quando algum *Yahoo* vem de Londres movido pela Curiosidade para visitar-me em minha Casa, um não consegue exprimir seus Conceitos de Modo a se tornar inteligível para o outro.

Se as Censuras dos Yahoos pudessem de algum Modo afetar-me, bom Motivo teria eu para me queixar de que alguns deles têm o Desplante de afirmar que meu Livro de Viagens não passa de uma Ficção gerada pelo meu Cérebro; e chegam mesmo a dar a entender que os *Houyhnhnms* e os *Yahoos* são tão inexistentes quanto os habitantes da *Utopia*.[15]

De fato, devo confessar que quanto à Gente de *Liliput*e, *Brobdingrag* (pois era assim que a Palavra haveria de se escrever, e não erroneamente como *Brobdingnag*) e *Laputa*, jamais ouvi um *Yahoo* ter a Presunção de negar sua Existência, ou os Fatos que relatei a seu respeito; porque a Verdade tem a Força imediata de convencer a todo Leitor. E como poderia ser menos digno de Crédito meu Relato sobre os *Houyhnhnms* e os *Yahoos*, quando há tantos Milhares destes últimos nesta mesma Cidade, que só diferem de seus Semelhantes em Brutalidade da Terra dos *Houyhnhnms* por se valerem duma espécie de *Algaravia* e não andarem nus? Escrevi buscando seu Melhoramento, não sua Aprovação. Os Louvores em uníssono de toda a Raça menos Peso teriam para mim do que os Relinchos dos dois *Houyhnhnms* degenerados que guardo em minha Cavalariça; porque graças ao Convívio com eles, por degenerados que sejam, ainda aperfeiçoo-me quanto a algumas Virtudes, sem mistura com o Vício.

Se esses Animais miseráveis me julgam tão degenerado a ponto de vir a defender minha Veracidade, *Yahoo* que sou, é sabido por toda a *Terra dos Houyhnhnms* que graças à Instrução e ao Exemplo do meu ilustre Senhor, consegui, no espaço de dois anos (embora, há que confessar, com grande Dificuldade), livrar-me daquele infernal Hábito das Mentiras, Ardis, Logros e Prevaricações, que estão tão profundamente arraigados nas Almas de todos os da minha Espécie; em particular, os *Europeus*.

Tenho outras Queixas a fazer nesta Oportunidade tão pouco auspiciosa; porém não me permito continuar a perturbar a ti e a mim mesmo. Devo confessar francamente que desde meu último Regresso, algumas Corrupções da minha Natureza *Yahoo* reavivaram-se em mim pelo contato com alguns Membros da tua Espécie, em particular os de minha própria Família, movido por uma Necessidade inevitável; senão não teria eu jamais empreendido um Projeto tão absurdo quanto a Reforma da Raça dos *Yahoos* deste reino; mas agora deixei de lado tais Planos visionários para todo o sempre.

Do editor para o leitor

O Autor destas Viagens, o sr. *Lemuel Gulliver*, é velho e íntimo Amigo meu; há também algum Parentesco entre nós, pelo lado materno. Há cerca de três anos, estando o sr. *Gulliver* cansado da Multidão de Curiosos que vinham vê-lo em sua Casa em *Redriff*,[1] adquiriu ele um pequeno Terreno, juntamente com uma Casa adequada, perto de *Newark*, em *Nottinghamshire*, seu Torrão Natal; onde vive agora retirado, porém gozando da boa Estima de seus Vizinhos.

Embora o sr. *Gulliver* tenha nascido em *Nottinghamshire*, onde seu Pai residia, já o tenho ouvido dizer que sua Família é de *Oxfordshire*; para verificar tal afirmativa, verifiquei no Campo-Santo de *Banbury*, naquele Condado, diversos Túmulos e Monumentos dos *Gulliver*.[2]

Antes de partir de *Redriff*, confiou ele à minha Guarda os Papéis que se seguem, para que eu lhes desse o fim que bem entendesse. Já os li com cuidado três vezes: o Estilo é mui direto e simples; e o único Reparo que lhes faço é que o Autor, como soem ser os Viajantes, considera as coisas miudamente em excesso. Em toda a Obra há uma Aparência de Verdade; e de fato, o Autor era de tal modo reputado por sua Veracidade, que se tornou uma espécie de Provérbio entre seus Vizinhos de *Redriff*, quando alguém afirmava algo, acrescentar: que era verdade tal como se o sr. *Gulliver* o tivesse dito.

Seguindo o Conselho de diversas Pessoas de mérito, às quais, com a devida Permissão do Autor, mostrei estes Papéis, apresento-os agora ao Mundo, na esperança de que, ao menos por algum tempo, sua leitura proporcione um Entretenimento melhor, aos nossos jovens Nobres, do que as costumeiras Pasquinadas sobre a Política e os Partidos.

Este Tomo seria duas vezes maior do que é, não tivera eu tomado a liberdade de riscar inúmeras Passagens a respeito dos Ventos e das Marés, bem como Leituras da Bússola nas diferentes Viagens; juntamente com Descrições minuciosas do Governo do Navio durante as Tempestades, à Maneira dos Marinheiros: bem como Longitudes e Latitudes; o que me dá motivo para temer que o sr. *Gulliver* fique um pouco contrariado. Contudo, fiz questão de adequar a Obra tanto quanto possível à Capacidade geral dos Leitores. Se, porém, minha Ignorância em Assuntos Náuticos me tiver levado a cometer alguns Erros, sou eu o único responsável por eles: e se algum Viajante estiver curioso para conhecer a Obra por inteiro, tal como saiu do Punho do Autor, prontamente atenderei a seu desejo.

No mais, Minudências adicionais a respeito do Autor serão encontradas nas primeiras Páginas do Livro.

RICHARD SYMPSON

Índice

SEGUNDA PARTE – VIAGEM A BROBDINGNAG

QUARTA PARTE – VIAGEM AO PAÍS DOS HOUYHNHNMS

XII

VIAGENS

Primeira parte — viagem a Lilipute

ilustração 3

I

O Autor dá alguma Notícia de si próprio e sua Família, seus primeiros Incentivos para as viagens. Sofre um Naufrágio, e salva-se nadando até a costa da Terra de Liliputе, *é feito prisioneiro e levado para o Interior.*

Meu Pai possuía uma pequena Propriedade em *Nottinghamshire*; era eu o Terceiro de cinco Filhos varões. Ele fez-me estudar no *Emanuel College* de *Cambridge*[1] aos catorze anos de idade,[2] e lá residi por três anos, aplicando-me com afinco aos Estudos: mas sendo o Custo dessa minha estada (ainda que fosse mui parca minha Mesada) excessivo para a escassa Fortuna de meu pai, fui feito Aprendiz do Sr. *James Bates*, um eminente Cirurgião[3] de Londres, com quem permaneci por quatro anos; e as pequenas quantias que meu Pai me enviava de quando em vez, empreguei-as no aprendizado da Navegação, e de outras partes das Matemáticas que são úteis para aqueles que tencionam viajar, o que sempre julguei ser meu destino mais cedo ou mais tarde. Quando me despedi do Sr. *Bates*, voltei para junto de meu Pai; onde, com a ajuda dele e do meu Tio *John*, e de alguns outros Parentes, muni-me de quarenta Libras, e a Promessa de trinta Libras por ano para meu sustento em *Leiden*:[4] lá estudei Medicina por dois anos e sete meses, sabendo que isso me havia de ser útil nas Viagens mais demoradas.

Pouco após meu regresso de *Leiden*, fui recomendado pelo meu bom mestre, o Sr. *Bates*, para o posto de Cirurgião do *Swallow*, comandado pelo Capitão *Abraham Pannell*; com o qual permaneci por três anos e meio, fazendo uma ou duas viagens ao Levante,[5] e outras Regiões. Ao voltar, decidi residir em *Londres*, no que fui estimulado pelo Sr. *Bates*, meu Mestre, o qual me recomendou a diversos Pacientes. Fui morar numa pequena Casa em *Old Jury*,[6] e sendo aconselhado a mudar de Estado Civil, casei-me com a Sra. *Mary Burton*,[7] segunda filha do Sr. *Edmond Burton*, negociante de meias, estabelecido na *Newgate Street*, de quem recebi quatrocentas libras de Dote.[8]

Porém, vindo a falecer meu bom Mestre *Bates* dois anos depois, e dispondo eu de poucos Amigos, meus Negócios entraram em crise; pois não permitia minha Consciência que eu imitasse as Práticas de muitos dos meus Colegas de Ofício. Tendo, pois, consultado minha Esposa, e alguns de meus Conhecidos, decidi retornar ao Mar. Atuei como Cirurgião sucessivamente em dois Navios, e fiz diversas Viagens, por seis anos, às *Índias Orientais* e *Ocidentais*, e pude assim aumentar um pouco minha Fortuna. Minhas horas de Lazer, eu as dedicava à leitura dos melhores Autores, antigos e modernos, sempre provido de boa cópia de Livros; e, estando em terra firme, à observação das Maneiras e Inclinações dos Povos, bem como aprendendo suas Línguas, valendo-me da grande facilidade que me proporcionava minha potente Memória.

Não tendo sido muito proveitosa a última dessas Viagens, enfadei-me com o Mar, e decidi ficar em casa com minha Esposa e minha Família. Mudei-me de *Old Jury* para *Fetter Lane*, e de lá para *Wapping*,[9] na esperança de encontrar Clientes entre os Marinheiros; mas não tive sucesso. Após três anos à espera de que as coisas melhorassem, aceitei uma Proposta vantajosa feita pelo Capitão *William Prichard*, Comandante do *Antelope*, que seguia para os *Mares do Sul*. Partimos de *Bristol* em 4 de maio de 1699, e nossa viagem foi de início mui lucrativa.

Não seria conveniente, por mais de um Motivo, enfadar o Leitor com Detalhes referentes às nossas Aventuras naqueles Mares: bastará dizer que em nossa Viagem de lá para as *Índias Orientais* uma Tempestade violenta nos levou para noroeste da *Terra de Van Diemen*.[10] Verificamos estar na Latitude de 30 graus e 2 minutos Sul. Doze dos Homens de nossa Equipagem haviam morrido por excesso de Trabalho e má Alimentação, e os sobreviventes estavam mui debilitados. No dia 5 de *Novembro*, que naquelas Plagas é o início do Verão, havendo uma Névoa mui espessa, os Marinheiros divisaram um Rochedo, a meio cabo[11] de distância do Navio; porém era tão forte o Vento que fomos impelidos diretamente para ele, e de imediato a Nau se partiu. Seis Homens, sendo eu um deles, tendo tomado um Escaler, esforçávamo-nos para evitar uma colisão com o Navio e o Rochedo. Remamos, segundo calculo, por cerca de três léguas,[12] até não podermos mais, por já estarmos exauridos do tanto que havíamos trabalhado ainda no Navio. Portanto nos entregamos à Mercê das Ondas, e em cerca de meia hora o Barco foi adernado por uma súbita Rajada do Norte. Que fim levaram meus Companheiros do Barco, bem como os que escaparam no Rochedo, ou que ficaram no Navio, não sei dizer; concluo, porém, que todos se perderam. Quanto a mim, nadei conforme quis a Fortuna, e empurraram-me para a frente o Vento e a Maré. De vez em quando eu deixava as Pernas afundarem, e elas não tocavam o fundo: mas estando nas minhas últimas forças, incapaz de continuar a lutar, percebi que finalmente dava pé; e a essa altura a Tempestade em muito já havia amainado. A Declividade era tão pouca, que caminhei quase uma milha[13] até chegar à praia, quando calculei ser por volta de oito horas da noite. Em seguida, avancei quase meia milha em terra, mas não consegui encontrar nenhum sinal de Casas ou Habitantes; ou, ao menos, tal era minha Fraqueza que nada vi. Eu estava extremamente cansado, e por esse motivo, e pelo Calor que fazia, e por conta de cerca de meio quartilho[14] de Aguardente que havia bebido antes de sair do Navio, sentia-me bem inclinado a dormir. Deitei-me na Grama, que era mui curta e macia, e dormi o sono mais profundo que jamais dormi em toda minha vida, e creio que por mais de nove horas; pois quando despertei, o Dia acabava de raiar. Tentei levantar-me, mas não consegui me mexer: pois, estando eu em decúbito dorsal, vi que meus Braços e Pernas estavam fortemente atados ao Chão de ambos os lados; e meus Cabelos, que eram longos e fartos, estavam amarrados da mesma maneira. Sentia também diversas Ligaduras em torno de meu Corpo, dos Sovacos até as Coxas. Só podia olhar para cima, o Sol começava a esquentar, e a Luz magoava-me a Vista. Ouvi um Ruído confuso a meu redor, mas na posição em que estava não via nada além do Céu. Depois de algum tempo senti que alguma coisa viva caminhava sobre minha Perna esquerda, e avançava pouco a pouco sobre meu Peito, chegando quase até meu Queixo; quando então, voltando os Olhos para baixo tanto quanto pude, vi que era uma Criatura humana com menos de seis polegadas[15] de altura, com um Arco e uma Flecha nas mãos, e uma Aljava nas Costas. Nesse ínterim, senti pelo menos outras quarenta da mesma espécie (calculava eu) seguindo os passos da primeira. Era enorme minha Perplexidade, e gritei tão alto, que todas elas voltaram correndo, assustadas; e algumas, como me foi dito depois, feriram-se ao saltarem de minhas Ilhargas para o Chão. Logo, porém, voltaram, e uma delas, que se aproximou a ponto de poder olhar meu Rosto de frente, levantando as Mãos e os Olhos num gesto de Espanto, exclamou com uma Voz estridente, porém nítida: *Hekiná Degul*:[16] os outros repetiram a mesma Expressão várias vezes, porém eu lhe não atinava com o Significado. Durante todo esse tempo, como o Leitor há de acreditar, eu estava mui assustado: por fim, esforçando-me para me libertar, consegui romper os Fios, e arrancar as Cavilhas que prendiam ao Chão meu Braço esquerdo; pois, ao levantá-lo até a altura do Rosto, descobri os Métodos que haviam usado para me atar; e, ao mesmo tempo, com um Tirão violento, que me causou uma Dor terrível, pude afrouxar um pouco os Fios que me fixavam os Cabelos do lado esquerdo, de modo que pude virar a Cabeça umas duas polegadas. Mas as Criaturas fugiram correndo outra vez, antes que eu pudesse agarrá-las; quando então ouvi um Grito alto num Tom mui estridente, e depois que ele cessou, ouvi uma delas exclamar bem alto: *Tolgo Fonac*; e no instante seguinte senti mais de cem Flechas cravarem-se na minha Mão esquerda, que me espetaram como se foram tantas Agulhas; e além disso lançaram mais outras para o alto, como fazemos com as Bombas na *Europa*, muitas das quais, imagino, caíram em meu Corpo (mas não as senti) e outras atingiram-me no Rosto, o qual cobri de imediato com a Mão esquerda. Finda essa Chuva de Flechas, caí gemendo de Sofrimento e Dor, e então, como eu novamente me esforçasse para me libertar, as Criaturas lançaram mais uma Torrente, maior que a primeira, e algumas delas tentaram atacar-me as Ilhargas com Lanças; por sorte, porém, eu estava usando um Gibão de Couro de Búfalo, que elas não puderam perfurar. Julguei que o mais prudente era ficar deitado sem me mexer, e resolvi que assim ficaria até que anoitecesse, quando então, estando minha Mão esquerda já solta, eu conseguiria com facilidade libertar-me: e quanto aos Habitantes, tinha eu motivos para me crer capaz de enfrentar o maior dos Exércitos que eles pudessem convocar contra mim, se fossem todos do tamanho daquele que eu vira. Porém quis a Fortuna que as coisas se dessem de outro modo. Quando as Pessoas observaram que eu estava imóvel, pararam de lançar Flechas: mas como o Rumor aumentasse, compreendi que elas eram mais e mais numerosas; e a cerca de quatro jardas[17] de mim, junto a meu Ouvido direito, ouvi um martelar que perdurou por mais de uma hora, como se fossem Homens trabalhando; quando virei a Cabeça para aquele lado, até onde mo permitiam as Cavilhas e Fios, vi um Tablado sendo construído, com cerca de um pé e meio[18] de altura, capaz de sustentar quatro dos Habitantes, com duas ou três Escadas para nele subir: e de lá um deles, que parecia ser uma Pessoa de distinção, dirigiu-me um prolongado Discurso, do qual não compreendi sequer uma Sílaba. Porém devia eu ter dito que, antes de começar sua Oração, a Pessoa importante exclamou três vezes *Langro Dehul san* (essas Palavras, bem como as anteriores, me foram repetidas e explicadas posteriormente). Então de imediato vieram cerca de cinquenta Habitantes, e cortaram os Fios que me prendiam o lado esquerdo da Cabeça, e assim pude virá-la para a direita, e ver a Figura e os Gestos da Pessoa que se preparava para falar. Parecia ser de meia-idade, e mais alto do que os outros três que o assistiam, um dos quais era um Pajem que lhe segurava a Cauda do Manto, e parecia um pouco mais longo que meu Dedo médio; os outros dois colocaram-se um a cada lado dele, para lhe dar apoio. Ele agia de todos os modos como um Orador, e pude perceber em sua Fala muitas expressões de Ameaças, e também outras de Promessas, Piedade e Benevolência. Respondi com poucas Palavras, mas do modo mais submisso, levantando a Mão esquerda e os Olhos para o Sol, como se o convocasse como Testemunha; e estando quase morto de Fome, não havendo comido coisa alguma desde horas antes de abandonar o Navio, eram tão fortes as Exigências da Carne em mim que não pude conter minha Impaciência (talvez transgredindo as Regras da Decência) e levei o Dedo repetidas vezes à Boca, para indicar que eu queria comer. O *Hurgo* (pois é esse o nome que eles dão a um grão-Senhor, como depois me foi dito) compreendeu-me muito bem. Desceu do Tablado, e mandou que várias Escadas fossem colocadas a meu lado, e nelas mais de cem Habitantes subiram, e caminharam até minha Boca, trazendo Cestas cheias de Comida, que haviam sido fornecidas e para lá enviadas por Ordem do Rei, tão logo foi ele informado de minha existência. Observei que continham a Carne de vários animais, mas não pude distingui-los pelo Sabor. Havia Quartos, Pernis e Lombos, que pela forma lembravam os de um Carneiro, e eram mui bem temperados, sendo porém menores que as Asas de uma Cotovia. Comi essas Carnes duas ou três a cada Bocado, e três Pães a cada vez, sendo os Pães mais ou menos do tamanho de Balas de Mosquete. Deram-me o que puderam me dar, com mil Sinais de espanto e maravilhamento diante do meu Volume e Apetite. Fiz um outro Gesto indicando que queria beber. Pelo quanto eu tinha comido, perceberam que uma pequena quantidade não haveria de saciar-me, e sendo sobremaneira engenhosos, com muita Destreza alçaram um dos maiores Tonéis de que dispunham, e em seguida fizeram-no rolar em direção a minha Mão, e arrancaram-lhe a Tampa; bebi-o de um só Gole, o que não era de admirar, pois não chegava a conter meio quartilho, e o gosto era de Vinho fraco de *Borgonha*, porém mais delicioso. Trouxeram-me um segundo Tonel, que bebi do mesmo modo, e fiz Sinal de que queria mais, porém mais não tinham para me trazer. Tendo eu praticado esses Feitos maravilhosos, eles gritaram de Júbilo, e dançaram sobre meu Peito, repetindo várias vezes, tal como antes: *Hekiná Degul*. Indicaram com Gestos que eu jogasse para baixo os dois Tonéis, porém primeiro avisaram as Pessoas para que se afastassem, gritando: *Borach Mivola*, e quando viram os Tonéis no

Ar, ouviu-se um Brado universal de *Hekiná Degul*. Confesso que muitas vezes senti-me tentado, enquanto eles andavam de um lado para o outro sobre meu Corpo, a agarrar Quarenta ou Cinquenta dos que estivessem ao meu alcance e lançá-los no Chão. Porém a lembrança do que eu havia sentido, que provavelmente não era o pior de que eles eram capazes, e a Palavra de Honra que eu lhes dera, pois assim eu interpretava meu próprio Comportamento submisso, em pouco tempo expulsou tais Pensamentos. Ademais, eu agora julgava-me comprometido pelas Leis de Hospitalidade com um Povo que me concedera Desvelos tão dispendiosos e suntuosos. No entanto, em meu Íntimo não cessava de espantar-me da Intrepidez daqueles Mortais tão pequeninos, que ousavam subir em meu Corpo e andar por ele, enquanto uma de minhas Mãos estava livre, sem tremer diante da visão de uma Criatura tão prodigiosa como eu decerto havia de lhes parecer. Após algum tempo, quando observaram que eu não pedia mais Comida, apareceu diante de mim uma Pessoa de alto escalão enviada por sua Majestade Imperial. Tendo subido pela minha Canela direita, sua Excelência avançou até meu Rosto, juntamente com uma Comitiva de mais de dez Pessoas. E apresentando suas Credenciais sob o Sinete Real, aproximando-os de meus Olhos, falou por cerca de dez minutos, sem qualquer sinal de Ira, porém com uma espécie de Determinação firme; apontando amiúde numa Direção que, como depois me foi dito, era a da Metrópole, a cerca de meia milha dali, pois sua Majestade em Conselho havia decidido que para lá deveria eu ser levado. Respondi com poucas Palavras, mas de nada isso adiantou, e fiz um Sinal com a Mão que estava solta, levando-a até a outra (porém passando bem acima da Cabeça de sua Excelência, para não machucar sua Pessoa ou as de seus Seguidores) e depois indicando minha Cabeça e meu Corpo, querendo dizer que eu desejava minha Liberdade. Ele pareceu entender-me muito bem, pois balançou a Cabeça em desacordo e levantou a Mão num Gesto cujo significado era que eu devia ser levado como Prisioneiro. Porém, fez outros Sinais para me fazer entender que eu teria Comida e Bebida suficiente, e seria muito bem tratado. Nesse momento, mais uma vez pensei em romper minhas Amarras; contudo, sentindo as pontadas de suas Flechas no Rosto e nas Mãos, que estavam cobertos de Bolhas, sendo que muitas das Setas continuavam espetadas em minha Carne, e observando também que o número de meus Inimigos aumentava, fiz Sinal de que eles poderiam lidar comigo do modo que bem entendessem. Ao ouvir isso, o *Hurgo* e seu Séquito se afastaram, com muita Civilidade e Semblantes mui alegres. Pouco depois ouvi uma Gritaria geral, com frequentes repetições das Palavras *Peplon Selam*, e senti que um grande Número de Pessoas ao meu lado esquerdo estava afrouxando as Amarras a tal ponto que pude me virar para a direita, e urinar; o que fiz com muita abundância, para grande espanto da Multidão, a qual, compreendendo ao ver meus Movimentos o que eu estava prestes a fazer, de imediato abriram alas para a esquerda e direita daquele lado para evitar a Torrente que partiu de mim, com tanto estrépito e violência. Mas antes disso, untaram-me o Rosto e ambas as Mãos com uma espécie de Unguento de Odor muito agradável, que em poucos minutos fez passar o ardor das Flechas. Essas Circunstâncias, bem como o Conforto que me proporcionaram o Alimento e Bebida que me deram, os quais eram sobremodo nutritivos, me fizeram adormecer. Dormi por cerca de oito horas, como me foi dito depois; o que não era de admirar, pois os Médicos, por ordem do Imperador, haviam misturado uma Poção para dormir com o Vinho dos Tonéis.

Ao que parecia, tão logo fui encontrado dormindo no Chão após minha Chegada, o Imperador foi incontinente avisado do ocorrido por um Mensageiro, e decidiu-se em Conselho que eu seria amarrado do modo como descrevi (o que se fez durante a Noite enquanto eu dormia), que grande cópia de Comida e Bebida me fosse enviada, e que se preparasse uma Máquina para me transportar até a Metrópole.

Tal Decisão pode talvez parecer mui temerária e perigosa, e estou certo de que não seria imitada por nenhum Príncipe europeu em Ocasiões semelhantes; a meu ver, porém, foi extremamente prudente, tanto quanto generosa. Pois se aquelas Pessoas tivessem decidido matar-me com suas Lanças e Flechas enquanto eu dormia, decerto eu teria despertado ao sentir as primeiras Aguilhoadas, as quais talvez houvessem também atiçado minha Raiva e minhas Forças, permitindo que eu rompesse os Fios com que estava amarrado; depois do quê, como não seriam capazes de oferecer Resistência, não poderiam esperar de minha parte nenhuma Misericórdia.

Aquelas Pessoas são exímias Matemáticas, e atingiram uma grande perfeição na Mecânica com o estímulo e o incentivo do Imperador, que é um renomado Patrono do Saber. Esse Príncipe dispõe de diversas Máquinas dotadas de Rodas para o transporte de Árvores e outros grandes Pesos. Com frequência ele constrói suas maiores Naus de Guerra, algumas das quais chegam a nove pés de comprimento, nos Bosques onde crescem as Árvores, e nessas Máquinas transporta-as até o Mar, a trezentas ou quatrocentas jardas de distância. Quinhentos Carpinteiros e Engenheiros foram de imediato postos para trabalhar na construção da maior Máquina que eles jamais possuíram. Era uma Estrutura de Madeira a três polegadas de altura do Chão, com cerca de sete pés de comprimento e quatro de largura, posta sobre vinte e duas Rodas. O Grito que ouvi assinalou a chegada dessa Máquina, creio que quatro horas após ter eu dado à costa. A Máquina foi posta em posição paralela a meu Corpo. O mais dificultoso, porém, foi elevar-me e colocar-me em cima do Veículo. Oitenta Estacas, cada uma de um pé de altura, foram erigidas com este fim, e Cordas mui fortes, da espessura de um Barbante, foram afixadas com Ganchos a muitas Faixas, que os Operários haviam atado em torno de meu Pescoço, minhas Mãos, meu Corpo e minhas Pernas. Novecentos dos Homens mais fortes foram empregados para puxar essas Cordas, as quais passavam por Roldanas afixadas nas Estacas, e assim em menos de três horas fui içado e posto nessa Máquina, e a ela muito bem amarrado. Tudo isso me foi relatado depois, pois no decorrer de toda essa Operação estava eu mergulhado em sono profundo, por efeito daquela Mezinha soporífera misturada à minha bebida. Mil e quinhentos dos maiores Cavalos do Imperador, cada um deles com cerca de quatro polegadas e meia de altura, foram utilizados para me puxar até a Metrópole, a qual, como já disse, ficava a meia milha dali.

Cerca de quatro horas após o início de nossa Jornada, fui despertado por um acidente muito ridículo; pois quando a Carroça se deteve por um momento para ajeitar algo que estava fora do lugar, dois ou três dos jovens Nativos, curiosos para ver como eu era quando dormia, subiram na Máquina, e andando mui delicadamente até meu Rosto, um deles, um Oficial da Guarda, enfiou a ponta aguçada de sua Meia-Lança bem fundo em minha Fossa Nasal esquerda, o que teve o efeito de me fazer cócegas como se fosse uma Palha, e provocou um Espirro violento: em razão disso os dois escapuliram sem ser vistos, e foi só três semanas depois que fiquei sabendo por que despertei de modo tão súbito. Fizemos uma longa Jornada pelo resto Daquele dia, e descansamos à Noite com quinhentos Guardas a cada lado de mim, metade deles munidos de Archotes, e metade com Arcos e Flechas, prontos para disparar se eu tentasse me mexer. Na Manhã seguinte, ao nascer do Sol, continuamos nossa Viagem, e chegamos a duzentas jardas dos Portões da

Cidade por volta do meio-dia. O Imperador, com toda a sua Corte, veio nos receber, mas seus altos Oficiais de modo algum permitiram que sua Majestade corresse o risco de subir em meu Corpo.

No lugar em que parou a Carroça havia um Templo antigo, considerado o maior de todo o Reino, o qual, tendo sido conspurcado alguns anos antes por um Assassinato desumano,[19] passou a ser visto, devido ao zelo daquela gente, como profanado, e portanto ficou sendo utilizado para outros fins, tendo sido levados de lá todos os Ornamentos e Móveis. Era naquele Prédio que eu deveria ficar. O grande Portão voltado para o Norte tinha cerca de quatro pés de altura, e quase dois de largura, sendo para mim fácil nele entrar de gatinhas. A cada lado do Portão havia uma pequena Janela a no máximo seis polegadas do Chão: pela Janela do lado esquerdo, os Ferreiros do Rei fizeram entrar noventa e uma Correntes, semelhantes àquelas que as Damas na *Europa* usam para pendurar seus Relógios, e quase do mesmo tamanho que elas, as quais foram presas à minha Perna esquerda com trinta e seis Cadeados. Defronte a esse Templo, do outro lado da grande Avenida, a uma distância de vinte pés, havia um Torreão com no mínimo cinco pés de altura. O Imperador, acompanhado de muitos dos principais Senhores de sua Corte, subiu nesse Torreão a fim de ter uma oportunidade de me ver, segundo me foi dito, pois não podia eu vê-los. Calculou-se que cerca de cem mil Habitantes vieram da Cidade com o mesmo fim; e apesar da presença de meus Guardas, creio que no mínimo dez mil, em diversas ocasiões, subiram em meu Corpo com a ajuda de Escadas. Porém logo foi promulgado um Decreto proibindo tal prática, sob pena de Morte. Quando os Operários verificaram que era impossível para mim me libertar, cortaram todos os Fios que me atavam; então me levantei, presa da maior Melancolia que jamais senti em minha vida. Mas o estrépito e a perplexidade das Pessoas ao me verem levantar e caminhar são impossíveis de descrever. As Correntes presas à minha Perna esquerda tinham cerca de duas jardas de comprimento, e não apenas permitiam-me caminhar para a frente e para trás num Semicírculo, como também, estando fixadas a cerca de quatro polegadas do Portão, deixavam que eu lá entrasse de gatinhas, e me deitasse sem me encolher no interior do Templo.

II

O Imperador de Liliput*e, acompanhado de alguns Nobres, vem ver o Autor feito Prisioneiro. Descrição da Pessoa do Imperador e de seus Hábitos. Sábios são encarregados de ensinar ao autor o Idioma local. Ele cai nas boas graças por seu Temperamento afável. Seus Bolsos são revistados, e sua Espada e suas Pistolas são-lhe confiscadas.*

Quando me vi em pé, olhei à minha volta e devo confessar que nunca antes vi Paisagem mais atraente. A Terra ali parecia ser um Jardim contínuo, e os Campos cultivados, geralmente com quarenta pés de lado, pareciam Canteiros de Flores. Esses Campos eram entremeados com Bosques de meio *stang*,[20] e as Árvores mais altas, segundo meus cálculos, pareciam ter sete pés de altura. Eu via a Cidade à minha esquerda, e ela parecia um Cenário pintado de uma Cidade num Teatro.

Nas últimas horas, eu me sentia premido pelas Necessidades da Natureza; o que não admirava, pois já quase fazia dois dias desde a última vez em que eu me aliviara. Estava eu dividido entre a Urgência e a Vergonha. A melhor Solução que pude encontrar foi entrar de gatinhas na minha Casa, o que fiz em seguida; então, fechando o Portão após entrar, fui até onde me permitia a extensão da Corrente, e lá livrei meu Corpo daquela Carga incômoda. Mas foi essa a única vez em que incorri numa Ação tão imunda; e só me resta esperar que o gentil Leitor me faça Justiça e me encare com certa compreensão, depois de examinar de forma madura e isenta a Situação aflitiva em que eu me encontrava. A partir desse dia, passei a desempenhar essa Ação, assim que despertava, ao ar livre, no ponto extremo a que minha Corrente me dava acesso, e antes que chegassem as Visitas, todas as manhãs a Substância asquerosa era despachada em Carrinhos de Mão, por dois Criados escolhidos para essa tarefa. Eu não teria me alongado de tal modo sobre um Assunto que à primeira vista talvez não pareça muito importante, se não julgasse necessário justificar meu Caráter perante o Mundo no que diz respeito à questão da Limpeza; pois me foi relatado que alguns de meus Detratores me têm criticado sob esse aspecto, a propósito dessa Ocasião e de outras.

Quando terminou essa Aventura, saí de minha casa, pois precisava de Ar fresco. O Imperador já havia descido da Torre, e aproximava-se a Cavalo, o que lhe poderia ter custado caro; pois o Animal, desacostumado a uma tal Visão, que era como se uma Montanha se movesse à sua frente, empinou-se: porém, o Príncipe em questão, que é um excelente Cavaleiro, manteve-se na Sela até chegarem seus Palafreneiros, os quais vieram correndo e seguraram as Rédeas enquanto sua Majestade tinha tempo de desmontar. Feito isso, ele andou à minha volta, a examinar-me com muita Admiração, porém sempre mantendo-se fora do alcance da minha Corrente. Deu ordens a seus Cozinheiros e Mordomos, que já estavam a postos, de servir-me Comida e Bebida, as quais foram colocadas em Veículos com Rodas que foram empurrados até chegarem a meu alcance. Peguei os Veículos e em pouco tempo esvaziei-os a todos; vinte deles estavam cheios de Alimentos, dez de Bebida, sendo que cada um daqueles me proporcionava dois ou três bons Bocados, e esvaziei o conteúdo de dez Botijas de Barro dentro de um dos Veículos, bebendo-o todo de um só Gole, e assim procedi com o resto. A Imperatriz, e jovens Príncipes de Sangue de ambos os Sexos, acompanhados de muitas Damas, assistiam a tudo sentados em Cadeiras a alguma distância dali; porém o Acidente ocorrido com o Cavalo do Imperador levou todos a se levantarem e se aproximarem de sua Pessoa, a qual agora passo a descrever. Ele é mais alto, por pouco menos que a largura de minha Unha, do que qualquer Membro de sua Corte, fato que por si só é o bastante para despertar Veneração em todos os que o veem. Suas Feições são fortes e másculas, com Lábios *Austríacos* e Nariz aquilino,[21] Tez azeitonada, Porte ereto, Tronco e Membros bem-proporcionados, todos os Movimentos graciosos e uma Figura majestosa. Na época, já não era mais jovem, tendo vinte e oito anos e nove meses de idade, estando no trono havia cerca de sete anos, e reinando com muito Sucesso, quase sempre vitorioso. Para poder vê-lo melhor, deitei-me de lado, deixando meu Rosto paralelo ao seu, estando ele a apenas três jardas de mim. Porém, depois disso eu o tive muitas vezes em minha Mão, e portanto não tenho como enganar-me ao descrevê-lo. Seu Traje era muito simples e singelo, seguindo um Costume entre o *Asiático* e o *Europeu*; mas levava na Cabeça um leve Elmo de ouro, enfeitado com Joias, com uma Pluma no alto. Levava na Mão sua Espada, para se defender, se por acaso eu me soltasse; tinha ela quase três polegadas de comprimento, sendo o Punho e a Bainha de Ouro com Diamantes incrustados. Sua Voz era aguda, mas muito límpida e nítida, e eu a ouvia com clareza quando de pé. As Damas e Cortesãos trajavam todos Roupas magníficas, de modo que o Lugar onde eles estavam se afigurava a mim uma Anágua estendida no Chão, bordada com Estampas em Ouro e Prata. Sua Majestade Imperial falou muitas coisas a mim, e eu lhe respondi, mas nem eu nem ele entendíamos sequer uma Sílaba. Estavam presentes alguns de seus Sacerdotes e Advogados (ao que pude julgar com base em seus Trajes), os quais receberam ordem de se dirigirem a mim, e eu lhes falei em todas as Línguas das quais eu tinha o mais mínimo conhecimento, a saber, *Alemão* e *Holandês*, *Latim*, *Francês*, *Espanhol*, *Italiano* e *Língua Franca*;[22] porém foi tudo em vão. Após cerca de duas horas a Corte se retirou, e fiquei acompanhado de uma Guarda bem armada, para impedir qualquer atitude desrespeitosa ou mesmo agressiva da Ralé, que com muita impaciência aguardava a hora de se aproximar de mim tanto quanto ousava, sendo que alguns tiveram a Impudência de atirar Flechas em minha direção, estando eu sentado no Chão ao lado da Entrada da minha Casa, e uma dessas Flechas por pouco não me atingiu o Olho esquerdo. Porém, o Coronel mandou que seis dos Cabeças dessas Desordens fossem detidos, e pareceu-lhe que não havia Castigo mais apropriado do que colocá-los amarrados em minhas Mãos, o que foi feito por alguns de seus Soldados, empurrando-os com os Cabos de suas Lanças até que eles estivessem ao meu alcance; peguei-os todos com a Mão direita e coloquei-os no Bolso da Jaqueta, e quanto ao sexto, fiz um Esgar como se me preparasse para devorá-lo vivo. O pobre Homem gritou de modo terrível, e o Coronel e seus Oficiais muito sofreram, principalmente quando me viram sacar meu Canivete: mas em pouco tempo tranquilizei-os, pois, com uma expressão amena, incontinente cortei os Fios com que ele estava amarrado, e delicadamente coloquei-o no chão, quando então ele saiu correndo; fiz o mesmo com os outros, tirando-os do Bolso um por um, e observei que tanto os Soldados quanto o Povo ficaram mui agradecidos diante dessa manifestação de Clemência, a qual em muito aumentou minha Estima entre a Corte.

Ao anoitecer, com certa dificuldade entrei em minha Casa, onde fiquei deitado no Chão, e assim continuei a fazer durante cerca de uma quinzena; entrementes, o Imperador mandou preparar uma Cama para mim. Seiscentas camas de tamanho normal foram trazidas em Carroças, e levadas para dentro de minha Casa, cento e cinquenta dessas Camas foram costuradas juntas, no Comprimento e na Largura, sendo as outras colocadas por cima, perfazendo quatro Camadas, porém era parca a proteção que forneciam contra a dureza do chão, o qual era de pedra lisa. Obedecendo a Cálculo semelhante, proveram-me de Lençóis, Cobertores e Colchas, que proporcionavam um Conforto razoável a uma pessoa tão acostumada com Tribulações como eu.

À medida que a Notícia de minha Chegada se espalhava pelo Reino, um Número prodigioso de Pessoas ricas, ociosas e curiosas vinha me ver; tanto assim que as Aldeias quase se esvaziaram, e a Lavoura e os Assuntos domésticos teriam sido muito negligenciados, se sua Majestade Imperial não tivesse proclamado vários Éditos e Decretos contra tal Inconveniência. Ordenou ele que todos os que já me haviam contemplado voltassem para suas Casas, e que só se aproximassem a cinquenta jardas de minha Casa com uma Licença fornecida pela Corte, o que se tornou uma fonte de Renda considerável para os Secretários de Estado.[23]

Nesse ínterim, o Imperador realizou diversos Conselhos para discutir o que deveria ser feito comigo; e posteriormente foi-me dito por um Amigo, uma Pessoa de alto Escalão, considerada uma das mais bem informadas a respeito dos Segredos de Estado, que a Corte se via diante de muitas Dificuldades com relação a mim. Temiam que eu me libertasse, que minha Alimentação fosse mui dispendiosa, e pudesse ocasionar a Fome no país. Chegaram a decidir matar-me de Fome, ou então disparar Flechas envenenadas em meu Rosto e em minhas Mãos, o que me mataria depressa. Porém ocorreu-lhes que o Fedor de um Cadáver tão imenso poderia provocar uma Peste na Metrópole, e quiçá espalhar-se por todo o Reino. Em meio a essas Consultas, vários Oficiais do Exército foram até a Porta da Câmara do Conselho; e sendo dois deles admitidos ao Recinto, eles fizeram um relato do modo como eu me comportara para com os seis Criminosos mencionados acima, o que causou em sua Majestade e todo o Conselho uma Impressão tão favorável a mim, que uma Ordem Imperial foi proclamada, encarregando todas as Aldeias num raio de novecentas jardas em torno da cidade que entregassem a cada Manhã seis Bois, quarenta Carneiros e outros Alimentos para meu sustento; juntamente com uma Quantidade proporcional de Pão, Vinho e outras Bebidas: para o Pagamento do qual sua Majestade emitiu Cartas de Crédito sobre o Tesouro Real. Pois esse Príncipe sustenta-se principalmente com sua própria Renda, e somente em Ocasiões especiais impõe Tributos a seus Súditos, que são obrigados a combater em suas Guerras custeando seus próprios Gastos. Também foi proclamada uma Ordem no sentido de que seiscentas Pessoas trabalhassem como meus Criados, recebendo Salários para seu Sustento, e foram erigidas Tendas para seu Alojamento num Sítio bem conveniente, nos dois lados da minha Porta. Além disso, trezentos Alfaiates foram designados para fazer Trajes para mim à Moda do País; seis dos maiores Estudiosos de sua Majestade foram escolhidos para me ensinar o Idioma local; por fim, decidiu-se que os Cavalos do Imperador, dos Nobres e da Guarda imperial seriam exercitados com frequência diante de mim, para que os Animais se acostumassem com a minha Pessoa. Todas essas Ordens foram cumpridas devidamente, e em cerca de três Semanas fiz grandes progressos no aprendizado da Língua; durante esse tempo, o Imperador muitas vezes me honrou com suas Visitas, aprazendo-se em auxiliar meus Professores a me ensinarem. Já conseguíamos conversar um pouco; e as primeiras Palavras que aprendi eram as que me permitiram manifestar meu desejo de que ele me concedesse minha Liberdade, Palavras as quais eu repetia todos os dias de Joelhos. Sua Resposta, até onde eu podia compreendê-la, era que isso exigia Tempo, e não podia ser resolvido sem dar ouvidos ao Conselho, e que primeiro eu precisava *Lumos Kelmin pesso desmar lon Emposo*; ou seja, jurar Paz a ele e a seu Reino. No entanto, eu deveria ser tratado com muita Bondade, e ele aconselhava-me a conquistar através da Paciência, e de um Comportamento discreto, as boas Graças dele e de seu Povo. O Imperador pediu-me que não me ofendesse se ele desse a certos Oficiais apropriados Ordens de me revistar;[24] pois era possível que eu tivesse comigo algumas Armas, as quais decerto seriam perigosas, se fossem proporcionais a um Volume tão prodigioso quanto o meu. Respondi que sua Majestade teria sua Vontade atendida, pois eu estava disposto a despir-me e a esvaziar meus Bolsos diante de seus olhos. Isso exprimi em parte com Palavras, em partes com Gestos. Ele respondeu que, segundo as Leis do Reino, era preciso que eu fosse revistado por dois de seus Oficiais; que ele sabia que isso não podia ser feito sem o meu Consentimento e minha Ajuda; ele tinha uma Opinião tão favorável sobre minha Generosidade e minha Justiça, que confiaria as Pessoas desses Oficiais a minhas Mãos: que o que quer que eles levassem de mim me haveria de ser devolvido quando eu partisse do País, ou então pago pelo Preço que eu estabelecesse. Tomei em minhas Mãos os dois Oficiais, coloquei-os primeiro nos Bolsos de minha Jaqueta, e depois em todos os outros Bolsos, exceto os dois junto ao Cós da Calça e um outro Bolso secreto que não queria eu que fossem mexidos, onde guardava alguns pequenos Pertences que só interessavam a mim. Num dos Bolsos do Cós havia um Relógio de Prata, e no outro uma pequena quantidade de Ouro numa Bolsa. Esses Cavalheiros, havendo trazido consigo Penas, Tinta e Papel, fizeram um Levantamento detalhado de tudo que viram; e ao terminar pediram-me que os pusesse no Chão, para que pudessem entregar o Relatório ao Imperador. Esse Relatório foi por mim depois traduzido, e eis o seu Teor, palavra por palavra:

IMPRIMIS,[25] do Bolso direito da Jaqueta do *Grande Homem-Montanha* (pois é assim que interpreto as Palavras *Quinbus Flestrin*), depois de uma minuciosa investigação, encontramos apenas um enorme Pedaço de Pano grosseiro, grande o suficiente para ser usado como Tapete do principal Salão de Reuniões de sua Majestade. No Bolso esquerdo vimos um enorme Baú de Prata, com Tampo feito no mesmo Metal, que nós, Investigadores, não conseguimos levantar. Pedimos que fosse aberto, e um de nós, nele entrando, viu-se afundado até a altura do Joelho numa espécie de Pó, uma parte do qual chegando até nossos Rostos nos fez espirrar juntos várias vezes. No Bolso direito do Colete encontramos um Maço prodigioso de Substâncias brancas e finas, dobradas uma sobre a outra, mais ou menos do tamanho de três Homens, amarradas com um Cabo forte, e cobertas de Sinais negros; os quais humildemente consideramos que sejam Escritos, sendo cada Letra quase do tamanho da metade da Palma de uma de nossas Mãos. No esquerdo, havia uma espécie de Máquina, da parte de trás da qual se estendiam vinte Postes compridos, que lembram a Paliçada diante da Corte de vossa Majestade; conjecturamos que é por meio desta Máquina que o *Homem-Montanha* penteia seus Cabelos, pois nem sempre o importunamos com Perguntas, já que era mui dificultoso nos fazermos compreender. No Bolso grande do lado direito do seu Traje do meio (é assim que traduzo a Palavra *Ranfu-Lo*, com a qual se referem a minhas Calças) vimos um Pilar de Ferro oco, mais ou menos do comprimento de um Homem, afixado a um pedaço forte de Madeira, maior do que o Pilar; e num dos lados do Pilar havia enormes Pedaços de Ferro espetados, formando Figuras estranhas, que não soubemos interpretar. No Bolso esquerdo, uma outra máquina do mesmo tipo. No bolso menor do lado direito havia alguns Pedaços redondos e chatos de um Metal branco e vermelho, de diferentes Tamanhos; alguns dos brancos, que pareciam ser de Prata, eram tão grandes e pesados que eu e meu Colega mal conseguimos levantá-los. No Bolso esquerdo havia dois Pilares negros de forma irregular: foi só com dificuldade que chegamos ao topo deles, pois estávamos no fundo do Bolso. Um deles estava coberto, e parecia inteiriço: mas na Extremidade superior do outro havia uma Substância branca redonda, duas vezes do tamanho de nossas cabeças. Dentro de cada uma delas estava encerrada uma prodigiosa Chapa de Aço; a qual, por Ordem nossa, ele foi obrigado a nos mostrar, por que temíamos que fossem Máquinas perigosas. Ele as tirou dos seus Estojos e nos disse que em seu País ele se barbeava com uma delas e cortava a Carne com a outra. Em dois Bolsos não pudemos entrar; são dois sacos grandes que se abrem no alto de seu traje do meio, porém são mantidos fechados pela pressão de seu ventre. Do da direita pendia uma grande Corrente de Prata, com uma Máquina maravilhosa no fundo. Dissemos-lhe que retirasse o que estava preso àquela Corrente; parecia ser um Globo, metade de Prata e metade de algum Metal transparente: pois no lado transparente vimos algumas Figuras estranhas de forma circular que julgamos poder pegar, só que nossos Dedos foram impedidos por aquela Substância lúcida. Ele encostou essa máquina em nossos ouvidos, e ela produzia um Ruído incessante, como uma Azenha. E imaginamos que seja ou bem algum Animal desconhecido, ou bem o Deus que ele adora: somos, porém, mais inclinados pela segunda opinião, pois ele nos garantiu (se o compreendemos bem, pois ele se exprimia de modo muito imperfeito) que quase nunca fazia nada sem consultá-la. Ele disse que ela era seu Oráculo, e que determinava o Tempo de todas as Ações de sua Vida. Do Bolso esquerdo ele tirou uma Rede quase tão grande quanto as que são usadas pelos pescadores, porém feita de modo a ser aberta e fechada como uma Bolsa, sendo por ele utilizada com este fim: dentro dela encontramos alguns Pedaços pesados de um metal amarelo, que se forem ouro de verdade devem ter um valor imenso.

Tendo assim, cumprido as Ordens de vossa Majestade, tendo diligentemente examinado todos os Bolsos, encontramos uma Cinta em torno da Cintura feita com o Couro de algum Animal prodigioso; da qual, no lado esquerdo, pendia uma Espada do comprimento de cinco Homens; e, no lado direito, uma Bolsa dividida em dois Compartimentos, cada um deles grande o bastante para nele caberem três dos Súditos de vossa Majestade. Num desses Compartimentos havia diversos Globos ou Bolas de um metal mui pesado, mais ou menos do tamanho de uma de nossas cabeças, que só podiam ser levantados por uma mão forte: no outro havia uma pilha de Grãos negros, nem muito grandes nem muito pesados, pois pudemos segurar mais de cinquenta deles nas Palmas de nossas Mãos.

Este é um Levantamento exato do que encontramos no Corpo do *Homem-Montanha*, que nos tratou com a maior Civilidade e com o devido Respeito pelas Ordens de vossa Majestade. Assinado e selado no quarto dia da octagésima nona Lua do auspicioso Reinado de vossa Majestade.

Clefren Frelock, Marsi Frelock.

Quando esse Relatório foi lido para o Imperador, ele a mim ordenou, ainda que de modo mui delicado, que lhe entregasse diversos Itens. Primeiro pediu minha Cimitarra, a qual eu tirei, com Bainha e tudo. Nesse ínterim, ordenou que três mil de seus melhores Soldados (que o acompanhavam no momento) me cercassem a uma certa distância, com seus Arcos e Flechas prontos para serem usados: porém não os vi, pois meus Olhos estavam inteiramente fixados em sua Majestade. Em seguida, pediu-me que desembainhasse minha Cimitarra, a qual, embora em alguns trechos estivesse enferrujada por efeito da Água do Mar, estava em sua maior parte muitíssimo reluzente. Obedeci, e de imediato todos os Soldados soltaram um Brado de Terror misturado com Surpresa; pois o Sol estava de fora, e o Reflexo ofuscou suas Vistas enquanto eu brandia a Cimitarra de um lado para o outro. Sua Majestade, que é um Príncipe deveras magnânimo, ficou menos intimidado do que eu poderia imaginar; ordenou que eu a recolocasse na Bainha e a pusesse no Chão do modo mais delicado possível, a uma distância de cerca de seis pés da extremidade de minha Corrente. Em seguida exigiu que eu entregasse um dos Pilares de Ferro ocos, referindo-se às minhas Pistolas de Bolso. Obedeci e, atendendo a seu pedido, da melhor maneira que pude fazê-lo, expliquei-lhe como utilizá-la; e carregando-a apenas com Pólvora, que por estar fechada minha Bolsa por acaso não havia ficado molhada com Água do Mar (uma Providência que todos os Marinheiros prudentes devem ter o cuidado de tomar), primeiro disse ao Imperador que não tivesse medo, e depois disparei para o alto. O Espanto causado foi muito maior do que o proporcionado por minha Cimitarra. Centenas de Homens caíram como se tivessem sido abatidos e até mesmo o Imperador, embora permanecesse em pé, passou algum tempo sem conseguir recuperar-se. Entreguei minhas duas Pistolas da mesma maneira, tal como fizera com minha Cimitarra, e depois o Polvorinho e as Balas, insistindo que estas deveriam ser mantidas longe do Fogo, pois a menor Faísca poderia fazê-las estourar, e o Paço imperial iria pelos Ares. Do mesmo modo entreguei meu Relógio, que o Imperador tinha muita curiosidade em ver, e ele mandou que dois de seus Guardas mais altos o transportassem pendurado numa vara apoiada nos ombros, tal como na Inglaterra se carregam os Barris de Cerveja. O Imperador ficou impressionado com o Ruído constante que ele produzia, e também com o Movimento do Ponteiro dos Minutos, que ele pôde perceber com facilidade; pois a Visão deles é muito mais aguçada que a nossa: e consultou os Homens doutos que estavam à sua volta, os quais lhe deram Opiniões diversas e mui discordantes, como o Leitor pode bem imaginar sem que eu precise repeti-las, embora eu não pudesse compreendê-las muito bem. Então entreguei minhas Moedas de Prata e de Cobre, minha Bolsa com nove Pedaços grandes de Ouro e alguns menores, minha Faca e minha Navalha, meu Pente e minha Caixa de Rapé de Prata, meu Lenço e meu Diário. Minha Cimitarra, minhas Pistolas e meu Polvorinho foram levados em Carroças até os Armazéns de sua Majestade, mas meus outros Pertences me foram devolvidos.

Tinha eu, como já foi dito, um Bolso secreto que escapou da Busca, no qual havia um par de Óculos (que uso às vezes para compensar a fraqueza da Vista), uma Luneta de Bolso e algumas outras pequenas Utilidades; as quais, não tendo interesse para o Imperador, não julguei que a Honra me obrigasse a entregar, e eu temia que elas se perdessem ou estragassem se não as conservasse em minha Posse.

III

O Autor proporciona uma Diversão mui incomum ao Imperador e aos Nobres de ambos os sexos. Descrição das Diversões da Corte de Lilipute. *O Autor obtém sua Liberdade sob certas Condições.*

Minha Afabilidade e meu bom Comportamento haviam impressionado de tal modo o Imperador e sua Corte, e até mesmo o Exército e o Povo em geral, que comecei a nutrir Esperanças de obter minha Liberdade em pouco tempo. Lancei mão de todos os Métodos possíveis no sentido de cultivar essa Disposição favorável. Pouco a pouco os Nativos tornavam-se menos apreensivos em relação a mim. Eu por vezes deitava-me no Chão, e deixava que cinco ou seis deles dançassem na minha Mão. E por fim os Meninos e Meninas vinham brincar de Esconde-Esconde nos meus Cabelos. Eu já havia feito grandes Progressos no sentido de compreender e falar a Língua deles. Um dia o Imperador resolveu divertir-me com uma série de Espetáculos, nos quais eles excedem todas as Nações que já conheci, quanto à Destreza e quanto à Magnificência. O que mais me encantou foram os Dançarinos na Corda Bamba, que se apresentaram num Fio branco fino estendido por cerca de dois pés, a doze polegadas de altura do Chão. Com relação a isso, peço ao Leitor paciente que me permita alongar-me um pouco.

Essa Diversão só é praticada por aqueles que se candidatam a Cargos elevados e altos Privilégios na Corte. Adestram-se nessa Arte desde a Juventude, e nem todos são de Berço nobre, nem tiveram uma Educação liberal. Quando se torna vago um alto Cargo, por ter aquele que o ocupava morrido ou caído em Desgraça (o que é frequente), cinco ou seis desses Candidatos dirigem uma Petição ao Imperador, oferecendo-se para entreter sua Majestade e a Corte com uma Dança na Corda Bamba, e aquele que pular mais alto sem cair obtém o Cargo. Não raro, os grãos-Ministros são eles próprios obrigados a demonstrar sua Habilidade, para convencer o Imperador de que não perderam sua Mestria. *Flimnap*, o Tesoureiro,[26] tem permissão para dar um Salto na Corda, a uma altura de pelo menos uma polegada a mais do que qualquer outro Senhor do Império. Já o vi dar vários Saltos Mortais sobre uma Tábua de Carne afixada à Corda, a qual é da espessura de um Barbante comum na

Inglaterra. Meu amigo *Reldresal*,[27] Primeiro Secretário para Assuntos Particulares, é na minha opinião, se não estiver sendo eu parcial, o segundo após o Tesoureiro; os outros grandes Funcionários são todos mais ou menos do mesmo Nível.

Essas Diversões muitas vezes são marcadas por Acidentes fatais, dos quais há inúmeros Registros. Eu pessoalmente tive oportunidade de ver dois ou três Candidatos quebrarem um membro. Mas o Perigo é muito maior quando os próprios Ministros são obrigados a demonstrar sua Destreza; pois na tentativa de superar a si próprios e a seus Colegas, tanto se esforçam que praticamente todos eles já caíram uma vez, e alguns deles duas ou três vezes. Foi-me dito que um ou dois anos antes de minha chegada *Flimnap* teria sem dúvida partido o pescoço se um dos Travesseiros do Rei,[28] que por acaso estava largado no Chão, não houvesse atenuado a Força de sua Queda.

Há também uma outra Exibição, a qual só é realizada diante do Imperador e da Imperatriz, e do Primeiro-Ministro, em determinadas Ocasiões. O Imperador deita numa Mesa três Fios de seda fina de seis polegadas de comprimento. Um é Azul, o outro Vermelho, e o terceiro Verde.[29] Esses Fios são oferecidos como Prêmios àquelas Pessoas que o Imperador está inclinado a distinguir com um Privilégio especial. A Cerimônia se realiza no Grande Salão de Reuniões de sua Majestade, onde os Candidatos são obrigados a fazer uma prova de destreza mui diferente da anterior, e semelhante à qual jamais vi qualquer outra em nenhum outro País do Velho ou do Novo Mundo. O Imperador segura um Bastão, com ambas as extremidades paralelas ao Horizonte, enquanto os Candidatos se aproximam um por um, por vezes saltam por cima do Bastão, por vezes rastejam por baixo dele para trás e para a frente várias vezes, conforme o Bastão é levantado ou abaixado. Por vezes o Imperador segura uma extremidade do Bastão e seu Primeiro-Ministro segura a outra; em outras ocasiões apenas o Primeiro-Ministro o segura. Aquele que desempenhar o seu papel com mais Agilidade, e conseguir ficar por mais tempo a saltar e rastejar, é premiado com o Fio de Seda Azul; o Vermelho é dado para o segundo, e o Verde para o terceiro; eles usam esse Fio dando duas voltas em torno da Cintura; e veem-se poucas Pessoas de Importância nessa Corte que não andem enfeitadas com um desses Fios.

Os Cavalos do Exército e os das Estrebarias reais, tendo ocasião de me ver todos os dias, não tinham mais medo de mim, porém aproximavam-se de meus Pés sem qualquer susto. Os Cavaleiros faziam-nos saltar sobre minha Mão, que eu mantinha pousada no Chão, e um dos Caçadores do Imperador, montado num Cavalo de Batalha grande, conseguiu saltar por cima de meu Pé, com Sapato e tudo; foi mesmo um Salto prodigioso. Tive a boa sorte de divertir o Imperador uma vez de modo mui extraordinário. Pedi-lhe que me mandassem trazer alguns Paus de dois pés de altura, da grossura de uma Bengala comum; sua Majestade ordenou que o Mateiro Chefe desse as Ordens necessárias; e na Manhã seguinte seis Lenhadores chegaram em seis Carroças, cada uma puxada por oito Cavalos. Peguei nove desses Paus, e fixando-os com firmeza no Chão numa Figura quadrangular, de dois pés e meio de lado, peguei os quatro outros Paus e amarrei-os paralelamente em cada Canto, a cerca de dois pés do Chão; em seguida amarrei meu Lenço nos nove Paus que estavam na vertical, e o estendi em todos os lados até deixá-lo tão teso como o Couro de um Tambor; e os quatro Paus paralelos que se elevavam cerca de cinco polegadas acima do Lenço serviam como Parapeitos nos lados. Quando terminei, pedi ao Imperador que mandasse seus melhores Cavaleiros, vinte e quatro ao todo, se exercitar nessa Planície. Sua Majestade aprovou minha proposta, e eu os levantei um por um em minhas Mãos, montados e armados, com os Oficiais apropriados para exercitá-los. Assim que estavam prontos, dividiram-se em dois Grupos, fizeram Simulações de Escaramuças, lançaram Flechas sem ponta, sacaram suas Espadas, fugiram e perseguiram, realizaram ataques e retiradas, e em suma exibiram a melhor Disciplina militar que jamais vi. Os Paus paralelos impediam que ele e seus Cavalos caíssem do Palco; e o Imperador ficou tão deliciado que ordenou que esse Entretenimento fosse repetido por vários dias, e uma vez pediu-me que o levantasse para que ele pudesse comandar do alto; e, com grande dificuldade, convenceu até mesmo a Imperatriz a deixar-me levantá-la em sua Liteira até a distância de duas jardas do palco, de onde ela pôde ter uma visão geral de todo o Espetáculo. Por sorte minha, nenhum Acidente mais sério ocorreu durante esses exercícios; apenas uma vez um Corcel mais fogoso que pertencia a um dos capitães fez um Furo em meu Lenço com o Casco, e escorregando, derrubou o Cavaleiro e ele próprio caiu; porém imediatamente salvei a ambos, e cobrindo o furo com uma das mãos retirei todos com a outra, do mesmo modo como os havia colocado lá. O Cavalo que caiu magoou o ombro esquerdo, porém o Cavaleiro não se feriu, e consertei meu Lenço da melhor maneira que pude, porém não pude mais confiar nele para a realização de Proezas tão perigosas.

Cerca de dois ou três dias antes de me ser concedida a Liberdade, estava eu entretendo a Corte com tais Feitos quando chegou um Mensageiro para dizer a sua Majestade que alguns de seus Súditos que estavam perto do Sítio onde eu fora encontrado viram uma grande Substância negra no chão, de forma mui estranha, ocupando uma Área tão grande quanto a Câmara de sua majestade, elevando-se à altura de um Homem; que não era uma criatura viva, tal como temeram de início, pois estava imóvel na grama, e alguns deles haviam andado à sua roda várias vezes; que, tendo um subido nos ombros do outro, haviam conseguido chegar ao alto, que era liso e plano, e ao pisar com força descobriram que era oco por dentro; que humildemente imaginavam que fosse um pertence do *Homem-Montanha*, e que se sua Majestade o desejasse, eles tentariam trazê-lo com apenas cinco Cavalos. De imediato entendi a que se referiam, e fiquei muito feliz de receber essa Informação. Ao que parece, assim que cheguei à Praia após o Naufrágio, estava de tal modo confuso que, antes de chegar ao Sítio onde adormeci, o Chapéu, que eu havia amarrado à Cabeça com Barbante enquanto remava, e que tinha ficado no lugar enquanto eu nadava, caiu tão logo cheguei em Terra; o Barbante, imagino, havia se rompido por algum acidente que eu não percebera, mas o Chapéu, pensava eu, tinha-se perdido no Mar. Pedi a sua Majestade Imperial que ordenasse que ele fosse trazido o mais depressa possível, explicando-lhe a Utilidade e a Natureza do Chapéu: e no dia seguinte os Homens o trouxeram, mas não em bom estado; haviam feito dois Furos na Aba, a uma polegada e meia da Borda, e colocado dois Ganchos nesses furos; os ganchos foram atados por meio de uma Corda longa aos Arreios dos Cavalos, e assim meu Chapéu foi arrastado por mais de meia milha *inglesa*; mas como o Chão naquela Terra é mui liso e plano, ele ficou menos danificado do que eu imaginara.

Dois dias após essa Aventura, tendo o Imperador posto em Prontidão aquela parte do seu Exército que fica aquartelada na Metrópole ou em seus arredores, ele resolveu se divertir de uma maneira mui singular. Pediu que eu ficasse em pé como um *Colosso*,[30] com as Pernas tão afastadas quanto fosse possível. Em seguida, mandou que seu General (um Oficial velho e experiente, e um grande Protetor meu) pusesse os Soldados em Formação cerrada e os fizesse marchar passando debaixo de mim, os de Infantaria em vinte e quatro Colunas, os de Cavalaria em dezesseis, Tambores soando, Bandeiras desfraldadas, Lanças em riste. Desfilaram três mil Infantes e mil Cavaleiros. Sua Majestade deu Ordens de que, sob pena de Morte, todos os Soldados durante o Desfile se comportassem com a maior Compostura em relação à minha Pessoa; o que, porém, não impediu que alguns Oficiais mais jovens levantassem a vista ao passar debaixo de mim. E, Verdade seja dita, minhas Calças estavam em tão mau Estado que elas proporcionaram algumas Oportunidades de Riso e Espanto.

Eu já havia enviado tantas Petições pedindo minha Liberdade que sua Majestade por fim mencionou a Questão na Reunião de seu Gabinete, e depois perante todo o Conselho; lá meu Pedido foi apoiado por todos, com exceção de *Skyresh Bolgolam*,[31] que muito se empenhava, sem ter sido provocado, em ser meu Inimigo mortal. Mas todo o Conselho ficou contra ele, e sua posição foi confirmada pelo Imperador. Esse Ministro era um *Galbet*, ou seja, um Almirante do Reino, que gozava da plena Confiança de seu Senhor e era uma Pessoa muito bem informada, mas de Temperamento melancólico e amargo. Porém, finalmente foi convencido a concordar; insistindo, mesmo assim, que os Artigos e Condições que permitiriam a minha Liberdade, e em termos dos quais eu deveria fazer o Juramento, fossem escritos por ele. Esses Artigos me foram trazidos por *Skyresh Bolgolam* em pessoa, acompanhado de dois Subsecretários e várias Pessoas de Distinção. Lidos os Artigos, pediram-me que jurasse respeitá-los; primeiro à maneira do meu País, e depois conforme as Leis locais; as quais exigiam que eu segurasse o Pé direito com a Mão esquerda, colocasse o dedo médio da Mão direita no Cocuruto e o Polegar na Ponta da Orelha direita. Mas como o Leitor pode estar curioso a respeito do Estilo e do Modo de Expressão característicos dessa Gente, e também do Teor dos Artigos graças aos quais recuperei a Liberdade, traduzi todo o Documento palavra por palavra, até onde pude fazê-lo, e aqui o ofereço ao Público.

GOLBASTO MOMAREN EVLAME GURDILO SHEFIN MULLY ULLY GUE, o poderosíssimo Imperador de *Liliput*e, Deleite e Terror do Universo, cujos Domínios se estendem por cinco mil Blustrugs (cerca de doze Milhas de Circunferência) até as Extremidades do Globo; Monarca de todos os Monarcas, mais alto do que os Filhos dos Homens, cujos Pés pisam no Centro e cuja Cabeça atinge o Sol; cujo menor Aceno faz tremerem as Pernas dos Príncipes da Terra; agradável como a Primavera, confortável como o Verão, frutífero como o Outono, terrível como o Inverno. Sua Majestade sublime propõe ao *Homem-Montanha*, recém-chegado a nossos Celestes Domínios, os seguintes Artigos, os quais por meio de um Juramento solene ele se obrigará a respeitar.

PRIMEIRO, o *Homem-Montanha* não se afastará de nossos Domínios sem nossa Licença, devidamente assinalada pelo Sinete Real.

2º, ele não tentará entrar em nossa Metrópole sem nossa Ordem expressa; caso em que os Habitantes terão aviso prévio de duas horas para não saírem de suas Casas.

3º, O referido *Homem-Montanha* limitará suas caminhadas às Estradas Principais, não entrando nem se deitando nos Prados nem nos Campos cultivados.

4º, ao caminhar por nossas Estradas, ele tomará todo o cuidado para não pisar nos Corpos de nenhum de nossos amados Súditos, seus Cavalos ou Carroças, nem tomar em suas Mãos nenhum de nossos referidos Súditos sem Autorização dos mesmos.

5º, SE for necessário enviar uma Mensagem com extrema Urgência, o *Homem-Montanha* será obrigado a levar no Bolso o Mensageiro e o Cavalo numa viagem de seis dias uma vez a cada Lua, trazendo de volta o Mensageiro (se tal for requerido) em total segurança a nossa Imperial Presença.

6º, ELE será nosso Aliado contra nossos Inimigos da Ilha de *Blefuscu*,[32] e não medirá esforços para destruir a Frota de lá, que se prepara para nos invadir.

7º, QUE o referido *Homem-Montanha*, em suas horas de lazer, ajudará nossos Trabalhadores a levantar certas Pedras grandes no reparo do Muro de nosso principal Parque, e outros prédios reais.

8º, QUE o referido *Homem-Montanha* entregará, no prazo de duas luas, um Levantamento preciso da Circunferência de nossos Domínios, através do Cômputo de seus Passos ao longo da Costa.

ÚLTIMO, que ao jurar solenemente observar todos os Artigos acima, o referido *Homem-Montanha* receberá diariamente uma Quantidade de Comida e Bebida suficiente para o Sustento de 1728 de nossos Súditos, com Acesso livre à nossa Pessoa Real e outros Privilégios por nós concedidos. Promulgados no nosso Paço de *Belfaborac* no décimo segundo Dia da nonagésima primeira Lua de nosso Reinado.

Fiz o Juramento e submeti-me a esses Artigos com muita Alegria e Contentamento, ainda que alguns deles não fossem tão respeitosos quanto eu desejava; os quais eram inteiramente devidos à Malevolência de *Skyresh Bolgolam*, o Alto Almirante; em seguida, minhas Correntes foram de imediato retiradas e fiquei inteiramente livre; o próprio Imperador em Pessoa prestigiou-me com sua Presença na Cerimônia. Fiz meu Juramento prostrando-me aos Pés de sua Majestade; porém o Imperador ordenou-me que me levantasse; e após muitas Manifestações de Apreço que, para escapar à pecha de vaidade, aqui não repetirei, ele acrescentou que esperava que eu me tornasse um bom Servidor e fizesse jus a todos os Privilégios que ele já me havia concedido, ou que me viesse a conceder no futuro.

O Leitor terá observado que, no último Artigo para a Concessão de minha Liberdade, o Imperador me estipula uma quantidade de Comida suficiente para o sustento de 1728 *liliputianos*. Algum tempo depois, tendo eu perguntado a um Amigo da Corte de que modo haviam chegado àquele Número exato, respondeu-me ele que os Matemáticos de sua Majestade, tendo medido a Altura de meu Corpo por meio de um Quadrante, e tendo calculado que era doze vezes maior que o deles, concluíram, com base na Semelhança dos Corpos, que o meu deveria conter no mínimo 1728 dos deles, e por conseguinte exigiria tanto alimento quanto era necessário para manter esse número de *Liliputianos*. Isso dará ao leitor uma ideia do Engenho daquela Gente, bem como da Economia prudente e exata de um Príncipe tão excelso.

IV

Descrição de Mildendo,[33] *a Metrópole de* Lilipute, *e do Paço do Imperador. Conversa entre o Autor e um alto Secretário a respeito dos Assuntos desse Império: o Autor se oferece para servir o Imperador em suas Guerras.*

O primeiro Pedido que fiz após obter a minha Liberdade foi que me fosse dada Licença para visitar *Mildendo*, a Metrópole; o Imperador ma concedeu com facilidade, porém com a Ressalva de que não deveria eu causar mal aos Habitantes nem a suas Casas. Avisou-se o Povo por uma Proclamação de minha intenção de visitar a Cidade. Os Muros que a cercam têm dois pés e meio de altura, e no mínimo onze polegadas de largura, de modo que pode uma Carruagem com seus cavalos passar por cima deles sem o menor perigo; é flanqueada por Torres fortificadas separadas por intervalos de dez pés. Passei por cima do grande Portão Ocidental com muito cuidado, andando de lado pelas duas ruas principais, trajando apenas meu Colete curto, para não correr o risco de danificar os Telhados e Calhas com as Fraldas de minha Jaqueta. Eu caminhava com a maior Circunspecção, para não pisar em algum Pedestre que porventura lá estivesse, apesar da Ordem mui severa de que todas as Pessoas permanecessem em suas Casas, sob risco de Vida. As Janelas das Águas-Furtadas e dos Andares de cima estavam tão cheias de Espectadores que julguei jamais ter visto um Lugar mais populoso. A Cidade é um Quadrado perfeito, tendo cada lado de Muro quinhentos pés de comprimento. As duas grandes Avenidas que a atravessam e a dividem em quatro Zonas têm cinco pés de largura. As Travessas e Becos em que não pude entrar, apenas podendo vê-los ao passar, têm de doze a dezoito polegadas. A Cidade tem capacidade para acomodar até quinhentas mil Almas.[34] As Casas têm de três a cinco Andares. As Lojas e Mercados são bem abastecidos.

O Paço do Imperador fica no Centro da Cidade, onde se cruzam as duas grandes Avenidas. É cercado por um Muro de dois pés de altura, a uma distância de vinte pés dos Prédios. Eu tinha Permissão de sua Majestade de passar por cima desse Muro; e sendo tão amplo o Espaço entre o Muro e o Paço pude com facilidade vê-lo de todos os lados. O Pátio externo é um Quadrado de quarenta pés de lado, e inclui dois outros Pátios: no Pátio interno ficam os Aposentos Reais, que eu desejava muito conhecer, porém isso foi extremamente difícil; pois os grandes Portões, que davam de um Pátio para o outro, tinham apenas dezoito polegadas de altura e sete de largura. Ora, os Prédios do Pátio externo tinham no mínimo cinco pés de altura, e era impossível para mim passar por cima deles sem causar Danos infinitos às Estruturas, embora fossem mui sólidas as Paredes, de Pedra talhada, com quatro polegadas de espessura. Ao mesmo tempo, o Imperador desejava muito que eu visse a magnificência de seu Paço; mas só foi possível fazê-lo três dias depois, os quais passei a cortar com minha Faca algumas das maiores Árvores do Parque Real, a cerca de cem jardas da cidade. Com essas Árvores fiz dois Bancos, cada um com cerca de três pés de altura, fortes o bastante para sustentar meu Peso. Tendo o Povo sido alertado pela segunda vez, novamente entrei na Cidade com meus dois Bancos nas Mãos. Quando cheguei ao lado do Pátio externo, subi num dos Bancos, levando o outro na mão: este segundo Banco eu passei por cima do Telhado e pus delicadamente no Espaço entre o primeiro e o segundo Pátio, o qual tinha oito pés de largura. Em seguida, passei por cima dos Prédios com muita facilidade, indo de um dos Bancos para o outro e recolhendo o primeiro depois com um Bastão com a extremidade em gancho. Graças a esse Método pude chegar ao Pátio interno; e deitando-me de lado, aproximei o Rosto das Janelas dos Andares intermediários, que foram deixadas abertas de propósito, e vi os mais esplêndidos Recintos que podem ser imaginados. Vi a Imperatriz e os jovens Príncipes nos diversos Aposentos, com seus principais Servidores à sua volta. Sua Majestade Imperial concedeu-me a honra de um sorriso, e pela Janela estendeu-me a mão para que eu a beijasse.

Porém não quero antecipar ao Leitor mais descrições desse tipo, pois pretendo guardá-las para uma Obra mais extensa, já quase pronta para o Prelo, contendo uma Descrição geral desse Império, desde sua Fundação, passando por uma longa série de Príncipes, com um relato detalhado de suas Guerras e sua Política, Leis, Saber e Religião; suas Plantas e Animais, suas Maneiras e Costumes específicos, juntamente com outros Assuntos mui curiosos e úteis; sendo no momento meu principal interesse apenas relatar os Eventos e Transações de caráter público, ou que se passaram comigo, durante o período de cerca de nove meses em que residi naquele Império.

Certa manhã, por volta de uma quinzena após a obtenção de minha liberdade, *Reldresal*, Secretário Principal (é esse o seu título) de Assuntos Privados, veio a minha Casa, acompanhado por um único Criado. Mandou que sua Carruagem ficasse à sua espera a uma certa distância, e pediu-me que eu lhe concedesse uma Audiência de uma hora, no que prontamente o atendi, levando em conta sua Categoria e seus Méritos Pessoais, bem como os muitos bons Ofícios que ele me prestara quando eu dirigia minhas Petições à corte. Ofereci-me para deitar-me, a fim de que ele pudesse se aproximar mais de meu ouvido; ele, porém, preferiu que eu o segurasse em minha mão durante nossa Conversa. De início, felicitou-me por haver obtido minha Liberdade, dizendo que talvez uma parte do Mérito coubesse a ele; acrescentou, porém, que não fora o atual Estado de coisas na Corte, quiçá eu não teria tido bom sucesso tão cedo. Pois, *disse ele*, ainda que para um Forasteiro possamos parecer estar numa Situação próspera, na verdade afligem-nos dois grandes Males: um violento Conflito interno, e o Perigo de sofrermos a Invasão de um poderosíssimo Inimigo estrangeiro. Quanto ao primeiro, é preciso saber que há mais de setenta Luas dois Partidos estão em combate neste Império, com os nomes de *Tramecksan* e *Slamecksan*,[35] que fazem alusão aos Saltos altos ou baixos de seus Sapatos, que distinguem uns dos outros. De fato, uns alegam que os Saltos altos são os que mais conformes são à nossa antiquíssima Constituição. Seja como for, sua Majestade determinou que apenas Saltos baixos sejam utilizados na Administração do Governo e em todos Cargos subordinados à Coroa, como o senhor há de ter observado; em particular, que os Imperiais Saltos de sua Majestade são no mínimo um *Drurr* mais baixos do que de qualquer um de seus Cortesãos (o *Drurr* é uma medida que equivale à décima quarta parte de uma polegada). Tal é a Animosidade entre os dois Partidos que eles não comem, nem bebem, nem falam uns com os outros. Segundo nossos cálculos, os *Tramecksan*, ou Saltos Altos, são mais numerosos do que nós; porém o Poder está todo do nosso lado. Tememos que sua Alteza Imperial, o Príncipe Herdeiro, tenha um certo Pendor pelos Saltos Altos;[36] ao menos percebemos que um de seus Saltos é mais alto do que outro, o que o faz manquejar ao caminhar. Ora, em meio a essas Perturbações intestinas, somos ameaçados por uma Invasão da Ilha de

Blefuscu, que é o outro grande Império do Universo, quase tão grande e poderoso quanto este de sua Majestade. Pois, quanto ao que já ouvimos o senhor afirmar, a respeito da existência de outros Reinos e Estados no Mundo,[37] habitados por Criaturas humanas do seu tamanho, nossos Filósofos são mui incrédulos, e preferem conjecturar que o senhor tenha caído da Lua ou de uma das Estrelas; pois certo é que cem Mortais com o seu Volume em pouco tempo destruiriam todas as Frutas e todo o Gado dos Domínios de sua Majestade. Ademais, nossas Crônicas de seis mil Luas não mencionam nenhuma outra Região que não os dois grandes Impérios de *Lilipute* e *Blefuscu*. E essas duas grandes Potências, ia eu dizendo, estão empenhadas numa Guerra mui obstinada há trinta e seis Luas. Tudo começou na seguinte Ocasião. Todos sabem que o modo primitivo de quebrar Ovos antes de comê-los era fazê-lo na Extremidade maior: porém o Avô de nosso atual Imperador,[38] quando menino, certa vez foi comer um Ovo, e ao quebrá-lo segundo a Prática antiga, por acaso cortou um dos Dedos. Então o Imperador, seu Pai, promulgou um Édito que obrigava todos os seus Súditos, sujeitos a grandes Penas, a quebrar o Ovo pela Extremidade menor. O Povo reagiu de tal modo a essa Lei que, segundo nos dizem nossas Crônicas, ocorreram seis Rebeliões por esse motivo; numa das quais um Imperador perdeu a Vida, e outro a Coroa.[39] Essas Comoções civis foram constantemente fomentadas pelos Monarcas de *Blefuscu*; e quando eram esmagadas, os Exilados sempre buscaram Refúgio naquele Império. Calcula-se que onze mil Pessoas, em diferentes ocasiões, preferiram a Morte a ter de quebrar os Ovos na Extremidade menor. Muitas centenas de Tomos volumosos já foram publicados sobre essa Controvérsia: porém os livros dos *Extremidade-Grandistas* são de longa data proibidos, sendo todos os seus Adeptos proibidos por Lei de ocuparem Cargos.[40] No decorrer desses Conflitos, os Imperadores de *Blefuscu*, via seus Embaixadores, com frequência nos acusam de criar um Cisma na Religião,[41] ofendendo uma Doutrina fundamental de nosso grande Profeta *Lustrog*, no capítulo cinquenta e quatro do *Blundecral* (que é o *Alcorão* deles). Essa acusação, porém, é vista como uma Torcedura do Texto: pois as Palavras são as seguintes: *Que todos os verdadeiros Fiéis quebrarão seus Ovos na Extremidade conveniente*: sendo a questão de qual das Extremidades é a conveniente, na minha humilde Opinião, deixada à Consciência de cada Homem, ou ao menos para ser determinada pelo Principal Magistrado. Ora, os Exilados *Extremidade-Grandistas* têm sido tão bem recebidos pelo Imperador de *Blefuscu*, e tido tanto apoio e estímulo particular dos de seu Partido aqui, que uma Guerra sangrenta entre os dois Impérios vem se desenrolando há trinta e seis Luas, com Resultados variados; no decorrer desse Período perdemos quarenta Navios de Guerra de grande porte, e um número muito maior de Embarcações menores, juntamente com trinta mil de nossos melhores Marinheiros e Soldados; os Danos sofridos pelo Inimigo, segundo se calcula, foram um pouco maiores que os sofridos por nós. Contudo, eles acabam de guarnecer uma Frota numerosa, e preparam-se para nos atacar; e sua Majestade Imperial, pela grande Confiança que tem no seu Valor e sua Força, encarregou-me de lhe transmitir este Relato da situação.

Pedi ao Secretário que apresentasse ao Imperador minhas humildes Manifestações de Obediência, e lhe dissesse que, embora me parecesse impróprio que um Forasteiro como eu me intrometesse em assuntos políticos, eu estava disposto a arriscar minha vida para defender sua Pessoa e seu Estado contra todos os Invasores.

V

O Autor relata o extraordinário Estratagema por meio do qual evita uma Invasão. Um elevado Título hono-

rífico lhe é conferido. Uma Embaixada do Imperador de Blefuscu *vem para negociar a Paz. Os Aposentos da Imperatriz pegam fogo num Acidente; o Autor ajuda a salvar o resto do Paço.*

O Império de *Blefuscu* é uma Ilha situada a Nor-Nordeste de *Lilipute*, sendo dele separado apenas por um Canal de oitocentas jardas de largura. Eu ainda não o vira, e ao ser informado da Tentativa de Invasão evitei aparecer daquele lado da Costa, para não ser descoberto pelos Navios do Inimigo, que não tinham nenhuma Notícia minha, havendo toda e qualquer Comunicação entre os dois Impérios sido proibida durante a Guerra, sob pena de Morte, e tendo o nosso Imperador imposto um Embargo a todos os Navios de qualquer espécie. Transmiti à sua Majestade um Projeto que eu havia elaborado, de confiscar toda a Frota do Inimigo; a qual, segundo nossos Batedores, estava ancorada no Porto, prestes a partir ao primeiro Vento favorável. Consultei os Marinheiros mais experimentados a respeito da profundidade do Canal, o qual eles haviam sondado várias vezes, e eles me disseram que, na parte mais profunda e na maré alta, ele chegava a setenta *Glumgluffs*, que é cerca de seis pés em medida europeia; quanto ao resto, cinquenta *Glumgluffs* no máximo. Fui andando em direção à Costa nordeste e a *Blefuscu*, e deitando-me de atrás de um outeiro, tirei da Algibeira minha pequena Luneta e examinei a Frota do Inimigo ancorada, a qual consistia em cerca de cinquenta Naus de Guerra e um grande número de Barcos de Transporte: em seguida, voltei à minha Casa e dei Ordens (para as quais tinha Permissão) de que me trouxessem uma grande quantidade da Corda mais forte que houvesse e de Barras de Ferro. A Corda tinha mais ou menos a espessura de um Barbante, e as Barras eram do tamanho de Agulhas de Malha. Trancei a Corda de modo a triplicar sua Espessura para torná-la mais forte, e pelo mesmo motivo tomei três Barras e as retorci de modo a juntá-las, formando um Gancho numa das Pontas. Tendo dessarte afixado cinquenta Ganchos a cinquenta Extensões de Corda, voltei à Costa e, despindo a Jaqueta, os Sapatos e as Meias, entrei no Mar trajando meu Gibão de Couro, cerca de meia hora antes da Maré alta. Vadeei o mais depressa que pude, e no meio do Canal nadei cerca de trinta jardas até sentir que tinha pé; cheguei à Frota em menos de meia hora. Tão assustado ficou o Inimigo ao me ver que todos saltaram de seus Navios e voltaram a nado para a Costa, onde vi no mínimo trinta mil Almas. Em seguida, prendi um Gancho num furo na Proa de cada Nau e amarrei todas as Cordas umas nas outras na Ponta. Enquanto fazia isso, fui Alvo de alguns milhares de Flechas lançadas pelo Inimigo, muitas das quais me atingiram nas Mãos e no Rosto; além da forte ardência, elas dificultaram em muito meu Trabalho. Meu maior Temor era de que me atingissem nos Olhos, me cegando de modo infalível, quando então me ocorreu um Expediente. Entre outros pequenos Utensílios, eu guardava um par de Óculos num Bolso secreto, o qual, como já observei, escapara à Busca ordenada pelo Imperador. Peguei esses Óculos e os prendi o melhor que pude ao Nariz, e assim protegido continuei a trabalhar apesar das Flechas do Inimigo, muitas das quais atingiram as Lentes de meus Óculos, mas sem nenhum outro efeito que não o de entortá-los um pouco. Eu havia terminado de afixar todos os Ganchos, e segurando o Nó, comecei a puxar; porém os Navios não saíram do lugar, pois estavam todos presos por suas Âncoras, de modo que ainda restava a parte mais ousada de minha Tarefa. Soltei, pois, a Corda, e deixando os Ganchos afixados aos Navios, fui cortando com minha Faca todos os Cabos que prendiam as Âncoras, recebendo mais de duzentos Flechaços no Rosto e nas Mãos; em seguida, peguei o Nó das Cordas a que estavam afixados os Ganchos e com muita facilidade fui puxando cinquenta das maiores Naus de Guerra do Inimigo.

Os *Blefuscudianos*, que não tinham a menor Ideia das minhas Intenções, de início ficaram atônitos. Tinham me visto cortar os Cabos, e julgavam que eu quisesse apenas deixar os Navios à deriva, ou a esbarrar uns nos outros: mas quando viram toda a Frota seguindo de modo ordenado, sendo puxada por mim, soltaram tamanho brado de Sofrimento e Desespero que seria quase impossível descrevê-lo ou concebê-lo. Quando já estava fora do alcance deles, parei por um instante para arrancar as Flechas que estavam presas a minhas Mãos e meu Rosto, e untei-me com um pouco daquele mesmo Unguento que me havia sido dado quando lá cheguei, como mencionei antes. Em seguida, tirei os Óculos, e aguardando cerca de uma hora até que a Maré baixasse um pouco, atravessei o meio do canal a vau com meu carregamento, chegando são e salvo ao Real Porto de *Liliput*e.

O Imperador e toda a sua Corte aguardavam na Costa, à espera do Resultado dessa grande Aventura. Viram os Navios avançando num grande Crescente, porém não viram a mim, estando eu afundado na Água até a altura do Peito. Quando cheguei ao meio do Canal, ficaram ainda mais aflitos, porque a Água chegava até o Pescoço. O Imperador concluiu que eu havia me afogado, e que a Frota do Inimigo se aproximava com intenção hostil: porém em pouco tempo seus Temores se dissiparam, pois o Canal se tornava mais raso a cada passo que eu dava, e em pouco tempo já estava tão próximo que eles podiam ouvir minha Voz, e segurando a Extremidade do Cabo em que eu havia atado a Frota, gritei bem alto: *Viva o poderosíssimo Imperador de Liliput*e*!* Este Grande Príncipe recebeu-me com todos os Encômios possíveis, e sagrou-me *Nardac* ali mesmo, sendo este o mais elevado Título honorífico do País.

Sua Majestade manifestou o Desejo de que eu numa outra Oportunidade trouxesse todos os demais Navios do Inimigo para seus Portos. E é de tal modo desmedida a Ambição dos Príncipes, que ele não queria outra coisa que não reduzir todo o Império de *Blefuscu* a uma Província, passando a governá-lo por meio de um de Vice-Rei; e destruir todos os exilados *Extremidade-Grandistas*, e obrigar toda a gente de lá a quebrar os Ovos na extremidade menor, tornando-se assim o único Monarca de todo o Mundo. Porém tentei dissuadi-lo de tal Intento, utilizando muitos argumentos extraídos dos Tópicos[42] de Política bem como de Justiça: e protestei do modo mais claro, dizendo que jamais serviria de Instrumento para escravizar um Povo Livre e Valoroso. E quando a Questão foi discutida em Conselho, os Membros mais sábios do Ministério concordaram com a minha Opinião.

Essa minha Declaração franca e desabrida de tal modo contrariava os Planos e Políticas de sua Majestade Imperial que jamais fui perdoado; o Imperador mencionou-a de modo mui ladino no Conselho, onde segundo me foi dito alguns dos mais Sábios pareceram, ao menos por permanecerem em Silêncio, ser da minha opinião; porém outros, que em segredo eram meus Inimigos, não puderam conter Manifestações que de modo indireto me atingiram. E a partir daí teve início uma Intriga entre sua Majestade e um Conluio de Ministros maliciosamente voltados contra mim, que veio à tona em menos de dois meses, e provavelmente viria a causar minha total Destruição. Assim é que pesam mui pouco os maiores Serviços prestados aos Príncipes, quando postos na Balança em contraposição à Recusa a satisfazer suas Paixões.

Cerca de três semanas após esse Feito, chegou uma Embaixada solene de *Blefuscu*, trazendo uma humilde Proposta de Paz;[43] a qual foi em pouco tempo acertada, em Condições as mais vantajosas para o nosso Imperador, de cujos detalhes pouparei o Leitor. Eram seis Embaixadores, com um Séquito de cerca de quinhentas pessoas, e sua Entrada foi magnífica, à altura da Grandiosidade do Imperador seu Senhor e da Importância de sua Missão. Uma vez concluído o Tratado, em relação ao qual lhes fiz vários bons Ofícios, graças ao Crédito que agora eu tinha, ou ao menos parecia ter, junto à Corte, suas Excelências, que em particular haviam sido informadas do quanto eu lhes fora favorável, fizeram-me uma Visita formal. Começaram com muitos Elogios à minha Bravura e Generosidade, convidaram-me a visitar aquele Reino em nome do Imperador seu Senhor, e pediram-me que lhes desse algumas Provas da minha Força prodigiosa, a respeito da qual tinha ouvido tantas maravilhas; nisso lhes fiz a vontade, porém não cansarei o Leitor com os detalhes.

Depois de entreter suas Excelências, para seu imenso Deleite e Espanto, pedi-lhes que me fizessem a Honra de apresentar meus humildes Respeitos ao Imperador seu Senhor, o renome de cujas virtudes havia justificadamente espalhado Admiração por todo o Mundo, e cuja Pessoa Real eu pretendia visitar antes de voltar a meu País: assim sendo, na primeira oportunidade que tive a honra de voltar a falar com nosso Imperador, pedi-lhe Licença para visitar o monarca de *Blefuscu*, Licença essa que ele me concedeu, como percebi com facilidade, de modo mui frio; porém disso só compreendi a Razão quando uma certa Pessoa me confidenciou que *Flimnap* e *Bolgolam* haviam caracterizado minha Conversação com os Embaixadores como sinal de Insatisfação minha, coisa da qual certamente meu Coração era de todo isento. E assim foi que pela primeira vez comecei a formar uma Ideia, ainda que imperfeita, das Cortes e dos Ministros.

É preciso que se diga que esses Embaixadores falavam comigo através de um Intérprete, pois as Línguas dos dois Impérios são tão diferentes quanto quaisquer duas Línguas da *Europa*, e cada Nação se compraz com a Antiguidade, Beleza e Energia e seu próprio Idioma, manifestando Desprezo pelo da Nação vizinha; no entanto, nosso

Imperador, valendo-se da vantagem que havia obtido por ter se apossado da Frota inimiga, obrigou os Embaixadores a apresentar suas Credenciais e fazer suas Falas na Língua de *Lilipute*. E é preciso confessar que, graças ao intenso Comércio entre os dois Reinos, à constante Recepção de Exilados, que se dá modo mútuo entre eles, e do Costume que há em cada Império de mandar seus jovens Nobres e Fidalgos mais ricos residir por um tempo no outro, a fim de refinar suas Maneiras, conhecer melhor o Mundo e compreender melhor os Homens e os Costumes, são poucas as Pessoas de Distinção, ou Comerciantes, ou Marinheiros, que moram nas Regiões costeiras, que não sejam capazes de conversar em ambos os Idiomas; como percebi algumas semanas depois, quando fui apresentar meus respeitos ao Imperador de *Blefuscu*, o que, em meio a grandes Infortúnios, devidos à Malícia de meus Inimigos, terminou por ser uma Aventura mui feliz para mim, como hei de relatar na ocasião adequada.

O Leitor talvez se recorde de que, quando assinei os Artigos que me conceberam a Liberdade, alguns havia que me desagradaram por serem excessivamente servis, e que apenas uma extrema Necessidade poderia me obrigar a aceitar. Porém, sendo agora um *Nardac*, do mais alto Grau naquele Império, tais Encargos seriam considerados abaixo da minha Dignidade, e o Imperador (Justiça lhe seja feita) jamais mos mencionou. Porém, não demorou para que eu tivesse uma Oportunidade de fazer a sua Majestade, ao que me pareceu então, um Serviço da maior importância. Numa meia-noite, fui despertado pelos Gritos de centenas de Pessoas à minha Porta; e por acordar assim de súbito, fiquei aterrorizado. Ouvia a palavra *Burglum* repetida incessantemente: vários membros da Corte do Imperador atravessaram a Multidão e vieram suplicar-me que eu fosse imediatamente ao Paço, onde os aposentos da Imperatriz estavam pegando fogo, por obra do descuido de uma Dama de Honor, que adormeceu enquanto lia um Romance.[44] Levantei-me de imediato; e, tendo sido dada a Ordem de abrir alas para mim, e sendo além disso uma noite de Luar, logrei ir até o Paço sem pisar em ninguém. Lá chegando, vi que já haviam colocado Escadas de Mão nas Paredes dos Aposentos, e todos estavam providos de Baldes, porém a Água estava a alguma distância de lá. Esses Baldes eram do tamanho aproximado de Dedais grandes, e aquela pobre Gente mos entregava um após outro o mais depressa possível; mas o Fogo era tão violento que isso era de pouca valia. Teria sido fácil abafar o Incêndio com minha Jaqueta, que infelizmente eu não havia trazido, por ter vindo com tanta pressa, trajando apenas meu Gibão de Couro. A Situação parecia desesperadora e deplorável, e todo aquele Paço magnífico teria sido inteiramente destruído pelo Fogo se uma Presença de Espírito rara em mim não tivesse de súbito me sugerido uma Solução. Na noite anterior, tinha eu bebido uma grande quantidade de um Vinho delicioso, chamado *Glimigrin* (que os *Blefuscudianos* denominam *Flunec*,[45] mas o nosso é considerado o melhor), o qual é mui diurético. Por um acaso extremamente feliz, eu ainda não me aliviara de nenhuma parte dele. O calor que contraí ao chegar tão perto das chamas, e meu grande esforço no sentido de apagá-las, tiveram o efeito de fazer o vinho começar a produzir urina; a qual eu verti em tamanha quantidade, bem aplicada nos sítios apropriados, que em três minutos o Fogo foi inteiramente apagado, e o resto daquele Nobre edifício, que levara tantas eras para ser construído, foi preservado da Destruição.

Agora já era Dia claro, e voltei à minha casa sem esperar para congratular-me com o Imperador; isso porque, embora tivesse feito um Serviço da maior importância, eu não sabia se sua Majestade tomaria ofensa pelo modo como eu o realizara; pois, segundo as leis fundamentais do Reino, incorre em crime punido por pena capital qualquer pessoa, por mais elevada que seja, que urine dentro do palácio. Porém fiquei um pouco apaziguado ao receber Mensagem de sua Majestade no sentido de que ele daria Ordem ao Grande Tribunal para que fosse aprovado o meu Perdão de qualquer modo; o qual, porém, não pude obter. E me foi garantido, em caráter privado, que a Imperatriz, tendo ficado profundamente horrorizada com o meu Feito,[46] retirou-se para o lado mais distante da Corte, tomando a Decisão irrevogável de que aqueles Aposentos nunca mais seriam separados para seu Uso; e, na presença de suas principais Confidentes, sentiu-se compelida a jurar Vingança.

VI

Dos Habitantes de Liliput*e; seu Saber, suas Leis e Costumes, sua Maneira de educar os Filhos. O Modo de Vida do Autor naquele País. Sua Defesa de uma grande Dama.*

Embora eu tencione guardar a Descrição deste Império para um Tratado específico, entretanto quero gratificar o Leitor curioso com algumas Ideias gerais. Sendo o Tamanho comum dos Nativos um pouco menos de seis polegadas de altura, uma Proporção idêntica se verifica em todos os outros Animais, bem como nas Plantas e Árvores: por exemplo, os Cavalos e Bois mais altos têm de quatro a cinco polegadas de altura; os Carneiros, uma polegada e meia, mais ou menos; os Gansos são do tamanho aproximado de um Pardal, e assim as diferentes Gradações, até chegar aos mais pequenos, os quais, para a minha vista, eram quase invisíveis; a Natureza, porém, adaptou a vista dos *Liliputianos* a todos os Objetos apropriados à visão deles: assim, enxergam com muita perfeição, mas não a uma distância maior. E para comprovar a precisão da Vista dessa Gente em se tratando de Objetos próximos, muito me aprouve ver um Cozinheiro a depenar uma Cotovia, a qual era menor que uma Mosca comum; e uma Jovem a enfiar uma Linha de Seda invisível numa Agulha invisível. As Árvores mais altas terão sete pés de altura; refiro-me a algumas que se encontram no Parque Real, cujas Copas eu alcançava com o Punho cerrado. Os outros Vegetais guardam a mesma Proporção; porém isso deixo à Imaginação do Leitor.

Por ora, direi pouco a respeito do Saber dos *Liliputianos*, que entre eles há muitas Eras floresce em todos os seus Ramos: contudo, seu modo de escrever é mui curioso, não sendo da esquerda para a direita, como o dos *Europeus*; nem da direita para a esquerda, como o dos *Árabes*; nem de cima para baixo, como o dos *Chineses*; nem de baixo para cima, como o dos *Cascagianos*;[47] porém na Diagonal, de um Canto do Papel ao outro, como fazem nossas Damas na *Inglaterra*.

Eles enterram seus Mortos com as Cabeças viradas para baixo, por serem da Opinião de que, passadas onze mil Luas, todos eles hão de ressuscitar, quando então a Terra (que eles consideram plana) haverá de virar-se de ponta-cabeça, e desse modo, na Ressurreição, eles serão encontrados de pé. Os Doutos entre eles reconhecem o Absurdo dessa Doutrina, porém a Prática prossegue, em conformidade com o Vulgo.

Há neste Império algumas Leis e Costumes mui peculiares, os quais, não fossem eles diretamente contrários aos da minha querida Pátria, eu me sentiria tentado a falar um pouco no sentido de justificá-los. Só há que lamentar não serem eles postos em prática. O primeiro que mencionarei diz respeito aos Delatores. Todos os Crimes contra o Estado cá são punidos com a máxima severidade; mas se o Acusado provar sua Inocência de modo claro no Julgamento, o Acusador é de imediato executado do modo mais vergonhoso; e de seus Bens ou Terras faz-se Recompensa ao Inocente em quádruplo, pela sua Perda de Tempo, pelo Perigo por ele sofrido, pelo Sofrimento causado por sua Prisão, e por todas as Despesas motivadas por sua Defesa. Ou, se estes Fundos foram deficientes, ele é prodigamente compensado pela Coroa. O Imperador também lhe confere algum Sinal público de seu Favor, e sua Inocência é proclamada por toda a Cidade.

Têm eles a Fraude por Crime pior que o Roubo, e dessarte quase sempre a punem com a Morte; pois alegam que o Cuidado e a Vigilância, com um Entendimento bem comum, podem proteger dos Ladrões os Bens de um Homem, mas a Honestidade não tem defesa contra a Manha superior: e como é necessário haver constantes Transações de Compra e Venda, e negócios fundados no Crédito, em que se permite e tolera a Fraude, ou em que não há Lei que a castigue, o Comerciante honesto é sempre lesado, e o Velhaco leva vantagem. Lembro-me de que de certa feita intercedia eu junto ao Rei em prol de um Criminoso que havia furtado de seu Senhor uma grã Quantia, que recebera em seu Nome e havia embolsado, com ela fugindo; e tendo eu dito a sua Majestade, como Atenuante, que era apenas uma quebra de Confiança, o Imperador julgou monstruoso de minha parte propor, como Defesa, o maior Agravante do Crime: e em verdade não me restou dizer em Resposta outra coisa senão que as Nações tinham cada uma seus Costumes diversos: pois confesso que me senti mui envergonhado.

Embora costumemos dizer que Recompensa e Castigo são os dois Eixos em torno dos quais giram todos os Governos, jamais vi essa Máxima ser posta em prática em outra Nação que não em *Lilipute*. Todo aquele que puder provar de modo adequado que por setenta e três Luas observou à risca as Leis de seu País, faz jus a certos Privilégios, em conformidade com seu Escalão e sua Condição de Vida, com base numa Quantia proporcional oriunda de um Fundo dedicado a tal Fim: outrossim lhe é concedido o Título de *Snilpall*, ou seja, *Legal*, título esse que lhe é acrescido ao Nome, não podendo, porém, ser transmitido a seus Descendentes. E essas Pessoas consideraram uma extraordinária Falha de nossa Política o fato, que lhes comuniquei, de que nossas Leis eram impostas apenas à força de Penalidades, sem quaisquer Recompensas. Assim é que a Imagem da Justiça, nos Tribunais de lá, é formada com seis Olhos, sendo dois à frente, dois atrás, e um de cada lado, para representar a Circunspecção; com uma Bolsa de Ouro na Mão Direita, e uma Espada embainhada na Esquerda, significando estar ela mais disposta a recompensar do que a punir.

Ao escolher Pessoas para ocupar todos os Cargos, têm eles mais apreço pelas Qualidades morais do que pelos grandes Talentos; porquanto, sendo o Governo algo necessário à Humanidade, creem eles que um Entendimento Humano de Tamanho normal é adequado a este ou aquele Posto, e que a Providência jamais tencionou fazer da Administração da Coisa pública um Mistério, a ser compreendido apenas por uns poucos dotados de Gênio sublime, dos quais raramente nascem três numa mesma Época: porém acreditam que a Verdade, a Justiça, a Temperança e demais qualidades estejam ao alcance de todo Homem; a Prática dessas Virtudes, auxiliada pela Experiência e pelas boas Intenções, haveriam de qualificar qualquer Homem para servir seu País, menos naquelas Posições que exigem Estudos específicos. Julgavam, porém, que a deficiência de Virtudes Morais de modo algum podia ser compensada por Faculdades mentais superiores, tanto assim que não haveria perigo maior que dar Cargos a Pessoas assim; e que ao menos os Erros cometidos pela Ignorância com Intenção virtuosa jamais teriam Consequências tão fatais para o Bem público quanto as Práticas de um Homem cujas Inclinações fossem corruptas e que fosse dotado de grandes Capacidades de administrar, e multiplicar, e defender suas Corrupções.

Do mesmo modo, quem não crê numa Providência Divina é considerado incapaz de ocupar qualquer Cargo Público;[48] pois considerando os Reis como delegados da Providência, os *Liliputianos* julgam absurdo que um Príncipe empregue Homens que não reconheçam a Autoridade sobre a qual ele atua.

Ao relatar essas Leis e as que se seguem, bem entendido, refiro-me apenas às Instituições originais, e não às mais escandalosas Corrupções a que essa Gente foi levada pela Natureza degenerada do Homem. Pois a Prática infame de adquirir Cargos elevados dançando em Cordas, e a de obter Medalhas de Mérito e Distinção pulando por cima de Bastões e rastejando por baixo deles, saiba o Leitor, foram criadas pelo Avô do atual Imperador, e ganharam vulto à medida que cresceram gradualmente os Partidos e as Facções.

A Ingratidão é tida por eles como Crime capital, como sabemos através dos Livros ter sido em outros Países, pois julgam eles que todo aquele que recompensa com o mal o seu Benfeitor decerto será Inimigo comum de todo o resto da Humanidade, da qual não recebeu nenhum favor, e portanto tal Homem não merece viver.

As Ideias dos *Liliputianos* a respeito dos Deveres dos Pais e Filhos são extremamente diferentes das nossas. Pois, sendo a Conjunção de Macho e Fêmea fundada na grande Lei da Natureza, com o fim de propagar e dar continuidade à Espécie, creem eles que Homens e Mulheres se juntam, tal como os outros Animais, movidos pela Concupiscência; e que a Ternura que manifestam para com os Filhos também procede de um Princípio natural semelhante: assim sendo, julgam eles que o Filho não tem nenhuma Obrigação para com seu Pai por ter sido por ele gerado, nem para com sua Mãe por ter sido por ela posto no Mundo; o que, considerando a Miséria da Existência humana, não foi um Benefício em si, e tampouco foi algo tencionado pelos Pais, cujos pensamentos, no momento dos Encontros amorosos, estavam voltados em outra direção. Com base em tais Raciocínios, e outros afins, acreditam que os Pais sejam as últimas Pessoas em que se deve confiar para a Educação de seus próprios Filhos: assim sendo, em cada Cidade existem Escolas públicas, onde todos os Pais, com exceção dos Lavradores e dos Trabalhadores, são obrigados a enviar os Filhos de ambos os Sexos para serem criados e educados assim que chegam à idade de vinte luas, quando é de se esperar que já tenham desenvolvido alguma Disposição ao aprendizado. Essas Escolas há-as de diversos tipos, adequadas a diferentes Qualidades, e a ambos os Sexos. Lá trabalham certos Professores bem versados na arte de preparar os Filhos para uma condição de Vida adequada ao Nível de seus pais, e a suas próprias Capacidades e Inclinações. Direi primeiro algo sobre as Escolas masculinas, e depois sobre as femininas.

As Escolas para os Rapazes de Berço Nobre ou Elevado são providas de Professores sérios e doutos, com diversos Assistentes. As Vestes e Alimentos das Crianças são simples e despojados. São-lhes ministrados os Princípios da Honra, Justiça, Coragem, Modéstia, Clemência, Religião e Amor à Pátria; estão sempre ocupados com alguma Atividade, com exceção dos períodos dedicados a comer e dormir, que são mui curtos, e duas horas para Diversões, as quais consistem em Exercícios corporais. São vestidos por Homens até os quatro anos de idade, quando então são obrigados a vestir-se por conta própria, por mais elevada que seja sua Condição; e as Criadas do sexo feminino, cuja idade é proporcional às nossas Mulheres de cinquenta anos, executam apenas as Tarefas mais servis. Aos Rapazes nunca é permitido conversar com os Criados, porém andam juntos, em pequenos ou grandes bandos, quando vão se divertir, sempre na presença de um Professor ou de um de seus Assistentes; assim, evitam-se naquelas primeiras más Impressões de Parvoíce e Vício a que nossos Filhos são expostos. Os Pais só têm permissão de ver os Filhos duas vezes por ano; a Visita dura apenas uma hora. É-lhes permitido beijar seus Filhos ao chegar e ao partir; mas o Professor que sempre os acompanha nessas ocasiões não lhes permite cochichar, nem usar nenhuma expressão carinhosa, nem lhes dar de presente Joguetes, Doces e coisas afins.

A Pensão que dá cada família para a Educação e Diversão de um Filho, não sendo paga, é cobrada por Servidores do Imperador.

As Escolas para Filhos de Cavalheiros comuns, Comerciantes e Artesãos são administradas da mesma maneira, guardadas as proporções; a diferença sendo que aqueles que são destinados aos Ofícios se tornam Aprendizes aos onze anos de idade, enquanto os que têm Berço continuam nas Escolas até os quinze anos, o que corresponde aos vinte e um anos nossos: porém o Confinamento é afrouxado gradualmente nos últimos três anos.

Nas escolas femininas, as moças de Berço são educadas de modo mui semelhante aos Rapazes, só que são vestidas por Criadas de seu próprio Sexo, porém sempre na presença de uma Professora ou Assistente, até passarem a vestir-se por conta própria, o que se dá aos cinco anos de idade. E se for constatado que essas Amas entretêm as Meninas com Histórias assustadoras ou tolas, ou com as Parvoíces comuns praticadas pelas nossas Criadas de Quarto, são elas publicamente açoitadas três vezes em diferentes pontos da Cidade, presas por um ano e banidas em caráter perpétuo para a Região mais desolada do País. Assim é que as Moças de lá têm tanta vergonha de ser Covardes e Parvas quanto os Homens, e desprezam todos os Ornamentos pessoais que não os exigidos pelo Decoro e pela Limpeza: e não percebi nenhuma Diferença na Educação delas, com exceção de que os Exercícios das moças não eram tão cansativos, e que lhes eram ensinadas algumas Regras a respeito da Vida doméstica, e que era mais estreito o Escopo de Saber que lhes era ministrado: pois a Máxima que eles seguem é de que, entre as pessoas de Berço, a Esposa deve ser sempre uma companheira razoável e agradável, pois que não pode permanecer jovem para sempre. Quando as Moças completam doze anos, o que para eles é a idade em que se pode casar, os Pais ou Tutores levam-nas para casa, entre muitas Manifestações de Gratidão para com os Professores, e quase sempre Lágrimas da parte da Moça e suas Companheiras.

Nas Escolas femininas mais humildes, as Crianças aprendem toda sorte de Ofício apropriado a seu Sexo, nos diferentes níveis: as que são destinadas a se tornar Aprendizes são dispensadas aos nove anos, as outras lá ficando até os treze.

As Famílias mais humildes que têm Filhas nessas Escolas são obrigadas, além da Pensão anual, que é tão baixa quanto possível, a entregar ao Ecônomo da Escola uma pequena Parcela mensal de sua Renda, quantia essa destinada a constituir o Dote da Criança; e portanto todos os Pais têm suas Despesas limitadas por Lei. Pois creem os *Liliputianos* que nada há de mais injusto do que as Pessoas, cedendo a seus próprios Apetites, porem Filhos no mundo legando ao Erário o Encargo de sustentá-los. Quanto às Pessoas de Berço, empenham elas uma Quantia destinada a cada Criança, proporcional à sua Condição; esses fundos são sempre administrados com muito Zelo e a mais rigorosa Justiça.

Os Lavradores e Trabalhadores conservam seus filhos em Casa, pois que lhes não cabe outra Função que não a de arar e cultivar a Terra, e assim sendo sua Educação é de pouca importância para o Público; porém os Velhos e Doentes entre eles são cuidados em Asilos: pois o Ofício de Mendigo é desconhecido neste Reino.

E neste ponto talvez interesse ao Leitor curioso apresentar um relato do meu Cotidiano, e do modo como vivi neste País, durante um período de nove meses e treze dias. Tendo boa Cabeça para as coisas mecânicas, e sendo também premido pela necessidade, eu fizera para meu próprio uso uma Mesa e uma Cadeira bastante convenientes, valendo-me das maiores Árvores do Parque Real. Duzentas Costureiras foram empregadas para produzir Camisas e Roupa de Cama e Mesa para mim, tudo feito do Tecido mais forte e grosseiro que se podia encontrar; e mesmo assim, foram obrigadas a dobrá-lo em várias Camadas, pois o mais grosso que havia era um tanto mais fino que Cambraia. O Linho de lá tem de regra três polegadas de largura, e três pés de comprimento cada Peça. As Costureiras mediram-me estando eu estendido no chão, uma tendo subido em meu Pescoço, outra no meio da minha Perna, com uma Corda forte sendo estendida, cada uma segurando uma das pontas, enquanto a terceira mediu a extensão da Copa com uma Régua de uma polegada de comprimento. Em seguida, mediram meu Polegar direito, e de mais medidas não tiveram precisão; pois através de uma Computação matemática, segundo a qual duas voltas em torno do Polegar valem o mesmo que uma em torno do Punho, e assim por diante com relação ao Pescoço e à Cintura, e com a ajuda da minha Camisa velha, que estendi no Chão para lhes servir de Modelo, puderam elas tirar-me as medidas com exatidão. Do mesmo modo, trezentos Alfaiates foram empregados para fazer minhas Roupas; porém eles se valeram de um outro método para me medir. Ajoelhei-me, e eles puseram uma Escada no Chão e a apoiaram em meu Pescoço; um deles subiu nesta Escada e deixou cair um Fio de Prumo do meu Colarinho até o Chão, medindo assim o comprimento exato de minha Jaqueta; porém minha Cintura e meus Braços eu próprio os medi. Quando terminaram de fazer minhas Roupas, trabalho esse que foi realizado na minha Casa (pois nas maiores Casas deles não teriam espaço), elas pareciam Colchas de Retalhos feitas pelas Senhoras da *Inglaterra*, com a única diferença de que todos os retalhos eram da mesma Cor.

Dispunha eu de trezentos Cozinheiros para preparar minhas Refeições, em pequenas Cabanas apropriadas construídas em torno da minha Casa, onde eles moravam com suas Famílias, e cada um preparava dois Pratos. Eu tomava na Mão vinte Criados e punha-os na Mesa, e cem outros ficavam à espera no Chão, alguns trazendo Pratos de Carne, outros com Tonéis de Vinho e outras Bebidas pendurados nos Ombros; todas essas coisas os Criados que estavam sobre a Mesa faziam subir quando eu as pedia, de um modo mui engenhoso, utilizando certas Cordas, tal como pegamos Água com Baldes nos Poços na *Europa*. Um Prato deles era para mim um bom Bocado; e um Tonel, um Gole razoável. A Carne de Carneiro deles é inferior à nossa, mas a de Vaca é excelente. Uma vez, serviram-me uma Alcatra tão grande que fui obrigado a comê-la com três Mordidas; mas isso é raro. Meus criados ficavam atônitos ao me verem comer os Ossos juntamente com a Carne, tal como fazemos em nosso País quando comemos uma Coxa de Cotovia. Os Gansos e Perus de lá eu os comia de um só Bocado, e devo confessar que são muito superiores aos nossos. Quanto às Aves menores, eu juntava vinte ou trinta na ponta da minha Faca.

Um dia sua Majestade Imperial, ao ter notícia de meu modo de vida, manifestou o desejo de, acompanhado da Consorte Real e dos jovens Príncipe de Sangue de ambos os sexos, ter a Felicidade (tais foram suas palavras) de jantar comigo. E assim foi feito, coloquei-os em seus Tronos na minha Mesa, bem à minha frente, cercados por seus Guardas. *Flimnap*, o Tesoureiro-Mor, também estava presente, com seu Cajado branco; observei que com frequência ele me olhava com uma Expressão contrariada, a qual não dei mostras de perceber, porém comi mais do que de costume, em homenagem a minha querida Pátria, bem como para causar Admiração à Corte. Tenho cá meus Motivos para supor que esta Visita de sua Majestade deu a *Flimnap* uma oportunidade de falar mal de mim junto a seu Senhor. Esse Ministro sempre fora meu Inimigo em segredo, embora me dirigisse mais Sinais externos de afeto do que era comum numa Pessoa naturalmente mal-humorada. Disse ele ao Imperador que o Tesouro estava em mau estado; que era obrigado a tomar Dinheiro emprestado com Juros mui altos; que as Apólices da Coroa só podiam circular com um desconto de nove por cento; em suma, que eu custava a sua Majestade mais de um milhão e meio de *Sprugs* (a moeda de Ouro mais valiosa de lá, mais ou menos do tamanho de uma Lentejoula); e assim sendo, era aconselhável que o Imperador se valesse da primeira Ocasião apropriada para livrar-se de mim.

Vejo-me neste ponto obrigado a defender a Reputação de uma excelente Dama, que sofreu injustamente por minha conta. O Tesoureiro deu de enciumar-se da Esposa, por haverem certos Maldizentes lhe informado que a Dama em questão estava acometida de uma violenta Paixão por minha Pessoa, e por algum tempo circulou na Corte o Boato escandaloso de que ela teria ido uma vez a sós a minha Casa. Dou minha Palavra de Honra que isto é uma Mentira infame, de todo infundada, sendo verdade apenas que a Dama em questão me tratava com todas as mostras inocentes de Familiaridade e Amizade. É fato que ela veio muitas vezes a minha Casa, mas sempre em público, sempre acompanhada de ao menos mais três pessoas em sua Carruagem, normalmente sua Irmã, a filha mais moça e mais alguma Conhecida; mas também muitas outras Damas da Corte faziam o mesmo. E que perguntem a todos meus Criados se alguma vez viram eles uma Carruagem parada à minha Porta sem que eles soubessem que Pessoas vinham dentro delas. Nessas Ocasiões, quando o Criado anunciava a chegada de alguém, tinha eu o hábito de imediatamente ir à Porta; e, após apresentar meus cumprimentos, recebia a Carruagem e os dois cavalos com todo cuidado em minhas mãos (pois quando eram seis os Cavalos, o Postilhão sempre desatrelava quatro deles) e colocava-os numa Mesa, em torno da qual eu havia afixado uma Borda móvel de cinco polegadas de altura, para evitar Acidentes. E muitas vezes tive quatro Carruagens com seus Cavalos ao mesmo tempo na minha Mesa, cheias de visitantes, estando eu instalado em minha Cadeira com o rosto voltado para eles; e quando eu conversava com um Grupo, os Cocheiros faziam os outros passear lentamente na minha Mesa. Passei muitas Tardes mui agradáveis entretendo-me com tais Conversas. Porém desafio o Tesoureiro, e seus dois Informadores (aqui os nomeio, e eles que se cuidem), *Clustril* e *Drunlo*, a provar que qualquer Pessoa jamais me veio visitar incógnita, com exceção do Secretário *Reldresal*, que veio por Ordem expressa de sua Majestade Imperial, conforme já relatei. Não teria eu me estendido sobre esse Assunto se não estivesse em jogo a Reputação de uma grande Dama, para não falar na minha própria Reputação; muito embora já tivesse eu na época a Honra de ser um *Nardac*, coisa que o Tesoureiro não é, pois como todo mundo sabe ele não passa de um *Clumglum*, Título um grau inferior ao meu, tal como um Marquês é inferior a um Duque na *Inglaterra*, ainda que eu tenha de admitir que ele tivesse precedência em relação a mim por efeito do Cargo que ocupava. Essas Informações falsas, a respeito das quais só vim a saber depois, por conta de um Acidente que não seria apropriado mencionar aqui, fizeram com que por algum tempo o tesoureiro *Flimnap* demonstrasse irritação com sua mulher, e comigo coisa pior; e embora por fim ele tenha vindo a saber a Verdade e a reconciliar-se com ela, perdi eu todo o Crédito com ele, e vi que o Imperador perdeu mui rapidamente o Interesse por mim, sendo ele demasiadamente influenciado por esse seu Favorito.

VII

O Autor, ao ser informado do Plano de acusá-lo de Alta Traição, foge para Blefuscu. *De como foi recebido lá.*

Antes de fazer um relato sobre o modo como parti desse Reino, talvez seja apropriado informar o Leitor de uma Intriga particular que havia dois meses tomava vulto contra mim.

Até então, no decorrer de toda a minha Vida, nada sabia sobre as Cortes, porque minha Origem humilde não me qualificava a frequentá-las. Decerto, tinha ouvido falar e lido muita coisa sobre os Humores dos grandes Príncipes e Ministros; contudo, jamais imaginei que encontraria Efeitos tão terríveis deles num país tão remoto, governado, conforme me parecia, por Máximas mui diversas das que são vigentes na *Europa*.

Estava eu a preparar-me para visitar o imperador de *Blefuscu*, quando um Personagem importante da corte (a quem eu fora de grande utilidade num momento em que ele havia caído em Desgraça junto a sua Majestade Imperial) veio à minha Casa mui secretamente à noite numa Liteira fechada, e sem anunciar seu nome solicitou que eu o recebesse: os Carregadores foram dispensados; e pus a Liteira, com sua Excelência dentro dela, no bolso de minha Jaqueta; e dando Ordens a um Criado de confiança para que dissessem que eu estava indisposto e havia ido me deitar, tranquei a Porta da Casa, coloquei a Liteira na Mesa, conforme meu costume habitual, e sentei-me ao lado dela. Após a habitual troca de Saudações, percebi que a expressão de sua Excelência parecia mui aflita; e ao lhe perguntar o motivo, pediu-me ele que ouvisse pacientemente o que tinha a dizer a respeito de uma Questão da maior importância para minha Honra e minha Vida. Segue-se o Relato que me foi feito, o qual registrei por escrito tão logo ele partiu.

O senhor precisa saber, disse-me ele, que diversas Comissões do Conselho recentemente se reuniram em caráter sigiloso para discutir seu caso: e faz apenas dois dias que sua Majestade tomou sua Decisão.

O senhor certamente saberá que *Skyris Bolgolam* (*Galbet*, isto é, Alto Almirante) é seu Inimigo mortal quase desde a sua Chegada. Os Motivos originais disso, desconheço, porém o ódio dele aumentou muito mais depois do seu recente grande Sucesso contra *Blefuscu*, o qual teve o efeito de lhe ofuscar a Glória como Almirante. Este Senhor, em conluio com *Flimnap*, o Tesoureiro-Mor, cuja inimizade contra sua Pessoa é notória, por motivo da Esposa dele; *Limtoc*, o General; *Lalcon*, o Camareiro; e *Balmuff*, o Supremo Juiz, prepararam Artigos de Impedimento contra a sua Pessoa, por motivo de Traição, entre outros Crimes capitais.

Tal Preâmbulo deixou-me de tal modo impaciente, por ter eu consciência de meus próprios Méritos e de minha Inocência, que estive prestes a interrompê-lo; quando então me pediu ele que me calasse, e prosseguiu como se segue.

Sendo eu grato pelos Favores que o senhor me prestou, obtive Informações a respeito de todo o Processo, bem como uma cópia dos Artigos, pondo em risco minha própria Cabeça a seu Serviço.

Artigos de Impedimento contra
Quinbus Flestrin (*o* Homem-Montanha).[49]

ARTIGO I

CONSIDERANDO que por força de um Estatuto promulgado no Reinado de sua Majestade Imperial *Calin Deffar Plune*, todo aquele que urinar dentro do Paço Real estará sujeito às Penalidades associadas à Alta Traição: não obstante, o dito *Quinbus Flestrin*, violando de modo flagrante o dito Estatuto, sob o pretexto de extinguir o Incêndio que ardia nos Aposentos da querida Consorte Imperial de sua Majestade, de modo malicioso, traiçoeiro e diabólico, através de sua Urina, apagou o dito Incêndio que ocorria nos ditos Aposentos, estando estes dentro do Paço Real, em violação ao dito Estatuto etc., em contradição ao Dever etc.

ARTIGO II

QUE o dito *Quinbus Flestrin*, tendo trazido a Frota Imperial de *Blefuscu* para o Porto Real, e tendo recebido ordem de sua Majestade Imperial de apossar-se de todos os outros Navios do dito Império de *Blefuscu*, reduzindo tal Império à condição de Província, a ser governada por um Vice-Rei de cá, e destruir e executar não apenas todos os Exilados *Extremidade-Grandistas*, mas também todo o Povo daquele Império que não renunciasse de imediato à Heresia *Extremidade-Grandista*: ele, o dito *Flestrin*, como desleal Traidor da mais Auspiciosa, Serena e Imperial Majestade, pediu que lhe fosse poupado o dito Serviço, sob o pretexto de não querer forçar as Consciências, nem de destruir as Liberdades e Vidas de um Povo inocente.

ARTIGO III

QUE, por ocasião da chegada de certos Embaixadores da Corte de *Blefuscu* para negociar a Paz na Corte de sua Majestade: ele, o dito *Flestrin*, como desleal Traidor, ajudou, incitou, confortou e entreteve os ditos Embaixadores, embora soubesse que eles serviam a um Príncipe que pouco antes era Inimigo declarado de sua Majestade Imperial, em Guerra declarada contra a dita Majestade.

ARTIGO IV

QUE o dito *Quinbus Flestrin*, contrariando o Dever de Súdito fiel, prepara-se agora para empreender uma Viagem até a Corte e Império de *Blefuscu*, para a qual recebeu apenas Licença verbal de sua Majestade Imperial; e sob o pretexto da dita Licença, de modo falso e traiçoeiro pretende fazer a dita Viagem com o fim de ajudar, confortar e incitar o Imperador de *Blefuscu*, recente Inimigo deste Reino, em Guerra declarada contra a dita Majestade Imperial.

Há ainda outros Artigos, mas os mais importantes são esses, dos quais fiz uma Súmula.

Nos diversos Debates a respeito desse Impedimento, há que reconhecer que sua Majestade deu muitos sinais de sua grande Clemência, mencionando os Serviços que o senhor lhe prestou, e tentando atenuar seus Crimes. O Tesoureiro e o Almirante insistiram ser necessário que o senhor fosse executado do modo mais doloroso e vergonhoso, ateando fogo à sua Casa à Noite, na presença do General, com uma Força de vinte mil Homens armados de Flechas envenenadas a serem disparadas em seu Rosto e suas Mãos. Alguns dos seus Criados receberiam Ordens secretas de verter um Sumo venenoso nas suas Camisas, o qual teria o efeito de fazê-lo rasgar sua própria Carne, e morrer numa terrível Tortura.[50] O General também foi da mesma Opinião, e assim por um bom tempo formou-se uma Maioria contra o senhor. Porém sua Majestade, querendo se possível poupar sua Vida, por fim demoveu o Camareiro.

Em seguida, ordenou o Imperador que *Reldresal*, Primeiro Secretário para Assuntos Particulares, o qual sempre provou ser seu verdadeiro Amigo, expressasse sua opinião, e assim o fez, justificando o bom Conceito em que o senhor o tem. Ele reconheceu que seus Crimes são grandes, mas que assim mesmo havia margem para Misericórdia, a mais louvável das Virtudes dos Príncipes, pela qual sua Majestade era tão justamente celebrada. Afirmou ele que a Amizade que o unia ao senhor era tão conhecida por todos que talvez o honrado Conselho o julgasse parcial: porém, em obediência à Ordem que lhe fora dada, manifestaria livremente seus Sentimentos. Que se sua Majestade, em consideração aos seus Serviços, e em conformidade com seu próprio Pendor misericordioso, houvesse por bem poupar a sua Vida, dando ordem apenas para que seus dois Olhos fossem vazados, ele julgava, humildemente, que por meio desse Expediente[51] a Justiça fosse feita em certa medida, e todo o Mundo haveria de aplaudir a Clemência do imperador, bem como os Procedimentos justos e generosos daqueles que têm a Honra de serem seus Conselheiros. Que a perda da sua Vista não diminuiria a sua a força corpórea, a qual ainda poderia ser útil a sua Majestade. Que a Cegueira fortalece a Coragem, ao ocultar-nos os Perigos; que o Temor pelos seus Olhos foi o principal Obstáculo que teve o senhor ao trazer a Frota inimiga, e que lhe bastaria enxergar pelos Olhos dos Ministros, tal como fazem os maiores Príncipes.

Essa Proposta foi vigorosamente condenada por toda a Comissão. *Bolgolam*, o Almirante, não conseguiu conter sua Irritação; furioso, levantou-se e disse não entender como ousava o Secretário manifestar-se em prol da preservação da Vida de um Traidor: que os Serviços que o senhor havia feito eram, por todas as verdadeiras Razões de Estado, na verdade sérios Agravantes dos seus Crimes; que o senhor, que conseguiu apagar o Fogo ao urinar nos Aposentos de sua Majestade a Imperial Consorte (fato por ele mencionado com expressão de horror) poderia, em outra oportunidade, causar uma Inundação pelo mesmo Método, afogando todo o Paço; e que a mesma Força que lhe permitiu trazer a Frota do inimigo poderia servir, por ocasião do seu primeiro Desagrado, para levá-la de volta para lá: que ele tinha bons Motivos para crer que no seu Coração o senhor era um *Extremidade-Grandista*;[52] e que a Traição começa no Coração antes de se manifestar em Atos explícitos, e assim acusou o senhor de Traição por este motivo, e portanto insistiu que o senhor fosse executado.

Era da mesma opinião o Tesoureiro, o qual expôs de que modo o Tesouro de sua Majestade era reduzido pelo encargo de sustentá-lo, encargo esse que em breve se tornaria insuportável: que o Expediente proposto pelo Secretário de cegá-lo, longe de remediar este Mal, teria o provável efeito de aumentá-lo, como se vê pela prática comum de cegar certas Aves, após o que elas passam a comer mais e engordar mais depressa: que sua Majestade sagrada e o Conselho, que são seus Juízes, estavam em suas Consciências amplamente convencidos da sua Culpa, o que era Argumento suficiente para condená-lo à Morte, sem as Provas formais exigidas pela estrita Letra da Lei.

Todavia, sua Majestade Imperial, estando de todo contrária à aplicação da Pena capital, generosamente afirmou que, se o Conselho julgasse que a perda das duas Vistas fora uma Penalidade mui leniente, alguma outra poderia ser acrescentada depois. E seu Amigo o Secretário, humildemente pedindo para se fazer ouvir outra vez, em resposta à objeção do Tesoureiro a respeito da grande Despesa em que incorria sua Majestade no seu sustento, afirmou que sua Excelência, que era a única Pessoa responsável pelas Finanças do Imperador, poderia facilmente remediar este Mal, diminuindo pouco a pouco a sua Pensão; desse modo, por falta de Alimento o senhor haveria de ficar fraco e perder seu Apetite, e consequentemente decair e morrer em poucos meses; quanto ao Fedor do seu Cadáver, ele não seria tão perigoso, por estar reduzido a menos da metade; e imediatamente após a sua Morte, cinco ou seis mil dos Súditos de sua Majestade poderiam, em dois ou três dias, separar a Carne de seus Ossos, levá-la em Carroças e enterrá-la em regiões distantes a fim de impedir Infecções, deixando o Esqueleto como monumento a ser Admirado pela Posteridade.

Assim, graças à grande Amizade do Secretário, foi possível chegar-se a uma Solução acordada. Foi determinado que o Projeto de gradualmente matá-lo de fome fosse mantido em Segredo, porém a Sentença de Cegá-lo foi registrada nos Autos; não havendo nenhum dissidente senão *Bolgolam*, o Almirante, o qual, sendo protegido da Imperatriz, era constantemente instigado por ela a insistir na sua Morte, nutrindo ela uma Malquerença perpétua pelo senhor, por causa do Método infame e ilegal pelo qual o senhor apagou o Incêndio nos Aposentos dela.

Dentro de três dias, seu Amigo, o Secretário, terá ordens de vir à sua Casa e ler diante da sua Pessoa os Artigos de Impedimento; em seguida, como prova da Misericórdia[53] e Favor de sua Majestade e do Conselho, o senhor será condenado apenas à perda da sua Visão, Pena essa que sua Majestade está certa de que o senhor aceitará com Gratidão e Humildade; vinte dos Cirurgiões de sua Majestade estarão presentes, para garantir o êxito da Operação, disparando Flechas com pontas mui afiadas em direção a seus Olhos, estando o senhor deitado no Chão.

Deixo a sua Prudência decidir que Medidas o senhor há de tomar; e para evitar Suspeitas, devo retornar imediatamente, tão secretamente quanto vim até aqui.

E assim fez o Senhor em questão, deixando-me só, cheio de Dúvidas e Perplexidades.

Segundo uma prática estabelecida pelo atual Príncipe e seu Ministério (mui diversamente do que ocorria outrora, segundo me foi dito), sempre que a Corte decretava uma Execução cruel, para gratificar o Ressentimento do Monarca ou a Malignidade de um Favorito, o Imperador fazia um Discurso para todo o seu Conselho, manifestando sua Misericórdia e Ternura, Qualidades conhecidas e reconhecidas por todo o Mundo. Esse Discurso era imediatamente divulgado por todo o Reino; e nada aterrorizava o Povo mais do que esses Elogios à Misericórdia de sua Majestade; porque observava-se que quanto mais enfáticos e insistentes esses Elogios, mais desumano o Castigo, e mais inocente a Vítima. Quanto a mim, devo confessar que, não sendo destinado à vida de Cortesão nem por meu Berço nem por minha

Educação, era tão incapaz de julgar as coisas que não conseguia compreender onde estavam a Misericórdia e o Favor dessa Sentença, porém a considerava (talvez erroneamente) mais rigorosa do que suave. Várias vezes pensei em submeter-me ao Julgamento, pois embora não pudesse negar os Fatos alegados nos diversos Artigos, no entanto tinha eu esperança de que houvesse algumas Atenuantes. Porém, tendo no decorrer da minha Vida assistido a muitos Julgamentos, e observando que o Desfecho era sempre aquele desejado pelos Juízes, não ousei confiar numa Decisão tão perigosa, num Momento tão crítico, e tendo Inimigos tão poderosos. Cheguei a convencer-me com firmeza da necessidade de resistir, pois enquanto eu desfrutava de Liberdade, nem toda a Força daquele Império poderia me deter, e não seria difícil para mim destruir toda a Metrópole com pedras; porém logo recuei horrorizado diante desse Projeto, ao relembrar o Juramento que fizera para o Imperador, os Favores que dele recebera e o elevado Título de *Nardac* que ele me concedera. E tendo eu tão recentemente aprendido a Gratidão dos Cortesões, não podia convencer-me de que a Severidade atual de sua Majestade me desobrigasse de todos os meus Deveres contraídos.

Por fim tomei uma Decisão, pela qual é provável que eu seja censurado por alguns, e não sem razão; pois confesso que se pude preservar meus Olhos, e consequentemente minha Liberdade, foi graças à minha grande Afoiteza e falta de Experiência: porque se eu conhecesse então a Natureza dos Príncipes e dos Ministros, a qual posteriormente tive oportunidade de observar em muitas outras Cortes, e seus Métodos de tratar Criminosos menos daninhos do que eu, ter-me-ia submetido prontamente a uma Punição tão branda. Porém, instigado pela Precipitação da Juventude, e tendo obtido Licença de sua Majestade Imperial para visitar o Imperador de *Blefuscu*, vali-me dessa Oportunidade, antes que se passassem os três dias, de enviar uma carta a meu Amigo o Secretário, comunicando minha Decisão de partir naquela mesma manhã rumo a *Blefuscu*, mediante a Licença que havia obtido; e sem aguardar a Resposta, fui até o lado da Ilha em que nossa Frota ficava. Apoderei-me de um grande Navio de Guerra, atei um Cabo a sua Proa e, levantando as âncoras, despi-me, pus minhas Vestes (juntamente com minha Colcha, a qual eu trouxera debaixo do Braço) dentro do Navio e, puxando-o pelo Cabo, ora vadeando, ora nadando, cheguei ao Porto Real de *Blefuscu*, onde o Povo já me aguardava havia muito; proveram-me de dois Guias que me levaram até a Metrópole, a qual tem o mesmo nome do País. Levei-os em minhas mãos até chegar a duzentas jardas do Portão, quando então lhes pedi que anunciassem minha Chegada a um dos Secretários, dizendo-lhe que eu aguardava as Ordens de sua Majestade. Cerca de uma hora depois, fui informado de que sua Majestade, acompanhada da Família Real e de grandes Dignitários da corte, vinha receber-me. Avancei cem jardas. O Imperador e seu Séquito apearam de seus Cavalos, a Imperatriz e as Damas saíram de suas Carruagens, e não percebi neles nenhum sinal de Medo ou Cuidado. Deitei-me no Chão para beijar as Mãos de sua Majestade e da Imperatriz. Disse eu a sua Majestade que lá estava cumprindo minha Promessa, e com Licença do Imperador, meu Senhor, para ter a Honra de conhecer tão poderoso Monarca, e lhe oferecer qualquer Serviço que estivesse em meu poder, que não contradissesse meu Dever para com meu próprio Príncipe; não disse Palavra a respeito de haver caído em Desgraça, porque ainda não tinha nenhuma Informação oficial do fato, e eu deveria parecer de todo ignorante a respeito de tais Planos; tampouco imaginava eu que o Imperador viesse a descobrir o Segredo estando eu fora de seu alcance: no que, contudo, logo percebi que estava enganado.

Não aborrecerei o Leitor com um Relato mais circunstanciado do modo como fui recebido nesta Corte, em conformidade com a Generosidade de um Príncipe tão grande; nem também com o das Dificuldades por que passei por falta de Casa e Cama, sendo obrigado a me deitar no chão, envolto na minha Colcha.

VIII

O Autor, por um Acaso afortunado, encontra um Meio de partir de Blefuscu*; e após algumas Dificuldades volta são e salvo a seu País Nativo.*

Três dias após minha Chegada, caminhando por Curiosidade até a Costa Nordeste da Ilha, observei, a cerca de meia légua da Costa, no Mar, algo que parecia um Barco emborcado. Descalcei os Sapatos e as Meias, e caminhando duzentas ou trezentas jardas a vau, observei que o Objeto se aproximava, trazido pela força da Maré, e vi então que era de fato um Barco, o qual, imaginava eu, teria se desprendido de um Navio; quando então voltei de imediato à Cidade, e solicitei a sua Majestade Imperial que me emprestasse vinte dos Navios mais altos que lhe restavam após a Perda de sua Frota, e três mil Marinheiros sob mando de seu Vice-Almirante. Essa Frota veio contornando a Costa, enquanto voltei pelo Caminho mais curto até o Sítio onde encontrara o Barco; vi que a Maré o trouxera para mais perto ainda. Os Marinheiros estavam todos providos de Cordoalha, a qual eu já havia trançado para torná-la bem forte. Quando os Navios chegaram, despi-me e fui seguindo a vau até chegar a cem jardas do Barco, quando então vi-me obrigado a nadar até ele. Os Marinheiros jogaram-me a ponta do Cabo, a qual atei a uma Abertura na proa do Barco, prendendo a outra num dos Navios de Guerra: porém vi que meu trabalho de nada valera, pois não tendo pé ali, não podia eu trabalhar. Assim, fui obrigado a seguir a nado atrás do barco, empurrando-o sempre que podia, com uma das Mãos; e estando a Maré em meu favor, avancei tanto que consegui tocar o Chão com a ponta dos Pés, indo a Água até meu Queixo. Descansei dois ou três minutos, e em seguida empurrei o Barco mais uma vez, e assim por diante, até ver que o Mar me chegava à altura dos Sovacos; e assim, finda a parte mais trabalhosa da Tarefa, tomei os outros Cabos que estavam num dos Navios, e atei-os primeiro ao Barco, depois a nove dos Navios que me acompanhavam, e estando o Vento favorável, os Marinheiros o rebocavam enquanto eu o empurrava, até chegarmos a quarenta jardas da Praia, e aguardando até que a Maré baixasse, fui até o Barco em seco, e com a ajuda de dois mil Homens, munidos de Cordas e Máquinas, pude desemborcá-lo, verificando que estava apenas um pouco danificado.

Não enfadarei o Leitor com as Dificuldades que me causaram os Remos, os quais levei dez dias para fazer, para então levar meu Barco até o Porto Real de *Blefuscu*, onde grande cópia de Gente apareceu tão logo cheguei, admirados diante de uma Nau tão prodigiosa. Disse eu ao Imperador que minha boa Fortuna me trouxera aquele Barco, para levar-me a algum lugar de onde eu pudesse retornar a meu País nativo, e pedi que sua Majestade desse Ordens para que me trouxessem os Materiais necessários para reparar o Barco, e também Licença para partir; o que, após algumas Admoestações bondosas, ele houve por bem me conceder.

Durante todo esse tempo, muito me admirava não ouvir falar de qualquer Mensageiro com notícias a meu respeito enviado por nosso Imperador à corte de *Blefuscu*. Porém foi-me depois dito em particular que sua Majestade Imperial, não supondo ter eu nenhum conhecimento de seus Planos, cria que eu fora a *Blefuscu* apenas em cumprimento da minha Promessa, munido da Licença que por ele me fora concedida, a qual era de todos conhecida na nossa Corte, e que eu haveria de voltar tão logo terminasse aquela Cerimônia. Contudo, depois de algum tempo minha longa ausência começou a lhe causar receios; e, tendo ele consultado o Tesoureiro, e todo o resto daquele Conluio, uma Pessoa de Condição elevada foi mandada com uma Cópia dos Artigos contra mim. Este enviado tinha Instruções de representar ao Monarca de *Blefuscu* a grã Misericórdia de seu Senhor, que se contentava em punir-me tão só com a perda de meus Olhos; que eu era um Refugiado da Justiça,[54] e que se eu não retornasse dentro de duas horas eu seria privado de meu Título de *Nardac* e declarado Traidor. O Enviado acrescentou também que, a fim de conservar a Paz e a Amizade entre os dois Impérios, seu Senhor esperava que seu Irmão de *Blefuscu* desse Ordens de me enviar de volta a *Liliput*e, de Pés e Mãos atados, para ser punido como Traidor.

Tendo ocupado três dias em Consultas, o Imperador de *Blefuscu* enviou uma Resposta a qual consistia em muitas Civilidades e Escusas. Disse ele que, quanto a enviar-me amarrado, seu Irmão sabia que tal era impossível; que, embora eu lhe houvesse privado de sua Frota, mesmo assim ele me devia grandes Favores pelos muitos bons Ofícios que eu lhe fizera nas Negociações de Paz. Que, contudo, ambas as Majestades em breve haviam de ficar aliviadas; pois eu encontrara uma Nau prodigiosa na Costa, capaz de levar-me ao Mar, a qual ele dera ordens de reparar com minha Ajuda e sob minha Direção, e esperava que em poucas semanas ambos os Impérios houvessem de livrar-se de um Encargo tão insuportável.

Com esta Resposta o Enviado voltou para *Liliput*e, e o Monarca de *Blefuscu* relatou-me tudo que havia ocorrido, oferecendo-me ao mesmo tempo (porém sob total Sigilo) sua magnânima Proteção, se eu continuasse a servi-lo; porém, embora acreditando em sua sinceridade, decidi nunca mais confiar em Príncipes ou Ministros, até onde tal me fosse possível; e dessarte, com todo o Reconhecimento de suas boas Intenções, humildemente supliquei-lhe que me dispensasse. Disse-lhe eu que, tendo a Fortuna, fosse ela boa ou má, posto um Barco em meu caminho, havia-me decidido a aventurar-me a navegar, em vez de me tornar motivo de Contenção entre dois Monarcas tão poderosos. Não me pareceu que o Imperador se aborrecesse; e por conta de um Acaso soube que ele ficara mui contente com minha Resolução, tal como a maioria de seus Ministros.

Tais Considerações levaram-me a apressar minha Partida um tanto mais do que era minha intenção; e para isso a Corte, impaciente para livrar-se de mim, contribuiu de bom grado. Quinhentos Trabalhadores empenharam-se em fazer duas Velas para meu Navio, seguindo minhas Instruções, costurando treze Peças de seu Linho mais forte. Muito me custou fazer as Cordas e Cabos, trançando dez, vinte ou trinta das Cordas mais fortes e grossas que lá havia. Uma Pedra grande que encontrei, após uma longa busca na Praia, fez-me as vezes de Âncora. Dispunha eu do Sebo de trezentas Vacas para calafetar meu Barco, bem como usar para outros fins. Foi muitíssimo dificultoso derrubar algumas das maiores Árvores para fazer Remos e Mastros, no que, contudo, contei com a ajuda dos Carpinteiros de sua Majestade, os quais me ajudaram a alisá-las depois que fiz o Trabalho mais grosseiro.

Após cerca de um mês, quando tudo estava lesto, mandei saber as Ordens de sua Majestade e apresentei minhas Despedidas. O Imperador e a Família Real vieram do Paço; deitei-me de bruços para beijar-lhe a mão, que ele mui graciosamente me estendeu, tal como o fizeram a Imperatriz e os jovens Príncipes de Sangue. Presenteou-me sua Majestade com cinquenta Bolsas contendo cada uma duzentos *Sprugs*, e também seu Retrato de corpo inteiro, o qual guardei prontamente dentro de uma de minhas Luvas, para que não se amachucasse. As Cerimônias de meu Bota-Fora foram tantas que seria enfadonho relatá-las ao Leitor neste ponto.

Guarneci meu Barco com as Carcaças de cem Bois e trezentos Carneiros, com Pão e Bebida em quantidades proporcionais, e tanta Carne preparada quanto quatrocentos Cozinheiros puderam cozer. Levei comigo seis Vacas e dois Touros vivos, e o mesmo número de Ovelhas e Carneiros, com a intenção de levá-los a meu País e lá propagar as Raças. Para alimentá-los a bordo, tinha eu um bom Fardo de Feno e uma Saca de Trigo. De bom grado teria eu levado uma dúzia de Nativos, mas isso o Imperador de modo algum permitiu; e além de realizar uma Busca cuidadosa em meus Bolsos, sua majestade pediu minha Palavra de Honra de que eu não levaria nenhum de seus Súditos, mesmo com o seu Consentimento e Desejo.

Tendo assim aviado todas as Coisas tão bem quanto pude fazê-lo, parti em 24 de *Setembro* de 1701, às seis horas da manhã; e tendo navegado cerca de quatro léguas em direção ao Norte, com um Vento de Sudeste, às seis da Tarde divisei uma pequena Ilha a cerca de meia légua a Noroeste. Segui em frente, e lancei Âncora a Sotavento da Ilha, que parecia deserta. Então fiz uma Refeição e descansei. Dormi bem, creio que ao menos seis horas, pois o Dia nasceu duas horas após meu despertar. Era uma Noite de bom tempo. Fiz meu Primeiro Almoço antes do nascer do Sol; e levantando Âncora, e sendo o Vento favorável, tomei o mesmo Rumo da véspera, seguindo minha Bússola de Algibeira. Tencionava eu chegar, se possível, a uma daquelas Ilhas que supunha eu ficarem a Nordeste da Terra de *Van Diemen*. Durante todo aquele Dia, nada encontrei; mas no seguinte, por volta das três horas da Tarde, quando calculava ter me afastado vinte e quatro léguas de *Blefuscu*, divisei uma Nau seguindo para Sudeste; enquanto eu ia rumo ao Leste. Gritei, mas não tive Resposta; contudo, dela me aproximei, pois o Vento amainou. Dei vela o quanto pude, e em meia hora ela viu-me, içou sua Bandeira, e disparou um Tiro. Não é fácil exprimir o Júbilo que se apossou de mim diante da esperança inesperada de voltar a ver minha amada Pátria, e as queridas Crianças que eu lá deixara. O Navio soltou as Velas, e a ele acostei-me entre as cinco e seis horas da Tarde, no dia 26 de *Setembro*; porém meu Coração bateu mais forte quando vi nele a Bandeira da *Inglaterra*. Pus nos Bolsos de minha Jaqueta minhas Vacas e meus Carneiros, e subi a bordo do navio com meu pequeno Carregamento de Provisões. Era um Navio Mercante *Inglês*, o qual voltava do *Japão* pelos Mares do *Norte* e do *Sul*;[55] sendo o Capitão, o Sr. *John Biddel* de *Deptford*, Homem mui lhano, e excelente Marinheiro. Estávamos então na Latitude de 30 graus Sul; havia cerca de cinquenta Homens no Navio; e lá encontrei-me com um velho Companheiro meu, chamado *Peter Williams*, o qual disse bem de mim ao Capitão. Este Cavalheiro recebeu-me com Bondade, e quis que lhe falasse sobre o Lugar de onde eu vinha; o que fiz em poucas Palavras, mas julgou ele que eu delirasse, e que os Perigos por que eu passara me haviam perturbado a Cabeça; quando então tirei do Bolso meus Bois negros e meus Carneiros, os quais, após causarem muito Espanto, o convenceram por completo de minha Veracidade. Mostrei-lhe então o Ouro que me fora dado pelo Imperador de *Blefuscu*, e também o retrato de sua Majestade de corpo inteiro, e algumas outras Raridades daquele País. Dei-lhe duas Bolsas contendo duzentos *Sprugs* cada uma, e prometi-lhe que, ao chegarmos à *Inglaterra*, dar-lhe-ia de presente uma Vaca e uma Ovelha prenha.

Não enfadarei o Leitor com os Pormenores dessa Viagem, que em sua maior parte foi mui próspera. Chegamos a *Downs*[56] no dia 13 de *Abril* de 1702. Tive um único Infortúnio, pois os Ratos do Navio levaram uma de minhas Ovelhas; encontrei seus Ossos num Buraco, já sem nenhum Naco de Carne. Consegui desembarcar com o resto de meu Gado, e levei os Animais para pastar num Campo em *Greenwich*, onde comeram com muito gosto a

Grama bem fina, embora eu sempre temesse o contrário: e não poderia eu tê-los preservado em Viagem tão longa, não me tivesse dado o Capitão alguns de seus melhores Biscoitos, que esmigalhados e misturados com Água, lhes serviram de Alimento constante. Durante o pouco tempo que permaneci na *Inglaterra*, colhi lucros consideráveis exibindo meu Gado para Pessoas de Distinção, e outras: e antes de partir na minha segunda Viagem, vendi-o por seiscentas libras. Quando voltei de minha última Viagem, verifiquei que as Raças muito procriaram, principalmente os Carneiros; espero que venham a favorecer a Manufatura de Lã,[57] pois que seu Velocino é mui fino.

Permaneci com minha Esposa e minha Família apenas dois meses; pois meu Desejo insaciável de conhecer Países estrangeiros não me permitiu permanecer por mais tempo. Deixei mil e quinhentas libras com minha Mulher e levei-a para morar numa boa Casa em *Redriff*. O resto de minhas Posses levei comigo, parte em Dinheiro, parte em Mercadorias, na esperança de aumentar minha Fortuna. Meu Tio mais velho, chamado *John*, legara-me uma Propriedade em Terra, perto de *Epping*,[58] com renda de cerca de trinta libras por ano; e eu havia arrendado a longo prazo a *Black-Bull* em *Fetter-Lane*,[59] o que me rendia outro tanto: assim, minha Família não corria o risco de viver às custas da Paróquia. Meu filho *Johnny*, que ganhou esse nome em Homenagem ao Tio, estava cursando as primeiras Letras, e era um Menino que muito prometia. Minha Filha *Betty* (que agora está bem casada, com Filhos) estava então fazendo Bordados. Despedi-me de minha Mulher, meu Filho e minha Filha, eu e eles a chorar, e embarquei no *Adventure*, um Navio Mercante de trezentas Toneladas, com destino a *Surate*,[60] tendo como Capitão *John Nicholas* de *Liverpool*. Porém meu Relato do que então se sucedeu ficará para a Segunda Parte das minhas Viagens.

Fim da Primeira Parte

VIAGENS

Segunda parte — viagem a Brobdingnag

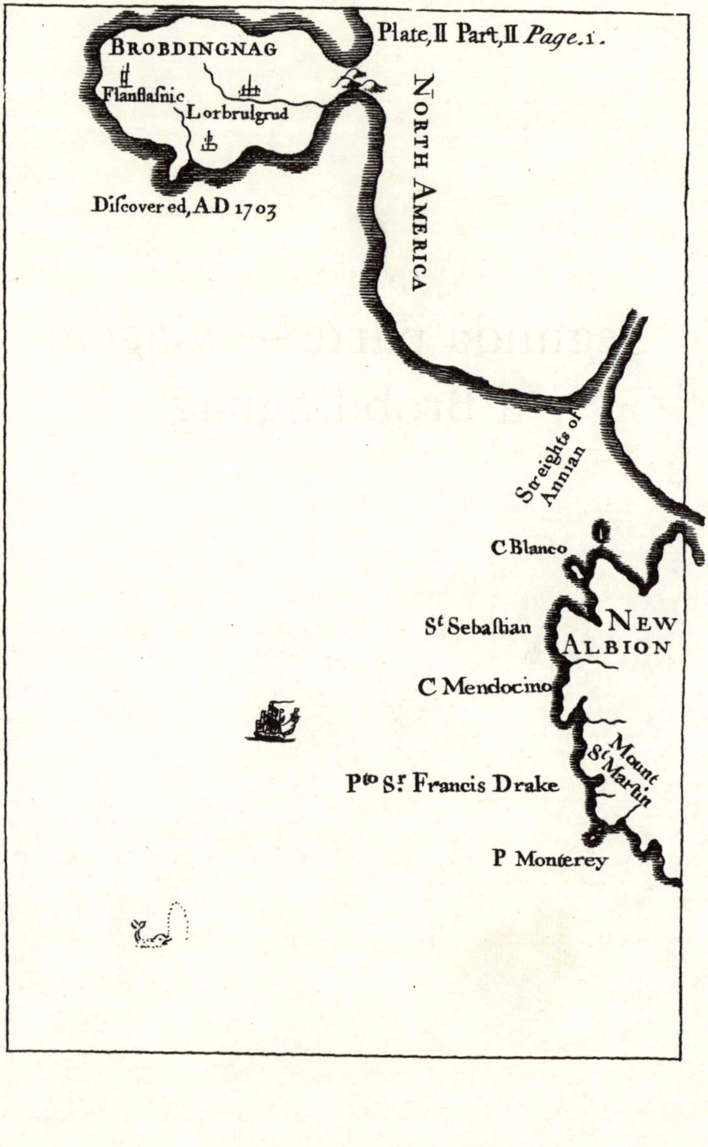

ilustração 4

I

Descrição de uma grande Tempestade; um Batel é enviado para buscar Água, o Autor nele vai para explorar a Terra. É deixado na Costa, capturado por um dos Nativos e levado para a Casa de um Fazendeiro. De como ele lá foi recebido, com diversos Incidentes sucedidos. Descrição dos Habitantes.

Tendo sido condenado pela Natureza e a Fortuna a levar uma vida ativa e inquieta, dez meses após a minha Volta mais uma vez parti de meu País natal, em *Downs*, a 20 de Junho de 1702, a bordo do *Adventure*, do Capitão *John Nicholas*, natural da *Cornualha*, rumo a *Surate*. Foram mui propícios os Ventos até chegarmos ao *Cabo da Boa Esperança*, onde paramos para pegar Água de beber, porém, descobrindo que o navio fazia água, desembarcamos nossa Carga, e lá invernamos; pois sendo o Capitão tomado de uma Sezão, só pudemos partir do *Cabo* ao final de *Março*. Então levantamos as velas e fizemos boa Viagem até passarmos pelos Estreitos de *Madagascar*; tendo, contudo, chegado ao Norte daquela Ilha, a cerca de cinco graus Sul de Latitude, os Ventos, que naqueles Mares costumam soprar com constância entre o Norte e o Oeste do início de Dezembro ao início de *Maio*, a 19 de *Abril* ficaram mui mais Violentos, e mais voltados para o Oeste do que de costume, assim persistindo por vinte dias ao todo, quando então fomos levados a um Sítio um pouco a Leste das Ilhas *Molucas*,[2] cerca de três graus ao Norte do Equador, conforme verificou nosso Capitão no dia 2 de *Maio*, quando então o Vento cessou e se fez uma Calmaria perfeita, o que muito me alegrou. Porém, sendo ele muito habituado a navegar naqueles mares, disse-nos o Capitão que era bom conselho nos prepararmos para uma Tempestade, a qual de fato veio no dia seguinte: pois um Vento Sul, chamada *Monção* do Sul, começou a ventar.

Julgando que a Tempestade devia se dissipar,[3] baixamos a Cevadeira e preparamo-nos para ferrar o Traquete; mas em piorando o Tempo, verificamos que os Canhões estavam todos firmes, e ferramos a Mezena. Estava mui fora de Rumo o Navio, e assim julgamos mais avisado seguir o Vento do que pôr à capa ou ficar à deriva. Colhemos o Traquete, e caçamos-lhe a escota; estava mui duro o Leme a Barlavento. O Navio resistia bravamente. Amarramos a Carregadeira de Proa, mas estava rasgada a Vela, por isso arriamos a Verga, descemos a Vela ao Convés e desatamos tudo que a ela estava preso. Era uma Tempestade mui feroz; o Mar estava estranho e perigoso. Amarramos a Arrida do Leme e ajudamos o Timoneiro. Houvemos por bem não cortar nosso Mastro Grande e sim deixá-lo ficar, pois o Navio corria bem em Árvore seca, e sabíamos que estando o Mastro Grande de pé, melhor seguiria o Navio, vendo que tínhamos espaço de folga. Finda a Tormenta, levantamos o Traquete e a Vela Mestra, e aquartelamos a Nau. Então levantamos a Mezena, a Vela de Gávea e o Velacho. Seguíamos para Lés-Nordeste, o Vento era de Sudoeste. Íamos com Amuras a Bombordo, soltamos os Cabos a Barlavento e Amantilhos, firmamos os Braços de Sotavento e içamo-los bem, e amarramo-los, e estingamos a Amura da Mezena para Barlavento, navegando à Bolina tanto quanto o permitia o Vento.

No decorrer dessa Tormenta, a qual foi seguida de um forte Vento Oés-Sudoeste, por meus Cômputos fomos carregados cerca de quinhentas léguas para o Leste, tanto assim que mesmo o Marinheiro mais velho a bordo não sabia em que parte do Mundo éramos chegados. Nossas Provisões ainda duravam, nosso Navio permanecia estanque, e a Equipagem gozava de boa Saúde; porém muito sofríamos da escassez de Água. Julgamos bom conselho seguir no mesmo Curso em vez de tomar um Rumo mais ao Norte, o qual talvez nos levasse até as Regiões Noroeste da grande *Tartária*[4] e ao Mar congelado.

Em 16 de *Junho* de 1703, o Moço que estava no Mastro de Gávea avistou Terra. No dia 17 vimos de perto uma grande Ilha ou Continente (pois não sabíamos qual era), no lado sul da qual havia um Istmo estreito a se projetar no Mar, e uma Angra rasa demais para servir de Porto a um Navio de mais de cem toneladas. Lançamos Âncora a uma légua dessa Angra, e nosso Capitão mandou uma dúzia de Homens bem armados no Batel, levando Vasos de Água para o caso de a encontrarem. Pedi licença para ir com eles, a fim de ver a Terra e fazer alguma descoberta. Chegados à Praia, não vimos nenhum Rio nem Fonte, nem nenhum sinal de Habitantes. Assim sendo, os Homens andaram pela Praia à procura de Água doce que houvesse perto do Mar, enquanto eu segui sozinho por cerca de uma milha na direção oposta, observando a Terra, que era muito árida e pedregosa. Então comecei a me sentir fatigado, e por não ver nada que me atraísse a Curiosidade, fui voltando devagar em direção à Angra; e estando o Mar bem a minha frente, vi que os Homens já haviam todos voltado para o Barco, e remavam em grande Azáfama em direção ao Navio. Ia eu gritar para eles, ainda que de pouco tal me valesse, quando vi uma Criatura enorme correndo em seu encalço tão depressa quanto podia: a Água chegava-lhe pouco acima dos Joelhos, e ela dava passos imensos: mas os

Marinheiros tinham meia légua de dianteira, e sendo o Mar ali cheio de Pedras pontiagudas, não pôde o Monstro alcançar o Batel. Tudo isso me foi relatado depois, pois não ousei ficar a ver o desenrolar daquela Aventura; porém saí correndo tão depressa quanto pude na direção aonde tinha ido antes; e subi um Outeiro íngreme, do alto do qual pude divisar a Terra a meu redor. Vi que os Campos eram todos cultivados; mas o que mais me surpreendeu de início foi o tamanho da Grama, que ali parecia ser cultivada para fazer Feno, e que tinha mais de vinte pés de altura.

Tomei uma Estrada larga, conforme me pareceu, embora para os Habitantes fosse apenas um Caminho estreito num Campo de Cevada. Caminhei por algum tempo, mas pouco enxergava dos dois Lados, pois sendo próximo o tempo da Colheita, o Trigo tinha quase quarenta pés de altura. Fiquei por uma hora a caminhar até a extremidade desse Campo, o qual era cercado por uma Sebe de no mínimo cento e vinte pés de altura, e tão altas eram as Árvores que não lhes pude calcular a altura. Havia uma Escada separando este Campo do próximo. Tinha ela quatro Degraus, e no alto ficava uma Pedra pela qual se tinha de passar. Não pude subir nessa Escada, pois cada Degrau tinha no mínimo seis pés de altura, e a Pedra no alto mais de vinte. Tentava eu encontrar alguma Falha na Sebe quando vi um dos Habitantes no próximo Campo vindo em direção à Escada, do mesmo tamanho da Criatura que eu vira no Mar perseguindo o nosso Batel. Parecia ter a altura de uma Torre de Igreja comum, e avançava cerca de dez jardas a cada Passo, segundo pude calcular. Tomado de grande Medo e Assombro, corri a esconder-me no meio do Trigo, e de lá o vi no alto da Escada, olhando para trás, para o próximo Campo à direita, e ouvi-o gritar com uma Voz muito mais alta do que uma Corneta de Voz; mas o ruído vinha de tão alto que de início pensei que fosse Trovão. Em seguida, sete Monstros semelhantes ao primeiro vieram em sua direção com Foices, cada uma do tamanho de seis Gadanhas. Essas Pessoas não estavam tão bem-vestidas quanto a primeira, e pareciam ser Criados ou Empregados dela. Pois tão logo o primeiro Monstro disse algumas Palavras, foram os outros segar o Trigo no Campo em que eu estava. Tentei manter-me tão afastado deles quanto possível, porém era-me mui Dificultoso mover-me, pois os Talos de Trigo eram separados um do outro por apenas um Pé de distância, às vezes, e assim mal podia eu apertar-me por entre eles. Porém esforcei-me para seguir em frente, até que cheguei a uma parte do Campo em que o Trigo fora derrubado pela Chuva e o Vento. Aqui não podia eu dar sequer um Passo à frente: pois de tal modo estavam os Talos emaranhados que era impossível passar por entre eles, e as Pontas das Espigas caídas eram tão fortes e aguçadas que me perfuravam as Roupas e picavam a Carne. Entretanto, eu ouvia os Segadores a apenas cem jardas atrás de mim. Estando exaurido de tantos Esforços, e de todo dominado pelo Sofrimento e o Desespero, deitei-me entre duas Fileiras e desejei com todas as forças que ali terminasse minha Vida. Chorei por minha Viúva desolada, e por meus Filhos órfãos. Lamentei minha própria Imprudência e Obstinação, ao empreender uma segunda Viagem apesar do que me aconselhavam todos os Amigos e Parentes. Nessa terrível Agitação mental, não pude deixar de pensar em *Lilipute*, cujos Habitantes me consideravam o maior Prodígio já surgido no Mundo: onde eu era capaz de puxar toda uma Frota imperial com a Mão, e realizar tantos outros Feitos que hão de ser registrados para sempre nas Crônicas daquele Império, ainda que a Posteridade lhes negue crédito, apesar de milhões de Testemunhas. Refletia eu o quanto me haveria de mortificar parecer tão insignificante naquela Nação quanto seria um único *Liliputiano* entre nós. Esta, porém, parecia-me ser a mais pequena das minhas Desgraças: pois, se a observação nos diz que as Criaturas humanas são tão mais selvagens e cruéis quanto maior seu Volume,[5] que poderia eu representar para o primeiro daqueles enormes Bárbaros que de mim se apoderasse senão um bocado de Comida? Sem dúvida têm razão os Filósofos ao nos dizerem que nada é grande ou pequeno senão em comparação com algo. Bem podia a Fortuna permitir que os *Liliputianos* encontrassem alguma outra Nação cuja Gente fosse tão pequena em relação a eles quanto eram eles em relação a mim. E quem haveria de saber se até mesmo aquela prodigiosa Raça de mortais não pareceria igualmente pequena em alguma parte remota do mundo, a qual ainda não descobrimos?

Por mais assustado e perplexo que estivesse, não pude eu dar prosseguimento a tais Reflexões quando percebi que um dos Segadores, chegando a dez jardas de onde me encontrava, com o próximo Passo haveria de me esmagar sob seu Pé, ou de me cortar ao meio com sua Foice. E assim, quando ele estava prestes a avançar, gritei de Pavor o mais alto que pude. Então a enorme Criatura se deteve e, olhando a sua volta por algum tempo, por fim divisou-me deitado no Chão. Examinou-me por algum tempo com a Cautela de quem se prepara para capturar um Animalzinho perigoso, de tal modo que não lhe possa ele arranhar nem morder, tal como às vezes faço com uma *Doninha* na *Inglaterra*. Por fim aventurou-se a pegar-me por detrás com o Indicador e o Polegar, e levantou-me a três jardas de seus Olhos, para que pudesse aperceber-se de minha Forma com mais perfeição. Entendi sua Intenção, e minha boa Fortuna me deu Presença de Espírito suficiente para que eu não me batesse nem um pouco enquanto ele me elevava no ar a mais de sessenta pés de altura do Chão, embora ele muito me machucasse as Ilhargas, temendo que eu lhe escapasse dos Dedos. Tudo que me arrisquei a fazer foi levantar os Olhos ao Sol, e juntar as Mãos numa Postura de súplica, e dizer Palavras num Tom humilde e melancólico, adequado à condição em que eu me via. Pois temia que a qualquer momento ele me jogasse no chão, como costumamos fazer com qualquer Animalzinho detestável que queremos destruir. Quis porém minha boa Estrela que ele se engraçasse com minha Voz e meus Gestos, vendo-me como uma Curiosidade, e muito se admirando ao me ouvir pronunciar Palavras, ainda que as não pudesse compreender. Entretanto não pude me conter, e dei de gemer e chorar, e virar a Cabeça para os lados; para fazê-lo entender, até onde eu era capaz, o quanto me magoava a pressão de seus Dedos. Ele pareceu perceber; pois em seguida, levantando o Rebuço de sua Jaqueta, pôs-me dentro dela com delicadeza, e de imediato foi correndo ter com seu Senhor, o qual era um Fazendeiro de posses, a primeira Pessoa que eu vira no Campo.

O Fazendeiro, tendo ouvido (assim imaginei após vê-los conversar) um Relato a meu respeito feito por seu Empregado, tomou de um pequeno Pedaço de Palha, mais ou menos do tamanho de um Cajado, e com ele levantou os Rebuços da minha Jaqueta; as quais, ao que parece, ele julgava serem uma espécie de Cobertura que me dera a Natureza. Com um sopro afastou meus Cabelos para ver meu Rosto melhor. Chamou seus Empregados e perguntou-lhes (como me foi dito depois) se já haviam visto nos Campos alguma Criaturinha semelhante a mim. Em seguida, com muito jeito colocou-me no Chão de quatro, porém de imediato levantei-me, e andei lentamente para a frente e para trás, para que aquelas Pessoas percebessem não ter eu nenhuma Intenção de fugir. Todos se sentaram num Círculo a meu redor, para melhor observarem meus Movimentos. Tirei o Chapéu e fiz uma Mesura profunda, voltado para o Fazendeiro. Pus-me de Joelhos e levantei as Mãos e os Olhos, e disse algumas Palavras o mais alto que pude: tirei da Algibeira uma Bolsa de Ouro e humildemente lha ofereci. Ele recebeu-a na Palma da Mão, e depois aproximou-a do Olho, para ver o que era, e em seguida revirou-a várias vezes com a Ponta de um Alfinete (o qual ele tirou da Manga), porém não entendeu o que era. Então fiz Sinal de que ele pusesse a Mão no Chão. Tomei a Bolsa e, abrindo-a, derramei todo o Ouro na Palma de sua Mão. Havia seis Moedas *Espanholas* de quatro Pistolas cada, além de vinte ou trinta Moedas menores. Vi-o umedecer a ponta do Mindinho na língua e pegar uma das Moedas maiores, e depois outra, mas pareceu-me que ele não fazia ideia do que seriam aquelas coisas. Indicou-me com um Gesto que eu as guardasse de novo em minha Bolsa, e a pusesse na Algibeira, coisa que, após repetir a Oferta várias vezes, achei melhor fazer.

O Fazendeiro já havia se convencido de que eu era uma Criatura racional. Muitas vezes dirigiu-me a Palavra, mas o Som de sua Voz perfurava-me os ouvidos como o Ruído de uma Azenha,[6] e no entanto suas Palavras eram bem nítidas. Respondi-lhe falando o mais alto que pude, em várias Línguas, e muitas vezes ele pôs o Ouvido a duas jardas de mim, mas de nada valeu, pois um não conseguia entender nada que dissesse o outro. Então ele deu ordem para que seus Empregados voltassem ao Trabalho, e tirando do Bolso seu Lenço, dobrou-o e espalhou-o na Mão esquerda, a qual ele pousou no Chão com a Palma virada para cima, fazendo Sinal para que eu subisse nela, o que eu podia fazer com facilidade, pois não tinha ela mais de um pé de Espessura. Julguei que devia obedecer, e para não cair, deitei-me no Lenço, o qual ele dobrou sobre mim, deixando de fora só a Cabeça, para melhor me proteger, e desse modo levou-me para sua Casa. Lá chegando, chamou a Esposa, e me mostrou a ela; mas ela gritou e afastou-se correndo, como fazem as Mulheres da *Inglaterra* ao verem um Sapo ou uma Aranha. Porém, depois que ela observou meu Comportamento por algum tempo, e viu de que modo eu entendia os Sinais que fazia seu Marido, logo me aceitou, e aos poucos se tornou mui terna comigo.

Era por volta do Meio-Dia, e um Criado trouxe o Almoço. Era uma única Porção substancial de Carne (adequada à Condição simples de Lavrador) servida num Prato de cerca de vinte e quatro pés de diâmetro. Os Comensais eram o Fazendeiro e sua Mulher, três Filhos e uma Avó idosa: quando todos se haviam sentado, o Fazendeiro colocou-me a certa distância dele sobre a Mesa, que tinha trinta pés de altura. Tinha eu muito Medo, e me afastava tanto quanto possível da Beira da Mesa, para dela não cair. A Esposa cortou Carne em Pedaços pequenos, depois esmigalhou um pouco de Pão numa Tábua de cortar Carne, e colocou-a à minha frente. Fiz uma Mesura profunda, peguei minha Faca e meu Garfo e pus-me a comer, o que foi para eles uma fonte de grande Deleite. A Senhora mandou a empregada buscar um Cálice bem pequeno, que conteria cerca de três galões, e encheu-o de Bebida: peguei o Recipiente com muita Dificuldade, usando ambas as Mãos, e de modo mui respeitoso brindei a Saúde da Senhora, pronunciando as Palavras o mais alto que pude em *Inglês*, o que fez os Comensais rirem com tanto gosto que o Ruído quase me ensurdeceu. A bebida parecia Vinho de Maçã, e não era desagradável. Em seguida, o Senhor fez sinal para que eu me achegasse à Tábua dele; mas caminhando na Mesa, estando o tempo todo mui surpreso, como o Leitor indulgente compreenderá e perdoará, tropecei num Pedaço de Pão e caí de Cara, mas não me magoei. Levantei-me de imediato, e ao perceber que aquela boa gente estava mui apreensiva, peguei o Chapéu (que levava debaixo do Braço como mandam as boas Maneiras) e, agitando-o acima da Cabeça, dei três Vivas para mostrar que não havia me machucado na Queda. Porém, seguindo em direção a meu Senhor (assim me referirei a ele doravante), o Filho mais moço, sentado a seu lado, um Menino traquinas de mais ou menos dez anos, segurou-me pelas pernas, e me elevou a tal altura que todo meu Corpo tremia; porém seu Pai arrancou-me dele, dando-lhe ao mesmo tempo uma Pancada no ouvido que teria derrubado todo um Tropel de Cavalos *Europeus*, ordenando que ele fosse retirado da Mesa. Temendo, porém, que o Menino me guardasse rancor, e sabendo muito bem que todas as nossas Crianças são naturalmente maliciosas para com Pardais, Coelhos, Filhotes de Gatos e Cães, pus-me de Joelhos e, apontando para o Menino, fiz que meu Senhor compreendesse, tão bem quanto pude, que era meu desejo que seu Filho fosse perdoado. O Pai consentiu, e o Rapaz retomou seu lugar; quando então fui até ele e beijei-lhe a Mão, que meu Senhor segurava, fazendo com que ele me acariciasse com ela de modo cuidadoso.

No meio do Almoço, o Gato predileto de minha Senhora pulou em seu colo. Ouvi um ruído atrás de mim que lembrava uma dúzia de Teares em ação; e voltando a Cabeça para trás, vi que era o Animal a ronronar. Ele parecia três vezes maior do que um Boi, a julgar pelo tamanho de sua Cabeça e de uma de suas Patas, enquanto sua dona o alimentava e acariciava. A Ferocidade da Expressão desse Animal muito me assustou; embora eu estivesse na Extremidade oposta da Mesa, a mais de cinquenta pés de distância, e embora minha Senhora o segurasse com força, com medo de que num bote ele me agarrasse. Mas na verdade não havia Perigo; pois o Gato não me deu nenhuma atenção quando meu Senhor me colocou a três jardas dele. E porque, tal como sempre me foi dito e como tenho constatado por Experiência própria nas minhas Viagens, fugir ou manifestar Medo diante de um Animal feroz é uma maneira garantida de fazer com que ele nos ataque ou persiga, resolvi, naquela Situação de perigo, não demonstrar nenhuma Apreensão. Passei intrépido cinco ou seis vezes pela Cabeça do gato, chegando a meia jarda dele; quando então ele recuou, como se tivesse medo de mim: Medo menor me causaram os Cães, três ou quatro dos quais entraram na Sala, como é comum acontecer em Casas de Fazendeiros; um deles era um Mastim do tamanho de quatro Elefantes, e um Galgo um pouco mais alto que o Mastim, porém menor.

Quando o Almoço já ia perto do Fim, veio uma Ama com uma Criança de um ano nos Braços, a qual tão logo me viu deu um Grito que seria possível ouvir da *Ponte de Londres* até *Chelsea*,[7] com a Oratória comum dos Infantes, querendo me ter por Joguete. A Mãe, indulgente, pegou-me e colocou-me no alcance da Criança, que de imediato me agarrou pela cintura e enfiou minha Cabeça em sua Boca, quando então gritei tão alto que ela se assustou e me soltou, e eu haveria de ter quebrado o Pescoço se a Mãe não tivesse estendido o Avental embaixo de mim. Para acalmar a Criança, a Ama usou um Chocalho, o qual era um Recipiente cheio de Pedras enormes, preso por um Cabo à Cintura da Criança: mas de nada valeu, e assim a Ama foi obrigada a valer-se do último Remédio, dando-lhe de mamar. Devo confessar que nenhum Objeto jamais me causou tanta Repulsa quanto aquele Seio monstruoso, com o qual não sei o que comparar, para que o Leitor curioso tenha uma ideia de seu Volume, Forma e Cor. Teria seis pés de altura, e no mínimo dezesseis de Circunferência. O Mamilo era mais ou menos a metade do tamanho da minha Cabeça, e a Cor dele e a do Seio eram de tal modo matizadas de Manchas, Espinhas e Sardas que nada poderia ser mais asqueroso: pois eu via a Ama de perto, tendo ela se sentado para poder dar de mamar com mais facilidade, e estando eu em pé na Mesa. Isso me fez refletir sobre a Tez clara de nossas Damas *Inglesas*, que nos parece formosa apenas por serem elas de nosso tamanho, e seus Defeitos não serem vistos por uma Lupa, com a qual verificamos, por meio da Experiência, que mesmo a Pele mais lisa e alva é áspera e grosseira, e de má cor.

Lembrei que, quando estava em *Lilipute*, a Tez daquela Gente pequenina me parecia a mais bela do Mundo, e discutindo essa questão com um Sábio de lá, o qual era Amigo íntimo meu, disse-me ele que meu Rosto parecia muito mais claro e liso quando ele o via do Chão do que quando, em pé na minha Mão, me olhava de perto, sendo que a primeira vez que assim me viu, ele confessou, ficou mui assustado. Dizia ele que via muitos Buracos grandes na minha Pele, que os Tocos de minha Barba eram dez vezes mais grossos que os pelos de um javali, e minha Tez era composta de várias Cores de todo desagradáveis: ainda que eu seja obrigado a me defender, dizendo que minha Pele é tão clara quanto a da maioria dos Homens de meu País, e bem pouco queimada de Sol em minhas Viagens. Por outro lado, discorrendo sobre as Damas da Corte daquele Imperador, ele me dizia que uma tinha Sardas, a outra uma Boca grande demais, uma terceira um Nariz grande demais, e nada disso eu era capaz de perceber. Confesso que tal Reflexão era um tanto evidente; e no entanto mesmo assim não me era possível pensar de outra forma, não vá o Leitor julgar que aquelas enormes Criaturas eram na verdade deformadas: pois, Justiça lhes seja feita, são uma bela Raça de Gente; em particular, as Feições do meu Senhor, embora ele fosse apenas um Fazendeiro, quando eu o via da altura de sessenta pés, pareciam mui bem-proporcionadas.

Terminado o Almoço, meu Senhor foi ter com seus Empregados, e, como percebi por sua Voz e seus Gestos, encarregou sua Mulher de cuidar de mim. Estava eu mui cansado e disposto a dormir, o que foi percebido por minha Senhora, a qual me colocou em sua própria Cama, que cobriu com um Lenço branco limpo, porém maior e mais grosso do que a Vela Mestra de um Navio de Guerra.

Dormi por cerca de duas horas, e sonhei que estava em casa com minha Mulher e meus Filhos, o que muito aumentou minha dor quando despertei e vi-me sozinho num Quarto imenso, com duzentos ou trezentos pés de largura e mais de duzentos de altura, deitado num Leito de vinte metros de largura. Minha Senhora havia saído, para cuidar de seus Afazeres domésticos, e me deixara trancado ali. A Cama ficava a oito jardas do Chão. Algumas Necessidades naturais exigiam que eu descesse: eu não ousava gritar, e mesmo que o tivesse feito, de nada teria valido gritar com uma Voz como a minha de uma Distância tão grande, do Quarto onde eu estava até a Cozinha onde a família se encontrava. Estando eu nessas Circunstâncias, dois Ratos treparam nas Cortinas e subiram na Cama, a farejar para todos os lados. Um deles quase se encostou a meu Rosto, quando então me levantei assustado e saquei meu Espadim para me defender. Aqueles Animais horrendos ousaram me atacar dos dois lados, e um deles pousou as Patas dianteiras em meu Colarinho; porém tive a Sorte de rasgar-lhe o Ventre antes que ele pudesse me fazer mal. O Rato caiu a meus Pés, e outro, ao ver o Destino que tivera seu Camarada, fugiu, mas não sem levar uma boa Ferida nas costas, a qual eu lhe dei enquanto ele fugia, deixando uma trilha de sangue. Depois desse Feito, fiquei a andar devagar de um lado para outro da cama, para recuperar meu Fôlego e meu Ânimo. Essas Criaturas eram do tamanho de um Mastim grande, porém infinitamente mais ágeis e ferozes, tanto assim que, tivesse eu retirado meu Cinto antes de dormir, decerto teria sido despedaçado e devorado. Medi a Cauda do Rato morto, e vi que tinha uma polegada menos do que duas jardas de comprimento; mas não tive estômago para arrastar o cadáver para fora da cama, onde ele ficou sangrando; percebi que ainda agonizava, mas com um Golpe forte no Pescoço dei cabo dele.

Pouco depois, minha Senhora entrou no Quarto, e ao me ver coberto de Sangue, correu e pegou-me na Mão. Apontei para o *Rato* morto, sorrindo e fazendo outros Sinais para indicar que não estava ferido, quando então ela ficou mui alegre, chamando a Criada para pegar o *Rato* com uma Pinça e jogá-lo pela Janela. Então ela colocou-me numa Mesa, e eu mostrei-lhe meu Espadim ensanguentado, e, enxugando-o no Rebuço de minha Jaqueta, coloquei-o de volta na Bainha. Eu precisava fazer mais de uma Coisa, que nenhuma outra Pessoa podia fazer por mim, e assim tentei fazer minha Senhora compreender que eu precisava ser largado no Chão; quando ela o fez, minha Modéstia não me permitiu me exprimir de outro modo que não apontar para a Porta, e fazer várias Mesuras. A boa Mulher, com muita Dificuldade, por fim percebeu o que eu queria, e, tomando-me outra vez em sua Mão, foi até o Jardim, onde me largou. Afastei-me cerca de duzentas jardas, e fazendo sinal para que ela me não olhasse nem me seguisse, escondi-me entre duas folhas de Azeda, e ali aliviei-me.

Espero que o Leitor delicado me perdoe por me alongar em tais Detalhes, que por mais insignificantes que pareçam às Mentes vulgares, decerto ajudarão o Filósofo a ampliar seus Pensamentos e sua Imaginação, e utilizá-los em Benefício da Vida pública e da privada, o qual foi o único motivo que me levou a apresentar este e outros Relatos das minhas Viagens pelo Mundo; em que tenho sido mui fiel à Verdade, sem afetar quaisquer Ornamentos de Saber ou de Estilo. Mas toda a Cena desta Viagem deixou Impressão tão forte em minha Mente, e fixou-a tão profundamente em minha Memória, que ao registrá-la no Papel não omiti uma única Circunstância material: porém, ao fazer uma releitura severa, risquei várias Passagens menos importantes que estavam no meu primeiro Rascunho, para não ser tachado de aborrecido e frívolo, Acusação muitas vezes feita, talvez não sem razão, aos Viajantes.

II

Descrição da Filha do Fazendeiro. O Autor é levado a uma Feira, e em seguida à Metrópole. Detalhes de sua Viagem.

Minha Senhora tinha uma Filha de nove anos de idade, uma Criança mui prendada para sua Idade, mui destra com a Agulha e jeitosa ao vestir sua Boneca. A Mãe e ela prepararam o Berço da Boneca para que eu nele dormisse aquela Noite: o Berço foi posto numa pequena Gaveta de Armário, a qual foi colocada numa Prateleira, para me proteger dos *Ratos*. Foi esta a minha Cama durante todo o tempo que vivi entre essa Gente, embora se tornasse aos poucos mais conveniente, à medida que fui aprendendo o Idioma e assim pude exprimir minhas Necessidades. Era tão hábil esta Menina, que depois de ter eu me despido diante dela uma ou duas vezes ela aprendeu a me vestir e despir, ainda que eu jamais lhe exigisse tal Encargo sempre que ela me deixava fazê-lo sozinho. Para mim ela fez sete Camisas, e Roupa de baixo do tecido mais fino que encontrou, o qual na verdade era mais grosseiro do que Aniagem; e ela constantemente lavava essas Roupas para mim com suas próprias Mãos. Também foi ela a Professora que me ensinou a Língua: sempre que eu apontava para algo, ela me dizia o nome da coisa em sua Língua, e assim em poucos dias aprendi a pedir tudo aquilo de que necessitava. Tinha ela muito boa índole, e não mais de quarenta pés de altura, sendo pequena para a Idade. Deu-me o nome de *Grildrig*,[8] que a família adotou, e depois todo o Reino. A palavra significa o mesmo que os *Latinos* chamam *Nanunculus*, e os *Italianos Homunceletino*, e os *Ingleses Mannikin*.[9] A ela, principalmente, devo minha Preservação naquele País: jamais nos afastamos um do outro todo o tempo que estive lá; eu a chamava de minha *Glumdalclitch*,[10] isto é, pequena ama: eu seria culpado de grande Ingratidão se não fizesse essa Menção honrosa aos Desvelos e o Afeto que ela teve por mim, e muito gostaria de ter o Poder de lhe recompensar o quanto fez por merecer, em vez de ser o Instrumento inocente, porém infeliz, de sua Desgraça, como tenho boas razões de temer.

Começou a espalhar-se pela Vizinhança a Notícia de que meu Senhor havia encontrado um Animal estranho no Campo, mais ou menos do tamanho de um *Splacnuck*, mas com todas as partes idênticas às de uma Criatura humana, a qual ele também imitava em todos os seus Atos; parecia falar numa Linguazinha[11] toda sua, já havia aprendido algumas Palavras da Língua deles, andava ereto sobre duas Pernas, era manso e dócil, atendia quando chamado, fazia tudo que se lhe pedia, tinha os Membros mais finos do Mundo e a Tez mais clara do que a da Filha de três anos de um Nobre. Um outro Fazendeiro que morava bem perto, e que era amigo de meu Senhor, veio visitá-lo com o fito de investigar a Veracidade dessa História. Fui imediatamente mostrado a ele, posto numa Mesa, onde me pus a andar conforme me mandavam, saquei minha Espada, guardei-a de novo, fiz uma Mesura para o convidado de meu senhor e perguntei a ele, em sua Língua, como estava, e disse-lhe que era bem-vindo, tal como me havia ensinado minha pequena Ama. Este Homem, que era velho e enxergava mal, pôs os Óculos para me ver melhor, quando então não pude me conter e ri mui gostosamente, pois os Olhos dele pareciam a Lua Cheia entrando pelas duas Janelas de um Quarto. Nossa Gente, ao descobrir a causa de meu Riso, pôs-se a rir também, e o Velho, insensato que era, ficou zangado e mal-humorado. Tinha a Aparência de um grande Avaro, e para a Infelicidade minha ele bem a merecia, pois aconselhou meu Senhor a me exibir como Curiosidade no dia de Feira da Cidade vizinha, que ficava a meia hora de lá, cerca de vinte e duas milhas da nossa casa. Percebi que estavam a tramar alguma coisa quando vi meu Senhor e seu Amigo cochichando um para o outro por um bom tempo, por vezes apontando para mim; e meus Temores fizeram-me imaginar que eu ouvia e compreendia algumas de suas Palavras. Mas na manhã seguinte *Glumdalclitch*, minha pequena Ama, contou-me toda a Trama, que ela havia arrancado da mãe com muita Argúcia. A pobre Menina pegou-me no Colo e pôs-se a chorar de Vergonha e Dor. Temia que algum Mal me ocorresse, causado por aquela Gente rude e vulgar, que poderia me apertar até me esmagar, ou quebrar um de meus Membros ao pegar-me com as Mãos. Ela observara também o quanto eu era recatado por Natureza, o quanto eu tinha em conta minha Honra, e que seria uma Indignidade para mim ser exposto por Dinheiro como Espetáculo público para a Gente mais baixa. Disse-me ela que seu *Papá* e sua *Mamã* lhe haviam prometido que *Grildrig* seria dela, mas agora percebia que pretendiam fazer-lhe o mesmo que lhe haviam feito no ano anterior, quando fizeram de conta que lhe davam um Cordeirinho, e no entanto, tão logo ele ficou cevado, venderam-no a um Açougueiro. De minha parte, posso afirmar em verdade que minha Inquietação era menor que a de minha Ama. Pois tinha eu uma forte Esperança, a qual jamais me deixou, de que um dia eu haveria de recuperar a minha Liberdade; quanto à Ignomínia de ser carregado de um lado para outro como Monstruosidade, considerava-me um total desconhecido naquela Terra, e tal Infelicidade jamais me seria imputada como Culpa se algum dia eu voltasse à *Inglaterra*; pois que o próprio Rei da *Grã-Bretanha*, na minha situação, haveria de sofrer o mesmo Constrangimento.

Meu Senhor, seguindo o Conselho de seu Amigo, no próximo dia de Feira levou-me numa Caixa para a Cidade vizinha, acompanhado de sua Filha, minha Ama, na garupa. A Caixa era fechada em todos os lados, com uma pequena Porta para eu entrar e sair, e uns poucos

Furos para a entrada de Ar. A Menina tivera o cuidado de colocar dentro dela a Colcha da Caminha de sua Boneca, para que eu nela me deitasse. Porém, esta Viagem, embora durasse apenas meia hora, me sacudiu e descompôs de modo extremo. Pois o Cavalo se deslocava cerca de quarenta pés a cada passo, e trotava com passos tão altos que a Agitação era semelhante a de um Navio a subir e descer numa grande Tempestade, só que muito mais frequente: nossa Viagem foi um pouco maior que a de *Londres* a *St. Albans*. Meu Senhor parou numa Estalagem que costumava frequentar; e após conversar por um tempo com o Dono, e fazendo alguns Preparativos necessários, contratou o *Grultrud*, ou Pregoeiro, para que espalhasse por toda a Cidade a notícia de uma estranha Criatura que seria visto na Estalagem Ao Chifre e Coroa, um pouco menor que um *Splacnuck* (um animal daquele país de formas mui delicadas, com cerca de seis Pés de comprimento) e com todas as partes do Corpo semelhantes às de uma Criatura humana, capaz de falar algumas Palavras e executar uma centena de Proezas divertidas.

Fui posto sobre uma Mesa no maior Recinto da Estalagem, que talvez tivesse trezentos pés de lado. Minha pequena Ama ficou de pé sobre um Tamborete baixo junto à Mesa, para cuidar de mim e dizer-me o que fazer. Meu Senhor, para evitar que se formasse uma Multidão, só deixava que trinta Pessoas entrassem de cada vez para me ver. Eu andava na mesa tal como me ordenava a Menina; ela fazia-me perguntas, respeitando os limites de meu Entendimento da Língua, e eu respondia-as com a Voz mais alta de que era capaz. Várias vezes eu voltava-me para o Público, saudava-o respeitosamente e dizia que eram todos bem-vindos, e repetia outras Falas que me haviam ensinado. Tomei nas Mãos um Dedal, que *Glumdalclitch* me dera para me servir de Copo, e brindei a Saúde de todos. Saquei minha Espada e fiz um Floreio com ela, tal como fazem os Esgrimidores na *In-*

glaterra. Deu-me minha Ama um pedaço de Palha, que eu brandia como se fora uma Lança, tendo aprendido essa Arte na Juventude. Naquele dia fui exibido a doze Conjuntos de Pessoas, sendo obrigado a repetir vez após vez os mesmos Dislates, até ficar semimorto de Cansaço e Exasperação. Pois os que me tinham visto faziam Relatos tão maravilhados que as Pessoas estavam prestes a quebrar as Portas para entrar. Não permitia meu Senhor, por Interesse próprio, que ninguém me tocasse senão minha Ama; e, para impedir perigos, puseram-se Bancos em torno da Mesa numa distância tal que eu ficasse fora do alcance de todos. Porém, um Menino de pouca sorte lançou uma Avelã em direção a minha Cabeça, errando por muito pouco; fê-lo com tanta força que me haveria de esmigalhar o cérebro se acertasse, pois a Avelã era quase do tamanho de uma Abóbora pequena: mas tive a Satisfação de ver o jovem Malfeitor levar uma boa Sova e ser expulso do Recinto.

Meu Senhor anunciou que haveria de me exibir outra vez no próximo dia de Feira, e entretanto preparou um Veículo mais conveniente para mim, e com boa razão o fez; pois deixaram-me tão cansado minha primeira Viagem, e o ter de entreter o público oito horas seguidas, que mal conseguia eu ficar em pé, ou dizer uma Palavra. Levei ao menos três dias para recuperar minhas Forças; e, impedindo que eu descansasse até mesmo em casa, todos os Cavalheiros vizinhos num raio de cem milhas, ao ouvir notícia de minha Fama, vieram ver-me na Casa de meu Senhor. Não haviam de ser menos de trinta Pessoas, contando as Mulheres e Crianças (pois o País era mui populoso); e meu Senhor cobrava o preço de uma Sala cheia sempre que me exibia em casa, ainda que fosse para uma única Família. Assim, por algum tempo eu pouco podia descansar em todos os dias da Semana (menos na *Quarta-feira*, que é o Domingo deles), muito embora eu não fosse levado à Cidade.

Tendo meu Senhor percebido o quanto eu seria lucrativo, resolveu ele levar-me às Cidades maiores do Reino. Assim, havendo-se provido de todas as coisas necessárias para uma longa Viagem, e deixando tudo preparado em sua Casa, despediu-se de sua Mulher e, em 17 de *Agosto* de 1703, cerca de dois meses após minha Chegada, partimos em direção à Metrópole, situada perto do meio daquele Império, a cerca de três mil milhas de distância de nossa Casa: meu Senhor fez com que sua Filha *Glumdalclitch* viesse montada atrás dele. Ela me levava em seu Colo, numa Caixa amarrada em torno de sua Cintura. A Menina forrou a caixa de todos os lados com o Pano mais macio que encontrou, com uma Colcha por baixo, e nela colocou a Cama de sua Boneca, provida de Roupa de cama e todas as outras necessidades, tornando tudo tão conveniente para mim quanto possível. Não tínhamos outra Companhia senão um Rapaz da Casa, que vinha atrás de nós com a Bagagem.

Pretendia meu Senhor exibir-me em todas as Cidades ao longo do caminho, e desviar-se da Estrada por cinquenta ou cem milhas, para ir a qualquer Aldeia ou Casa de Pessoa de Distinção onde fosse provável encontrar Público. Fizemos Viagens curtas de não mais que setecentas ou oitocentas milhas por dia: pois *Glumdalclitch*, com o fim de me poupar, queixava-se de estar cansada com o trote do Cavalo. Muitas vezes tirava-me da Caixa quando eu lho pedia, para respirar um pouco de Ar, e mostrar-me a Região, porém sempre me mantinha preso por uma Corda. Atravessamos cinco ou seis Rios mui mais largos e mais fundos que o *Nilo* ou o *Ganges*; e eram mui raros os Ribeiros tão pequenos quanto o *Tâmisa* na altura da *Ponte de Londres*. Levamos dez semanas em nossa Viagem, e fui exibido em dezoito Cidades grandes, além de muitas Aldeias e Casas de Família.

No dia 26 de *Outubro*, chegamos à Metrópole, que em sua Língua se chama *Lorbrulgrud*,[12] ou Orgulho do Universo. Meu Senhor tomou Aposentos na principal Rua da Cidade, perto do Paço Real, e distribuiu Anúncios da Maneira costumeira, neles constando uma Descrição exata da minha Pessoa e meus Talentos. Arrendou uma Sala grande, com trezentos a quatrocentos pés de largura. Obteve uma Mesa de sessenta pés de diâmetro, sobre a qual eu devia dar meu Espetáculo, e cercou-a com uma Paliçada a três pés da Borda, e com três pés de altura, para que eu não caísse. Fui exibido dez vezes por dia, para o Espanto e Satisfação de todas as Pessoas. Eu agora já falava a Língua razoavelmente bem, e compreendia com perfeição todas as Palavras que me eram dirigidas. Ademais, eu aprendera seu Alfabeto, e podia com Esforço explicar uma Frase aqui e ali; pois *Glumdalclitch* fora minha Professora quando estávamos em casa, e também nas horas de Lazer durante a nossa Viagem. Ela levava no Bolso um Livrinho, não muito maior que o *Atlas* de *Sanson*;[13] era um Tratado comum para o uso de Meninas, que apresentava um Relato sucinto da Religião deles; era com este Livro que ela me ensinava as Letras, e interpretava as Palavras.

III

O Autor é solicitado pela Corte. A Rainha compra-o de seu Senhor, o Fazendeiro, e o apresenta ao Rei. Ele discute com os grandes Sábios de sua Majestade. Aposentos são preparados na Corte para o Autor. Ele cai nas Graças da Rainha. Defende a Honra de seu País. Seus Conflitos com o Anão da Rainha.

O Labor excessivo a que eu me dedicava todos os dias causou em poucas semanas uma mudança considerável na minha Saúde: quanto mais dinheiro meu Senhor ganhava às minhas custas, mais insaciável ele se tornava. Eu já perdera a Barriga, e quase me transformara numa

Caveira. O Fazendeiro percebeu-o, e concluindo que em breve eu haveria de morrer, resolveu aproveitar-se de mim o quanto podia. Estava ele a fazer seus cálculos quando um *Slardral*, isto é, um Cavalheiro Escudeiro, veio da Corte com ordem de que meu Senhor me levasse imediatamente para lá, para divertir a Rainha e suas Damas. Algumas delas já tinham vindo me ver, e levaram Relatos estranhos sobre minha Beleza, minha Conduta e meu Bom-Senso. Sua Majestade a Rainha e as que lhe assistiam deliciaram-se com minha Conduta. Caí de Joelhos e pedi a Honra de beijar seu Pé Imperial; mas esta bondosa Princesa estendeu-me o Mindinho (depois que fui posto numa Mesa), o qual abracei com ambos os Braços e cuja ponta levei, com todo respeito, aos Lábios. Ela fez algumas Perguntas gerais sobre meu País e minhas Viagens, as quais respondi do modo mais claro e sucinto que me foi possível. Perguntou ela se eu gostaria de viver na Corte. Fiz uma Mesura, abaixando-me até tocar a Mesa, e humildemente respondi que era Escravo de meu Senhor, mas que se tal coisa me fosse dada escolher, orgulhar-me-ia de dedicar a Vida a serviço de sua Majestade. Então perguntou ela a meu Senhor se ele me venderia por um bom Preço. Ele, julgando que eu não viveria mais um mês, já estava disposto a abrir mão de mim, e assim cobrou mil moedas de Ouro, as quais lhe foram entregues de imediato, sendo cada uma delas do tamanho de oitocentas Moedas *Portuguesas*;[14] porém, levando-se em conta a proporção de todas as coisas daquele país e as da *Europa*, e o alto preço do Ouro entre eles, valeria bem menos que mil guinéus na *Inglaterra*. Disse eu então à Rainha, que sendo agora a mais humilde Criatura e Vassalo de sua Majestade, tinha eu de pedir-lhe o Favor de permitir que *Glumdalclitch*, que sempre cuidara de mim com tanto desvelo e carinho, e também sabia como fazê-lo muito bem, fosse admitida como sua Servidora, para continuar a ser minha Ama e

Professora. Sua Majestade aceitou minha Petição, e com facilidade obteve a permissão do Fazendeiro, que não podia senão regozijar-se ao ver sua Filha obter Favor na Corte: e a pobre Menina não pôde conter seu Júbilo: meu antigo Senhor partiu, despedindo-se de mim, dizendo que me deixara em boa Situação; ao que nada respondi, limitando-me a fazer uma pequena mesura.

Observou a Rainha minha frieza, e tendo o Fazendeiro saído do Recinto, quis saber a razão. Ousei dizer a sua Majestade que não devia outro Favor a meu antigo Senhor que não o de não ter esmigalhado os Miolos de uma pobre Criatura indefesa encontrada por acaso em seu Campo; Favor esse que fora mais do que recompensado pelo lucro por ele amealhado ao me exibir em metade do Reino, e mais o preço pelo qual me vendera. Que a Vida por mim levada desde então era trabalhosa o bastante para matar um Animal com dez vezes a minha Força. Que minha Saúde em muito fora prejudicada pela faina contínua de entreter a Ralé o dia inteiro, e que se não julgasse meu Senhor estar ameaçada minha Vida, talvez sua Majestade não tivesse conseguido me comprar por preço tão baixo. Porém, não temia eu ser maltratado sob a proteção de uma Imperatriz tão grande e tão boa, Ornamento da Natureza, Querida do Mundo, a Delícia de seus Súditos, Fênix da Criação; assim, tinha eu esperança de que os temores de meu antigo Senhor não tivessem fundamento, pois já sentia meu Espírito reanimar-se sob a Influência de sua Augusta Presença.

Foi esse o teor de minha Fala, proferida com muitas Impropriedades e Hesitações; sendo o final conforme o Estilo peculiar àquela gente, valendo-me de algumas expressões que me havia ensinado *Glumdalclitch* enquanto me levava à Corte.

A Rainha, relevando os Defeitos de minha Fala, surpreendeu-se contudo diante de tanto Espírito e Bom-Senso num Animal tão diminuto. Tomou-me em suas próprias Mãos e levou-me até o Rei, que estava então recolhido a seu Gabinete. Sua Majestade, um Príncipe de muita Gravidade e Expressão austera, não observando bem minha Forma de início, perguntou à Rainha, de modo um tanto frio, há quanto tempo ela não se afeiçoava a um *Splacnuck*, pois por tal me tomou, ao me ver deitado de bruços na Mão direita da Rainha. Porém, esta Princesa, que tinha uma provisão infinita de Espírito e Humor, com jeito, pôs-me de pé na Escrivaninha, e ordenou-me que relatasse a sua Majestade quem eu era, o que fiz em mui poucas palavras; e *Glumdalclitch*, que a aguardava à porta do Gabinete, e não suportava que eu não estivesse sob sua vista, ao ser admitida, confirmou o tudo que se passara desde minha Chegada à Casa de seu Pai.

O Rei, embora fosse tão douto quanto qualquer de seus Súditos, e tivesse sido instruído em Filosofia, e em particular em Matemática, não obstante, tendo observado minha Forma com mais exatidão, e me visto caminhar ereto, antes que eu começasse a falar, imaginou que eu fosse um Mecanismo de Relógio (que naquele país atingiu um Grau mui alto de perfeição), inventado por algum Artesão engenhoso. Mas, ao ouvir minha Voz e perceber que o que eu dizia era sensato e racional, não pôde disfarçar seu Espanto. Não ficou de modo algum satisfeito com o Relato que lhe fiz do modo como cheguei a seu Reino, porém julgou que fosse uma História acertada entre *Glumdalclitch* e o Pai dela, o qual me teria ensinado algumas Palavras para conseguir melhor preço na minha venda. Fundado em tal Convicção, fez-me ele algumas outras Perguntas, e continuou a receber Respostas racionais, tendo como Defeito apenas um Sotaque estrangeiro e um Conhecimento imperfeito da Língua, com algumas Expressões rústicas que eu aprendera na Casa do Fazendeiro e que não eram adequadas ao Estilo polido de uma Corte.

Sua Majestade mandou chamar três grandes Estudiosos que estavam naquela semana à disposição do Rei (segundo o Costume daquele País). Esses Cavalheiros, tendo examinado minha Forma com muita Minudência, manifestaram Opiniões diversas a meu respeito. Todos estavam de acordo em que eu não podia ser produzido segundo as Leis regulares da Natureza,[15] por não ser dotado da Capacidade de preservar a minha Vida, nem pela Rapidez, nem por subir nas Árvores, nem por escavar Buracos na Terra. Em seguida, com base em meus Dentes, que examinaram com muita precisão, concluíram ser eu um Animal carnívoro; no entanto, sendo a maior parte dos Quadrúpedes capazes de me dominar com facilidade, e os Arganazes, e demais criaturas, ágeis demais para mim, não podiam eles imaginar de que modo eu haveria de obter sustento, a menos que comesse Lesmas e outros Insetos, coisa que por meio de muitos Argumentos eruditos eles lograram provar que eu não podia fazer. Um desses Sábios parecia crer que eu era um Embrião, ou um Aborto. Porém essa Opinião foi rejeitada pelos outros dois, os quais observaram que meus Membros eram perfeitos e bem formados, e que eu já vivia havia alguns anos, conforme o indicava a minha Barba, cujos Fios que já começavam a nascer eram visíveis através de uma Lupa. Não acreditavam que eu fosse Anão, pois minha Pequenez não admitia comparação; porque o Anão favorito da Rainha, o menor jamais visto naquele Reino, tinha quase trinta pés de altura. Após muita Discussão, concluíram por unanimidade que eu era apenas um *Relplum Scalcath*, o que significa literalmente *Lusus Naturae*;[16] uma Determinação perfeitamente conforme a Moderna Filosofia da *Europa*, cujos Professores, desdenhando a antiga Evasão de *Causas ocultas*,[17] por meio da qual os seguidores de *Aristóteles* tentam em vão disfarçar sua Ignorância, inventaram essa maravilhosa Solução de todas as Dificuldades que impedem o indizível Progresso do Saber humano.

Após essa Conclusão definitiva, pedi que me dessem Licença de dizer uma Palavra ou duas. Dirigi-me ao Rei, e afirmei a sua Majestade que eu vinha de um País onde viviam muitos Milhões de Pessoas de ambos os Sexos da minha Estatura; onde os Animais, Árvores e Casas eram todos proporcionais, e onde em consequência eu poderia me defender e obter meu sustento com tanta facilidade quanto os Súditos de sua Majestade podiam fazê-lo ali; o que me parecia uma Resposta adequada a todos os Argumentos daqueles Cavalheiros. Diante disso, eles reagiram apenas com um Sorriso de desprezo, dizendo que o Fazendeiro havia me instruído muito bem em minha Lição. O Rei, que tinha um entendimento muito melhor, despachou seus Sábios e mandou chamar o Fazendeiro, que por sorte ainda não havia saído da Cidade: após examiná-lo em particular, e depois confrontá-lo comigo e a Menina, sua Majestade começou a pensar que o que lhe tínhamos dito talvez fosse verdade. Pediu à Rainha que desse ordens de que Cuidados especiais fossem tomados comigo, e manifestou a opinião de que *Glumdalclitch* deveria continuar a cuidar de mim, pois tinha observado que tínhamos muito Afeto um pelo outro. Prepararam-se Aposentos convenientes para ela na Corte; uma espécie de Preceptora foi nomeada para cuidar de sua Educação, uma criada para vesti-la, e duas outras Criadas para Trabalhos braçais; quanto a mim, cabiam a ela todos os Cuidados. A Rainha ordenou que seu próprio Marceneiro fizesse uma Caixa que me servisse de Quarto de dormir, seguindo o Modelo que fosse determinado por *Glumdalclitch* e por mim. Era esse Homem um Artesão mui engenhoso, e seguindo minhas Instruções em três semanas fez para mim um Quarto de madeira com dezesseis pés de lado e doze de altura, com Janelas de Caixilhos, uma Porta e dois Armários, como um Quarto *londrino*. A Tábua que fazia as vezes de Teto podia ser aberta ou fechada com duas dobradiças, para que nela fosse colocada a Cama fornecida pelo Estofador de sua Majestade, Cama essa que *Glumdalclitch* tirava todos os Dias para arejá-la, com suas próprias Mãos, e repunha em seu lugar à Noite, trancando o Telhado sobre mim. Um bom Artesão, famoso por fazer pequenas Curiosidades, encarregou-se de fabricar para mim duas Cadeiras, com Encosto e Armação de uma Substância semelhante ao Marfim, e duas Mesas, com um Armário para nele eu guardar minhas Coisas. Era o Quarto forrado em todos os lados, inclusive o Assoalho e o Teto, para impedir qualquer Acidente causado pelo Descuido de quem me carregasse, e para suavizar os Solavancos quando eu fosse levado numa Carruagem. Pedi um Trinco para minha porta a fim de impedir a entrada de Ratos e Ratazanas: o Ferreiro, depois de várias Tentativas, fez o menor já visto entre eles, pois eu sabia de um maior no Portão da casa de um Cavalheiro na *Inglaterra*. Fiz questão de guardar a Chave no meu próprio Bolso, temendo que *Glumdalclitch* a perdesse. Mandou também a Rainha obter as Sedas mais finas que havia, para com elas fazer Roupas para mim, não muito mais grossas do que um Cobertor *Inglês*, e muito incômodo me causaram enquanto com elas não me acostumei. Seguiam a Moda do Reino, que lembrava em parte a *Persa*, e em parte a *Chinesa*, e eram Vestes mui graves e decentes.

Tomou a Rainha tamanho gosto por minha Companhia, que não almoçava mais sem mim. Fizeram-me uma Mesa para ser colocada na de sua Majestade, bem à sua esquerda, e uma Cadeira. *Glumdalclitch* ficava em pé num Tamborete no Chão, perto de minha Mesa, para me ajudar e cuidar de mim. Eu dispunha de todo um Conjunto de Pratos e Travessas de Prata, bem como outros Utensílios, que comparados aos da Rainha não eram muito maiores do que aqueles que já vi numa Loja de Joguetes em *Londres*, para uma Casa de Bonecas: esses Utensílios, guardava-os minha pequena Ama na

Algibeira, dentro de uma Caixa de Prata, e mos dava à hora da Refeição, quando eu deles precisava, sempre lavando-os ela própria. Ninguém jantava com a Rainha senão as duas Princesas Reais, tendo a mais velha dezesseis anos e a mais jovem naquela época treze anos e um mês de idade. Sua Majestade costumava pôr um Pedacinho de Carne em meu Prato, o qual eu próprio cortava; e divertia-se ela ao me ver comer em Miniatura. Pois a Rainha (que na verdade tinha Estômago fraco) consumia num Bocado tanto quanto doze Fazendeiros *ingleses* conseguiriam comer numa Refeição, o que para mim por vezes era mui nauseabundo. Ela mastigava a Asa de uma Cotovia, com Ossos e tudo, muito embora fosse nove vezes maior que a Asa de um Peru adulto; e levava à boca um Pedacinho de Pão do tamanho de dois Pães de doze *pence*. Bebia num Copo de Ouro, sendo cada Gole seu maior do que um Tonel. Suas Facas eram duas vezes mais compridas do que uma Foice endireitada, contando com o Cabo. As Colheres, Garfos e outros Instrumentos eram todos proporcionais. Lembro que quando *Glumdalclitch* levou-me por Curiosidade para ver algumas das Mesas da Corte, onde dez ou doze dessas Facas e Garfos imensos eram levantados ao mesmo tempo, senti que jamais vira uma Cena mais terrível.

Conforme o costume, toda *Quarta-feira* (dia que, como já observei, é o Domingo deles) o Rei e a Rainha, junto com os Príncipes Reais de ambos os Sexos, almoçam juntos nos Aposentos de sua Majestade o Rei, de quem agora eu me tornara um grande Favorito; e nessas Ocasiões minhas pequenas Mesa e Cadeira eram colocadas à Mão esquerda do Rei, diante de um dos Saleiros. Muito aprazia a este Príncipe conversar comigo, perguntando sobre os Costumes, a Religião, as Leis, o Governo e o Saber da *Europa*, e dava-lhe eu os melhores Relatos de que era capaz. Era tão límpida sua Apreensão, e tão exato seu Juízo, que ele fazia Reflexões e Observações mui sábias a respeito de tudo que eu dizia. Confesso, porém, que depois de ter eu falado um pouco excessivamente sobre nosso amado País, nosso Comércio, e Guerras em Terra e Mar, e Cismas religiosos, e Partidos políticos, os Preconceitos de sua Educação de tal modo prevaleceram que não pôde ele deixar de me pôr em sua Mão direita, e acariciando-me de leve com a outra, após uma gostosa Gargalhada, perguntar-me se eu era *Whig* ou *Tóri*. Então, virando-se para seu Primeiro-Ministro, que estava atrás dele com um Bastão branco, quase tão alto quanto o Mastro Principal do *Royal Sovereign*, comentou quão desprezível era a Grandeza humana, que podia ser imitada por Insetos ínfimos como eu: e no entanto, disse ele, ouso dizer que essas Criaturas têm lá seus Títulos e Distinções honoríficas; fazem pequenos Ninhos e Tocas a que dão o nome de Casas e Cidades; fazem bela Figura com suas Vestes e Carruagens; amam, lutam, disputam, trapaceiam, traem. E continuou a discorrer desse modo, enquanto eu corava e empalidecia várias vezes, indignado de ouvir nosso nobre País, Senhor das Artes e Armas, Flagelo da *França*, Árbitro da *Europa*, Sede da Virtude, Religião, Honra e Verdade, Orgulho e Inveja do Mundo, ser tratado com tanto Desprezo.

Porém, não estando eu em condições de ressentir-me de Ofensas, refleti maduramente e comecei a duvidar se estava deveras ofendido. Pois, tendo me acostumado depois de vários meses a ver e conversar com aquela Gente, e tendo observado que todos os Objetos à minha volta eram de Grandeza proporcional, o horror que de início me haviam inspirado seu Tamanho e seu Aspecto de tal modo havia se dissipado, que se naquele instante eu visse um grupo de Cavalheiros e Damas da *Inglaterra* com suas Roupagens mais vistosas, desempenhando seus diversos Papéis à maneira cortesã, a pavonear-se, fazer mesuras e palrar, para ser franco, eu haveria de sentir-me tentado a rir deles tanto quanto riam de mim aquele Rei e seus Cortesãos. Tampouco podia eu conter um Sorriso dirigido a mim mesmo, quando a Rainha me punha em sua Mão e a aproximava do Espelho, fazendo com que nossas duas Figuras aparecessem diante de mim juntas, de Corpo inteiro; e nada poderia ser mais ridículo do que tal Comparação: assim, de fato comecei a imaginar-me reduzido a um Tamanho muito menor que o real.

Nada me irritava e mortificava mais do que o Anão da Rainha, o qual, por ser a Pessoa de menor Estatura já vista naquele País (de fato, ele não chegava a trinta pés de altura), reagia com insolência à presença de uma Criatura tão menor que ele, e assim sempre exibia sua altura com arrogância quando passava por mim na Antecâmara da Rainha, estando eu em cima de alguma Mesa a conversar com os Cavalheiros e Damas da Corte, e quase nunca deixava de dizer uma Palavrinha ou duas a respeito de minha Pequenez; minha única Vingança era chamá-lo *Irmão*, desafiá-lo para uma luta ou fazer um desses Remoques que são habituais nos Pajens das Cortes. Um dia, durante o jantar, esse malicioso Filhote de Lobo de tal modo ofendeu-se com algo que eu lhe disse que, apoiando-se na Cadeira da Rainha, segurou-me pela cintura, estando eu sentado, sem esperar que nada de mal me ocorresse, jogou-me dentro de uma grande Tigela de Prata cheia de Nata, e saiu correndo a toda velocidade. Afundei por completo, e não fora eu bom Nadador, a coisa haveria de terminar muito mal; pois naquele momento *Glumdalclitch* estava no outro Canto da Sala, e a Rainha de tal modo assustou-se que não teve Presença de Espírito para me ajudar. Porém minha pequena Ama acudiu, e tirou-me da Tigela quando eu já havia engolido mais de um quartilho de Nata. Fui posto na Cama; não sofri, porém, outro Dano do que a perda de uma muda de Roupas, que foram de todo destruídas. O Anão levou uma boa Sova, e ainda por cima foi obrigado a tomar todo o resto da Tigela de Nata em que me havia jogado; e caiu em Desgraça para sempre: pois pouco depois a Rainha deu-o para uma Dama de Distinção, de modo que nunca mais voltei a vê-lo, para minha grande Satisfação; porque não sabia eu a que outras Medidas extremas não poderia o ressentimento levar aquele Diabrete malicioso.

Antes disso ele me pregara uma Peça mui mesquinha, fazendo rir a Rainha, embora ao mesmo tempo ela muito se aborrecesse, e tê-lo-ia expulsado imediatamente não tivesse eu intercedido do modo mais generoso. Sua Majestade havia posto um Osso no seu Prato, e tendo dele tirado o Tutano, recolocou-o na Travessa, em pé tal como estava antes; vendo essa oportunidade, o Anão, no instante em que *Glumdalclitch* foi até o Aparador, subiu no Banco em que ela ficava para me ajudar, segurou-me com ambas as Mãos e, juntando bem minhas Pernas, enfiou-me no Osso até a Cintura, e lá fiquei por algum tempo, fazendo mui ridícula Figura. Creio que foi só quase um minuto depois que as Pessoas deram por mim, pois pareceu-me uma Indignidade gritar. Mas, como os Príncipes raramente recebem seu Alimento quente, minhas Pernas não se queimaram, apenas minhas Meias e Calças ficaram em mau estado. Graças à minha Intercessão, o Anão foi punido apenas com uma boa Sova.

Com frequência a Rainha zombava de mim por ser eu tão temeroso, e perguntava-me se a Gente de meu País era tão covarde quanto eu. Eis o Motivo. Este Reino é muito atenazado por Moscas no Verão, e esses Insetos odientos, cada um deles do tamanho de uma Cotovia das de *Dunstable*,[18] quase nunca me davam descanso quando eu me sentava para jantar, com seu zumbido constante em torno de meus Ouvidos. Por vezes pousavam em minha Comida, e deixavam nela seus asquerosos Excrementos ou Ovas, que para mim eram perfeitamente visíveis, embora não para os Nativos daquele país, cujos Olhos grandes não eram tão aguçados quanto os meus quando se tratava de ver Objetos pequenos. Às vezes pousavam em meu Nariz ou em minha Testa, onde me picavam fundo, com um Cheiro mui nauseabundo, e eu via com facilidade aquela Substância viscosa que, segundo os nossos Naturalistas, permitem que essas Criaturas andem no Teto, com os Pés voltados para cima. Muito trabalho me dava esquivar-me desses Animais detestáveis, e era impossível não me assustar quando se aproximavam de meu Rosto. O Anão costumava apanhar um certo número desses Insetos com a Mão, tal como fazem os Meninos entre nós, e soltá-los de repente debaixo do meu Nariz para me assustar, e divertir a Rainha. Eu reagia despedaçando-os em pleno Voo com minha Faca, quando então minha Destreza era objeto de grande admiração.

Lembro que uma manhã, quando *Glumdalclitch* me pôs na Janela dentro da minha Caixa, como era seu hábito fazer em Dias de bom tempo para que eu tomasse Ar (pois eu não ousava que pendurassem a Caixa num Prego do lado de fora da Janela, tal como fazemos com as gaiolas na *Inglaterra*), levantei um dos Caixilhos e sentei-me à mesa para comer um pedaço de bolo, quando então cerca de vinte Vespas, atraídas pelo cheiro, entraram voando no Quarto, zumbindo alto como se fossem umas tantas Gaitas de Fole. Algumas delas pegaram meu Bolo e o levaram embora aos pedaços, outras ficaram a voejar à volta de minha Cabeça e meu Rosto, assustando-me com o barulho, e apavorando-me com seus Ferrões. Porém tive Coragem de levantar-me e pegar minha Espada, e atacá-las enquanto voavam. Matei quatro delas, mas as outras fugiram, e terminei fechando a Janela. Eram esses Insetos do tamanho de Perdizes; arranquei-lhes os Ferrões, que tinham uma polegada e meia de comprimento, e eram pontudos como Agulhas. Guardei-os todos com cuidado, e posteriormente os exibi, juntamente com outras Curiosidades, em vários lugares da *Europa*; voltando para a *Inglaterra*, doei três deles ao *Gresham College*[19] e fiquei com o quarto.

IV

Descrição do País. Uma Proposta para a correção dos Mapas modernos. O Paço do Rei, e um Relato da Metrópole. Como viajava o Autor. Descrição do principal Templo.

É meu intento agora apresentar ao Leitor uma sucinta Descrição deste País, até onde nele viajei, ou seja, menos de duas mil milhas em torno de *Lorbrulgrud*, a Metrópole. Pois a Rainha, a quem eu sempre assistia, jamais ia mais longe do que isso quando acompanhava o Rei em suas Viagens, lá ficando até que sua Majestade voltasse após examinar suas Fronteiras. Toda a Extensão dos Domínios desse Príncipe alcança cerca de seis mil milhas em Comprimento, e de três a cinco em Largura. O que me leva a concluir que nossos Geógrafos na *Europa* estão mui enganados, ao supor que não há senão Mar entre o *Japão* e a *Califórnia*; pois sempre fui da Opinião de que é preciso haver um Equilíbrio de Terra para se contrapor ao grande Continente da *Tartária*; e portanto deveriam eles corrigir seus Mapas e Cartas, acrescentando essa vasta Extensão de Terra à Região Noroeste da *América*, para o que lhes ofereço minha Ajuda.

O Reino é uma Península, que se limita ao Nordeste por uma Cordilheira com trinta milhas de altura, a qual não pode ser transposta em virtude dos Vulcões que há na parte mais elevada. Nem mesmo os mais doutos sabem que espécie de Mortal vive além dessas Montanhas, ou mesmo se há Habitantes por lá. Nos três outros lados, o Reino é cercado de Oceano. Não há um único Porto marítimo em todo o Reino, e os Trechos das Costas onde deságuam os Rios são de tal modo cheios de Rochas pontiagudas, e o Mar costuma ser de tal modo revolto, que de lá se não pode sair nos menores Barcos, de tal sorte que essa Gente é de todo impedida de ter Comércio com o resto do Mundo. Contudo, os grandes Rios são cheios de embarcações, e neles abundam Peixes excelentes, pois no Mar raramente se pesca, porque sendo os Peixes de Mar do mesmo Tamanho que os da *Europa*, não valem a pena ser apanhados; donde se conclui que a Natureza, na Produção de Plantas e Animais de Tamanho tão extraordinário, limita-se de todo a esse Continente, e a razão disso, que a descubram os Filósofos. Porém, de quando em vez tomam uma Baleia que foi lançada contra as Rochas, e delas a Gente comum se alimenta com abundância. Dessas Baleias já as vi tão grande que um Homem mal podia carregar uma delas num dos Ombros; às vezes, por Curiosidade, são elas levadas em Cestas até *Lorbrulgrud*: vi uma delas numa Travessa à Mesa do Rei, servida como raridade, mas não parecia o Rei apreciá-la; creio mesmo que seu Tamanho lhe causava asco, ainda que já tenha eu visto uma um tanto maior na *Groenlândia*.

O país é bem populoso, pois contém cinquenta e uma Cidades, quase cem Vilas muradas e grande número de Aldeias. Para satisfazer o leitor curioso, há de bastar uma descrição de *Lorbrulgrud*. A cidade é dividida em duas partes quase iguais pelo Rio que a atravessa. Contém mais de oitenta mil Casas, e cerca de seiscentos mil Habitantes. Tem de comprimento três *Glonglungs*[20] (o equivalente a cerca de cinquenta e quatro milhas *Inglesas*) e dois e meio de largura, conforme eu próprio medi no Mapa Real feito por Ordem do Rei, o qual foi estendido no Chão especialmente para mim, ocupando uma extensão de cem pés; percorri o diâmetro e a circunferência várias vezes descalço, e com base na Escala fiz o Cálculo com bastante exatidão.

O Paço do Rei não é um Edifício regular, e sim um amontoado de Prédios com cerca de sete milhas de circunferência: os principais Salões costumam ter duzentos e quarenta pés de altura, com comprimento e largura proporcionais. Foi concedida uma Carruagem a *Glumdalclitch* e a mim, e nela sua Preceptora a levava com frequência a ver a Cidade, ou ir às Lojas; e eu sempre as acompanhava, levado em minha Caixa; se bem que a Menina, sempre que eu pedia, tirava-me da Caixa e segurava-me em sua mão, para que eu pudesse ver melhor as Casas e Pessoas por que passávamos nas Ruas. Segundo meus Cálculos, a Carruagem equivalia mais ou menos ao Quadrado de *Westminster Hall*, sendo, porém, um pouco mais baixa; mas meu Cálculo não é muito exato. Um dia a Preceptora mandou o Cocheiro parar em várias Lojas, quando então os Mendigos, percebendo uma Oportunidade, ajuntaram-se dos lados da Carruagem, e vi o mais horrível Espetáculo jamais visto por um Olho *Europeu*. Havia uma Mulher com um Cancro no Seio, de Tamanho monstruoso, cheio de Buracos, dois ou três dos quais eram grandes o bastante para que neles coubesse todo o meu Corpo. Havia um Homem com um Papo maior do que cinco Fardos de Lã, e outro com duas Pernas de pau, cada uma delas com vinte pés de altura. Mas o mais detestável de tudo era ver os Piolhos que se arrastavam pelas Roupas deles. Eu via claramente os Membros dessas Criaturas a Olho nu, muito melhor do que poderia ver os de Piolhos *Europeus* através de um Microscópio, e os Focinhos com que fossavam como se Porcos fossem. Foram os primeiros que eu jamais vira, e eu teria sido levado pela Curiosidade a dissecá-los se tivesse os Instrumentos apropriados (os quais, infelizmente, eu havia deixado no Navio), embora fossem tão nauseabundos que faziam revirar o Estômago.

Além da Caixa grande em que costumavam me levar, a Rainha mandou fazer uma outra menor, com cerca de doze pés de lado e dez de altura, para as Viagens mais longas, pois a outra era um pouco grande demais para que *Glumdalclitch* a levasse no Colo, e ocupava muito espaço dentro da Carruagem; quem a fez foi o mesmo Artesão, a quem dei Instruções durante todo o Processo. Esta Caixa para Viagens era exatamente quadrada, com uma Janela no meio de três dos Quadrados, havendo em cada Janela uma Grade de Ferro pelo lado de fora, para prevenir Acidentes em Viagens mais longas. No quarto lado, onde não havia Janela, dois Ganchos fortes foram afixados, nos quais a Pessoa que me carregava, quando eu tinha vontade de andar a Cavalo, prendia um Cinto de Couro, o qual era levado à cintura. A Pessoa em questão era sempre algum Criado sério em quem eu confiava, quer estivesse eu acompanhando o Rei e a Rainha em suas Viagens, quer fosse ver os Jardins, ou visitar alguma grande Dama ou Ministro de Estado na Corte, quando *Glumdalclitch* não se sentia bem: pois em pouco tempo me tornei conhecido e estimado pelos mais altos Ministros, creio que mais por ser o Favorito de sua Majestade o Rei do que por quaisquer Méritos meus. Nas Viagens, quando me cansava da Carruagem, um Criado montado num Cavalo prendia em seu Cinto minha Caixa e colocava-a numa Almofada à sua frente; e assim podia eu ter uma boa Visão do País de três Lados diferentes, pelas minhas três Janelas. Nessa Caixa havia também uma Cama de Campanha e uma Rede pendurada do Teto, duas Cadeiras e uma Mesa, bem presas ao Assoalho por Parafusos, para que não fossem jogadas de um lado para o outro pelos Movimentos do Cavalo ou da Carruagem. E, estando acostumado de longa data às Viagens marítimas, tais Movimentos, ainda que por vezes mui violentos, não me molestavam muito.

Sempre que queria ver a Cidade, eu era conduzido na minha Caixa de Viagem, a qual *Glumdalclitch* levava no Colo numa espécie de Liteira, à Moda usual do País, carregada por quatro Homens, e assistida por dois outros Criados com a Libré da Rainha. As Pessoas, que muito tinham ouvido dizer a meu respeito, vinham curiosas ajuntar-se em torno da Liteira, e a Menina fazia-lhes a vontade, mandando que os Carregadores parassem e pondo-me em sua Mão, para que todos pudessem me ver melhor.

Tinha eu muita vontade de conhecer o principal Templo, e em particular a Torre que dele fazia parte, a qual é considerada a mais alta do Reino. Dessarte, um dia minha Ama lá me levou, mas devo confessar que voltei desapontado; pois a altura é de apenas três mil pés, contando a partir do Chão até a ponta do Pináculo mais elevado; o que, levando-se em conta a diferença entre o tamanho daquelas Pessoas e o nosso na *Europa*, não é motivo para muita Admiração, nada que se compare em Proporção (se bem me lembro) ao Campanário de *Salisbury*.[21] Mas, para não fazer pouco de uma Nação a que, em toda minha Vida, hei de me sentir profundamente obrigado, devo admitir que o que falta a essa famosa torre em Altura é mais do que compensado em Beleza e Força. Pois as Paredes têm quase cem pés de espessura, feitas de Pedra lavrada, tendo cada Pedra cerca de quarenta pés de lado, e são adornadas de todos os lados com estátuas de Deuses e Imperadores, esculpidas em Mármore, em Tamanho maior que o natural, cada uma em seu Nicho. Medi um Mindinho que havia caído de uma dessas Estátuas e jazia esquecido em meio a um monte de Entulho, e verifiquei que tinha exatamente quatro pés e uma polegada de comprimento. *Glumdalclitch* enrolou-a num Lenço e levou-a para casa no Bolso para guardar com outras Bugigangas, pelas quais ela tinha muito apreço, como é comum em Crianças de sua Idade.

A Cozinha do Rei é de fato um Prédio mui nobre, com Teto abobadado e cerca de seiscentos pés de altura. O grande Forno tem dez Passos de largura a menos do que a Cúpula da Catedral de *São Paulo*:[22] pois medi esta de propósito depois que voltei. Mas se me pusesse a descrever a Grelha da Cozinha, as prodigiosas Panelas e Chaleiras, as peças de Carne a girar nos Espetos, com muitos outros Detalhes, não me haveriam de dar Crédito; ou pelo menos um Crítico mais severo seria levado a pensar que eu exagerava um pouco, suspeita com muita frequência dirigida aos Viajantes. Para evitar tais censuras, temo ter caído no extremo oposto; e caso venha este Tratado a ser traduzido para a Língua de *Brobningnag* (que é o nome geral desse Reino) e para lá ser levado, o Rei e seu Povo teriam razão para queixar-se de os ter eu prejudicado ao falsear minhas Descrições, diminuindo as coisas relatadas.

Sua Majestade raramente guarda mais de seiscentos Cavalos em suas Cavalariças: esses Animais têm normalmente de cinquenta e quatro a sessenta pés de altura. Mas quando ele sai do Paço em Dias de Solenidade, é assistido por uma Guarda de quinhentos Cavalos, o que me pareceu a Cena mais esplêndida que se poderia ver, até o dia em que vi uma parte de seu Exército pronta para o Combate, assunto do qual terei ocasião de tratar mais adiante.

V

Diversas Aventuras que sucederam ao Autor. Execução de um Criminoso. O Autor demonstra suas Habilidades na Navegação.

Ter-me-ia eu contentado em viver naquele País, não tivesse minha Pequenez me exposto a alguns Acidentes ridículos e incômodos; alguns dos quais me proponho a relatar. *Glumdalclitch* amiúde levava-me aos Jardins da Corte na minha Caixa menor, e de vez em quando me tirava dela para me segurar em sua Mão, ou me pôr no chão para caminhar. Lembro que uma vez, antes de ser o Anão mandado embora pela Rainha, ele nos seguiu num desses Jardins, e tendo minha Ama me posto no chão, estando ele e eu perto de umas Macieiras Anãs, pretendi ser espirituoso com um tolo Jogo de Palavras envolvendo o Anão e as Árvores, o qual é possível na Língua deles tal como na nossa. Em seguida, tomando proveito de uma Oportunidade, o Patife malévolo, quando eu caminhava debaixo de uma dessas Árvores, sacudiu-a diretamente acima de minha Cabeça, fazendo com que uma dúzia de Maçãs, cada uma delas do tamanho de um Tonel de *Bristol*, despencassem em torno dos meus Ouvidos; uma delas atingiu-me nas Costas quando me havia eu abaixado, fazendo-me cair de Cara no Chão, porém não me machuquei, e o Anão foi perdoado em atenção a meus Pedidos, pois que fora eu que o provocara.

Numa outra ocasião, *Glumdalclitch* deixou-me numa Relva lisa para que eu me entretivesse enquanto ela caminhava a alguma distância de mim com sua Preceptora. Nesse ínterim, um Granizo súbito e violento me derrubou de imediato: e, estando eu caído ao Chão, as Pedras de Gelo atingiram-me dolorosamente em todo o Corpo, como se estivessem a lançar Bolas de Tênis em mim; porém consegui buscar abrigo, andando de gatinhas e deitando-me de bruços debaixo de uma Fileira de Tomilhos, mas fiquei com tantas Contusões dos Pés à Cabeça que não pude sair de minha Caixa por dez dias. Nada disso há de causar espanto, pois como a Natureza naquele País observa a mesma proporção em todas as suas Operações, uma Pedra de Granizo de lá é quase oitocentas vezes maior do que uma da *Europa*, o que posso afirmar com base na Experiência, tendo tido a Curiosidade de pesá-las e medi-las.

Porém, um Acidente mais perigoso ocorreu no mesmo Jardim, quando minha pequena Ama, crendo ter me deixado em Lugar protegido, o que com frequência eu lhe pedia que fizesse, para que eu pudesse me entregar a meus próprios Pensamentos, e tendo deixado em casa a minha Caixa para não ter de carregá-la, foi para outra parte do Jardim com sua Preceptora e algumas outras

Damas. Na sua ausência, a uma distância fora do alcance de minha voz, um pequeno *Spaniel* branco, que pertencia a um dos principais Jardineiros, tendo por acaso entrado no Jardim, estava perto do Lugar onde eu me encontrava. Guiado pelo Faro, o Cão veio imediatamente a mim e, tomando-me na Boca, correu para seu Dono, agitando a Cauda, e pôs-me com delicadeza no Chão. Quis minha boa Estrela que o Cão fosse tão bem treinado que me carregou entre os Dentes sem me machucar, nem sequer me rasgar as Roupas. O pobre Jardineiro, contudo, que me conhecia bem, e era mui bom comigo, ficou sobremaneira assustado. Com muito cuidado tomou-me nas duas Mãos e perguntou-me como eu estava; porém, de tão surpreso e ofegante, não pude dizer Palavra. Poucos minutos depois, voltei a mim, e ele levou-me são e salvo a minha pequena Ama, que já havia voltado ao Lugar onde me deixara e era presa de grande Agonia por não me encontrar, e por eu não responder a seu chamado; censurou com severidade o Jardineiro por causa de seu Cão. Porém nada se falou do Incidente, e nada se soube dele na Corte; pois a Menina temia a Cólera da Rainha, e quanto a mim, julguei que não seria bom para a minha Reputação que esse Relato fosse divulgado.

Esse Acidente fez com que *Glumdalclitch* decidisse com firmeza que nunca mais me haveria de perder de vista por um instante que fosse. Há muito tempo eu temia que ela tomasse tal Decisão, e por isso ocultava dela as pequenas Desventuras que me ocorriam nos momentos em que ela me deixava a sós. Uma vez um Milhafre fez voo rasante sobre mim, e não tivesse eu sacado minha Espada, e corrido para baixo de uma Espaldeira espessa, decerto ter-me-ia levado em suas Garras. De outra feita, caminhando até o Alto de um Montículo de Terra recém-feito por uma Toupeira, afundei até o Pescoço no buraco cavado pelo Animal, e tive de inventar alguma Mentira, que não valeu a pena guardar na Memória, para explicar o Estrago de minhas Roupas. E uma vez quebrei a Canela direita ao tropeçar na Concha de um Caracol, quando caminhava sozinho, pensando na minha pobre *Inglaterra*.

Não sei dizer se me causava mais Prazer ou Mortificação observar, nessas Caminhadas solitárias, que os Pássaros menores não pareciam sentir medo algum de mim, porém andavam à minha volta a uma jarda de minha Pessoa, à procura de Minhocas e outros Alimentos, tão indiferentes e tranquilos como se não houvesse nenhuma outra Criatura por perto. Lembro que uma vez um Tordo sem medo algum arrancou de minha Mão com o Bico um pedaço de Bolo que *Glumdalclitch* me dera pouco antes para meu primeiro Almoço. Quando eu tentava pegar um desses Pássaros, ele atacava-me com Audácia, tentando bicar-me os Dedos, os quais eu não ousava deixar a seu Alcance; e em seguida voltavam tranquilos a procurar Minhocas ou Caracóis, tal como antes. Porém um dia tomei um Bastão espesso e joguei-o com toda a minha força, e por sorte logrei atingir um Pintarroxo, o qual caiu ao Chão, e agarrando-o pelo Pescoço com ambas as Mãos, corri triunfante a levá-lo a minha Ama. O Pássaro, contudo, que estava apenas aturdido, ao recuperar-se, golpeou-me de tal modo dos dois lados da Cabeça, com as Asas e o Corpo, que embora eu o segurasse com os Braços esticados, ficando fora do alcance de suas Garras, umas vinte vezes pensei em soltá-lo. Mas logo um dos Criados veio acudir, e no dia seguinte comi a Ave no Almoço, por Ordem da Rainha. Esse Pintarroxo, se me não falha a Memória, parecia um tanto maior que um Cisne *Inglês*.

As Damas de Honor muitas vezes convidavam *Glumdalclitch* a seus Aposentos, pedindo-lhe que me trouxesse consigo, para terem o prazer de me ver e me tocar. Amiúde despiam-me dos pés à cabeça e faziam-me deitar em seus Seios; o que me causava muito asco; pois, para dizer a Verdade, um Cheiro mui desagradável vinha de suas Peles; o que não menciono com intenção de maldizer essas excelentes Senhoras, pelas quais tenho profundo Respeito; parece-me, porém, que meus Sentidos eram mais aguçados em proporção à minha Pequenez, e que essas ilustres Damas não eram mais desagradáveis para seus Namorados, ou umas para as outras, do que o são Pessoas da mesma Qualidade na nossa *Inglaterra*. E, afinal, seu Odor natural me parecia muito mais suportável do que quando usavam Perfumes, os quais me faziam de imediato perder os sentidos. Não posso me esquecer de que um Amigo íntimo meu em *Liliput*e tomou a liberdade, num dia de calor em que eu havia me exercitado muito, de se queixar do Cheiro forte que eu emitia, embora quanto a isso eu não seja pior do que as outras Pessoas de meu Sexo: porém suponho que seu Olfato com relação a mim era tão exigente quanto o meu em relação aos de *Brobdingnag*. Quanto a isso, devo fazer Justiça à Rainha minha Senhora e *Glumdalclitch* minha Ama, cujas Pessoas eram tão doces quanto os de qualquer Dama na *Inglaterra*.

O que mais me perturbava quando estava entre essas Damas de Honor, quando minha Ama me levava ao visitá-las, era o me tratarem elas sem nenhuma Cerimônia, como se eu fosse uma Criatura sem Importância. Pois ficavam nuas em pelo e vestiam Anáguas em minha presença, sendo eu posto no Toucador à frente de seus Corpos nus, os quais para mim não eram de modo algum tentadores, não inspirando outras emoções que não o Horror e o Nojo. Suas Peles pareciam mui grosseiras e irregulares, com cores variadas quando eu as via de perto, e um ou outro Sinal do tamanho de uma Travessa, do qual pendiam Pelos grossos como Barbantes; para não dizer mais nada a respeito do resto de suas Pessoas. Também não tinham escrúpulos de aliviar-se, estando eu presente, do que haviam bebido, uma quantidade de no mínimo dois barris,[23] num vaso em que cabiam mais de três tonéis.[24] A mais bela dessas Damas de Honor, uma Rapariga agradável e folgazã de dezesseis anos, por vezes fazia-me montar num de seus Mamilos, entre outros Folguedos que o Leitor há de me perdoar por não relatar de modo detalhado. Isso, porém, de tal modo me desagradou que supliquei a *Glumdalclitch* que imaginasse uma desculpa para não mais visitar essa Moça.

Um dia, um jovem Cavalheiro que era Sobrinho da Preceptora de minha Ama insistiu com ambas para que fossem assistir a uma Execução. O Homem a ser executado havia assassinado um Amigo íntimo do cavalheiro. *Glumdalclitch* deixou-se convencer com muita relutância, pois era seu Coração de natureza branda: quanto a mim, embora me inspirassem horror tais Espetáculos, minha Curiosidade me impelia a ver algo que haveria de ser extraordinário. Estava o Malfeitor atado a uma Cadeira num Cadafalso construído com esse propósito, e sua Cabeça foi cortada com um só Golpe por uma Espada com cerca de quarenta pés de comprimento. As Veias e Artérias verteram uma quantidade tão prodigiosa de Sangue, num Jorro tão alto, que enquanto durou a cena superou o grande *Jet d'Eau* de *Versailles*; e a Cabeça, ao cair no Chão do Cadafalso, produziu tamanho estrondo que me fez tremer, estando eu embora a no mínimo meia milha *Inglesa* de distância.

A Rainha, que amiúde me ouvia falar de minhas Viagens marítimas, e que se valia de todas as Oportunidades de me entreter ao me ver melancólico, perguntou-me se eu sabia manejar uma Vela ou um Remo, e se exercitar-me um pouco aos Remos não seria bom para minha Saúde. Respondi que conhecia muito bem os dois. Pois embora meu trabalho fosse de Cirurgião ou Médico do Navio, numa emergência era eu obrigado a trabalhar como qualquer Marinheiro. Porém não me parecia possível que eu pudesse fazer tais coisas naquele País, onde o menor Bote era igual ao maior Navio de Guerra entre nós, e que as Embarcações que eu era capaz de manejar jamais poderiam navegar em qualquer um dos Rios de lá: disse então sua Majestade que se eu pudesse conceber um Navio, seu próprio Marceneiro haveria de construí-lo, e ela arranjaria um Lugar onde eu pudesse navegar. Esse Artesão era Homem mui engenhoso, e seguindo minhas Instruções, em dez dias preparou e aparelhou um Barco de Passeio no qual caberiam folgadamente oito *Europeus*. Quando o Navio ficou pronto, tão deliciada ficou a Rainha que o pôs no colo e correu para mostrá-lo ao Rei, o qual deu ordem de que fosse posto numa Cisterna cheia de Água, estando eu dentro dele, para o pôr à prova, mas lá não havia espaço para que eu manejasse meus dois pequenos Remos. Mas já a Rainha imaginara outro Projeto. Mandou que seu Marceneiro fizesse uma Gamela de madeira com trezentos pés de comprimento, cinquenta de largura e oito de fundo; a qual, sendo bem calafetada para não vazar, foi colocada no Chão junto à parede, numa Sala externa do Paço. Havia no fundo uma Torneira para esvaziar a Água quando começasse a ficar suja, e dois Criados podiam enchê-la com facilidade em meia hora. Ali fiquei a remar muitas vezes, para me entreter tanto a mim quanto a Rainha e suas Damas, que muito se divertiam com minha Perícia e Agilidade. Às vezes eu içava a Vela, e então minha única Ocupação era guiar o Barco, enquanto as Damas me forneciam vento com seus Leques; quando elas se cansavam, os Pajens sopravam em minha Vela, enquanto eu demonstrava minha Arte navegando a Estibordo ou a Bombordo, como me aprouvesse. Quando eu terminava, *Glumdalclitch* sempre levava meu Barco para seu Quarto, e pendurava-o num Prego para secar.

Num desses Exercícios, sofri um Acidente que me poderia ter custado a Vida. Pois, tendo um dos Pajens posto meu Barco na Gamela, a Preceptora de *Glumdalclitch* mui bondosamente levantou-me para me pôr dentro do Barco, porém escapuli por entre seus Dedos, e teria caído no Chão de uma altura de quarenta pés, se por um mui feliz Acaso não fosse minha Queda detida por um Alfinete grande no Peitilho daquela boa Senhora; a Cabeça do Alfinete enganchou-se entre minha Camisa e o Cós de minhas Calças, e assim fiquei suspenso no Ar até que *Glumdalclitch* veio correndo socorrer-me.

De uma outra feita, um dos Criados, cujo Ofício era encher minha Gamela de três em três dias com Água limpa, por descuido deixou que um enorme Sapo (o qual ele não viu) saísse de seu Balde. O Sapo ainda não se mostrara quando fui colocado em meu Barco, mas então, vendo ele um Lugar em que ficar, subiu a bordo e de tal modo fez o Barco adernar para um lado que fui obrigado a compensar com todo meu Peso do outro, para impedir que ele emborcasse. Uma vez dentro do Barco, o sapo pulou até o meio dele, e depois passou por cima de minha Cabeça, indo de um lado para o outro, besuntando-me o Rosto e as Roupas com seu Visgo asqueroso. A enormidade de suas Feições fê-lo afigurar-se o Animal mais deformado que pode se conceber. Porém, pedi a *Glumdalclitch* que me deixasse lidar com ele sem ajuda. Golpeei-o por um bom tempo com um de meus Remos, e por fim obriguei-o a pular para fora do Barco.

Mas o maior Perigo que sofri naquele Reino foi causado por um Macaco, que pertencia a um dos Cozinheiros. *Glumdalclitch* me havia trancado em seu Quarto, enquanto saiu para realizar alguma Tarefa ou visitar alguém. Como fazia muito calor, deixou aberta a Janela do Quarto, bem como as Janelas e a Porta da minha Caixa maior, onde eu costumava morar, por ser ela mais espaçosa e conveniente. Estava eu sentado à minha Mesa, meditando em silêncio, quando ouvi um Ruído na Janela do Quarto, e algo a saltar de um lado para outro; embora mui assustado, ousei olhar para fora, mas sem sair de minha Cadeira; e então vi esse Animal folgazão, a pular para cima e para baixo até chegar à minha Caixa, a qual pareceu lhe inspirar muito Prazer e Curiosidade, ficando a olhar pela Porta e por todas as Janelas. Recuei para o Canto mais remoto de meu Quarto, ou Caixa, mas o Macaco, olhando para dentro, para todos os lados, de tal modo me amedrontou, que não tive Presença de Espírito suficiente para esconder-me debaixo da Cama, o que teria sido fácil de fazer. Após um bom tempo a olhar, sorrir e guinchar, ele por fim me viu, e metendo uma das Patas na Porta, como um Gato a ameaçar um Rato, embora eu me mexesse sem parar para evitá-lo, por fim segurou o Rebuço de minha Jaqueta (a qual, feita de Tecido daquele País, era mui forte e espessa) e arrastou-me para fora. Pegou-me com a pata dianteira direita e segurou-me como faz uma Ama de Leite que vai dar de mamar a uma Criança, tal como já vi o mesmo tipo de Criatura fazer com um Filhote de Gato na *Europa*: e quando comecei a me debater, apertou-me com tanta força que julguei mais prudente me submeter. Tenho bons motivos para crer que ele me tomou por um Filhote de sua própria Espécie, porque com muita brandura se pôs a acariciar-me o Rosto com a outra Pata. Nesse ínterim foi interrompido por um Ruído à Porta do Quarto, como se alguém a abrisse; quando então de súbito pulou para a Janela pela qual havia entrado, e de lá para os Terraços e Calhas, caminhando com três Patas, e segurando-me com a quarta, até que subiu no telhado vizinho ao nosso. Ouvi *Glumdalclitch* gritar no momento em que ele me levou para fora. A pobre Menina quase enlouqueceu: toda aquela parte do Paço ficou em alvoroço; os Criados correram a pegar Escadas; o Macaco foi visto por centenas de Pessoas no Pátio sentado no alto de um Prédio, a segurar-me como se eu fora uma Criança de Colo com uma de suas Patas dianteiras, e a alimentar-me com a outra, enfiando-me na Boca alguma comida que havia retirado de dentro de sua própria Bochecha, e dando-me Pancadinhas de leve quando eu me recusava a comer; diante disso, muitos da Ralé que assistia a cena não puderam se conter e riram; pelo que não creio que se possa culpá-los, pois sem dúvida a Cena era risível para todos, menos para mim. Algumas das Pessoas jogaram Pedras, na esperança de que desse modo fizessem o Macaco descer; mas isso foi proibido, pois que uma Pedrada daquelas certamente me haveria de esmigalhar os Miolos.

Foram então encostadas as Escadas às Paredes, e nelas subiram alguns Homens, ao ver os quais o Macaco, dando por si quase cercado e não podendo correr o suficiente com três Patas, me largou numa Telha na Beira do Telhado e fugiu. Ali fiquei eu por algum tempo, a trezentas jardas de altura do Chão, temendo a cada momento ser derrubado pelo Vento, ou cair por estar tonto, rolando da Cumeeira até os Beirais. Mas um bom Rapaz, um dos Criados de minha Ama, subiu e, pondo-me na Algibeira de suas Calças, trouxe-me para baixo são e salvo.

Por um triz não me engasguei com a imundície que o Macaco me havia enfiado na Garganta; mas minha querida Ama retirou-a de minha Boca com uma pequena Agulha, quando então tive um acesso de Vômitos, que muito me aliviou. No entanto, tão fraco fiquei, e machucado nas Ilhargas com os Apertos que me dera aquele Animal detestável, que fui obrigado a permanecer na Cama por duas semanas. O Rei, a Rainha e toda a Corte mandavam todos os dias alguém buscar Notícias da minha Recuperação, e sua Majestade a Rainha visitou-me várias vezes durante minha Convalescença. O Macaco foi morto, e deu-se Ordem de que tais Animais não fossem mais mantidos no Paço.

Quando fui visitar o Rei após minha Recuperação, para lhe agradecer os Favores, ele zombou de mim à grande por conta dessa minha Aventura. Perguntou-me quais eram os meus Pensamentos e Especulações enquanto estava na Pata do Macaco, se eu gostara da Comida que ele me dera, do modo como me alimentara, e se o Ar fresco do Telhado me havia atiçado o Estômago. Queria ele saber o que teria feito em ocasião semelhante no meu País. Disse eu a sua Majestade que na *Europa* não havia Macacos, senão os que eram trazidos como Curiosidades de outros Lugares, e que eram tão pequenos que eu poderia lidar com uma dúzia deles ao mesmo tempo, se ousassem me atacar. E quanto àquele Animal monstruoso que eu enfrentara (o qual era de fato do tamanho de um Elefante), se meu Medo não me houvesse impedido de usar minha Espada (assumindo uma Expressão feroz e pousando a Mão no Punho dela enquanto falava) quando ele meteu a Pata em meu Quarto, talvez eu lhe tivesse feito uma Ferida tamanha que ele a teria retirado com muito mais pressa do que lá a pôs. Disse isso num Tom de firmeza, como quem não quer que sua Coragem seja posta em dúvida. Porém o efeito de minha fala não foi outro que não uma Gargalhada geral, que nem todo o Respeito que inspirava sua Majestade nos que ali estavam foi suficiente para impedir. Isso me fez pensar como é vã qualquer Tentativa de conquistar o Respeito daqueles que estão muito acima de nós, de quem não apenas não somos iguais mas com os quais não há sequer um termo de Comparação. E no entanto, depois que voltei presencio amiúde Comportamentos como o meu na *Inglaterra*, onde o mais desprezível Lacaio, sem nenhuma vantagem de Berço, Pessoa, Espírito ou Senso comum, toma ares de Importância e arroga-se o direito de nivelar-se às pessoas mais elevadas do Reino.

A cada dia eu fornecia à corte mais uma História ridícula; e *Glumdalclitch*, embora me amasse ao extremo, no entanto era também folgazã, e sempre contava à Rainha qualquer Tolice por mim cometida que lhe parecia capaz de divertir sua Majestade. A Moça, que estivera doente, foi levada pela Preceptora para tomar Ar a uma hora de distância da Cidade, isto é, cerca de trinta milhas. Saltaram da carruagem perto de uma pequena Vereda num Campo, e tendo *Glumdalclitch* posto no chão minha Caixa de viagem, dela saí para caminhar. Havia um monte de Bosta de Vaca no Caminho, e resolvi pôr à prova minha Atividade pulando sobre ele. Corri, mas infelizmente calculei mal o Salto, e terminei afundado até os joelhos. Com certa dificuldade consegui sair, e um dos Criados limpou-me o melhor que pôde com seu Lenço; pois fiquei imundo, e minha Ama confinou-me à caixa até voltarmos para casa; a Rainha foi informada do ocorrido, e os Criados espalharam a notícia pela Corte, e assim por alguns dias todos se divertiram às minhas custas.

VI

Diversas Invenções do Autor para agradar o Rei e Rainha. Ele demonstra sua Habilidade musical. O Rei o questiona sobre a Situação da Europa, *e o Autor lhe faz um relato. As Observações do Rei sobre o Assunto.*

Costumava eu assistir ao *Levée*[25] do Rei uma ou duas vezes por semana, e amiúde o vi aos cuidados do Barbeiro, o que de início era uma visão mui terrível. Pois a Navalha era quase duas vezes mais comprida do que uma Gadanha comum. Sua Majestade, seguindo o Costume do País, barbeava-se apenas duas vezes por semana. Uma vez pedi ao Barbeiro que me desse uma parte da Espuma, da qual retirei quarenta ou cinquenta Fios de Barba bem fortes. Em seguida, tomei um pedaço de Madeira fina, e a perfurei como se fora a armação de um Pente, fazendo nela alguns Furos espaçados de forma regular usando a menor Agulha que consegui obter de *Glumdalclitch.* Fixei os Fios com muita arte, raspando e afinando-os nas Pontas com minha Faca, e assim fiz um Pente bem aceitável; o qual em boa hora me veio, pois que meu pente tinha tantos Dentes quebrados que de pouca serventia me era: e não conhecia eu nenhum Artesão naquele País tão cuidoso e engenhoso que me pudesse fazer outro.

E isto me traz à lembrança uma Ocupação com que me diverti por muitas horas de lazer. Pedi à Criada da Rainha que guardasse para mim os Fios de Cabelo de sua Majestade que ficassem em seus Pentes, e em pouco tempo acumulei uma boa provisão deles, e consultando meu Amigo, o Marceneiro que tivera Ordem de fazer pequenos Serviços para mim, pedi-lhe que construísse duas Armações de cadeira, do tamanho das que eu tinha em minha Caixa, e em seguida fizesse pequenos furos com uma Sovela nos lugares correspondentes ao Encosto e ao Assento; nesses Furos fiz eu passar os Pelos mais fortes que encontrei, tal como se fazem nas Cadeiras de Palhinha na *Inglaterra*. Prontas as Cadeiras, com elas presenteei a Rainha, que as guardou em seu Escrínio e as exibia como Curiosidades, e de fato elas maravilhavam a todos aqueles que as contemplavam. Quis a Rainha que eu me sentasse numa delas, porém recusei-me terminantemente a lhe obedecer, afirmando que preferia morrer mil Mortes a pôr uma parte desonrosa de meu Corpo sobre aqueles preciosos Cabelos que outrora adornavam a Cabeça de sua Majestade. Com esses Cabelos (pois sempre tive eu Pendor Mecânico) fiz também uma pequena Bolsa com cerca de cinco pés de comprimento, com o Nome de sua Majestade escrito em Letras de Ouro, a qual dei a *Glumdalclitch*, com o Consentimento da Rainha. Verdade seja dita, era essa Bolsa mais para mostrar do que para usar, não sendo forte o suficiente para sustentar o peso das Moedas maiores, e portanto *Glumdalclitch* nada guardava nela, senão pequenos Joguetes desses que agradam às Meninas.

O Rei, que era amante da Música, amiúde promovia Concertos na Corte, e a eles eu era às vezes levado, e posto dentro de minha Caixa numa Mesa para ouvir: o Ruído era porém tão alto, que mal conseguia eu apreender as Melodias. Estou certo de que nem todos os Tambores e Trombetas de um Exército Real, soando ao mesmo tempo, fariam tamanho Estrépito. Costumava eu pedir que pusessem minha Caixa bem longe dos Lugares onde estavam os Músicos, e em seguida que fossem fechadas as Portas e Janelas, e cerradas as Cortinas; então a Música deles não me desagradava.

Quando jovem, aprendi a tocar um pouco a Espineta. Tinha *Glumdalclitch* um desses Instrumentos em seu Quarto, e um Mestre vinha instruí-la duas vezes por semana: digo Espineta porque lembrava um pouco esse Instrumento, e era tocado do mesmo modo. Ocorreu-me a ideia de entreter o Rei e a Rainha com uma Melodia *Inglesa* tocada nesse Instrumento. Mas isso me parecia sobremaneira difícil: pois a Espineta tinha quase sessenta pés de comprimento e a largura de cada tecla chegava a quase um pé, de modo que, estendendo os dois Braços, não podia eu alcançar senão cinco Teclas, e para apertá-las era preciso dar um forte Murro com o Punho, o que me exigiria muito Esforço, e de pouco me valeria. O Método que inventei foi este. Preparei dois Bastões redondos do tamanho de Porretes comuns; eram eles mais grossos numa extremidade do que na outra, e recobri as extremidades mais grossas com Pele de Rato, de modo que, batendo com eles, eu não danificava as Teclas, nem interrompia o Som. Diante da Espineta puseram um Banco cerca de quatro pés abaixo das Teclas, e fui posto sobre o Banco. Correndo de um lado para outro, tão depressa quanto eu era capaz, batendo nas Teclas apropriadas com meus dois Bastões, consegui tocar uma Giga, para a grande Satisfação de suas Majestades: mas foi esse o Exercício mais violento que já pratiquei, e no entanto não conseguia acertar mais do que dezesseis Teclas, e assim não podia tocar o Grave e o agudo Juntos, como fazem os outros Artistas; o que foi uma grande Desvantagem para mim.

O Rei, o qual, como já observei, era um Príncipe de muito Tino, amiúde ordenava que eu lhe fosse trazido em minha Caixa, e colocado sobre a Mesa em seu Gabinete. Então me mandava tirar uma de minhas Cadeiras da Caixa e me sentar a uma distância de três jardas em cima de seu Escrínio, de modo que eu ficasse quase na mesma altura de seu Rosto. Dessarte tive várias Conversas com ele. Um dia tomei a liberdade de dizer a sua Majestade que o Desprezo que ele manifestava em relação à *Europa*, e ao resto do Mundo, não parecia corresponder às suas excelentes Qualidades mentais. Que a Razão não correspondia ao Volume corpóreo: que, pelo contrário, observava-se em nosso País que as Pessoas mais altas eram de modo geral as menos dotadas dessa Virtude. Que, dentre os outros Animais, as Abelhas e as Formigas tinham a Reputação de serem mais industriosas, engenhosas e sagazes do que muitas das Espécies maiores. E que, por menos valor que ele me conferisse, tinha eu esperança de algum dia prestar algum Serviço importante a sua Majestade. O Rei ouviu-me com atenção e passou a formar de mim ideia muito melhor do que jamais tivera antes. Pediu-me que eu lhe desse o Relato mais exato de que eu era capaz do Governo da *Inglaterra*; pois que, por mais que os Príncipes prezassem seus próprios Costumes (conforme ele havia concluído com base em meus Discursos anteriores), muito lhe aprazeria saber de coisas que merecessem ser imitadas.

Imagina, gentil Leitor, o quanto não desejei eu ter a Língua de um *Demóstenes* ou um *Cícero*,[26] para poder fazer o Elogio de minha querida terra Nativa num Estilo que fizesse justiça a seus Méritos e Qualidades.

Comecei meu Discurso dizendo a sua Majestade que nossos Domínios consistiam em duas Ilhas, as quais compunham três poderosos Reinos[27] sob um único Soberano, além de nossas Colônias na *América*. Estendi-me muito sobre a Fertilidade de nossas Terras, e a Temperança de nosso Clima. Em seguida, alonguei-me num relato sobre a Constituição do Parlamento *Inglês*, composto em parte de um Corpo ilustre chamado de Câmara dos Pares, Pessoas do Sangue mais nobre, e com os mais antigos e extensos Patrimônios. Expliquei que o máximo Cuidado sempre se toma com a sua Educação nas Artes e nas Armas, para que se tornem dignos de atuar como Conselheiros natos do Rei e do Reino, participar da Legislação, ser membros do mais elevado Tribunal de Judicatura,[28] do qual se não podia apelar; e ser Paladinos sempre dispostos a defender seu Príncipe e seu País por sua Bravura, sua Conduta e sua Fidelidade. Que eram eles o Ornamento e o Baluarte do Reino, dignos Seguidores de seus mais renomados Ancestrais, cuja Honra fora a Recompensa de sua Virtude, da qual seus Pósteros jamais degeneraram uma só vez. A esses juntavam-se diversas Pessoas santas, como parte daquela Assembleia, denominados Bispos,[29] cujo Ofício específico é cuidar da Religião, e daqueles que nela instruem o Povo. Eram esses escolhidos por entre toda a Nação, pelo Príncipe e seus mais sábios Conselheiros, em meio aos Sacerdotes, como sendo os mais merecedores pela Santidade de suas Vidas, e a Profundidade de sua Erudição; e eram de fato os Pais espirituais do Clero e do Povo.

Que a outra parcela do Parlamento consistia de uma Assembleia denominada Câmara dos Comuns, que eram todos Cavalheiros importantes, *livremente* escolhidos e nomeados pelo próprio Povo, por suas grandes Capacidades, e Amor a seu País, para representar a Sabedoria de toda a Nação. E que esses dois Corpos juntos formam a mais augusta Assembleia da *Europa*, a quem, com o Príncipe, compete toda a Legislação.

Em seguida, discorri sobre os Tribunais de Justiça, a que presidem os Juízes, esses veneráveis Sábios e Intérpretes da Lei, para determinar os Diretos e Propriedades dos Homens que estão em disputa, bem como punir os Vícios e proteger a Inocência. Falei da Governança prudente do nosso Tesouro; o Denodo e os Feitos de nossas Forças de Mar e Terra. Computei os Números de nosso Povo, calculando quantos Milhões haverá de cada Seita Religiosa, ou Partido Político entre nós. Não omiti sequer nossos Desportos e Passatempos, nem nenhum outro Particular que julguei poder honrar meu País. E concluí com um breve Relato histórico dos Negócios e Sucessos da *Inglaterra* nos últimos cem anos, aproximadamente.

Essa Conversa só terminou após cinco Audiências, cada uma delas de várias horas, e a tudo o Rei ouviu com muita Atenção, com frequência tomando Notas do que eu dizia, bem como fazendo Mementos de diversas Perguntas que me desejava fazer.

Quando terminei esses longos Discursos, sua Majestade, numa sexta Audiência, consultando suas Notas, propôs muitas Dúvidas, Indagações e Objeções sobre todos os Itens. Perguntou-me ele que Métodos se usavam para cultivar as Mentes e Corpos de nossos jovens Nobres, e a que espécie de Ofício costumavam eles se dedicar na primeira parte de suas Vidas, a mais suscetível aos Ensinamentos. Que Exigências se faziam àqueles que eram investidos Nobres: se o Capricho do Príncipe, uma Quantia de Dinheiro dada a uma Dama da Corte, ou a um Primeiro-Ministro,[30] ou o Projeto de fortalecer um Partido que se opusesse ao Interesse público, porventura não seriam por vezes os Motivos por trás de tais Investiduras. Que grau de Conhecimento teriam esses Nobres das Leis de seu País, e de que modo o adquiriam, que lhes permitisse decidir sobre as Propriedades de seus Compatriotas em última Instância. Se eles eram sempre tão imunes à Avareza, à Parcialidade ou à Penúria que um Suborno, ou qualquer outro Propósito fraudulento, jamais tivessem lugar entre eles. Se aqueles santos Senhores de quem eu dissera serem sempre elevados a seus Postos por conta de seu Saber em Assuntos de Religião, e da Santidade de suas Vidas, nunca teriam sido complacentes com os costumes de seu tempo quando eram simples Sacerdotes, ou se prostituído como Capelães de algum Nobre,[31] cujas Opiniões continuassem a seguir de modo servil uma vez admitidos àquela Assembleia.

Quis então ele saber de que modo se fazia para eleger aqueles a quem eu chamava Comuns. Se um Estranho com uma Bolsa bem fornida não haveria de influenciar os Eleitores vulgares a escolhê-lo em vez de seu próprio Senhorio, ou do Cavalheiro mais considerável da Vizinhança. Por que motivo as Pessoas mostravam tanto afã em entrar para essa Assembleia, o que, como eu próprio explicara, exigia muito Trabalho e Despesa, com frequência a ponto de arruinar suas Famílias, sem qualquer Salário ou Pensão: porque isso lhe parecia uma tamanha demonstração de Virtude e Espírito público, que sua Majestade parecia desconfiar que talvez nem sempre fosse sincero: e queria também saber se esses Cavalheiros tão zelosos não teriam nenhuma Intenção de recompensar-se pelos Gastos e Trabalhos em que incorreram, sacrificando o Bem Público aos Propósitos de um Príncipe fraco e vicioso em conjunção com um Ministério corrupto. Ele multiplicou suas perguntas, questionou-me sobre todos os aspectos desse Assunto, propondo uma infinidade de Dúvidas e Objeções, que não julgo prudente nem conveniente repetir aqui.

Quanto ao que eu lhe dissera sobre nossos Tribunais de Justiça, quis sua Majestade que eu fizesse esclarecimentos sobre diversos Pontos: e nisso estava eu mais bem capacitado para lhe responder, tendo uma vez chegado perto da ruína por conta de uma prolongada Demanda na justiça cível, decidida a meu favor, tendo eu, porém, de arcar com os Custos do Processo. Perguntou-me ele quanto tempo normalmente se levava para decidir o certo e errado, e a parcela das Despesas. Se tinham os Advogados e os Oradores Liberdade de defender Causas claramente injustas, maliciosas ou opressivas. Se os Partidos religiosos ou políticos tinham algum Peso na Balança da Justiça. Se os Oradores que defendiam as Causas eram

Pessoas instruídas no Conhecimento geral da Equidade, ou apenas em Costumes provinciais, nacionais ou locais. Se eles ou seus Juízes de algum modo participavam na feitura daquelas Leis que tomavam a Liberdade de interpretar e gozar a seu Bel-prazer. Se em Ocasiões diferentes já haviam argumentado em favor a uma Causa e contra ela, e citavam Precedentes para provar Opiniões contrárias. Se formavam uma Grei rica ou pobre. Se recebiam Recompensas pecuniárias por defender Causas ou manifestar suas Opiniões. E, em particular, se jamais eram admitidos como Membros da Câmara baixa.

Em seguida, perguntou-me sobre a Governança do nosso Tesouro; e disse que julgava ter minha Memória me enganado, pois eu computara nossos Tributos a cerca de cinco ou seis milhões por ano, e quando mencionei os Gastos, ele verificou que por vezes eram mais do que o dobro;[32] pois quanto a esse ponto suas anotações eram bem cuidosas, porque ele esperava, segundo me disse, que o Conhecimento de nossa Conduta lhe fosse útil, e não havia como estarem errados seus Cálculos. Mas, se o que eu lhe dizia era verdade, mesmo assim continuava sem entender de que modo um Reino podia gastar acima de suas Posses como uma Pessoa particular. Ele me perguntou quem eram nossos Credores, e onde haveríamos de encontrar Dinheiro para lhes pagar. Admirava-se de me ouvir falar sobre Guerras tão dispendiosas e extensas; que sem dúvida deveríamos ser um Povo mui belicoso, ou então ter Vizinhos mui maus, e que nossos Generais haveriam de ser mais ricos do que nossos Reis. Perguntou que direito tínhamos de agir fora de nossas Ilhas, se não fosse por conta de Comércio ou Tratados ou para defender as costas com nossas Frotas. Acima de tudo, surpreendia-o ouvir-me falar de um Exército permanente de mercenários[33] em plena Paz, e em se tratando de um Povo Livre. Disse ele que se éramos de fato governados por nosso próprio Consentimento pelas Pessoas de nossos Representantes, não podia imaginar de quem teríamos medo, nem com quem haveríamos de lutar, e gostaria de saber se eu não julgava que a Casa de um Homem particular não seria mais bem defendida por ele próprio, seus Filhos e sua Família, do que por meia dúzia de Vilões apanhados nas Ruas a esmo, pagos com Salários minguados, que poderiam ganhar cem vezes mais cortando os Pescoços de quem deviam defender.

Riu-se da minha estranha Aritmética (pois tal foi o termo por ele usado) ao calcular os Números de nosso Povo por meio de uma Computação feita das diversas Seitas religiosas e políticas. Disse ele não ver motivo para que aqueles que defendem Opiniões prejudiciais ao Público fossem obrigados a mudá-las, e não fossem obrigados a ocultá-las. E se era Tirania o Governo fazer a primeira Exigência, assim também era fraqueza não fazer a segunda: pois um Homem pode ter licença de guardar Venenos em seu Armário, mas não de vendê-los como Cordiais.

Observou ele que entre as Diversões de nossos Nobres e Fidalgos, eu havia citado o Jogo. Quis saber com que Idade as Pessoas começavam a se entreter desse modo, e quando paravam de fazê-lo. Que parcela de seu Tempo ocupava, e se chegava a afetar suas Fortunas. Se Pessoas más e viciosas, graças a sua Destreza nessa Arte, não poderiam acumular grandes Riquezas, e por vezes manter nossos Nobres em sua dependência, bem como habituá-los a Companhias vis, afastando-os por completo da Melhoria de suas Mentes, e obrigando-os, por força das Perdas por eles sofridas, a aprender e praticar essa infame Destreza com outras Pessoas.

Ficou absolutamente atônito com o Relato histórico que lhe fiz de nossos Sucessos nos últimos cem anos, dizendo que era apenas uma sucessão de Conspirações, Rebeliões, Assassinatos, Massacres, Revoluções, Proscrições, os piores efeitos que só podem ser produzidos pela Avareza, o Sectarismo, a Hipocrisia, a Perfídia, a

Crueldade, a Ira, a Loucura, o Ódio, a Inveja, a Concupiscência, a Malícia e a Ambição.

Sua Majestade, numa outra Audiência, recapitulou com muito Cuidado tudo que eu dissera, comparou as Perguntas por ele feitas com as Respostas que eu lhe dera; em seguida, tomando-me em suas Mãos, e acariciando-me com delicadeza, disse estas Palavras, as quais jamais hei de esquecer, nem tampouco o modo como as pronunciou. Meu Amiguinho *Grildrig*; tu me apresentaste um admirável Panegírico de teu País. Provaste sem qualquer dúvida que a Ignorância, o Ócio e o Vício são os Ingredientes com que se faz um Legislador. Que as Leis são mais bem explicadas, interpretadas e aplicadas por aqueles cujos Interesses e Capacidades consistem em pervertê-las, confundi-las e evadi-las. Observo entre vós os Vestígios de uma Instituição que em sua forma original talvez fosse tolerável, mas que foram em parte apagados, e o resto foi de todo distorcido e obscurecido, pela Corrupção. Com base em tudo que disseste, não fica claro que alguma Virtude seja exigida para que se obtenha algum Posto entre vós, muito menos que os Homens sejam enobrecidos por conta de sua Virtude, que os Sacerdotes sejam promovidos por sua Devoção ou seu Saber, os Soldados por sua Conduta ou sua Bravura, os Juízes por sua Integridade, os Senadores por seu Amor à Pátria, nem os Conselheiros por sua Sapiência. Quanto a ti (prosseguiu o Rei), que passaste a maior parte de tua Vida em Viagens, sou levado a crer que dessarte quiçá tenhas escapado de muitos dos Vícios de teu País. Mas, a partir do Relato que me fizeste, e das Respostas que com muito Cuidado arranquei de ti, sou obrigado a concluir que o Grosso dos Nativos de tua Terra são a mais perniciosa Raça de Sevandijas abjetas e odiosas que a Natureza permitiu rastejar na Superfície da Terra.

VII

O Amor do Autor a seu País. Ele faz ao Rei uma proposta mui vantajosa, a qual é rejeitada. A profunda Ignorância do Rei em questões de Política. A situação mui imperfeita e limitada do Saber no País. As Leis, Assuntos militares e Partidos no Estado.

Não fora meu extremo Amor à Verdade, poderia eu ter omitido essa parte de meu Relato. Seria vão revelar meus Ressentimentos, os quais sempre eram levados ao Ridículo; e assim me vi obrigado a suportar com Paciência tantas Injúrias dirigidas a meu nobre e mui amado País. Lamento tanto quanto qualquer um de meus Leitores ter surgido tal Ocasião: mas esse Príncipe era de tal modo curioso e inquisitivo sobre todos os Detalhes, que seria uma violação da Gratidão e das boas Maneiras recusar-me a lhe dar todas as Informações de que eu dispunha. Contudo, permitam-me dizer isto em meu próprio favor: que astuciosamente me esquivei de muitas de suas Perguntas, e apresentei cada Ponto sob um Ângulo bem mais favorável do que permitia a estrita adesão à Verdade. Pois sempre manifestei em prol de meu País essa louvável Parcialidade que *Dionísio de Halicarnasso* recomenda, com tanta Justiça, aos Historiadores.[34] Ocultava eu as Fraquezas e Deformidades de minha Mãe Política, e mostrava suas Virtudes e Belezas do modo mais vantajoso. Tal era meu sincero Intento nas muitas Conversações que tive com aquele poderoso Monarca, ainda que desgraçadamente não lograsse bom Êxito.

Todavia, muito há que se perdoar a um Rei que vive completamente isolado do resto do Mundo, e que dessarte nada sabe a respeito das Maneiras e Costumes que são observados nas outras Nações: falta de Conhecimento essa que sempre gera muitos *Preconceitos*, e uma certa *Estreiteza mental*, da qual nós e os Países mais refinados da *Europa* estamos de todo isentos. E de fato não era de se esperar que os Conceitos de Virtude e Vício de um Príncipe tão remoto pudessem ser oferecidos como um Padrão para toda a Humanidade.

Para confirmar o que acabo de dizer, e para comprovar com mais força os terríveis Efeitos de uma *Educação limitada*, passo a relatar um Episódio, sabendo que dificilmente me haverão de acreditar. Na esperança de ganhar ainda mais Favor junto a sua Majestade, falei-lhe de uma Invenção feita três ou quatro séculos atrás, de um certo Pó, do qual uma porção pequenina, se nela caísse a menor Faísca, no mesmo instante haveria de explodir, como se fora do tamanho de uma Montanha, e fazer tudo ir pelos ares, com um Estrépito e uma Agitação maiores que um trovão. Que uma quantidade apropriada desse Pó, quando enfiada num Tubo oco de Latão ou Ferro, conforme seu tamanho, lançava uma Bala de Ferro ou Chumbo com Violência e velocidade tais que nada se lhe havia de opor. Que as maiores Balas assim lançadas podiam não só destruir muitas Fileiras de um Exército de uma só vez, como também derrubar as mais fortes Muralhas, levar ao fundo do Mar Navios com mil homens em cada um; e, quando ligadas umas às outras com Cadeias, arrancavam Mastros e Cordames, dividiam centenas de Corpos ao meio, e espalhavam a destruição por toda a volta. Que amiúde púnhamos esse Pó dentro de grandes Balas ocas de Ferro, e por meio de uma Máquina as lançávamos numa Cidade que estávamos a sitiar, e desse modo rasgávamos as Ruas, despedaçávamos as Casas e espalhávamos Estilhaços para todos os lados, esmigalhando os Miolos de todos os que se aproximavam. Que eu conhecia muito bem os Ingredientes, os quais eram baratos e comuns: eu sabia o modo de combiná-los, e poderia ensinar os Trabalhadores de sua Majestade a fazer esses Tubos de um tamanho proporcional a todas as outras Coisas que havia no seu Reino, e que o maior deles não precisaria ter mais de cem pés de comprimento; vinte ou trinta desses Tubos, carregados com a quantidade apropriada desse Pó e Balas, haveriam de derrubar as Muralhas da mais forte Cidade de seus Domínios em poucas horas, ou mesmo destruir toda a Metrópole, se alguma vez ela pretendesse disputar suas Ordens absolutas. Isso oferecia eu humildemente a sua Majestade como um pequeno Tributo em reconhecimento a tantos Sinais por mim recebidos de seu Real Favor e Proteção.

O Rei foi tomado de horror ao ouvir tal Relato dessas Máquinas tremendas e a Proposta que lhe fiz. Muito se admirava de que um Inseto tão impotente e vil como eu (tais foram as Expressões que usou) pudesse ter Ideias tão desumanas e descrever de modo tão natural, parecendo nada sentir, todas essas Cenas de Sangue e Desolação que eu lhe apresentava como os Efeitos comuns dessas Máquinas destrutivas, das quais disse ele que algum Gênio mau, Inimigo da Humanidade, decerto teria sido o Inventor.[35] Quanto a ele, disse o Rei que, embora poucas Coisas o deleitassem tanto quanto as novas Descobertas na Arte e na Natureza, no entanto melhor seria perder metade do seu Reino do que conhecer tal Segredo, o qual, segundo me disse, se eu prezava minha Vida, jamais deveria ser mencionado outra vez.

Estranho Efeito dos *princípios estreitos* e *visões limitadas!* que um Príncipe dotado de todas as Qualidades que merecem a Veneração, o Amor e a Estima; de raros Dons, Grã-Sabedoria e profundo Saber, admiráveis Talentos para a Governança, e quase adorado por seus Súditos, por conta de um *Escrúpulo excessivo e desnecessário*, que sequer podemos conceber na *Europa*, pudesse perder uma tal Oportunidade posta em suas mãos, de se tornar Senhor absoluto das Vidas, Liberdades e Fortunas de seu Povo. Longe de mim a mais pequena Intenção de detrair das muitas Virtudes desse Rei excelente, cujo Caráter, disso tenho consciência, por esse motivo bem diminuído será na Consideração de meus Leitores *Ingleses*: porém entendo que tal Defeito entre eles deriva de sua Ignorância, por não terem eles ainda reduzido a *Política* a uma *Ciência*, tal como fizeram as Mentes mais aguçadas da *Europa*.[36] Pois, lembro-me muito bem, numa Conversação com o Rei um dia, tendo eu observado que havia milhares de Livros entre nós sobre a *Arte de governar*, isso lhe deu (ao contrário da minha Intenção) uma Opinião muito má de nosso Entendimento. Disse ele que abominava e desprezava todo *Mistério*, *Refinamento* e *Intriga*, tanto num Príncipe quanto num Ministro. Não conseguia ele entender a que eu me referia com a Expressão *Segredos de Estado*, não estando envolvidos nem um Inimigo nem uma Nação Rival. Seu Entendimento da Governança era confinado em *Limites mui estreitos*; reduzia-se ao Senso comum e à Razão, à Justiça e a Lenidade, à rápida Solução das Causas civis e criminais; e mais alguns outros Tópicos[37] que não vale a pena considerar. E manifestou a Opinião de que o Homem capaz de fazer com que duas Espigas de Trigo ou duas Folhas de Relva cresçam num pedaço de Chão onde antes só uma crescia, merece mais da Humanidade, e faz um Serviço mais essencial a seu País, do que toda a Raça de Políticos considerados conjuntamente.

O Saber dessa Gente é mui defeituoso, pois consiste apenas em Moralidade, História, Poesia e Matemática, em que certamente se distinguem. Mas toda a sua Matemática é aplicada ao que pode ser útil à Vida, ao Melhoramento da Lavoura e de todas as Artes mecânicas; de modo que entre nós não teria muita consideração. E quanto às Ideias, Entidades, Abstrações e Transcendentais,[38] jamais lhes pude meter nas cabeças a mínima Concepção.

Nenhuma Lei daquele País poderá conter mais Palavras do que há Letras em seu Alfabeto, as quais em número são apenas vinte e duas.[39] Mas na verdade a maioria delas sequer atinge tal Extensão. Elas são expressas nos Termos mais diretos e simples, nos quais essa Gente não é ladina o bastante para descobrir mais de uma Interpretação. E escrever um Comentário sobre qualquer Lei é Crime capital. Quanto à decisão de Causas civis, ou Processos contra Criminosos, são tão poucos os Precedentes que não têm eles motivos para se orgulhar de nenhuma Perícia extraordinária numa coisa ou na outra.

Conhecem a Arte da Impressão, tal como os *Chineses*, desde tempos imemoriais. Porém suas Bibliotecas não são muito grandes; pois a do Rei, que é tida como a maior, não contém mais de mil Volumes, postos numa Galeria de mil e duzentos pés de extensão, da qual tinha eu liberdade de retirar os Livros que bem entendesse. O Marceneiro da Rainha havia construído num dos Aposentos de *Glumdalclitch* uma espécie de Máquina de madeira com vinte e cinco pés de altura, semelhante a uma Escada, tendo cada degrau cinquenta pés de comprimento: era na verdade uma Escada móvel, cuja extremidade mais baixa ficava a dez pés na Parede do Quarto. O Livro que eu pretendia ler era posto encostado à Parede. Eu subia até o alto da Escada e, virando o Rosto para o Livro, começava a ler pelo alto da Página, e assim, andando para a direita e para a esquerda, cerca de oito ou dez Passos, conforme o comprimento das Linhas, até chegar a um Nível um pouco abaixo da altura de meus Olhos, e em seguida descia a Escada a pouco e pouco, até chegar embaixo: quando então, subia-a outra vez e começava a ler a Página seguinte da mesma maneira, e assim virava a Folha, o que não era difícil de fazer com as duas Mãos, pois elas eram duras e rígidas como Papelão, e mesmo os maiores Livros não tinham mais que dezoito ou vinte pés de comprimento.

O Estilo dessa Gente é claro, másculo e fluente, mas não florido, pois que evitam mais do que qualquer outra coisa a multiplicação de Palavras desnecessárias, e o uso de expressões incertas. Li muitos de seus Livros, especialmente os que discorriam sobre História e Moralidade. Dentre os outros, muito me divertiu um pequenino

Tratado antigo, que sempre ficava no Quarto de dormir de *Glumdalclitch*, e pertencia a sua Preceptora, uma dama idosa e severa, leitora de Livros sobre Moralidade e Devoção. Essa Obra versa sobre a Fraqueza da Humanidade, e não é tida em alta conta senão pelas Mulheres e o Populacho. Porém tinha eu curiosidade em saber o que um Autor daquele país teria a dizer sobre tal tema. Abordava ele todos os Tópicos comuns dos Pensadores *Europeus*, mostrando que o homem não passa de um Animal diminuto, desprezível e inerme em sua própria natureza; incapaz de defender-se das Inclemências do Tempo, ou da Fúrias das Bestas selvagens. Que ele é mui inferior a esta Criatura em Força, àquela em Velocidade, àqueloutra em Prudência, a uma quarta em Dedicação ao Trabalho. Acrescentava ele que a Natureza estava degenerada nessas mais recentes eras de Definhamento, e agora só era capaz de produzir pequenos Abortos em comparação com o que ocorria nos Tempos antigos. Dizia ele ser mui razoável supor-se não apenas que a espécie humana fosse outrora muito maior, mas também que certamente teria havido Gigantes em Eras antigas,[40] o que, afirmado pela História e a Tradição, foi também confirmado pelos imensos Ossos e Crânios encontrados por acaso em diversas partes do Reino, muito maiores do que a diminuta Raça humana de nossos Tempos. Argumentava ele que as próprias Leis da Natureza exigiam que no início fôssemos maiores e mais robustos, e não tão expostos à Destruição por conta de qualquer pequeno Acidente, uma Telha caída de uma Casa, ou uma Pedra lançada por um Menino, ou um afogamento num Riacho. A partir de tal raciocínio, o autor extraía diversas Aplicações morais úteis à Conduta da Vida, mas que seria desnecessário repetir aqui.[41] Quanto a mim, não pude deixar de refletir sobre a Universalidade desse Talento para extrair Lições de Moralidade, ou melhor, matéria para Descontentamento e Queixas, de nossos Conflitos com a Natureza. E creio eu que uma Investigação rigorosa mostraria que esses Conflitos têm tão pouca razão de ser entre nós quanto o são em meio àquela Gente.

Em Assuntos militares, orgulha-se esse Povo de dizer que o Exército do Rei conta com cento e setenta e seis mil Infantes e trinta e dois mil Cavaleiros: se é lícito chamar de Exército uma Conjunção de Artesãos[42] das diferentes cidades, e Fazendeiros no Campo, cujos Comandantes são apenas Nobres e Fidalgos que não recebem Dinheiro nem Recompensas. De fato, são perfeitos em seus Exercícios, e mui bem disciplinados, no que não vi grande mérito; pois como poderia ser de outro modo, se todo Fazendeiro é comandado por seu próprio Senhorio, e todo Cidadão recebe ordens dos Homens principais de sua Cidade, escolhidos, tal como se faz em *Veneza*, pelo *Voto*?

Muitas vezes vi a milícia de *Lorbrulgrud* exercitar-se num grande Campo perto da Cidade, um quadrado com vinte milhas de lado. Ao todo, não eram mais de vinte e cinco mil Infantes e seis mil Cavaleiros; não pude, contudo, calcular seu Número, pois ocupavam um Espaço mui extenso. Um Cavaleiro montado num Cavalo grande teria por volta de cem pés de altura. Já vi todos os membros desse Corpo de Cavalaria, diante de uma ordem de comando, sacarem suas espadas ao mesmo tempo e brandi-las no Ar. Não pode a Imaginação conceder nada de tão grandioso, tão surpreendente e espantoso. Era como se dez mil Relâmpagos brotassem ao mesmo tempo em todos os lados do Céu.

Tinha eu curiosidade de saber de que modo esse Príncipe, a cujos Domínios não se tem acesso de nenhum outro País, veio a conceber Exércitos, ou ensinar seu Povo a praticar a Disciplina militar. Porém logo tive resposta, tanto por Conversas quanto pela Leitura de suas Histórias. Pois no decorrer de muitas Eras eles foram acometidos do mesmo Mal a que está sujeita toda a Raça humana; a Nobreza amiúde lidando pelo Poder, o Povo pela Liberdade, e o Rei pelo Domínio absoluto. Ainda que tudo fosse afortunadamente temperado pelas Leis do Reino, violações foram cometidas por cada um dos três Partidos, e em mais de uma vez ocasionaram Guerras Civis, a última das quais foi posta a bom termo pelo Avô do atual Príncipe, por meio de um Acordo geral; e a Milícia então formada, por Consentimento comum, tem sempre cumprido seu Dever do modo mais estrito.

VIII

O Rei e a Rainha empreendem uma Viagem até as Fronteiras. O Autor os acompanha. Relato mui circunstanciado do modo como o Autor parte daquele País. Ele volta à Inglaterra.

Sempre mantive a forte Convicção de que algum dia eu haveria de recuperar a Liberdade, embora fosse impossível conjecturar de que modo isso se daria, ou formar algum Projeto com a mais pequena esperança de lograr êxito. O Navio em que eu lá chegara fora o primeiro jamais visto naquela Costa, e o Rei dera uma ordem rigorosa, segundo a qual se um outro Navio aparecesse ele deveria ser trazido à terra, posto com todos os seus Marinheiros e Passageiros numa Carreta e trazido para *Lorbrulgrud*. Estava ele fortemente disposto a obter uma Mulher de meu tamanho, para que eu pudesse propagar a Raça: porém creio que melhor seria morrer do que viver a Vergonha de deixar Descendentes encerrados em Gaiolas como se fossem Canários, talvez depois vendidos para Pessoas de Qualidade de todo o Reino, como Curiosidades. Sem dúvida, fui muito bem tratado; era eu o Favorito de um grande Rei e uma grande Rainha, e a Delícia de toda a Corte, mas isso de um modo tal que não condizia com a Dignidade da Espécie Humana. Jamais pude me esquecer dos Filhos que havia deixado para trás. Queria estar entre Pessoas com quem pudesse conversar em termos de igualdade, e caminhar pelas Ruas e Campos sem medo de morrer esmagado pelos Pés dos Caminhantes, como um Sapo ou um Filhote de Cão. Porém minha Libertação veio mais cedo do que eu esperava, e de um modo não muito comum: é essa História, com todas as suas Circunstâncias, que agora passo a relatar fielmente.

Havia dois anos eu vivia naquele país; e por volta do início do terceiro, *Glumdalclitch* e eu acompanhamos o Rei e a Rainha numa viagem à Costa Sul do País. Como sempre, fui levado em minha Caixa de Viagens, a qual, conforme já a descrevi, era uma Câmara mui conveniente, com doze pés de comprimento. Tinha eu mandado prender uma Rede com Cordas de Seda nos quatro Cantos superiores, para me proteger dos Solavancos quando um criado me levava à sua frente no Cavalo, como por vezes eu desejava, e amiúde dormia nela quando estávamos na Estrada. No Telhado de minha Caixa, acima do meio da Rede, mandei que o Marceneiro abrisse um Buraco quadrado com um pé de lado, para entrar Ar fresco nas Noites quentes, podendo eu fechar esse Buraco quando quisesse com uma Tábua que deslizava de um lado para o outro num Sulco.

Chegados ao final de nossa Viagem, quis o Rei passar alguns dias num Paço que ele possui perto de *Flanflasnic*, uma Cidade a dezoito milhas *Inglesas* da Praia. *Glumdalclitch* e eu estávamos mui fatigados; tinha eu um leve Resfriado, mas a pobre Moça estava tão doente que ficava confinada a seu Quarto. Tinha eu grande vontade de ver o Oceano, que haveria de ser o Cenário de minha Fuga, se algum dia tal viesse a se dar. Fingi sentir-me pior do que estava na verdade, e disse desejar tomar Ares de Mar, acompanhado de um Pajem de quem eu muito me afeiçoara, e a quem já fora confiado algumas vezes. Jamais esquecerei a Relutância com que *Glumdalclitch* deu seu Consentimento, nem as Ordens severas que deu ao Pajem, recomendando-lhe que fosse mui cuidoso de mim, ao mesmo tempo chorando copiosamente, como se tivesse um Prenúncio do que havia de acontecer. Partimos do Paço, e o Rapaz tirou-me de minha caixa após cerca de meia hora de caminhada, seguindo em direção aos Rochedos na Praia. Dei-lhe ordem de me pôr no Chão, e abrindo uma de minhas Janelas fiquei a lançar muitos Olhares saudosos e melancólicos ao Mar. Não me sentindo muito bem, disse eu ao Pajem que pretendia dormitar em minha Rede, por crer que tal me faria bem. Entrei, e o Rapaz fechou a Janela para me proteger do Frio. Logo adormeci, e só me resta conjecturar que, enquanto eu dormia, o Rapaz, não vendo perigo algum, foi caminhar entre as Pedras à procura de Ovos de aves, pois eu já o havia observado de minha Janela, e o vira pegando um ou dois Ovos nas Fendas. Seja como for, despertei quando foi subitamente levantada com violência a Argola fixada no alto de minha Caixa, para que ela pudesse ser carregada com maior facilidade. Senti que minha Caixa era erguida mui alto no Ar, e depois carregada com velocidade prodigiosa. O Solavanco inicial por pouco não me derrubara da Rede, mas em seguida o Movimento tornou-se bem suave. Gritei muitas vezes com todas as forças, mas de nada tal me valeu. Olhei pelas Janelas, e vi apenas Nuvens e Céu. Acima de minha Cabeça, ouvi um Ruído que parecia Asas batendo, e então comecei a compreender a triste Condição em que me encontrava; alguma Águia havia enfiado no Bico a Argola de minha Caixa, com intenção de soltar-me sobre uma Pedra, como uma Tartaruga em sua Casca, para depois devorar meu Corpo. Pois o Olfato apurado dessa Ave lhe permite descobrir sua Presa a uma grande Distância, mesmo que mais bem protegida do que eu podia estar dentro de uma Caixa de Madeira com duas polegadas de espessura.

Pouco tempo depois, percebi que o ruído do bater de Asas aumentava mui depressa, e minha Caixa era jogada para cima e para baixo como um Letreiro num dia de Vento. Ouvi o que me parecia ser uma sucessão de Golpes sofridos pela Águia (pois estou certo de que terá sido uma Águia a segurar a Argola de minha Caixa com o Bico), e de súbito senti que caía de modo perpendicular por mais de um minuto, mas com uma Rapidez tão incrível que por um triz não perdi o Fôlego. Minha Queda terminou num tremendo Choque com a Água, que aos meus Ouvidos pareceu mais estrepitoso do que a Catarata do *Niágara*;[43] em seguida, fiquei mais de um minuto na escuridão completa, e depois minha Caixa começou a subir tanto que pude ver Luz no alto das minhas Janelas. Percebi então que havia caído no Mar. Minha Caixa, com o Peso de meu Corpo, os Objetos que havia dentro dela e as largas Placas de Ferro que reforçava os quatro Cantos em cima e embaixo, flutuava a cerca de cinco pés de profundidade na Água. Supus então, e continuo a supor, que a Águia que levara minha Caixa foi perseguida por duas ou três outras, sendo obrigada a me soltar enquanto se defendia delas, as quais queriam repartir a Presa. As Placas de Ferro no fundo da Caixa (as quais eram as mais fortes) preservaram o Equilíbrio durante a queda e impediram que ela se quebrasse contra a superfície da Água. Todas as juntas eram muito bem-feitas, e a Porta não se abria girando sobre Gonzos, porém para cima, como um Caixilho, o que mantinha minha Caixa tão fechada que muito pouca Água entrou. Saí de minha Rede com muita dificuldade, tendo primeiro ousado abrir o quadrado no telhado que já mencionei, feito para permitir a entrada de Ar, a falta do qual já quase me sufocava.

Quantas vezes, então, não desejei me ver de volta com minha querida *Glumdalclitch*, da qual estava separado por apenas uma hora! E não falto com a Verdade ao dizer que no meio de todo meu Infortúnio, não pude deixar de entristecer-me ao pensar em minha pobre Ama, na Dor que sentiria por me perder, no Desprazer da Rainha e a Desgraça em que ela havia de cair. Creio que não muitos Viajantes já passaram por Dificuldades e Sofrimentos maiores do que eu nesse momento, esperando a qualquer momento ver minha Caixa ser despedaçada, ou ao menos emborcar com o primeiro Golpe de Vento violento, ou Onda maior. Se uma única Vidraça se tivesse quebrado, minha Morte teria sido imediata: se elas resistiram, foi por efeito da forte Rede de Arame que as protegia pelo lado de fora, para evitar Acidentes de Viagem. Vi que a Água começava a entrar por mais de uma Fenda, embora os Vazamentos não fossem consideráveis, e tentei tampar essas Fendas da melhor maneira que pude. Não consegui levantar o telhado da caixa, o que teria feito se pudesse, para ficar sentado nele do lado de fora, onde poderia ao menos sobreviver por mais umas horas do que fechado dentro da Caixa que se tornara uma Prisão. E, se conseguisse escapar desses Perigos por um ou dois dias, não podia eu esperar outra coisa que não uma morte terrível, causada pelo Frio e a Fome! Quatro horas passei nessas Circunstâncias, esperando e mesmo desejando que cada momento fosse o último.

Como já informei o Leitor, havia duas Alças fortes fixadas do lado de minha caixa em que não havia Janelas, Alças essas nas quais o Criado que me levava a Cavalo prendia um Cinto de Couro, o qual era preso na sua Cintura. No estado desconsolado em que me encontrava, ouvi ou julguei ouvir algo arranhando o lado de minha Caixa onde ficavam as Alças, e pouco depois comecei a imaginar que ela estava a ser puxada ou rebocada no Mar; pois de quando em quando sentia uma espécie de Arranco que fazia as Ondas subirem até quase o alto de minhas Janelas, deixando-me quase na escuridão. Isso me deixava algum vestígio de esperança de Salvação, ainda que não pudesse eu imaginar como tal coisa poderia se dar. Ousei soltar uma das minhas Cadeiras, que ficavam presas ao Chão com parafusos; e conseguindo com muito esforço fixá-la outra vez imediatamente abaixo da Abertura do Teto cuja Tampa eu havia retirado, nela subi e, aproximando a Boca tanto quanto possível do Buraco, pedi socorro em altos brados, e em todas as Línguas que eu conhecia. Em seguida, amarrei meu Lenço na Bengala que costumava levar, e, enfiando-a pelo Buraco, agitei-a algumas vezes no ar, para que, se algum Barco ou Navio estivesse próximo, os Marinheiros pudessem imaginar que havia um Mortal infeliz fechado naquela Caixa.

Todos os meus esforços foram vãos, porém sentia claramente que minha Caixa era puxada; e após uma hora, ou mais, o lado da Caixa em que ficavam as Alças, e em que não havia Janela, bateu contra alguma coisa dura. Imaginei que fosse uma Rocha, e fui jogado de um lado para outro com mais força do que nunca. Ouvi claramente um Ruído vindo da Tampa de minha Caixa, como se fora um Cabo, a passar pela Argola. Em seguida, senti que me içavam a pouco e pouco, subindo no mínimo três pés de altura em relação à posição anterior. Então mais uma vez pus de fora a Bengala com o Lenço, e gritei por socorro até quase ficar rouco. Em resposta, ouvi um grande Grito três vezes repetido, o que me proporcionou um Êxtase de Júbilo que não pode ser concebido senão por quem o tenha experimentado. Ouvi então passos acima de minha Cabeça, e alguém a gritar pelo Buraco em *Inglês*: Se houver alguém aí embaixo, que fale. Respondi que era *Inglês*, que tivera o Infortúnio de sofrer a maior Calamidade que qualquer Criatura já havia sofrido, e implorei, com toda a veemência, que me retirassem daquela Masmorra. Respondeu a Voz que eu estava salvo, pois minha Caixa estava presa ao Navio deles; e que o Carpinteiro logo viria, para serrar uma Abertura na Tampa grande o bastante para que eu fosse retirado. Respondi que isso não era necessário, e tomaria muito tempo, pois bastava que um Marinheiro pusesse o dedo na Argola, retirasse a Caixa do Mar e a levasse para o Navio, e em seguida para o Camarote do Capitão. Alguns deles, ao me ouvir dizer tamanhos Desatinos, pensaram estar eu louco; outros se riram; pois de fato não me ocorreu que agora eu estivesse em meio a Pessoas de minha própria Estatura e Força. Veio o Carpinteiro, e em poucos minutos abriu com um Serrote uma Passagem quadrada com cerca de quatro pés de lado, e em seguida desceu uma pequena Escada, na qual subi, e de lá fui levado para o Navio em Estado de muita fraqueza.

Os Marinheiros ficaram todos mui espantados, e me dirigiram mil Perguntas, as quais não me sentia inclinado a responder. Também eu estava atônito de ver tantos Pigmeus, pois por tais os tomei, estando meus Olhos havia tanto tempo acostumados a ver os Objetos monstruosos do lugar de onde eu partira. Porém o Capitão, o Senhor *Thomas Wilcocks*, um Homem honesto e valoroso de Shropshire, percebendo que eu estava prestes a desfalecer, levou-me para seu Camarote, deu-me um Cordial para me confortar e fez-me deitar-me em sua própria Cama, aconselhando-me a descansar um pouco, pois tinha eu grande necessidade de Repouso. Antes de adormecer, disse-lhe eu que havia alguns Móveis valiosos na minha Caixa, bons demais para se perderem; uma bela Rede, uma excelente Cama, duas Cadeiras, uma Mesa e um Armário: que minha Caixa em todos os lados era forrada, melhor dizendo, acolchoada com Seda e Algodão: que se ele deixasse que um dos Marinheiros trouxesse minha Caixa para seu Camarote, eu a abriria e lhe mostraria meus Bens. O Capitão, ouvindo-me dizer tamanhos absurdos, concluiu que eu delirava: porém (creio que para me acalmar) prometeu ordenar que tal fosse feito, e saindo ao Tombadilho mandou que alguns de seus Homens entrassem na minha Caixa, da qual (como depois descobri) retiraram todos meus bens, arrancando o Forro; porém as Cadeiras, o Armário e a Cama, estando afixadas ao chão com parafusos, foram mui danificados pela Ignorância dos Marinheiros, que os arrancaram à força. Depois retiraram algumas das Tábuas para serem usadas no Navio, e tendo obtido tudo aquilo que desejavam, lançaram ao Mar a Caixa, a qual, com os muitos danos sofridos no fundo e nos lados, afundou na mesma hora. E muito folguei de não ter visto a Destruição que eles fizeram; pois estou certo de que teria ficado mui emocionado, ao relembrar Episódios que eu preferia esquecer.

Dormi algumas horas, porém constantemente perturbado por Sonhos do Lugar de onde eu havia partido, e os Perigos de que havia escapado. Ao despertar, contudo, senti-me muito melhor. Eram agora oito horas da noite, e o Capitão mandou que fosse servido o Jantar de imediato, julgando que eu estava em jejum havia muito tempo. Tratou-me com muita Bondade, observando que meu Olhar não parecia enlouquecido, nem eram disparatadas minhas Palavras; e quando ficamos os dois a sós, pediu-me que lhe fizesse um Relato de minhas Viagens, e lhe dissesse que Acidente me fizera ser encontrado a vagar naquele monstruoso Baú de Madeira. Disse ele que por volta do meio-dia estava olhando através de sua Luneta quando o viu à distância, e o tomou por uma Vela, a qual estava disposto a alcançar, não estando ela de todo fora de sua rota, na esperança de comprar Bolacha de Bordo, pois sua provisão já escasseava. Que, ao aproximar-se, e constatar seu Engano, mandou seu Batel descobrir o que era; que seus Homens voltaram assustados, jurando que tinham visto uma Casa flutuante. Que ele se riu de tamanho Dislate, e foi ele próprio no Barco, tendo dado ordem a seus Homens que levassem um Cabo forte. Que, fazendo bom Tempo, remou em torno de mim várias vezes, observou minhas Janelas e a Grade de Arame que as protegia. Que descobri as duas Alças num dos Lados, que era todo fechado, sem nenhuma Passagem para Luz. Então mandou seus Homens remarem em direção àquele Lado, e atando um Cabo a uma das Alças, deu-lhes ordem de rebocar meu Baú (pois ele assim o chamava) até o Navio. Lá chegando, mandou amarrar um outro Cabo à Argola fixada na Tampa, e içar o Baú com Roldanas, e todos os Marinheiros só foram capazes de elevá-lo dois ou três pés. Disse ele que viram então minha Bengala com o Lenço saindo do Buraco, e concluíram que devia haver Homens infelizes encerrados lá dentro. Perguntei se ele ou os Marinheiros tinham visto alguma Ave prodigiosa no Ar mais ou menos no momento em que me descobriram. A isso respondeu-me ele que, conversando sobre o assunto com os Marinheiros enquanto eu dormia, um deles disse ter observado três Águias voando em direção ao Norte, mas nada reparou nelas senão que eram maiores do que o normal, o que imagino possa ser explicado pela grande Elevação em que estavam: e ele não entendeu a razão da minha pergunta. Então perguntei ao Capitão a que distância imaginava ele estarmos da Terra; disse ele que, segundo seus melhores cálculos, estávamos no mínimo a cem léguas. Respondi que certamente seu Cálculo estava errado pela metade no mínimo, pois não havia eu partido do País onde estivera mais de duas horas antes de cair no Mar. Quando então ele começou a suspeitar que meu Cérebro estivesse perturbado, deu-me Indícios de sua Suposição, e aconselhou-me a me deitar num Camarote que havia providenciado. Assegurei-lhe que me sentia muito bem em sua Companhia, e que jamais estivera tão lúcido em toda a minha Vida. Ele então ficou sério e tomou a liberdade de me perguntar se eu não estaria com a Mente perturbada pela Consciência de algum Crime enorme, pelo qual eu fora punido por ordem de algum Príncipe, sendo abandonado naquele Baú, tal como grandes

Criminosos em outros Países são largados no Mar sem Provisões num Barco mal vedado: pois, ainda que ele lamentasse ter recolhido em seu Navio um homem assim, no entanto dava sua Palavra que me deixaria a salvo no primeiro Porto em que chegássemos. Acrescentou que suas Suspeitas muito se avultaram por certos Absurdos que eu dissera primeiro aos Marinheiros, e depois a ele, sobre minha Caixa ou Baú, bem como por minha Aparência e Comportamento estranhos durante o Jantar.

Pedi-lhe que tivesse Paciência para ouvir minha História, da qual lhe fiz um Relato fiel desde a última vez que parti da *Inglaterra* até o momento em que fui por ele encontrado. E, como a Verdade sempre se faz receber por Mentes racionais, esse Cavalheiro digno e honesto, que tinha algumas Tinturas de Saber, e muito Bom-Senso, de imediato se convenceu de minha Franqueza e Veracidade. Porém, para confirmar ainda mais tudo que eu lhe dissera, pedi-lhe que me trouxesse meu Armário, cuja Chave eu tinha no Bolso (pois ele já dissera de que modo os Marinheiros haviam se livrado de minha Caixa), abri-o em sua Presença e mostrei-lhe a Coleção de Raridades por mim amealhada no País de onde eu havia escapado de modo tão estranho. Lá estava o Pente feito de Fios de Barba do Rei, e outro do mesmo Material, porém sendo os Fios fixados num pedaço de Unha de sua Majestade a Rainha, que lhe servia de Armação. Havia uma Coleção de Agulhas e Alfinetes, com comprimento variando de um pé a meia jarda. Quatro Ferrões de Vespas, semelhantes a Tachas de Marceneiro: alguns Fios de Cabelo da Rainha: um Anel de Ouro com que ela certa vez me presenteou de modo mui amigável, tirando-o de seu Mindinho e jogando-o sobre minha cabeça como um Colar. Pedi que o Capitão aceitasse aquele Anel como paga de sua Amabilidade, porém ele recusou a Oferta de modo categórico. Mostrei-lhe um Calo que eu havia cortado com minhas próprias Mãos do Dedo do Pé de uma Dama de Honor; era mais ou menos do tamanho de uma Maçã pequena, e tão duro que, quando voltei à *Inglaterra*, mandei talhá-lo em forma de Taça, a qual fixei numa Base de Prata. Por fim, pedi-lhe que observasse as Calças que eu trajava, as quais eram feitas de Couro de Rato.

Não consegui fazê-lo aceitar outra coisa que não o Dente de um Lacaio, que o vi observar com grande curiosidade, e percebi que o havia interessado. Ele o recebeu com muitos Agradecimentos, mais do que os merecia uma Ninharia como aquela. Fora arrancado por um Cirurgião inábil de um dos Criados de *Glumdalclitch*, o qual padecia de Dor de Dente, porém aquele estava tão perfeito quanto qualquer outro dos que havia em sua Boca. Limpei-o e guardei-o em meu Armário. Tinha cerca de um pé de comprimento e quatro polegadas de diâmetro.

O Capitão ficou mui bem satisfeito com o Relato direto que eu lhe fizera; e disse esperar que, quando voltássemos à *Inglaterra*, eu fizesse ao Mundo o obséquio de escrevê-lo e publicá-lo. Em resposta, disse eu que julgava já haver entre nós um excesso de Livros de Viagens: que nada agora era impresso se não fosse extraordinário, o que me levava a suspeitar que alguns Autores recorressem menos à Verdade do que à sua própria Vaidade ou Interesse, ou então não tivesse outro intento que não divertir Leitores ignorantes. Que minha História não teria muito mais que Eventos comuns, sem aquelas Descrições agradáveis de Plantas, Árvores, Pássaros e outros Animais estranhos, ou Relatos de Costumes bárbaros e idólatras de Povos selvagens, que tanto abundam nos Escritos da maioria dos Autores. Contudo, agradeci a boa conta em que ele me tinha e prometi levar em consideração a Proposta.

Disse-me ele que uma coisa muito o espantava, que era me ouvir falar tão alto, e perguntou-me se o Rei ou a Rainha daquele País eram moucos. Expliquei-lhe que estava acostumado a falar assim havia dois anos, e que muito me admiravam as Vozes dele e de seus homens, que pareciam apenas sussurrar, e no entanto eu os ouvia tão bem. Pois, quando eu falava naquele País, era como um Homem na Rua a dirigir-se a outro que olhasse para ele do alto de um Campanário, a menos que me colocassem numa Mesa, ou que alguém me segurasse na Mão. Disse-lhe que eu também observara outra coisa, que quando fui trazido para o Navio e os Marinheiros todos ficaram à minha roda, julguei estar vendo as Criaturinhas mais desprezíveis que eu jamais contemplara. De fato, durante todo o tempo em que vivi no País daquele Príncipe, jamais suportei me ver no Espelho depois que meus Olhos se acostumaram com aqueles Objetos prodigiosos, pois a Comparação me fazia ter muito mal Conceito de mim mesmo. Disse o Capitão que, enquanto jantávamos, percebeu que eu olhava para todas as coisas com uma espécie de Admiração, e que amiúde parecia conter com dificuldade o Riso, o que ele não podia entender, e assim a atribuía a alguma Perturbação no meu Cérebro. Respondi que era bem verdade, e que eu ficava a pensar como me conter, ao ver que os Pratos eram do tamanho de uma Moeda de Prata de três *pence*, que um Pernil de Porco mal dava um Bocado, que um Copo era menor que uma Casca de Noz: e assim prossegui, descrevendo o resto de seus Utensílios domésticos e Provisões da mesma maneira. Pois embora tivesse a Rainha providenciado para meu uso, no tempo em que eu a servia, todos os Objetos de que eu necessitava em tamanho pequeno, no entanto minhas Ideias estavam de todo tomadas pelas coisas que me cercavam, e desse modo eu não enxergava minha própria Pequenez, tal como as Pessoas não veem seus próprios Defeitos. O Capitão compreendeu minha Pilhéria muito bem, e respondeu alegremente com o velho Provérbio *Inglês*, dizendo duvidar que meus Olhos fossem maiores que minha Barriga, pois meu Estômago não parecia estar muito bem apesar de ter eu passado todo o dia em jejum; e continuando no mesmo tom, afirmou que de bom grado teria dado cem libras para ver minha Caixa no Bico da Águia, e depois sua Queda no Mar de tão elevada altura; o que certamente teria sido uma Visão espantosa, que merecia ser descrita e transmitida para as Eras futuras: e era tão óbvia a Comparação com *Faetonte*[44] que ele não pôde deixar de fazê-la, ainda que a Ideia não me agradasse muito.

Tendo estado em *Tonquim*,[45] o capitão voltava à *Inglaterra*, seguindo rumo ao Nordeste numa Latitude de 44 graus, e 143 de Longitude.[46] Porém, sobrevindo um Vento Alísio dois dias depois de eu ser levado a bordo, navegamos rumo ao Sul por um bom tempo, e costeando a *Nova Holanda*,[47] mantivemos o rumo a Oés-Sudoeste, e depois Su-Sudoeste, até dobrarmos o *Cabo da Boa Esperança*. Nossa viagem foi mui próspera, porém não quero importunar o Leitor com um Diário dela. O Capitão fez escala em um ou dois Portos e mandou seu Batel buscar Provisões e Água de beber, mas só saltei do Navio quando chegamos em Downs, no terceiro dia de *Junho* de 1706, cerca de nove meses após minha Fuga. Ofereci meus Bens como Penhor pelo Pagamento de meu Transporte; o Capitão, porém, afirmou que não receberia um Vintém. Despedimo-nos com afeto, e fi-lo prometer que viria visitar-me em *Redriff*. Aluguei um Cavalo e um Guia por cinco xelins, que me foram emprestados pelo Capitão.

Na Estrada, observando a Pequenez das Casas, das Árvores, do Gado e das Gentes, comecei a imaginar que estava em *Liliput*e. Temia pisar em todos os Viajantes com que me defrontava, e muitas vezes gritava-lhes para que saíssem da minha frente, e por um triz minha Impertinência não foi recompensada com uma ou duas Bordoadas na Cabeça.

Quando cheguei à minha própria Casa, tendo sido obrigado a pedir Informações, e um dos Criados abriu a Porta, abaixei-me ao entrar (como um Ganso num Portão) com medo de bater a Cabeça. Minha Mulher correu para abraçar-me, porém agachei-me até abaixo da altura de seus Joelhos, pensando que de outro modo ela jamais poderia alcançar minha Boca. Minha Filha ajoelhou-se para me pedir a bênção, mas só pude vê-la quando ela se levantou, por estar havia tanto tempo acostumado a ficar com a Cabeça e os Olhos voltados para uma altura de sessenta pés; então abaixei-me para pegá-la com uma única Mão, pela Cintura. Eu olhava para os Criados e um ou dois Amigos meus que estavam na Casa como se fossem eles Pigmeus, e eu um Gigante. Disse a minha Mulher que ela havia economizado demais, pois ela e sua Filha de comer tão pouco estavam quase reduzidas a nada. Em suma, comportei-me de modo tão inexplicável que todos foram da mesma Opinião que teve o capitão ao me ver pela primeira vez, concluindo que eu havia perdido o Juízo. Menciono esse fato como exemplo do grande Poder do Hábito e do Preconceito.

Em pouco tempo, eu, minha Família e meus Amigos passamos a nos entender: minha Mulher, porém, afirmou que eu nunca mais voltaria ao Mar; mas quis meu mau Destino que ela não tivesse o Poder de me deter, como o Leitor saberá mais adiante. Nesse ínterim, encerro aqui a Segunda Parte das minhas desafortunadas Viagens.

Fim da Segunda Parte

VIAGENS

Terceira parte — viagem a Laputa, Balnibarbi, Luggnagg, Glubbdubdrib e Japão

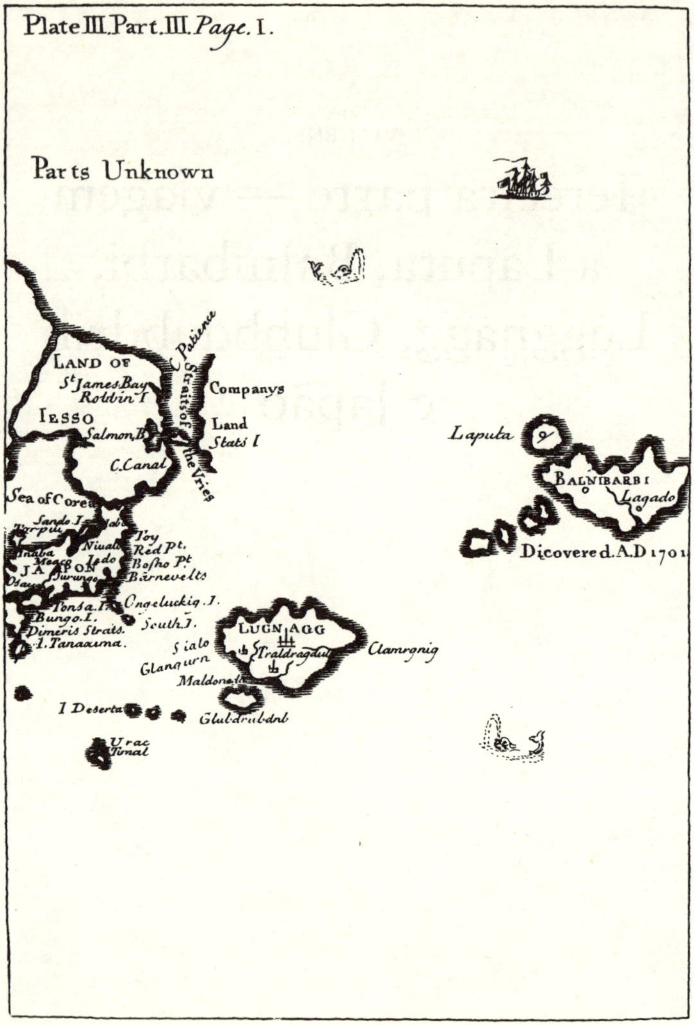

ilustração 5

I

O Autor parte na sua terceira Viagem, e é aprisionado por Piratas. A Maldade de um Holandês. *Sua chegada a uma Ilha. É recebido em* Laputa.

Não havia eu passado mais de dez dias em casa quando o Capitão *William Robinson*, natural da *Cornualha*, Comandante do *Hope-well*, um Navio sólido de trezentas toneladas, veio à minha Casa. Outrora eu trabalhara como Cirurgião num outro Navio do qual ele era Capitão e Proprietário de uma quarta parte, numa Viagem ao *Levante*; ele sempre me tratara mais como Irmão do que como Subalterno, e ao saber de minha Chegada foi visitar-me, julgava eu que só por Amizade, pois nada ocorreu além do que é costumeiro após uma longa Ausência. Porém, repetindo amiúde suas Visitas, e manifestando Alegria por me ver com Saúde, perguntando se eu tencionava fixar-me ali para o resto da Vida, acrescentou que pretendia viajar às *Índias Orientais*, em dois meses; por fim, convidou-me abertamente, ainda que pedindo desculpas, a servir como Cirurgião do Navio; dizendo que eu teria um outro Cirurgião sob minhas ordens além de nossos dois Imediatos; que meu Salário seria o dobro do usual; e que, tendo verificado que meu Conhecimento em Assuntos marítimos era no mínimo tanto quanto o dele, em quaisquer Circunstâncias seguiria meus Conselhos, tal como se eu dividisse com ele a Direção do Navio.

Disse-me ele tantas outras coisas amistosas que eu, sabendo-o um Homem honesto, não pude recusar sua Proposta; minha Sede de ver o Mundo, apesar dos Infortúnios que havia sofrido, continuava tão violenta quanto antes. A única Dificuldade que me restava era persuadir minha Esposa, cujo Consentimento, porém, por fim obtive, graças à Vantagem que ela previa para seus Filhos.

Partimos em 5 de *Agosto* de 1706, e chegamos ao *Forte de S. Jorge*[1] em 11 de *Abril* de 1707. Lá ficamos por três semanas para descansar os Marinheiros, muitos dos quais estavam doentes. De lá seguimos viagem para *Tonquim*, onde o Capitão houve por bem permanecer por algum tempo, porque muitas das Mercadorias que ele pretendia comprar não estavam lestas, e não seriam despachadas senão após alguns meses. Assim, na esperança de compensar alguns dos Gastos que haveria de ter, comprou uma Chalupa, carregou-a com diversas espécies de Mercadorias em que a Gente de *Tonquim* costuma comerciar com as Ilhas vizinhas e, levando a bordo catorze Homens, sendo três deles Nativos, fez-me Capitão da Chalupa, com poder de fechar Negócios por dois meses enquanto ele cuidava de seus Assuntos em Tonquim.

Navegávamos havia não mais do que três dias quando uma Grã-Tempestade surgiu, a qual nos arrastou por cinco dias em direção a Nor-Nordeste, depois para o Leste, quando então tivemos bom Tempo, porém com um Vento ainda bem forte vindo do Oeste. No décimo dia fomos perseguidos por dois Navios Piratas, que logo nos alcançaram; pois de tão carregada que estava minha Chalupa só podia seguir mui devagar; nem estávamos nós em Condição de nos defendermos.

Fomos abordados ao mesmo tempo por ambos os Navios, e os Piratas entraram com fúria, à testa de seus Homens, porém encontrando-nos todos deitados de bruços (segundo minhas Ordens), amarraram-nos com Cordas fortes e, deixando um de Guarda conosco, foram dar busca na Chalupa.

Reparei que entre eles havia um *Holandês*, o qual parecia ter alguma Autoridade, embora não fosse Comandante de nenhum dos dois navios. Por nossos Rostos, percebeu ele que éramos *Ingleses*, e palrando em sua própria Língua, jurou que seríamos amarrados dois a dois, um de costas para o outro, e lançados no Mar. Eu falava *Holandês* razoavelmente bem; disse-lhe quem éramos, e implorei-lhe, levando em conta que éramos Cristãos e Protestantes, e de Países vizinhos, estritamente aliados,[2] que convencesse os Capitães a apiedar-se de nós. Minhas Palavras ainda mais lhe inflamaram a Raiva, ele repetiu as Ameaças e, virando-se para seus Companheiros, falou com muita Veemência, creio que em língua *Japonesa*, usando muitas vezes a palavra *Cristianos*.

O Capitão do maior dos dois Navios Piratas era um *Japonês*, o qual falava um pouco de um *Holandês*, porém mui imperfeitamente. Ele aproximou-se de mim e, após várias perguntas, as quais respondi com muita Humildade, disse que não haveríamos de morrer. Fiz uma Mesura profunda para o Capitão, e em seguida, virando-me para o *Holandês*, disse que lamentava encontrar mais Piedade num Pagão que num Irmão de Fé. Porém logo tive motivo para arrepender-me dessas Palavras tolas; pois aquele Patife maldoso, tendo tantas vezes tentado em vão convencer os dois Capitães de que eu devia ser lançado ao Mar (com o que eles não consentiram, tendo me prometido que não me matariam), logrou, porém, que me fosse dado um Castigo que parecia pior do que a própria Morte. Meus Homens foram para os dois Navios Piratas, metade para cada um, e minha Chalupa recebeu uma Equipagem nova. Quanto a mim, foi decidido que eu seria largado uma pequena Canoa, munido de Remos e uma Vela, e Provisões bastantes para quatro dias, as quais teve o Capitão *Japonês* a bondade de duplicar, tirando de suas próprias Provisões, não permitindo que Homem algum fizesse uma busca em minha Pessoa. Fui para a Canoa, enquanto o *Holandês*, no Tombadilho, vertia sobre mim todas as Maldições e Termos ofensivos que havia em seu Idioma.

Cerca de uma hora antes de vermos os Piratas, tinha eu feito uma Observação, verificando que estávamos a 46 graus Norte de Latitude e a 183 de Longitude.[3] Quando já estava a alguma distância dos Piratas, descobri com minha Luneta de Bolso umas Ilhas a Sudeste. Icei minha Vela, pois havia um Vento bom, e rumei para a mais próxima das Ilhas, e lá consegui chegar em cerca de três horas. Era toda ela rochosa, porém peguei muitos Ovos de Pássaros, e fazendo uma Fogueira com Urzes e Algas secas, pude cozer os Ovos. Nada mais comi, tendo decidido poupar minhas Provisões tanto quanto possível. Passei a Noite sob o Abrigo de uma Rocha, deitando-me sobre algumas Urzes, e dormi muito bem.

No dia seguinte, segui para outra Ilha, e dessa para uma terceira e uma quarta, por vezes usando a Vela, por vezes os Remos. Mas para não molestar o Leitor com um Relato circunstanciado de meus Tormentos, bastará dizer que no quinto dia cheguei à última Ilha das que eu via, a qual ficava a Su-Sudeste da anterior.

Essa Ilha era mais distante do que eu imaginara, e a ela cheguei após cinco horas. Dei uma volta quase completa em torno dela até encontrar um Sítio onde aportar, o qual era uma pequena Angra, cerca de três vezes mais larga que a minha Canoa. A Ilha era toda rochosa, com alguns poucos tufos de Capim, e Ervas de bom cheiro. Tomei minhas poucas Provisões, e após saciar a fome guardei o resto numa Caverna, uma das muitas que lá havia. Colhi um bom número de Ovos nas Pedras, e muni-me de uma certa quantidade de Algas secas e Capim ressequido, com o qual pretendia fazer uma Fogueira no dia seguinte, para nela cozer meus Ovos tão bem quanto eu pudesse. (Pois tinha eu Pederneira, Ferro, Pavio e Lente de Aumento.) Passei a Noite na Caverna em que havia guardado minhas Provisões. Minha Cama era feita com os mesmos Capins e Algas secas que eu pretendia usar por Combustível. Dormi muito pouco, pois minha Perturbação de Espírito era mais forte que meu Cansaço, e me manteve desperto. Pensava eu o quanto seria impossível preservar minha Vida em Lugar tão desolado, e quão terrível havia de ser meu Fim. No entanto, tamanho era meu Abatimento que não tinha eu Ânimo de me levantar, e quando por fim logrei sair de minha Caverna, já ia avançado o Dia. Caminhei algum tempo por entre as Pedras, sob um Céu perfeitamente límpido, e um Sol tão forte que me obrigava a voltar o Rosto para o outro lado: quando então de súbito ele foi obscurecido, de um modo que me pareceu mui diferente do que acontece quando se lhe interpõe uma Nuvem. Virei-me para trás e vi um grande Corpo opaco entre mim e o Sol, aproximando-se da Ilha: parecia ter cerca de duas milhas de altura, e ocultou o Sol por seis ou sete minutos, porém não senti que o Ar esfriava, nem que o Céu escurecia, mais do que se eu estivesse à sombra de uma Montanha. Quando o Objeto chegou-se mais perto do Lugar onde eu estava, pareceu-me ser feito de uma Substância firme, a parte de baixo plana e lisa, e brilhando muito com o Reflexo do Mar. Estava eu a uma Altura de duzentas jardas da Praia quando vi este Corpo descendo, até ficar quase paralelo a mim, a menos de uma milha *Inglesa* de distância. Peguei minha Luneta de Bolso e vi com clareza muitas Pessoas movimentando-se pelos Lados do Objeto, os quais pareciam inclinados, mas o que faziam essas Pessoas não pude eu discernir.

O natural Amor à Vida despertou um pouco de Alegria em meu Espírito, e comecei a nutrir a Esperança de que aquela Aventura de alguma maneira poderia livrar-me da Situação e do Sítio desolado em que eu me encontrava. Ao mesmo tempo, contudo, o Leitor mal poderá conceber meu espanto de ver uma Ilha no Ar, habitada por Homens que eram capazes (ao que parecia) de subir, ou descer, ou seguir em frente, conforme desejassem. Mas não estando no momento em condição de filosofar sobre o Fenômeno, limitei-me a observar o rumo que a Ilha haveria de tomar, pois por um momento ela parecia estar imóvel. Porém pouco depois aproximou-se mais, e pude ver os Lados dela, cobertos de muitas Gradações de Galerias e Escadas, espaçadas, para descer-se de uma à outra. Na Galeria mais baixa vi algumas Pessoas pescando com Caniços compridos, e outros apenas olhando. Acenei com meu Boné (pois meu Chapéu já se havia gasto havia muito) e meu Lenço em direção à Ilha; e quando o Objeto chegou mais perto, gritei com todas as minhas forças; e então, olhando com cautela, percebi uma Multidão a ajuntar-se no Lado que estava mais à minha vista. Percebi, ao vê-los apontando para mim e um para o outro, que também me viam claramente, embora não respondessem a meus gritos. Vi, porém, quatro ou cinco Homens correndo mui depressa pelas Escadas acima até o alto da Ilha, e em seguida desaparecendo. Cogitei, com razão, que tinham ido receber Ordens de alguma Pessoa com Autoridade naquela Ocasião.

Aumentou o número de Pessoas, e em menos de meia hora a Ilha foi movida e elevada de tal modo que a Galeria mais baixa ficou numa paralela a menos de cem jardas da Elevação onde eu estava. Assumi então as mais extremas Posturas de súplica, e falei com a Voz mais humilde, porém não tive Resposta. Os que estavam mais perto de mim pareciam Pessoas de Distinção, a julgar por suas Vestes. Conversavam uns com os outros mui sérios, olhando com frequência para mim. Por fim um deles dirigiu-se a mim num Falar límpido, polido e suave, cujo Som era algo semelhante ao *Italiano*; assim, respondi nessa Língua, na esperança de que ao menos a Cadência fosse mais agradável a seus Ouvidos. Embora não nos entendêssemos, foi-lhes fácil compreender minha intenção, pois viam a Situação difícil em que eu estava.

Por meio de Sinais, indicaram que eu descesse da Pedra e seguisse em direção à Praia, e foi o que fiz; e sendo a Ilha voadora elevada a uma Altura conveniente, e estando sua Borda diretamente acima de mim, uma Corrente foi lançada da Galeria mais baixa, com um Assento na Extremidade, e nele instalei-me, sendo içado por Roldanas.

II

Descrição dos Humores e Disposições dos Laputianos. *Do seu Saber. Do Rei e sua Corte. De como o Autor foi lá recebido. Os Habitantes sujeitos a Temores e Inquietações. Descrição das Mulheres.*

Quando cheguei, vi-me cercado por uma Multidão, porém as Pessoas que estavam mais próximas pareciam ser as de mais Qualidade. Elas me observavam com todos os Sinais e Circunstâncias de Espanto, e quanto a isso eu nada lhes devia; pois nunca tinha visto uma Raça de Mortais tão singulares em suas Formas, Vestes e Rostos. Suas Cabeças eram todas inclinadas ou para a direita ou para a esquerda; um dos Olhos era virado para dentro, e o outro diretamente para o Zênite. Suas Roupas externas eram enfeitadas com as Figuras de Luas, Sóis e Estrelas, entremeadas com Imagens de Rabecas, Flautas, Harpas, Trompas, Violões, Cravos e muitos outros Instrumentos musicais, desconhecidos na *Europa*. Observei aqui e ali muitos em Traje de Criado, com uma Bexiga inflada e amarrada à maneira de um Mangual na ponta de um Bastão curto, o qual eles levavam na Mão. Dentro de cada Bexiga havia uma pequena quantidade de Ervilhas secas ou Pedrinhas (segundo me foi dito depois). Com essas Bexigas eles de vez em quando batiam nas

Bocas e Ouvidos dos que estavam a seu lado, uma Prática cujo sentido não podia eu imaginar no momento; ao que parece, as Mentes dessas Pessoas estão de tal modo ocupadas com intensas Especulações, que não podem elas nem falar nem atentar para a Fala dos outros sem que lhes chamem a atenção através do Toque externo aos seus Órgãos da Fala e da Audição; motivo pelo qual as Pessoas que dispõem de meios para tal sempre conservam na Família um *Batedor* (a Palavra original é *Climenole*) como um de seus Criados, e jamais saem de casa ou fazem Visitas sem ele. E a Função desse Empregado é, estando duas ou três Pessoas juntas, bater de leve com sua Bexiga na Boca daquele que deve falar, e no Ouvido direito daquele a quem o Falante se dirige. Deve também o *Batedor* acompanhar sempre seu Senhor em suas Caminhadas, e de quando em quando bater-lhe de leve nos Olhos, pois que de tão absorto em suas Cogitações corre um sério Risco de cair em cada Precipício, e dar com a Cabeça em cada Poste, e, nas Ruas, esbarrar nos Passantes, ou ser lançado por um Encontrão na Sarjeta.

Fui obrigado a dar ao Leitor essa Informação, sem a qual ele ficaria tão perplexo quanto eu, ao tentar compreender o modo de proceder dessa Gente, enquanto me faziam subir a Escada até o alto da Ilha, e de lá ao Paço Real. Enquanto subíamos, várias vezes esqueceram-se do que estavam a fazer, deixando-me a sós, até serem lembrados por seus *Batedores*; pois pareciam não estranhar meu Traje e minhas Feições de Estrangeiro, nem pelos Gritos da Gente comum, cujos Pensamentos e Mentes estavam menos distraídos.

Por fim chegamos ao Paço e penetramos no Salão de Audiências, onde vi o Rei em seu Trono, assistido de ambos os lados por Pessoas da máxima Qualidade. Diante do Trono havia uma Mesa grande cheia de Globos e Esferas, e Instrumentos matemáticos de todas as espécies. Sua Majestade não tomou nenhum Conhecimento de nós, ainda que nossa Entrada fosse mui ruidosa, pois que vinham conosco todas as Pessoas que pertenciam à Corte. Mas no momento estava ele imerso num Problema, e esperamos no mínimo uma hora até que ele o resolvesse. De cada lado do Rei havia um jovem Pajem, cada um com seu Mangual, e quando perceberam que ele estava ocioso, um deles bateu-lhe de leve na Boca, e outro no Ouvido direito, quando então ele sobressaltou-se como quem é despertado de súbito, e olhando em minha direção, e vendo os que me acompanhavam, relembrou a Ocasião de nossa chegada, da qual fora informado antes. Pronunciou algumas palavras, quando então de imediato um Jovem munido de Mangual se pôs a meu lado, batendo-me de leve no Ouvido direito, porém indiquei com Sinais, da melhor maneira que pude, que não carecia de tais Instrumentos; o que, conforme me foi dito depois, fez com que Sua Majestade e toda a Corte fizessem muito mau Juízo de meu Entendimento. O Rei, pelo que me pareceu, dirigiu-me algumas Perguntas, e eu falei-lhe em todas as Línguas que conhecia. Quando se verificou que eu não podia entender nem ser entendido, fui levado por ordem do Rei a um Aposento em seu Paço (esse Príncipe distinguia-se de todos os seus Predecessores por sua Hospitalidade para com os Forasteiros), no qual dois Criados foram designados para me assistir. Trouxeram-me o Almoço, e quatro Pessoas de Qualidade, as quais eu me lembrava de ter visto muito perto da Pessoa do Rei, fizeram-me a Honra de almoçar comigo. A Refeição se fez em duas partes, cada uma consistindo em dois Pratos. Na primeira, serviram-nos um Quarto de Carneiro cortado em forma de Triângulo Equilátero, um pedaço de Carne de Boi em forma de Losango, e um Pudim em forma de Cicloide.[4] Na segunda, foram servidos dois Patos, assados de modo a assemelhar-se a Rabecas; Salsichas e Pudins que lembravam Flautas e Oboés, e Peito de Vitela em forma de Harpa. Os Criados cortaram nosso Pão em Cones, Cilindros, Paralelogramos e várias outras Figuras matemáticas.

Enquanto comíamos, tomei a liberdade de perguntar os Nomes de várias coisas em seu Idioma; e aquelas Pessoas nobres, com o auxílio de seus *Batedores*, com muito prazer deram-me Respostas, na esperança de aumentar minha Admiração por suas Grãs-Capacidades, se lograssem me fazer com eles conversar. Logo aprendi a pedir Pão e Bebida, e qualquer outra coisa que desejasse.

Findo o Almoço, os meus Comensais se recolheram, e uma Pessoa veio a mim por Ordem do Rei, acompanhada de um *Batedor*. Este Homem trazia consigo Pena, Tinta e Papel, e três ou quatro Livros, fazendo-me entender por meio de Sinais que vinha me ensinar a Língua. Ficamos juntos por quatro horas, durante as quais escrevi um grande número de Palavras em Colunas, com as Traduções lado a lado. Também me esforcei para aprender algumas Frases curtas. Pois meu Professor pedia que um de meus Criados fosse buscar algo, ou que virasse para o lado, ou que fizesse uma Vênia, ou que se sentasse, ou que se levantasse, ou que caminhasse, ou outra coisa semelhante. Em seguida eu anotava a Frase no Papel. Mostrou-me ele também em um de seus Livros as Figuras do Sol, da Lua e das Estrelas, o Zodíaco, os Trópicos e os Círculos Polares, juntamente com os Nomes de muitas Figuras planas e sólidas. Deu-me ele os Nomes e Descrições de todos os Instrumentos musicais, e os nomes das Minúcias da Arte de tocá-los. Depois que ele se foi, pus em Ordem Alfabética todas as Palavras com suas Interpretações. E assim, em poucos dias, e com auxílio de uma Memória mui fiel, aprendi alguma coisa da Língua deles.

A palavra que interpreto como *Ilha Voadora* ou *Flutuante*, no original é *Laputa*, cuja Etimologia verdadeira jamais consegui descobrir.[5] *Lap* na Língua antiga e obsoleta significa *Alto*, e *Untuh* é *Governador*, e segundo eles, por Corruptela *Laputa* derivou de *Lapuntuh*.

Mas não concordo com essa Derivação, que me parece um pouco forçada. Ousei propor aos Estudiosos minha própria Conjectura, segundo a qual *Laputa* seria quase *Lap outed*; sendo que *Lap* significa propriamente a dança dos Raios de Sol no Mar e *outed*, uma Asa, mas não quero impô-la ao Leitor judicioso, porém tão só submetê-la a sua Consideração.

Aqueles a quem me havia o Rei confiado, observando o quanto eu estava mal trajado, mandaram vir um Alfaiate na manhã seguinte, com o fito de medir-me para fazer Roupas novas. Esse Artesão cumpriu sua Tarefa de modo diferente do que se faz na *Europa*. Primeiro mediu-me a Altura com um Quadrante, e depois com Regra e Compasso descreveu as Dimensões e Contornos de todo meu Corpo, fazendo diversas Anotações num Papel, e seis dias depois trouxe minhas Roupas mui malfeitas, de todo disformes, por ter errado um Número num Cálculo. Porém consolou-me observar que tais Acidentes eram bem frequentes e pouco levados em conta.

Durante o tempo em que permaneci confinado por falta de Roupas, e por uma Indisposição que me deteve por mais alguns dias, aumentei em muito o meu Dicionário; e depois, sendo levado à Corte, pude entender muito do que disse o Rei, e dizer-lhe algumas coisas em Resposta. Sua Majestade dera ordens de que a Ilha fosse deslocada para Nordeste e para Leste, até ficar diretamente acima de *Lagado*,[6] a Metrópole de todo o Reino em Terra firme. Distava cerca de noventa léguas, e a nossa Viagem durou quatro dias e meio. Não percebi nem um pouco o Movimento feito no Ar pela Ilha. Na segunda manhã, por volta das onze horas, o Rei em pessoa, assistido de seus Nobres, Cortesãos e Oficiais, tendo preparado todos os Instrumentos musicais, neles tocaram por três horas sem Intervalo, deixando-me de todo aturdido com o Barulho; e não entendi o que significava aquilo senão quando mo explicou meu Professor.

Disse-me ele que as Pessoas da Ilha tinham os Ouvidos adaptados para ouvir a Música das Esferas,[7] que sempre soava em certos Períodos, e agora estava a Corte preparada para tocar sua Parte no Instrumento em que cada um era mais proficiente.

Na nossa jornada a *Lagado*, a Metrópole, sua Majestade ordenou que a Ilha parasse acima de certas Cidades e Aldeias, para que ele pudesse receber as Petições de seus Súditos. Com este fim, vários Barbantes foram largados com pequenos Pesos a ele atados. Nesses Barbantes as Pessoas amarravam suas Petições, que subiam diretamente como pedaços de Papel amarrados pelos Meninos na extremidade da Linha a que são atados seus Papagaios de Papel. Por vezes recebíamos Vinho e Comida da terra lá embaixo, içados por Roldanas.

Meus conhecimentos de Matemática muito me ajudaram a aprender sua Fraseologia, que tanto dependia dessa Ciência e da Música; e também em Música não era eu desprovido de prática. Suas Ideias são sempre expressas em Linhas e Figuras. Se, por exemplo, querem louvar a Beleza de uma Mulher ou qualquer outro Animal, fazem a Descrição com Losangos, Círculos, Paralelogramos, Elipses e outros Termos geométricos, ou por Termos de Música, os quais não vale a pena repetir aqui. Observei na Cozinha do Rei toda sorte de Instrumentos matemáticos e musicais, tomando os quais por Modelos eles cortavam as Peças de Carne servidas à Mesa de sua Majestade.

Suas Casas são muito mal construídas, formando as Paredes Ângulos irregulares, não havendo um único Ângulo reto em qualquer Recinto, decorrendo esse defeito do Desprezo que eles sentem pela Geometria prática, que lhes parece vulgar e servil, pois as Instruções que dão são refinadas demais para a Inteligência de seus Trabalhadores, o que causa uma infinidade de erros. E embora sejam mui destros com uma Folha de Papel ao manejar Régua, Lápis e Compasso, no entanto nas Ações comuns da Vida cotidiana jamais vi uma Gente mais inábil e incapaz, nem tão lerda e confusa em seus Conceitos sobre qualquer Assunto que não seja Matemática nem Música. São muito maus na Argumentação, e veementemente inclinados à Oposição, a menos que sua Opinião esteja correta, o que raramente ocorre. A Imaginação, a Fantasia e a Invenção lhes são de todo desconhecidas, nem há em sua Língua Palavras que possam exprimir tais Ideias; seus Pensamentos e sua Mente são inteiramente limitados a essas duas Ciências acima mencionadas.

A maioria deles, especialmente os que se ocupam de Astronomia, tem muita fé na Astrologia Judicial,[8] embora se envergonhem de admiti-lo em público. Contudo, o que mais Admiração me causava, e mais inexplicável me parecia, era o forte Interesse que neles observava por Notícias e Política, sempre a indagar a respeito da Coisa Pública, expressar Juízos sobre questões de Estado e discutir apaixonadamente os mais pequenos Pormenores da Posição de um Partido. De fato, tenho observado a mesma Disposição na maioria dos Matemáticos que conheci na *Europa*,[9] embora jamais conseguisse descobrir nenhuma Analogia entre as duas Ciências, a não ser que essas pessoas imaginem que, como o menor Círculo tem tantos Graus quanto o maior, por conseguinte a Regulação e Administração do mundo não requerem mais Capacidades que o Manejo de um Globo. Porém prefiro acreditar que essa Qualidade se deva a uma Fraqueza muito comum da Natureza Humana, a qual nos inclina a ter mais Curiosidade e mais Presunção nas Questões que menos nos concernem, e para as quais estamos menos preparados tanto pelo Estudo quanto pela Natureza.

Essa Gente sofre Perturbações constantes e não desfruta de Paz de Espírito por um minuto que seja; e as Causas de tais Perturbações afetam mui pouco os outros Mortais. Suas Apreensões são causadas por diversas Mudanças que temem venham a ocorrer nos Corpos Celestes.[10] Por exemplo, que a Terra, com as aproximações constantes do Sol, no decorrer do Tempo seja absorvida ou engolida por ele. Que a Face do Sol venha gradualmente a ficar recoberta por suas próprias Emanações, e assim não lance mais Luz sobre o Mundo. Que a Terra tenha escapado por pouco de roçar na Cauda do último Cometa, o que a teria de modo infalível reduzido a Cinzas; e que o próximo, que virá, segundo seus Cálculos, em trinta e um anos, provavelmente nos destruirá. Pois se em seu Periélio o Cometa se aproximar do Sol além de um certo ponto (o que, segundo indicam seus Cálculos, pode vir a acontecer), ele há de gerar um grau de Calor dez mil vezes mais intenso do que o de um Ferro em brasa; e em seu Afastamento do Sol, arrastará uma Cauda de Fogo com um milhão e catorze milhas de comprimento; e que, se a Terra a atravessar, a uma distância de cem mil milhas do *Núcleo* ou Corpo principal do Cometa, ela incendiar-se-á e reduzir-se-á a Cinzas. Que o Sol, ao gastar diariamente seus Raios sem receber nenhum Nutrimento, por fim será de todo consumido e aniquilado; o que será acompanhado da Destruição desta Terra e de todos os Planetas que dele recebem Luz.

Tão constantes são as Apreensões que lhes causam tais Perigos e outros semelhantes, que não conseguem dormir tranquilos em suas Camas, nem desfrutar os Prazeres e Diversões comuns da Vida. Quando pela manhã encontram um Conhecido, a primeira Pergunta que lhe fazem é sobre a Saúde do Sol, como ele parecia ao se pôr e ao nascer, e que esperanças se tem de que seja evitado o choque com o Cometa que se aproxima. Nessas Conversas manifestam o mesmo Temperamento que demonstram os Meninos ao se deliciarem com Histórias terríveis de Espíritos e Diabretes, as quais escutam com avidez, para depois terem medo de se deitar.

Têm as Mulheres da Ilha uma abundância de Vivacidade; depreciam seus Maridos e muito lhes aprazem os

Estranhos, dos quais há sempre um número considerável, oriundos do Continente abaixo, vindos à Corte por conta dos Negócios de alguma Cidade ou Confraria, ou por Motivos particulares, porém são eles muito desprezados, pois que lhes faltam os mesmos Talentos. É entre esses que as Damas escolhem seus Amantes: porém o Problema é que agem com excesso de Facilidade e Segurança, pois está sempre o Marido de tal modo imerso em Especulações que os dois Amantes podem tratar-se com as maiores Familiaridades diante de seus Olhos, desde que ele esteja bem provido de Papel e Petrechos e desacompanhado de seu *Batedor*.

As Esposas e Filhas lamentam estarem confinadas à Ilha, embora a meu ver seja o pedaço de Chão mais delicioso do Mundo; e embora lá vivam com muita Abundância e Magnificência, e tudo lhes seja permitido, anseiam conhecer o Mundo, e desfrutar as Diversões da Metrópole, o que não podem fazer sem uma Permissão especial do Rei; a qual não é fácil de obter, pois as Pessoas de Qualidade concluíram, a partir de frequentes Experiências, que é mui custoso convencer suas Mulheres a voltar do mundo abaixo. Foi-me relatado que uma grande Dama da Corte, que tinha vários Filhos, casada com o Primeiro-Ministro, o Súdito mais rico do Reino, Homem mui afável, muitíssimo afeiçoado a ela, e morador do mais belo Paço da Ilha, desceu a *Lagado*, alegando motivo de Saúde, lá escondeu-se por vários meses, até que o Rei lavrou um Mandado de Busca por ela, e foi encontrada numa Estalagem obscura, coberta de Andrajos, tendo penhorado todas as suas Roupas para sustentar um Criado velho e deformado, que nela batia todos os dias e de cuja Companhia ela foi apartada muito contra a vontade. E embora o Marido a recebesse com todas as Bondades possíveis, e sem nenhuma Repreensão, pouco tempo depois ela conseguiu voltar para baixo, com todas as suas joias, para o mesmo Amante, e desde então dela não se teve notícia.

Quiçá o Leitor tome essa História por *Europeia* ou *Inglesa*, e não por algo passado num País tão remoto. Porém deve ele considerar que os Caprichos femininos não são limitados por nenhum Clima nem Nação, e são muito mais uniformes do que se pode imaginar.

Em cerca de um mês eu me tornara razoavelmente proficiente na Língua do lugar, e já podia responder a maior parte das Perguntas do Rei, quando me era dada a Honra de assisti-lo. Não demonstrava sua Majestade a mais pequena Curiosidade a respeito das Leis, do Governo, da História, da Religião ou dos Costumes dos Países onde eu havia estado, porém não me perguntava sobre outra coisa que não fosse o estado da Matemática, e recebeu o relato que lhe dei com muito Desprezo e Indiferença, muito embora seu *Batedor* com frequência lhe chamasse a atenção dos dois lados.

III

Um Fenômeno resolvido pela Filosofia e pela Astronomia modernas. Os grandes Progressos dos Laputianos *na Astronomia. O Método do Rei para suster Rebeliões.*

Pedi licença a esse Príncipe para ver as Curiosidades da Ilha, a qual ele muito se aprouve em me conceder, ordenando a meu Professor que me assistisse. O que mais eu queria saber era a que Causa na Arte ou na Natureza ela devia seus diversos Movimentos, questão sobre a qual apresentarei ao Leitor um Relato filosófico.[11]

A Ilha Voadora ou Flutuante é perfeitamente circular, tendo um Diâmetro de 7837 jardas, isto é, cerca de quatro milhas e meia, e consequentemente tem uma área de dez mil acres. Tem trezentas jardas de espessura. O fundo, ou Superfície inferior, a qual é vista por aqueles que a olham debaixo, é uma única Placa uniforme de Diamante, com a altura de cerca de duzentas jardas.

Acima dela jazem os diversos Minerais em sua ordem costumeira, e por cima de tudo uma Camada de Terra fértil com dez ou doze pés de profundeza. A Declividade da Superfície superior, da Circunferência ao Centro, faz com que naturalmente todos os Orvalhos e Chuvas que caem sobre a Ilha sejam conduzidos em pequenos Riachos em direção ao meio, onde se despejam em quatro Bacias grandes, cada uma com cerca de meia milha de circuito, e a uma distância de duzentas jardas do Centro. Nessas Bacias a Água constantemente evapora por efeito do Sol durante o dia, o que impede que elas transbordem. Ademais, tendo o Monarca o Poder de elevar a Ilha acima da Região de Nuvens e Vapores, pode ele evitar que caiam Orvalhos e Chuvas sempre que o desejar. Pois as Nuvens mais altas não se elevam a mais de duas milhas, conforme afirmam os Naturalistas, ou pelo menos, ao que se saiba, tal jamais ocorreu naquele País.

Há no Centro da Ilha uma Fenda com cerca de cinquenta jardas de diâmetro, por meio da qual os Astrônomos descem para uma grande Gruta, que por esse motivo se chama de *Flandona Gagnole*,[12] ou seja, a Caverna do Astrônomo, situada a uma profundidade de cem jardas abaixo da Superfície diamantina. Nessa Caverna vinte Lâmpadas estão sempre acesas, e essa Luz, refletida pelo Diamante, faz com que todos os recantos fiquem mui claros. Ali há uma grande variedade de Sextantes, Quadrantes, Telescópios, Astrolábios e outros Instrumentos astronômicos. Contudo, a maior Curiosidade, da qual depende o Destino da Ilha, é um Ímã de tamanho prodigioso, cuja forma lembra a Lançadeira de um Tear. Tem de comprimento seis jardas, e na sua parte mais grossa tem ao menos três jardas de diâmetro. Este Ímã é sustentado por um fortíssimo Eixo diamantino que o atravessa pelo meio, em torno do qual ele gira, e sua posição é tão exata que a Mão mais fraca pode fazê-lo girar. Em torno dele há uma espécie de Aro, um

Cilindro oco de Diamante, com quatro pés de fundo e a mesma espessura, e doze jardas de diâmetro, em posição horizontal, sustentado por oito Estacas de Diamante, cada uma com seis jardas de altura. No meio do lado côncavo há um Sulco com doze polegadas de profundidade, no qual se instalam as extremidades do Eixo, e no qual giram quando necessário.

Não pode esse Ímã ser deslocado de seu lugar por nenhuma Força, pois que o Aro e as Estacas formam uma peça inteiriça com a Placa diamantina que constitui o fundo da Ilha.

Por meio desse Ímã, pode a Ilha subir e descer e deslocar-se de um lado para outro. Pois, com relação àquela parte da Terra sobre a qual o Monarca reina, o Ímã tem em um de seus lados poder de atração, e no outro o de repulsa. Colocando-se o Ímã ereto, com a Ponta que atrai voltada para a terra, a Ilha desce; mas quando a Extremidade que repele aponta para baixo, a Ilha se move diretamente para cima. Quando a Posição do Ímã é oblíqua, tal é o Movimento da Ilha. Pois nesse Ímã as Forças sempre agem em Linhas paralelas à sua Direção.

Em virtude desse Movimento oblíquo, pode a Ilha ser levada a partes diferentes dos Domínios do Monarca. Para explicar o modo como ela se desloca, seja *AB* uma linha desenhada de um lado ao outro dos Domínios de *Balnibarbi*, seja a linha *cd* o Ímã, sendo *d* a extremidade que repele e *C* a que atrai, estando a Ilha acima de *C*; estando o Ímã colocado na posição *cd* com o lado que repele apontando para baixo, a Ilha será levada para cima obliquamente em direção a *D*. Chegando a *D*, sendo o Ímã girado em torno de seu eixo até que a extremidade que atrai aponte para *E*, a Ilha será levada obliquamente em direção a *E*; e lá, sendo o Ímã novamente girado em torno de seu Eixo até ficar na posição *EF*, com a extremidade que repele voltada para baixo, a Ilha subirá obliquamente em direção a *F*, onde, apontando para *G*

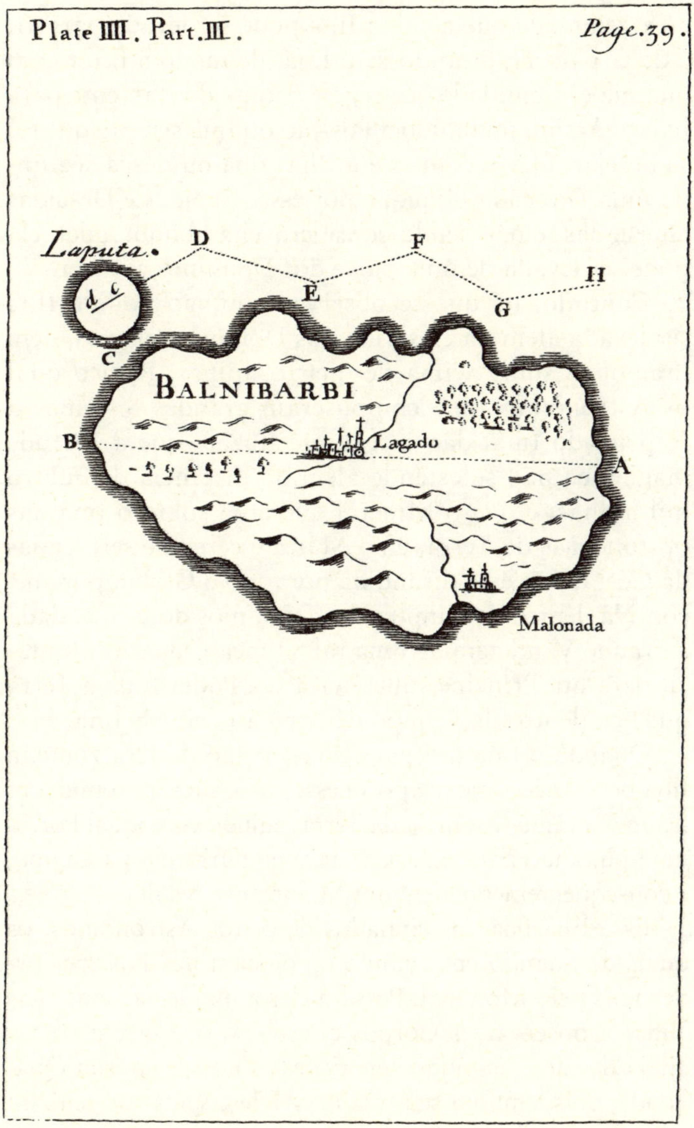

ilustração 6

a extremidade que atrai, a Ilha pode ser levada para *G*, e de *G* para *H*, girando-se o Ímã, de modo a fazer com que sua extremidade que repele aponte diretamente para baixo. Assim, mudando a Posição do Ímã sempre que tal se desejar, faz-se com que a Ilha suba ou desça seguindo uma Direção oblíqua, e por essas Subidas e Descidas alternadas (e não sendo considerável a obliquidade), ela pode ser levada de uma parte dos Domínios a outra.

Contudo, há que se observar que não pode a Ilha ser levada além da extensão dos Domínios abaixo, nem tampouco subir acima de quatro milhas. Para o qual os Astrônomos (que compuseram grandes Sistemas a respeito do Ímã) dão a seguinte Razão: que a Virtude magnética não se estende além da distância de quatro mil milhas, e que o Mineral que atua sobre o Ímã nas profundezas da Terra, e no Mar até cerca de seis léguas da Costa, não está difundida por todo o Globo, porém é contida dentro dos limites dos Domínios do Rei; e, dada a grande Vantagem de uma tal Situação superior, foi fácil para um Príncipe submeter a seu Poder toda a Terra que fica dentro do Campo de Atração daquele Ímã.

Quando o Ímã fica paralelo ao Plano do Horizonte, a Ilha permanece imóvel; pois nesse caso, suas extremidades ficam à mesma distância da Terra, agindo com igual Força, uma puxando para baixo, a outra empurrando para cima, e consequentemente nenhum Movimento resulta.

Esse Ímã fica aos cuidados de certos Astrônomos, os quais de quando em quando o colocam nas Posições ordenadas pelo Monarca. Passam eles a maior parte de suas Vidas a observar os Corpos celestes, o que fazem com a ajuda de Lunetas muito superiores às nossas em sua Qualidade, pois, embora seus maiores Telescópios não tenham mais de três pés de comprimento, têm eles muito maior Poder de aumento do que um de cem jardas entre nós, e ao mesmo tempo mostram os Astros com a maior Clareza. Essa Vantagem lhes permitiu que estendessem suas Descobertas a uma extensão muito maior do que puderam fazer nossos Astrônomos na *Europa*; e assim é que fizeram um Catálogo de dez mil Estrelas fixas, enquanto o maior dos nossos não contém mais do que um terço desse Número. Do mesmo modo, descobriram duas Estrelas menores, ou Satélites, que giram em torno de *Marte*,[13] sendo que o Satélite interior é distante do Centro do Planeta em exatamente três vezes seu diâmetro, e o externo, cinco; aquele completa uma Revolução em dez horas, e este em vinte e uma horas e meia; assim, os Quadrados de seus Tempos Periódicos estão quase na exata Proporção dos Cubos de sua distância do Centro de *Marte*, o que evidentemente demonstra serem eles governados pela mesma Lei de Gravitação[14] que influencia os outros Corpos celestes.

Eles observaram noventa e três Cometas diferentes, e determinaram-lhes os Períodos com grande exatidão. Se tal for verdade (e eles o afirmam com a maior confiança), há que se desejar que suas Observações sejam tornadas públicas, para que a Teoria dos Cometas, no momento mui defeituosa, possa ser levada ao mesmo grau de Perfeição de outras partes da Astronomia.

O Rei seria o mais absoluto Príncipe do Universo se pudesse convencer um Ministério a juntar-se a ele; mas como os Ministros têm suas Propriedades no Continente, e considerando que os Cargos dos favoritos têm Duração mui incerta, eles jamais aceitariam escravizar seu País.

Se alguma Cidade se rebela ou amotina, ou sucumbe a um Tumulto violento, ou se recusa a pagar o Tributo costumeiro, o Rei tem dois métodos de lhes impor Obediência. O primeiro, e mais ameno, consiste em manter a Ilha a flutuar acima dessa Cidade,[15] e das Terras que a cercam, desse modo privando-as dos Benefícios do Sol e da Chuva, e consequentemente afligindo seus Habitantes com a Morte e Doenças. E se o Crime tal merecer, são eles ao mesmo tempo atingidos por grandes Pedras lançadas do alto, contra as quais não há outra Defesa que não esconder-se dentro de Porões ou Cavernas, sendo os Telhados de sua Casas esmigalhados. Mas se mesmo assim persistem na obstinação, ou ameaçam sublevar-se, o Rei recorre a seu último Remédio, fazendo com que a Ilha caia diretamente sobre eles, causando Destruição universal de Homens e Casas. Porém essa é uma Medida extrema que raramente o Príncipe é levado tomar, nem deseja ele pô-la em prática, nem ousam seus Ministros aconselhá-la, o que não só os faria ser odiados pelo Povo, como também em muito prejudicaria suas Propriedades, as quais ficam todas no Continente, pois a Ilha é Domínio do rei.

Porém há ainda uma Razão mais séria pela qual os Reis desse País sempre evitaram executar uma Ação tão terrível, a menos que seja em caso de extrema Necessidade. Pois se na Cidade a ser destruída houver pedras elevadas, o que costuma acontecer nas Cidades maiores, tendo elas provavelmente sido erguidas em tais sítios com o exato Intuito de impedir uma tal Catástrofe, ou se houver elevados Pináculos ou Pilares de Pedra, uma Queda súbita poderia danificar o fundo ou Superfície inferior da Ilha, a qual, embora consista, como já observei, num único Diamante com duzentas jardas de espessura, mesmo assim poderia rachar com um Choque excessivo, explodindo ao se aproximar demais dos Fogos que ardem nas Casas no Continente, tal como racham tantas vezes o Ferro e a Pedra nas nossas Chaminés. De tudo isso as Pessoas têm ciência, e sabem até onde podem levar sua Obstinação, tendo em vista sua Liberdade ou Propriedade. E o Rei, quando é muito provocado, e quando mais está decidido a destruir uma Cidade, dá ordem de que a Ilha seja baixada bem devagar, fingindo Piedade de seu Povo, mas na verdade temendo romper a Base diamantina da Ilha; pois se tal ocorresse, segundo creem todos os seus Filósofos, o Ímã não poderia mais mantê-la no Ar, e toda a Massa desabaria no Chão.

Cerca de três anos antes de minha Chegada[16] lá, quando o Rei viajava por seus Domínios, ocorreu um Acidente extraordinário que por um triz não deu Fim àquela Monarquia, ao menos tal como ela existe agora. *Lindalino*,[17] a segunda Cidade do Reino, foi a primeira que sua Majestade visitou em sua Viagem. Três dias após sua Partida, os Habitantes, que amiúde se queixavam das grandes Opressões que sofriam, fecharam os Portões da Cidade, prenderam o Governador, e com Velocidade e Esforço incríveis construíram quatro grandes Torres, uma em cada Canto da Cidade (a qual forma um Quadrado perfeito), iguais em altura a uma Pedra forte e pontuda situada no exato Centro da Cidade. E no Alto de cada Torre, bem como na Pedra, fixaram um grande Ímã, e se seu Plano fracassasse, dispunham eles de grande cópia de Material o mais combustível, na esperança de com ele explodir o Fundo diamantino da Ilha, se não funcionassem os Ímãs a contento.

O Rei levou oito meses para certificar-se de que os *Lindalinianos* haviam se rebelado. Então ordenou que a Ilha fosse deslocada para cima da Cidade. A População estava unânime, e havia acumulado muitas Provisões, e há um grande Rio passando pelo meio da Cidade. O Rei passou vários dias acima de *Lindalino* para bloquear o Sol e a Chuva. Mandou que vários Barbantes fossem baixados, mas nem mesmo uma única Pessoa fez uma Petição, porém em vez disso fizeram Exigências mui ousadas, pedindo Compensação por todos os seus Agravos, grandes Privilégios, o Poder de escolher seu próprio Governador e outras Exorbitâncias semelhantes. Em resposta, sua Majestade ordenou que todos os Habitantes da Ilha lançassem grandes Pedras da Galeria inferior sobre a Cidade; mas os Cidadãos já haviam se protegido desse Ataque, pois todos haviam se recolhido, com seus Pertences, às quatro Torres, e outros Prédios fortes, e Abrigos subterrâneos.

Estando decidido a submeter aquela Gente orgulhosa, o Rei ordenou que a Ilha descesse a pouco e pouco até quarenta jardas acima das Torres e da Pedra. Tal foi feito; porém os Oficiais que se ocuparam desse trabalho perceberam que a Descida se dava muito mais depressa do que de costume, e girando o Ímã com muita dificuldade a mantiveram numa Posição firme, porém mesmo assim a Ilha tendia a cair. Informaram o Rei imediatamente desse Acontecimento surpreendente, e pediram permissão a sua Majestade para fazer subir a Ilha; o Rei o permitiu, foi convocado um Conselho geral, e os Oficiais do Ímã foram chamados a participar. Um dos mais velhos e mais sábios deles obteve licença para realizar um Experimento. Tomou um Cabo forte de cem jardas, e elevando a Ilha acima da Cidade de modo a ficar fora do Poder de Atração que haviam sentido, atou à ponta do Cabo um Pedaço de Diamante, o qual continha uma Mistura de minério de Ferro, da mesma Natureza de que é composta a Superfície inferior da Ilha, e da Galeria mais baixa o fez descer lentamente em direção ao Alto das Torres. O Diamante não havia descido ainda quatro jardas quando o Oficial sentiu que estava sendo puxado fortemente para baixo, tanto assim que só com dificuldade foi possível recolhê-lo. Em seguida, jogou vários Pedaços pequenos de Diamante, e observou que todos eles eram violentamente atraídos pelo Alto da Torre. O mesmo Experimento foi feito nas outras três Torres e na Pedra, com o mesmo Efeito.

Esse incidente violou inteiramente as medidas reais, não tendo o Rei dessarte outro Recurso (deixando de lado outras Circunstâncias) senão aceitar as Condições da Cidade.

Foi-me dito por um grão-Ministro que se a Ilha tivesse se aproximado da Cidade de tal modo que não tivesse podido mais se elevar, os Cidadãos estavam determinados a fixá-la para sempre, matar o Rei e todos seus Servidores e mudar por completo o Governo.

Por efeito de uma Lei fundamental desse Reino,[18] nem o Rei nem seus dois Filhos mais velhos têm permissão de sair da Ilha, nem tampouco a Rainha enquanto estiver em idade de procriar.

IV

O Autor parte de Laputa, *é levado a* Balnibarbi, *chega à Metrópole. Descrição da Metrópole e da Região adjacente. O Autor é mui bem recebido por um grão-Senhor. Sua conversa com esse Senhor.*

Ainda que não possa me queixar de maus-tratos nessa Ilha, no entanto devo confessar que julguei me darem mui pouca Atenção, e até me dirigirem um certo grau de Desprezo. Pois nem o Príncipe nem o Povo parecia ter Curiosidade a respeito de qualquer campo do Saber que não fosse a Matemática e a Música, nos quais eu lhes era bem inferior, e por esse motivo tinham-me em muito pouca conta.

Por outro lado, tendo visto todas as Curiosidades da Ilha, senti-me mui desejoso de dela ausentar-me, estando sobremaneira cansado daquelas Pessoas. Eram sem dúvida excelentes em duas Ciências pelas quais tenho grande Estima, e nas quais não sou de todo ignorante, mas ao mesmo tempo eram de tal modo distraídos e entregues a Especulações que jamais tive Companheiros tão desagradáveis. Conversava eu apenas com Mulheres, Artesãos, *Batedores* e Pajens da Corte durante os dois meses em que lá estive, e minhas conversas com esses últimos me tornaram alvo de muito desprezo, e no entanto eram essas as únicas Pessoas de quem eu podia receber uma Resposta razoável.

Por força de muito Estudo, já havia adquirido bom Conhecimento da Língua de lá; estava cansado de viver confinado numa Ilha onde obtive tão pouco Favor, e resolvi ir-me embora na primeira Oportunidade.

Havia um grão-Senhor na Corte, Parente próximo do Rei, e apenas por esse motivo tratado com Respeito. Era por todos considerado o mais ignorante e mais parvo entre eles. Havia prestado muitos Serviços eminentes para a Coroa, tinha grandes Talentos naturais e adquiridos, aos quais se acresciam a Integridade e a Honra, porém tinha tão pouco Ouvido para Música que, de acordo com seus Detratores, muitas vezes fora visto marcando o Ritmo no lugar errado; tampouco seus Professores conseguiam sem extrema dificuldade lhe demonstrar a mais fácil Proposição matemática. Ele com muito gosto deu-me diversos Sinais de Favor, e amiúde fez-me a honra de visitar-me, inquirindo a respeito dos Negócios da *Europa*, as Leis e os Costumes, as Maneiras e o Saber dos diversos Países por onde eu havia viajado. Escutava-me com grande Atenção, e fazia Observações mui sábias a respeito de tudo que eu dizia. Dois *Batedores* sempre o assistiam, porém só os utilizava na Corte e em Visitas de Cerimônia, e sempre os mandava recolher-se quando estávamos os dois a sós.

Pedi a esse Homem ilustre que intercedesse em meu Favor junto a sua Majestade, solicitando-lhe Permissão para minha Partida, o que ele fez, como lhe aprouve dizer-me, contra sua Vontade: de fato, fizera-me ele várias Ofertas mui vantajosas, as quais, contudo, recusei com Manifestações de grande Reconhecimento.

Em 16 de *Fevereiro*, despedi-me de sua Majestade e da Corte. O Rei presenteou-me com uma quantia de cerca de duzentas libras *Inglesas*, e meu Protetor, seu Parente, concedeu-me outro tanto, juntamente com uma Carta de Recomendação para um Amigo seu em *Lagado*, a Metrópole; a Ilha estando no momento a pairar acima de uma Montanha a cerca de duas milhas de lá, baixaram-me da Galeria inferior, tal como antes me haviam feito subir.

O Continente, até onde é sujeito ao Monarca da *Ilha Voadora*, tem o Nome geral de *Balnibarbi*, e a Metrópole, como já disse, chama-se *Lagado*. Dava-me um pouco de Satisfação sentir que pisava em Terra firme. Caminhei pela Cidade sem qualquer Estorvo, trajado como se nativo fosse, e suficientemente instruído para conversar com todos. Em pouco tempo encontrei a Casa da Pessoa a quem eu fora recomendado, apresentei minha carta de seu Amigo, o Nobre da Ilha, e fui recebido com muita Amabilidade. Este grão-Senhor, cujo nome era *Munodi*, mandou preparar para mim Aposentos em sua própria Casa, onde permaneci durante minha estada lá, sendo tratado de modo mui hospitaleiro.

Na manhã após minha Chegada, levou-me ele em sua Carruagem para conhecer a Cidade, que tem cerca de metade do tamanho de *Londres*, mas as Casas são construídas de modo bem estranho, e a maioria delas está em mau estado. As Pessoas nas Ruas caminhavam depressa, com Expressão desvairada, o Olhar fixo, e de modo geral eram andrajosas. Atravessamos um dos Portões da Cidade e avançamos cerca de três milhas no Campo, onde vi muitos Lavradores trabalhando com diversas espécies de Instrumentos na Terra, mas não consegui descobrir o que estavam a fazer, tampouco vi qualquer prenúncio de Trigo ou Grama, embora a Terra parecesse excelente. Não pude deixar de admirar-me com essas estranhas Aparências da Cidade e do Campo, e tomei a liberdade de pedir a meu Guia que me explicasse o que significavam tantas Cabeças, Mãos e Rostos ocupados nas Ruas e nos Campos, pois não via eu nenhum bom Efeito de seus Esforços; pelo contrário, nunca vira Terra tão mal amanhada, Casas tão malfeitas e em tão mau estado, nem Gente com Rostos e Vestes que exprimissem tanta Desgraça e Penúria.

Este Senhor *Munodi* era Pessoa da mais alta Qualidade, e fora durante alguns anos Governador de *Lagado*, mas uma Conspiração de Ministros levara-o a ser demitido por Incompetência.[19] Porém tratava-o o Rei com bondade, como Homem bem-intencionado, mas de Entendimento baixo e desprezível.

Quando fiz essa Censura franca ao País e seus Habitantes, não me deu ele outra Resposta do que dizer-me que eu não vivia entre eles tempo suficiente para julgá-los; e que as diferentes Nações do Mundo tinham Costumes diferentes, e fez outros Comentários comuns no mesmo Sentido. Quando, porém, voltamos a seu Paço, quis saber se me agradava o Prédio, que Absurdos eu observava, que Defeitos eu punha nas Vestes e nas Aparências de seus Criados. Tal Pergunta podia-me ele fazer sem pejo, pois tudo que lhe dizia respeito era magnífico, correto e polido. Respondi-lhe que a Prudência, a Qualidade e a boa Fortuna de sua Excelência o isentavam dos defeitos que a Estultícia e a Miséria haviam produzido nos outros. Disse-me ele que se eu o acompanhasse a sua Casa de Campo, a cerca de vinte milhas dali, onde ficava sua Propriedade, mais lazer teríamos para essa espécie de Conversa. Respondi-lhe que estava inteiramente à sua Disposição, e assim sendo partimos na manhã seguinte.

Durante nossa Viagem, fez-me ele observar os diversos métodos usados pelos Fazendeiros para cuidar de suas Terras, os quais me pareciam de todo inexplicáveis, pois exceto em mui poucos Lugares, não vi uma única Espiga de Trigo ou Folha de Grama. Mas após três horas de Viagem, a Cena foi inteiramente modificada; entramos numa Terra mui formosa; Casas de Fazendeiros pouco espaçadas, muito bem-feitas, Campos cercados, contendo Vinhedos, Trigais e Prados. Não me lembro de jamais ter visto Paisagem mais deliciosa. Sua Excelência percebeu que minha Expressão se destoldava; com um Suspiro, disse-me que ali começava sua Propriedade, e assim continuaria até chegarmos a sua Casa. Que seus Compatriotas se riam dele e o desprezavam por não cuidar melhor de seus Negócios, e por dar tão mau Exemplo ao Reino, o qual, porém, era seguido apenas por muito poucos, só os que eram velhos e teimosos, e fracos como ele.

Por fim chegamos à Casa, a qual era de fato uma Construção nobre, feita consoante as melhores Regras da Arquitetura antiga. As Fontes, Jardins, Alamedas e Arvoredos eram todos dispostos em exata conformidade com o Juízo e o bom Gosto. A tudo que via fiz os Elogios devidos, aos quais não fez sua Excelência Menção alguma senão após o Jantar, quando então, não havendo um terceiro presente, disse-me, com ar mui melancólico, que temia ter de derrubar suas Casas tanto na Cidade quanto no Campo, reedificá-las conforme a Moda atual, destruir todas as suas Plantações e fazer novas seguindo o Costume moderno, e dar iguais Instruções a todos os seus Rendeiros, ou então expor-se às Acusações de Orgulho, Excentricidade, Afetação, Ignorância, Capricho e talvez desagradar ainda mais sua Majestade.

Que a Admiração que eu parecia sentir haveria de cessar ou diminuir quando ele me fornecesse alguns Pormenores de que provavelmente eu não tivera notícia na Corte, por estar a Gente de lá demasiadamente absorta em suas próprias Especulações para dar importância ao que acontecia cá embaixo.

O Teor de seu Discurso foi o que se segue. Que cerca de quarenta anos antes, certas Pessoas subiram a *Laputa* a Negócios ou por Diversão, e após uma estada de cinco meses de lá voltaram com umas poucas Tinturas de Matemática, porém cheias dos Espíritos Voláteis que se adquirem naquela Região aérea. Que essas Pessoas, ao voltarem, passaram a desgostar da Administração de tudo cá embaixo, e elaboraram Projetos com o fim de dar novas Bases a todas as Artes, Ciências, Línguas e Mecânicas. Com este fim, obtiveram uma Carta Patente Real para fundar uma Academia de PROJETISTAS[20] em *Lagado*; e tal Estado de Espírito tornou-se de tal forma difundido entre o Povo que não há nenhuma Cidade de maior porte no Reino que não tenha uma tal Academia. Nesses Colégios, os Professores inventam novas Regras e Métodos de Agricultura e Construção, e novos Instrumentos e Ferramentas para todas as Artes e Manufaturas, graças aos quais, segundo eles, um Homem fará o Trabalho de dez; um Paço será construído em uma semana, com Materiais tão resistentes que hão de perdurar para sempre sem Reparo. Todos os Frutos da Terra amadurecerão em qualquer Estação que se desejar, produzindo cem vezes mais do que no presente, com inúmeras outras Propostas felizes. O único Inconveniente é que nenhum desses projetos ainda foi aperfeiçoado, e nesse ínterim toda a Terra está desgraçadamente inculta, as Casas em Ruínas e o Povo sem Roupas nem Comida. Tudo isso não apenas os desalentou como também os tornou cinquenta vezes mais violentamente determinados a levar adiante seus Projetos, impelidos ao mesmo tempo pela Esperança e pelo Desespero; que, quanto a ele, não tendo Espírito empreendedor, contentava-se em perseverar nas velhas Formas, viver nas Casas que seus Antepassados haviam construído, e agir tal como eles agiam em todos os Aspectos da Vida sem Inovação. Que umas poucas outras Pessoas de Qualidade e Fidalgos haviam feito o mesmo, porém eram considerados com Desprezo e Má Vontade, como Inimigos da Arte, ignorantes e homens sem Espírito público, que preferiam viver no Conforto e na Preguiça em vez de participar do Melhoramento geral de seu País.

Sua Excelência acrescentou que não queria antecipar com Pormenores adicionais o Prazer que eu certamente haveria de sentir ao ver a Grã-Academia, a qual, quanto a isto estava decidido, devia eu visitar. Pedia-me apenas que observasse um Prédio em Ruínas na encosta de uma Montanha a cerca de três milhas dali, a respeito do qual me fez o Relato que se segue. Tinha ele um Moinho mui conveniente a menos de meia milha de sua casa, girado pela Correnteza de um grande Rio, e suficiente para sua própria Família, bem como para um grande número de Rendeiros seus. Cerca de sete anos antes, um Grêmio de

Projetistas veio-lhe com Propostas de destruir esse Moinho e construir outro na encosta da Montanha, na Crista da qual seria necessário abrir um longo Canal em que depositar a Água, a qual para lá seria levada por Canos e Máquinas que abasteceriam o Moinho: porque Vento e Ar num Lugar alto agitavam a Água e portanto a tornavam mais apropriada para o Movimento: e porque a Água descendo uma Declividade faria girar o Moinho com metade da Corrente de um Rio que corre no Plano. Disse ele que, não estando então nas boas graças da Corte, e premido por muitos dos seus Amigos, aceitou a Proposta; e após empregar cem Homens por dois anos, o Trabalho não dera em nada, os Projetistas foram-se embora, pondo toda a culpa nele, e desde então vituperavam-no, e impunham a outrem o mesmo Experimento, com a mesma Garantia de Sucesso e o mesmo Desengano.

Após alguns dias voltamos à Cidade, e Sua Excelência, por não ser visto com bons Olhos na Academia, lá me não quis acompanhar, porém recomendou-me a um Amigo para que este me fizesse Companhia. Quis esse Senhor apresentar-me como grande admirador de Projetos, e Pessoa de muita Curiosidade e Credulidade, o que de fato não deixava de ser verdade, pois eu próprio fora uma espécie de Projetista quando mais jovem.

V

O Autor tem permissão de visitar a grã-Academia de Lagado. *Descrição circunstanciada da Academia. As Artes de que se ocupam os Professores.*

Essa Academia não ocupa um único Prédio, porém toda uma série de Casas em ambos os lados de uma Rua, que ao se esvaziarem foram compradas e destinadas a esse Fim.

Recebeu-me com muita cortesia o Diretor, e fui à Academia por vários dias. Em cada Sala há um ou mais

Projetistas, e creio que não devo ter entrado em menos do que quinhentas Salas.

O primeiro Homem que vi era magro, com Mãos e Rostos sujos de Fuligem, Cabelos e Barba longos, descuidados e chamuscados em alguns lugares. Eram todas da mesma Cor Suas Roupas, sua Camisa e sua Pele. Havia oito anos vinha trabalhando num Projeto de extrair Raios de Sol de Pepinos, os quais seriam guardados em Frascos hermeticamente fechados, e usados para aquecer o Ar nos Verões mais úmidos e inclementes. Disse-me ele julgar que com mais oito anos de Trabalho seria capaz de fornecer Sol aos Jardins do Governador a Preços módicos; porém queixava-se de estar com seu Estoque em baixa, e pediu-me que eu lhe desse algo como Incentivo ao Engenho, especialmente por estarem mui caros os Pepinos naquela Estação. Fiz-lhe uma pequena Doação, pois meu Senhor me tinha dado Dinheiro com este fim, por saber que lá se faziam Pedidos a todos os Visitantes.

Entrei em outra Sala, mas no mesmo instante quis sair, por ser quase sobrepujado por um horrendo Fedor. Meu Guia empurrou-me para a frente, sussurrando que eu não devia causar ofensa, o que provocaria muito ressentimento, e por isso não ousei sequer tapar o Nariz. O Projetista daquela Cela era o Aluno mais antigo da Academia. Tinha o Rosto e a Barba de um tom pálido de amarelo; suas Mãos e Roupas estavam emporcalhadas. Quando lhe fui apresentado, deu-me ele um Abraço apertado (um Cumprimento que eu preferia não ter recebido). Seu Trabalho, desde que entrara para a Academia, consistia em reduzir o Excremento humano à condição do Alimento original, separando as diversas Partes, removendo a Tintura que recebe da Vesícula Biliar, fazendo com que o Cheiro se esvaia, e retirando a Saliva. Recebia da Sociedade todas as semanas um Vaso cheio de Excremento humano, mais ou menos do tamanho de um Barril.

Vi outro ocupado em calcinar Gelo, transformando-o em Pólvora, o qual me mostrou um Tratado que havia escrito sobre a Flexibilidade do Fogo, que pretendia publicar.

Havia um Arquiteto mui engenhoso que inventara um novo Método de construir Casas, começando com o Telhado e descendo até chegar às Fundações, o qual ele me justificou apontando para a Prática semelhante utilizada pela Abelha e a Aranha, esses dois Insetos prudentes.

Havia um Homem, cego de nascença, que tinha vários Aprendizes com o mesmo Defeito que ele: seu Trabalho consistia em misturar Cores para Pintores, as quais seu Mestre os ensinava a distinguir pelo tato e pelo olfato. Infelizmente, no momento em que os visitei ainda não haviam avançado muito em suas Lições, e o próprio Professor parecia de modo geral enganar-se: esse Artífice é muito estimulado e estimado por toda a Fraternidade.

Em outro Aposento, tive grande prazer em conhecer um Projetista que havia encontrado uma Maneira de arar a Terra com Porcos, dessarte economizando os Custos com Arados, Gado e Labor. O Método consiste no que se segue: num acre de Terra enterra-se com intervalos de seis polegadas, a oito de profundidade, uma certa quantidade de Bolotas, Tâmaras, Castanhas e outras Comidas que aprazem a esses Animais: levam-se ao Campo cerca de seiscentos deles, ou mais, e em poucos dias eles fuçam toda a Terra em busca de seu Alimento, tornando-a pronta para a Semeadura, e ao mesmo tempo adubando-a com seu Estrume; é bem verdade que ao experimentar o Método, o Custo e o Trabalho foram mui elevados; e a Colheita foi pouca ou nenhuma. Porém, não há dúvida de que essa Invenção pode ser muito aperfeiçoada.

Numa outra Sala, as Paredes e o Teto estavam cobertas de Teias de Aranha, fora uma Passagem estreita por onde entrava e saía o Artífice. Quando entrei, gritou-me ele que eu cuidasse de não danificar suas Teias. Lamentava o Erro fatal que o Mundo cometia havia tanto tempo usando Bichos-da-Seda, quando havia tantos Insetos domésticos infinitamente superiores a eles, pois sabiam não só fiar como também tecer. Disse ele que se fossem utilizadas as Aranhas, os Custos de tingir as Sedas se tornariam desnecessários, do que ele me convenceu por completo ao me mostrar um grande número de Moscas de Cores mui belas, as quais ele dava de comer a suas Aranhas, dizendo estar certo de que as Teias assumiriam suas Cores; como ele as tinha de todos os Tons, esperava agradar o Gosto de todos, assim que encontrasse um Alimento apropriado para as moscas que contivesse certas Gomas, Óleos e outras Substâncias glutinosas para dar Força e Consistência aos Fios.

Havia um Astrônomo que havia posto um Relógio de Sol no grande Catavento do Conselho Municipal, ajustando os Movimentos anuais e diurnos da Terra e do Sol, de modo a fazê-los coincidir com todas as Mudanças de posição acidentais causadas pelo Vento.

Queixei-me eu de um pouco de Cólica, quando então meu Guia levou-me a uma Sala onde morava um grande Médico, que era famoso por curar essa Doença por Operações contrárias do mesmo Instrumento. Tinha ele um grande Fole com um Tubo longo e fino de Marfim. Esse Tubo ele introduzia no Ânus oito polegadas adentro e, com ele aspirando o Ar, afirmava que era capaz de deixar as Tripas tão esvaziadas quanto uma Bexiga seca. Mas quando o Mal era mais obstinado e violento, ele enfiava o Tubo com o Fole cheio de Vento, o qual ele lançava para dentro do Corpo do Paciente, depois retirava o Instrumento para inflá-lo outra vez, apertando com força o Polegar contra o Orifício sedal; repetindo-se a Operação três ou quatro vezes, o Vento adventício saía com força, trazendo o nocivo junto com ele (como Água posta numa Bomba), e o Paciente recuperava-se. Vi-o realizar ambos os Experimentos num Cão, mas não percebi nenhum Efeito do primeiro. Após o segundo, o Animal esteve prestes a estourar, e soltou o Ar de modo tão violento que muito nauseou a mim e meus Companheiros. O Cão morreu na mesma hora, e fomo-nos embora enquanto o Doutor tentava reavivá-lo por meio da mesma Operação.

Visitei muitas outras Salas, porém não quero maçar meu Leitor com todas as Curiosidades que observei, pois prezo a Brevidade.

Até então eu só vira um lado da Academia, sendo o outro o dos que se dedicam ao Saber especulativo, a respeito dos quais direi alguma coisa após mencionar mais uma Pessoa ilustre, conhecida por eles como *o Artífice universal*. Ele nos disse que há mais de trinta anos dedicava seus Pensamentos à Melhoria da Vida humana. Tinha ele duas Salas grandes cheias de Curiosidades maravilhosas, e cinquenta Homens trabalhando. Alguns condensavam o Ar numa Substância seca e tangível, dele extraindo o Nitro e coando as Partículas aquosas ou fluidas; outros amoleciam o Mármore para uso em Travesseiros e Alfineteiros; outros petrificavam os Cascos de um Cavalo vivo para que eles não se esfolassem. O Artífice estava naquele momento ocupado com dois grandes Projetos, o primeiro dos quais era semear na Terra Farelo, o qual, segundo ele, continha a Virtude seminal[21] verdadeira, o que ele havia demonstrado por meio de vários Experimentos que estavam além de meu Entendimento. O segundo era, por uma certa composição de Gomas, Minerais e Vegetais aplicados externamente, impedir o Crescimento de Lã em dois Cordeiros tenros; tinha ele esperança de num tempo razoável conseguir propagar uma Raça de carneiros Nus por todo o Reino.

Atravessamos a rua e seguimos para a outra parte da Academia, na qual, como já observei, viviam os Projetistas em Saber especulativo.

O primeiro Professor que vi estava numa Sala mui grande, com quarenta Alunos a sua volta. Após saudar-me, observando que eu olhava com atenção para um Quadro, o qual ocupava a maior parte da Sala, tanto em comprimento quanto em largura, disse que talvez me admirasse de o ver a trabalhar num Projeto para o melhoramento do Conhecimento especulativo por meio de Operações práticas e mecânicas. Porém o Mundo em breve se aperceberia de sua Utilidade, e ele orgulhava-se de pensar que Ideia mais nobre e elevada jamais brotara no Cérebro de ninguém. Todos sabiam o quanto era trabalhoso o Método usual de aprender as Artes e Ciências; por meio de seu Invento, todavia, a Pessoa mais ignorante, mediante um Custo razoável, e com um pouco de Esforço corpóreo, podia escrever Livros de Filosofia, Poesia, Política, Direito, Matemática e Teologia, sem o menor Auxílio do Gênio ou do Estudo. Levou-me então ao Quadro, junto aos lados do qual todos os seus Alunos estavam em pé, enfileirados. Era ele um Quadrado de vinte pés de lado, posto no meio da Sala. As Superfícies eram compostas de inúmeros pedacinhos de Madeira, mais ou menos do tamanho de um Dado, sendo alguns maiores que outros. Esses pedacinhos de Madeira estavam cobertos em cada Face com Papel colado, e nesses Papéis estavam escritas todas as Palavras de sua língua, nos diversos Modos, Tempos e Declinações, porém fora de Ordem. Pediu-me então o Professor que eu atentasse, pois ele faria sua Máquina entrar em Ação. Mandou que cada Aluno pegasse numa Manivela de Ferro, das quais havia quarenta em torno das Bordas do Quadro, e ao serem elas giradas de súbito a Disposição das Palavras mudou por completo. Em seguida, ordenou que trinta e seis dos Rapazes lessem as Linhas formadas em voz baixa, tal como apareciam no Quadro; e quando achassem três ou quatro Palavras juntas que pudessem fazer parte de uma Sentença, que as ditassem para os quatro outros Rapazes, que eram os Escribas. Este Trabalho foi repetido três ou quatro vezes, e a cada vez que a Máquina era mexida, as Palavras mudavam para lugares novos, à medida que os quadrados de Madeira viravam-se para cima e para baixo.

Seis horas por dia os jovens Estudantes dedicavam a essa Tarefa, e o Professor mostrou-me alguns Volumes em Formato grande já prontos, contendo fragmentos de Sentenças, que ele tencionava juntar, e a partir desse Material rico dar ao Mundo uma Compilação completa de todas as Artes e Ciências; a qual, porém, poderia ser ainda aperfeiçoada, se o Público levantasse Fundos abundantes para fazer e utilizar quinhentos Quadros como aquele em *Lagado*, e obrigar os que os administravam a juntar suas diferentes Coleções.

Assegurou-me ele que essa Invenção ocupava todos os seus Pensamentos desde a sua Juventude, que ele esvaziara todo o Vocabulário em seu Quadro, e fizera o mais rigoroso Cômputo da Proporção geral que há no Livro entre os Números de Partículas, Substantivos e Verbos, e outras Classes de Palavras.

Humildemente, muito agradeci essa ilustre Pessoa por sua grande Loquacidade, e prometi-lhe que se algum dia eu tivesse a Fortuna de retornar à minha Terra natal, haveria de fazer-lhe Justiça, afirmando ser ele o único Inventor dessa maravilhosa Máquina; cuja Forma e Concepção pedi-lhe licença para desenhar em Papel, resultando a Figura que vai em anexo. Disse-lhe que, embora fosse o Costume entre nossos Sábios na *Europa* roubar Invenções uns dos outros, o que levava a que se tivesse ao menos a vantagem de criar uma Controvérsia em torno de quem era o verdadeiro Proprietário, mesmo assim eu teria o Cuidado de fazer com que lhe coubessem todas as Honras, sem nenhum Rival.[22]

Em seguida, fomos à Escola de Línguas, onde três Professores estavam reunidos com o fim de melhorar o Idioma de seu País.[23]

O primeiro Projeto consistia em encurtar o Discurso reduzindo os Polissílabos a uma Sílaba apenas, e eliminar os Verbos e Particípios, pois que na realidade todas as coisas imagináveis não são senão Substantivos.

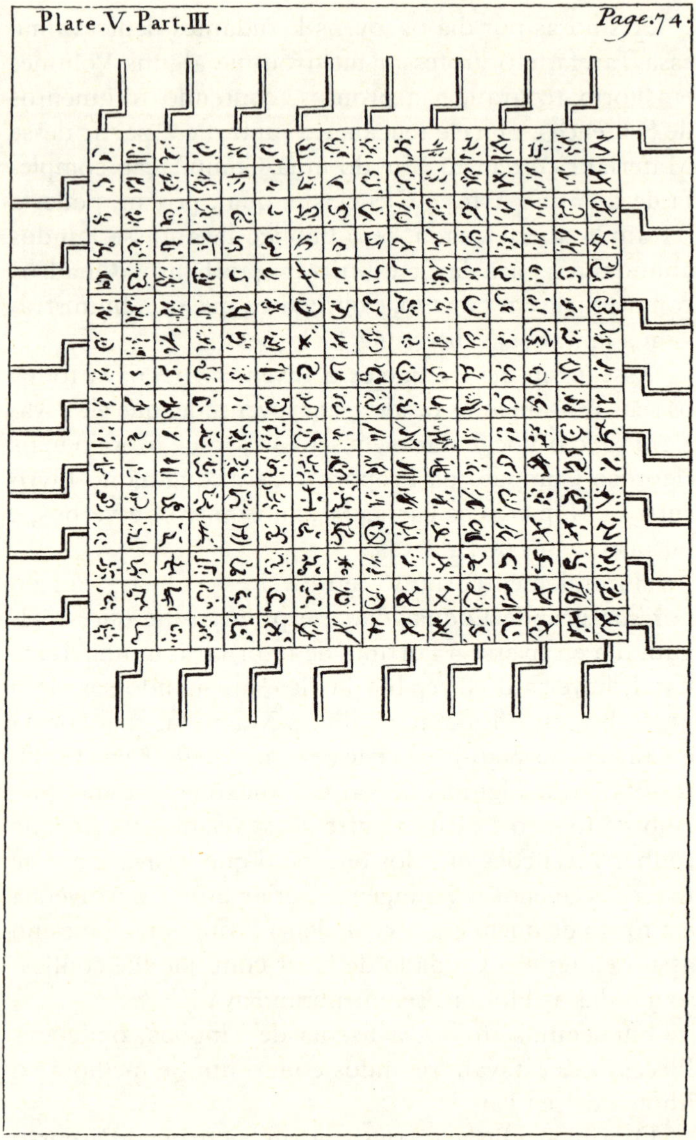

ilustração 7

Outro Projeto era um Plano de abolir toda e qualquer Palavra; e esse Plano era defendido como uma grande Vantagem para a Saúde tanto quanto para a Brevidade. Pois claro está que cada Palavra que dizemos corresponde em certo grau a uma Diminuição dos nossos Pulmões causada pela Corrosão, e consequentemente contribui para encurtar as nossas Vidas. Assim, propunha-se que como as Palavras não são senão Nomes de *Coisas*,[24] mais conveniente seria que todos os Homens levassem consigo as *Coisas* necessárias para expressar os Negócios específicos sobre os quais haviam de falar. E essa Invenção teria certamente sido adotada, grandemente facilitando a Vida e melhorando a Saúde dos Súditos, se as Mulheres, unidas à Gentalha e aos Analfabetos, não tivessem ameaçado se rebelar, a menos que lhes dessem a Liberdade de falar com suas Línguas, tal como faziam seus Antepassados; o que mostra o quanto são Inimigas Irreconciliáveis da Ciência as Pessoas Comuns. Contudo, muitos dos mais Sábios e Doutos seguem esse novo Plano de se exprimir por meio de *Coisas*, o qual tem uma única Inconveniência, que é a de que, quando se tem Negócios muito amplos e diversos, torna-se preciso levar muitas *Coisas* nas Costas, a menos que se possa pagar um ou dois Criados fortes para ajudar. Vi muitas vezes dois desses Sábios quase derrubados sob o Peso de seus Fardos, como os Bufarinheiros entre nós; os quais, quando se encontravam nas Ruas, depunham no Chão seus Fardos, abriam os Sacos e conversavam por uma hora; em seguida, guardavam todos seus Implementos, ajudavam-se mutuamente a retomar seus Fardos e iam-se embora.

Mas para Conversas curtas, um homem pode levar Implementos nas Algibeiras e debaixo dos Braços, suficientes para o seu proveito, e em sua Casa ele não ficará sem assunto; por conseguinte, a Sala onde se reúnem as Pessoas que praticam essa Arte é sempre cheia de *Coisas* bem à mão, necessárias para fornecer Material para essa espécie de Conversa engenhosa.

Outra grande Vantagem proposta por essa Invenção era que serviria como Língua Universal[25] a ser compreendida em todas as Nações civilizadas, cujos Produtos e Utensílios são de modo geral da mesma espécie, ou bem semelhantes, de modo que seus Usos podem ser facilmente entendidos. E assim poderiam os Embaixadores tratar com Príncipes ou Ministros de Estado estrangeiros cujas Línguas desconhecessem por completo.

Estive na Escola de Matemáticas, onde o Professor ensinava seus Alunos seguindo um Método dificilmente imaginável para nós na *Europa*. A Proposição e a Demonstração eram escritas de modo legível num Biscoito fino, com Tinta feita de uma Tintura Cefálica.[26] Esse Biscoito devia o aluno engolir em Jejum, e por três dias em seguida nada comer senão Pão e Água. Ao ser digerido o Biscoito, a Tintura subia ao Cérebro, levando a Proposição juntamente com ela. Porém o Sucesso ainda não foi obtido, em parte por causa de algum Erro na Quantidade ou na Composição, e em parte pela Contumácia dos Rapazes, para quem essa Pílula é tão nauseabunda que geralmente eles costumam escapulir e vomitá-la antes que possa fazer efeito, e tampouco foi ainda possível convencê-los a jejuar pelo tempo exigido pela Prescrição.

VI

Continuação do Relato sobre a Academia. O Autor propõe alguns melhoramentos, os quais são recebidos de modo honroso.

Não me agradou a visita à Escola de Projetistas Políticos, pois que os Professores me pareceram de todo insensatos, algo que sempre me deixa melancólico. Esses infelizes propunham Planos de persuadir os Monarcas a escolher Favoritos[27] com base em sua Sabedoria, Capacidade e Virtude; a ensinar os Ministros a considerar o Bem

Público; de recompensar o Mérito, os grandes Talentos e os mais eminentes Serviços prestados; de instruir os Príncipes a conhecer seu verdadeiro Interesse fazendo-o fundar-se no dos Povos por eles governados: de escolher para Cargos Pessoas qualificadas para exercê-los; e muitas outras Quimeras[28] loucas e impossíveis, que jamais foram concebidas pelo Coração humano, e que em mim confirmaram a antiga Observação, segundo a qual não há nada tão extravagante e irracional que algum Filósofo não o tenha defendido como sendo a Verdade.

Contudo, para fazer Justiça a essa parte da Academia, reconheço que nem todos eram tão visionários. Havia um Doutor mui engenhoso que parecia conhecer muito bem toda a Natureza e o Sistema de Governança. Essa Pessoa ilustre havia dedicado seus Estudos à Tarefa útil de encontrar Remédios eficazes para todas as Doenças e Corrupções a que as diferentes espécies de Administração pública estão sujeitas pelos Vícios e Fraquezas daqueles que governam, bem como pela Indisciplina daqueles que deviam obedecer. Por exemplo, considerando-se que todos os Escritores e Pensadores concordam que haja uma Semelhança universal estrita entre o Corpo Natural e o Político, poderá algo ser mais evidente que as Proposições de que a Saúde de ambos deve ser preservada, e que suas Doenças hão de se curar pelas mesmas Prescrições? Admite-se que os Senados e os grandes Conselhos sejam amiúde perturbados por Humores[29] redundantes, efusivos e de outra forma malsãos, com muitas Doenças da Cabeça, e outras do Coração; com fortes Convulsões, com dolorosas Contrações dos Nervos e Tendões de ambas as Mãos, mas especialmente a Direita: com Melancolia, Flatulência,[30] Vertigens e Delírios; com Tumores escrofulosos[31] cheios de Matéria purulenta fétida; com Eructações[32] azedas e espumantes, com Apetites Caninos[33] e Indigestão, além de muitas outras que escusado seria mencionar. Esse Doutor, portanto, propôs que, ao convocar-se um Senado, certos Médicos deveriam estar presentes nos três primeiros dias de Sessão, e no final do Debate de cada dia, para tomar o Pulso de cada Senador; depois, tendo feito considerações maduras e deliberadas a respeito da Natureza dos diversos Males, e dos métodos de Cura, deveriam no quarto dia voltar ao Senado, acompanhados por seus Boticários providos dos Remédios apropriados, e antes do início da Sessão administrar a cada Senador Lenitivos, Aperitivos, Abstergentes, Corrosivos, Restringentes, Paliativos, Laxantes, Cefalálgicos, Ictéricos, Apoflegmáticos e Acústicos,[34] conforme exigisse cada caso e, dependendo de como atuassem esses Remédios, ministrar, repetir, alterar ou omitir cada um deles na próxima Sessão.

Esse Projeto não deveria acarretar grandes Custos para o Público, e na minha humilde Opinião seria mui útil para aviar o encaminhamento do Trabalho naqueles Países em que os Senados têm uma parcela do Poder Legislador, trazendo a Unanimidade, encurtando os Debates, abrindo algumas Bocas que ora estão fechadas, e fechando muitas outras que ora estão abertas; refreando a Petulância dos Jovens e corrigindo a Inflexibilidade dos Velhos; animando os Parvos e tolhendo os Impertinentes.

Ademais, havendo a Queixa geral de que os Favoritos dos Príncipes costumam sofrer de Memória curta e fraca, o mesmo Médico propôs que todo aquele que assiste a um Primeiro-Ministro, tendo exposto o que tem a dizer do modo mais breve e com as Palavras mais simples, deveria ao despedir-se dar no Ministro em questão uma Torcida no Nariz, ou um Pontapé no Ventre, ou então pisar-lhe nos Calos ou repuxar-lhe três vezes as Orelhas, ou atravessar-lhe as Calças com um Alfinete, ou beliscar-lhe o Braço até cobri-lo de Manchas roxas, para evitar o Esquecimento: e a cada Cerimônia de *Levée* repetir a mesma Operação, até que seu Pedido fosse atendido ou recusado por completo.

Aconselhava ele também que todo Senador do grão-Conselho de uma Nação, tendo exprimido sua Opinião e argumentado em Defesa dela, deveria ser obrigado a votar de modo diretamente contrário a ela; por que se tal fosse feito, o Resultado haveria de ser infalivelmente o Bem Público.

Quando os Partidos de um Estado são violentos, ele propôs um Método maravilhoso de conciliá-los, a saber: tomam-se cem Chefes de cada Partido, formam-se com eles Pares cujas Cabeças sejam mais ou menos do mesmo tamanho; em seguida, dois bons Cirurgiões serram os Occipícios de cada Membro do Par ao mesmo tempo, de tal modo que o Cérebro seja dividido em partes iguais. Os Occipícios cortados são então trocados, aplicando-se cada um à Cabeça de seu Oposto do outro Partido. Sem dúvida, parece um Trabalho que exige muita precisão, porém garantiu-nos o Professor que, se desempenhado com destreza, a Cura seria infalível. Pois, argumentava ele, as duas Metades de Cérebros seriam obrigadas a discutir a Questão entre elas no âmbito de um único Crânio, e em pouco tempo chegariam a um bom Entendimento, produzindo a Moderação e a Regularidade de pensamento que são tão desejáveis nas Cabeças daqueles que julgam ter vindo ao Mundo apenas para observar e governar seu Movimento; e quanto às Diferenças entre os Cérebros em Quantidade ou Qualidade, tomando-se aqueles que são Diretores de Facções, garantiu-nos o Doutor que, com base em seu próprio Conhecimento, eram absolutamente desprezíveis.

Houve um Debate mui inflamado entre dois Professores, sobre as maneiras mais cômodas e eficazes de levantarem-se Fundos sem causar ressentimento entre os Súditos. Afirmava o primeiro que o Método mais justo seria criar um certo Imposto sobre os Vícios e os Desvarios, sendo a Quantia fixada para cada Homem calculada da maneira mais justa por uma Comissão formada de seus Vizinhos. Era o segundo da Opinião contrária, defendendo que se taxassem aquelas Qualidades de Corpo e Mente pelas quais dão os Homens valor a si próprios, sendo a Quantia maior ou menor de acordo com o Grau de excelência, a Decisão quanto a isso cabendo inteiramente a seu Foro íntimo. O Imposto mais alto seria aquele sobre os Homens, que são os maiores Favoritos do outro Sexo, sendo a Avaliação de acordo com o Número e as Naturezas dos Favores por eles recebidos; sendo eles seus próprios Avaliadores. A Perspicácia, a Bravura e a Polidez também deviam ser alvos de um Imposto alto, a ser recolhido do mesmo modo, cada Pessoa avaliando a Quantidade de cada Qualidade por ela possuída. Mas a Honra, a Justiça, a Sabedoria e o Saber não deveriam ser taxados, por serem Qualificações tão singulares a que nenhum Homem as admite em seu Vizinho, nem as valoriza em si próprio.

As Mulheres seriam taxadas de acordo com sua Beleza e Habilidade na Arte de vestir-se, tendo elas o mesmo Privilégio que os Homens, a saber, o de avaliar-se a si próprias. Porém a Constância, a Castidade, o Bom-Senso e a boa Índole não haveriam de ser taxados, pois não valeriam o Custo da Arrecadação.

Para que os Senadores defendam os Interesses da Coroa, propôs-se que se rifassem os Cargos, sendo que antes cada um haveria de jurar, dando um Penhor para tal, que votaria pela Corte quer ganhasse, quer não, tendo em seguida os Perdedores o direito de fazer uma Rifa pela próxima Vaga. Assim, a Esperança e a Expectativa seriam mantidas vivas; ninguém haveria de queixar-se de Promessas não cumpridas, porém atribuiriam o Revés ao Acaso, cujos Ombros são mais largos e mais fortes que os de um Ministério.

Um outro Professor mostrou-me um longo Rol de Instruções para se descobrirem Tramas e Conspirações contra o Governo. Aconselhava ele que os grandes Estadistas examinassem a Dieta de todos os Suspeitos; a hora em que comiam; de que lado da Cama se deitavam; com que Mão limpavam o Traseiro; que examinassem com Atenção seus Excrementos[35] e, com base na Cor, Cheiro, Gosto, Consistência, Digestão incompleta ou madura, formar um Juízo de seus Pensamentos e Propósitos. Pois os Homens nunca são tão sérios, pensativos e determinados quanto o são no momento de defecar, o que ele havia descoberto por meio de um Experimento frequente: pois quando em tais Conjunturas ele se propunha, apenas por Exercício, a pensar em qual seria a melhor maneira de assassinar o Rei, suas Fezes adquiriam uma Tonalidade esverdeada, porém outra mui diferente quando pensava apenas em fomentar uma Revolta ou incendiar a Metrópole.

Todo o Discurso era escrito com grande Agudeza, contendo muitas Observações tão curiosas quanto úteis para os Políticos, mas não me pareceram de todo completas. Ousei dizê-lo ao Autor, e ofereci-me a fazer-lhe alguns Acréscimos, se ele tal desejasse. Recebeu ele minha Proposta com mais boa Vontade do que costuma ocorrer entre os Escritores, especialmente os que são Projetistas, afirmando que teria prazer em receber outras Informações.

Disse-lhe eu[36] que no Reino de *Tribnia*,[37] que os nativos chamam de *Langden*, onde eu havia passado algum tempo em minhas Viagens, a Maioria da População consiste em Descobridores, Testemunhas, Informantes, Acusadores, Promotores, Depoentes e Juradores, juntamente com seus diversos Instrumentos subservientes e subalternos, todos servidores dos Ministros e seus Auxiliares. As Conspirações nesse Reino costumam ser tramadas por aqueles Homens que desejam afirmar-se como Políticos hábeis, revigorar um Governo fraco, sufocar ou confundir os Descontentes de modo geral, encher os Bolsos graças a Confiscos e levantar ou baixar o Conceito do Crédito Público,[38] de modo a lhes proporcionar Vantagem pessoal. Primeiro decide-se entre eles quais os Suspeitos que serão acusados de uma Conspiração: então toma-se o Cuidado de obter todas as suas Cartas e Papéis e agrilhoar os Criminosos. Esses Papéis são entregues a Artífices mui hábeis em descobrir os Significados misteriosos de Palavras, Sílabas e Letras. Por exemplo, descobrem que uma Retrete é um Conselho Privado, uma Revoada de Gansos é um Senado, um Cão manco é um Invasor,[39] um Parvo é um ——— [rei], a Peste é um Exército Permanente, um Urubu é um Primeiro-Ministro, a Gota é um Alto Sacerdote, uma Forca é um Secretário de Estado, um Mijadeiro é uma Comissão de Nobres; uma Peneira é uma Dama da Corte, uma Vassoura é uma Revolução, uma Ratoeira é um Cargo, um Poço sem Fundo é o Tesouro, uma Cloaca é a Corte, uma Carapuça de Bobo é um Favorito, um Caniço quebrado é um Tribunal, um Barril vazio é um General, uma Ferida a supurar é o Governo.

Quando fracassa esse Método, dispõem eles de dois outros mais eficazes, que os Doutos entre eles chamam de Acrósticos e Anagramas. Primeiro decifram todas as Iniciais em Significados políticos. Assim, *N* significa uma Conspiração, *B* um Regimento ou um Cavalo, *L* uma Frota no Mar. Ou então, transpondo as Letras do Alfabeto em qualquer Papel suspeito, conseguem descobrir os Propósitos mais profundos de um Partido descontente. Assim, por exemplo, se numa Carta a um Amigo eu digo, *Our Brother* Tom *has just got the Piles* [Nosso irmão Tom está sofrendo de hemorroidas], um bom Decifrador descobre que as mesmas Letras que formam esta Frase podem também formar as Palavras seguintes: *Resist, a Plot is brought Home, The Tour* [Resiste, uma conspiração se cumpre, The Tour].[40] E é este o método do Anagrama.

O Professor muito me agradeceu por lhe comunicar essas Observações e prometeu fazer-me uma menção honrosa em seu Tratado.

Não vi nada naquele País que me fizesse desejar permanecer por lá mais tempo, e comecei a pensar em voltar para a *Inglaterra*.

VII

O Autor parte de Lagado *e chega a* Maldonada.[41] *Não há nenhum Navio prestes a zarpar. Ele empreende uma curta Viagem a* Glubbdubdrib.[42] *É recebido pelo Governador.*

O Continente de que faz parte esse Reino se estende, creio eu, para o Leste em direção àquele Trecho desconhecido da *América*, a oeste da *Califórnia*, e ao Norte até o *Oceano Pacífico*, que não fica a mais de cento e cinquenta milhas de *Lagado*, onde há um bom Porto e muito Comércio com a grande Ilha de *Luggnagg*,[43] situada a Noroeste, cerca de 29 graus de Latitude Norte e 140 de Longitude. Essa Ilha de *Luggnagg* fica a Sudeste do *Japão*, a uma distância de cerca de cem léguas. Há uma Aliança estreita entre o Imperador do *Japão* e o Rei de *Luggnagg*,[44] que propicia frequentes Oportunidades de navegar-se de uma das Ilhas à outra. Assim, resolvi que seria essa a minha Rota de volta à *Europa*. Aluguei duas Mulas com um Guia para me mostrar o caminho e levar minha pouca Bagagem. Despedi-me de meu nobre Protetor, que de tantos Favores me cobrira, e que me fez um Presente generoso ao despedir-se de mim.

Minha Jornada não foi marcada por nenhum Acidente ou Aventura que valha a pena relatar. Quando cheguei ao Porto de *Maldonada* (pois é este seu nome), não havia Navio algum no Porto prestes a zarpar para *Luggnagg*, nem haveria durante algum tempo. A Cidade é mais ou menos do mesmo tamanho que *Portsmouth*. Em pouco tempo encontrei um Conhecido, que me recebeu com muita Hospitalidade. Um Cavalheiro de Distinção disse-me que, como em menos de um mês não haveria nenhum Navio pronto para partir rumo a *Luggnagg*, talvez não fosse desagradável para mim viajar à Ilhota de *Glubbdubdrib*, a cerca de cinco léguas em direção ao Sudoeste. Ele ofereceu-se a si próprio e um amigo seu para acompanhar-me, dizendo que um pequeno Navio conveniente me seria providenciado para a Viagem.

O nome *Glubbdubdrib*, até onde posso interpretá-lo, significa a Ilha dos *Feiticeiros* ou *Mágicos*. Tem cerca de um terço da Ilha de *Wight*[45] em tamanho, e é extremamente frutífera: é governada pelo Chefe de uma certa Tribo, todos os Membros da qual são Mágicos. As Pessoas da Tribo só casam com outros Membros dela, e o mais velho na Sucessão é o Príncipe ou Governador. Ele possui um Paço nobre e um Parque de cerca de três mil acres, cercado por um Muro de Pedra talhada com vinte pés de altura. Nesse Parque há diversos Cercados menores para Gado, Trigo e Jardins.

O Governador e sua Família são servidos por Domésticos de uma espécie pouco habitual. Graças a seus Poderes de Necromancia, pode ele evocar quem bem entender dentre os Mortos, e exigir seus Serviços por vinte e quatro horas, porém não mais do que isso; tampouco pode ele chamar as mesmas Pessoas outra vez em menos de três meses, salvo em Ocasiões mui extraordinárias.

Quando chegamos à Ilha, por volta das onze horas da manhã, um dos Cavalheiros que me acompanhava foi ao Governador e pediu-lhe que permitisse o ingresso de um Forasteiro, o qual viera com o propósito de ter a Honra de assistir a sua Alteza. A Licença foi concedida de imediato, e os três entramos pelo Portão do Paço entre duas Fileiras de Guardas, armados e vestidos de um modo mui extravagante, com algo em suas fisionomias que me provocou Arrepios e uma sensação de Horror que não sei exprimir. Passamos por vários Recintos entre Criados da mesma espécie, enfileirados em ambos os lados, como antes, até chegarmos à Sala de Audiências, onde, após três Mesuras profundas e algumas Perguntas de caráter geral, tivemos permissão para nos sentarmos em três Bancos perto do Degrau mais baixo do Trono de sua Alteza. Ele compreendia a Língua de *Balnibarbi*, embora fosse mui diferente da de sua Ilha. Pediu-me que eu lhe fizesse um relato de minhas Viagens, e para mostrar que eu seria tratado sem Cerimônia, despachou todos os seus Criados com um único movimento do dedo, quando então, para meu grande Espanto, todos eles desapareceram no mesmo instante, como Visões num Sonho, quando acordamos de súbito. Levei algum tempo para recuperar-me, até que o Governador me assegurou que eu não sofreria mal algum; e observando que meus dois Companheiros não estavam alvoroçados, pois que já tinham sido recebidos amiúde do mesmo modo, aos poucos fui ganhando Coragem, e fiz a sua Alteza um curto Relato de minhas várias Aventuras, porém não sem alguma Hesitação, e olhando para trás de quando em quando, dirigindo minha Vista ao Lugar onde eu vira aqueles Espectros Domésticos. Tive a honra de almoçar com o Governador, quando uma nova Leva de Fantasmas veio nos servir. Percebi que estava menos assustado agora do que estivera pela manhã. Fiquei até o pôr do sol, mas humildemente pedi que sua Alteza me desculpasse por não aceitar seu Convite de pernoitar no Paço. Meus dois Amigos e eu ficamos numa Casa particular na Cidade adjacente, que é a Metrópole dessa pequena Ilha; e na manhã seguinte voltamos para nos apresentarmos ao Governador, seguindo suas ordens.

Assim foi que permanecemos na Ilha por dez dias, passando a maior parte de cada dia com o Governador, e à noite recolhendo-nos a nosso Alojamento. Em pouco tempo acostumei-me com a presença dos Espíritos, tanto assim que da terceira ou quarta vez eles não despertaram em mim nenhuma Emoção; ou, se ainda me restava alguma Apreensão, minha Curiosidade era mais forte que ela. Pois sua Alteza o Governador ordenou-me que evocasse qualquer Pessoa que eu escolhesse, em qualquer número, entre todos os Mortos desde o início dos Tempos até o presente, e lhe mandasse responder quaisquer Perguntas que eu fizesse; com a única condição de que minhas Perguntas deveriam dizer respeito ao Tempo em que cada um tinha vivido. E de uma coisa podia eu ter certeza: que eles certamente me diriam a Verdade, pois a Mentira era um Talento que não tinha nenhuma utilidade no outro Mundo.

Agradeci humildemente sua Alteza por tão grande favor. Estávamos numa Câmara da qual se tinha uma bela Vista do Parque. E como minha primeira Inclinação era divertir-me com Cenas de Pompa e Magnificência, desejei ver *Alexandre, o Grande*, à frente de seu Exército imediatamente após a Batalha de *Arbela*,[46] e ele, após um movimento de Dedo do Governador, imediatamente apareceu num grande Campo sob a Janela junto à qual estávamos. *Alexandre* foi chamado à Sala: foi com grande dificuldade que compreendi seu *Grego*, e eu próprio pouco falava do Idioma. Ele me deu sua Palavra de Honra que não foi morto por Veneno, porém morreu de uma Febre causada por excesso de Bebida.[47]

Em seguida vi *Aníbal* cruzando os Alpes, e ele me disse que não havia sequer uma gota de Vinagre em seu Acampamento.[48]

Vi *César* e *Pompeu*[49] comandando suas Tropas imediatamente antes da Batalha. Vi *César* em seu último grande Triunfo. Desejei que o Senado *Romano* aparecesse diante de mim numa grande Câmara, e um Representante moderno, em Contraposição, noutra. A Primeira parecia uma Assembleia de Heróis e Semideuses; a outra, um Ajuntamento de Bufarinheiros, Ladrões, Salteadores e Valentões.

Atendendo a meu Pedido, o Governador fez sinal para que *César* e *Bruto*[50] se aproximassem de nós. Senti uma profunda Veneração diante de *Bruto*, em quem discerni com facilidade a mais consumada Virtude, a maior Intrepidez, e firmeza de Espírito, e Amor sincero à sua Pátria, e Benevolência por toda a Humanidade em cada Traço de sua Fisionomia. Observei com muito prazer que essas duas Pessoas se entendiam bem, e *César* confessou-me de modo espontâneo que as maiores Ações de sua Vida foram mui inferiores à Glória do Ato de dar fim a ela. Tive a Honra de ter muitas conversas com *Bruto*; e foi-me dito que seus Ancestrais *Júnio*,[51] *Sócrates*,[52] *Epaminondas*,[53] *Catão*, o Jovem,[54] Sir *Thomas More*[55] e ele próprio estavam constantemente juntos: um *Sextumvirato* a que nem todas as Eras do Mundo poderão acrescentar um Sétimo.

Seria aborrecido relatar ao Leitor o grande número de Pessoas ilustres evocadas, para gratificar meu Desejo insaciável de ver diante de mim o Mundo em todos os Períodos da Antiguidade. Deleitei os Olhos em particular com a contemplação dos Destruidores de Tiranos e Usurpadores, e os Restauradores da Liberdade de Países oprimidos e malferidos. Porém é impossível exprimir a Satisfação que recebi em minha própria Mente de tal modo a proporcionar ao Leitor um Entretenimento adequado.

VIII

Continuação do Relato sobre Glubbdubdrib. *Correções à História Antiga e Moderna.*

Desejoso de ver aqueles Antigos que mais renome tiveram por seu Espírito e Sabedoria, reservei um dia para esse propósito. Quis eu que *Homero* e *Aristóteles* aparecessem à frente de todos seus Comentadores; eram estes tão numerosos, porém, que algumas centenas ficaram à espera no Pátio e nas Salas externas do Paço. Reconheci e distingui aqueles dois Heróis à primeira vista, não apenas da Multidão mas também um do outro. *Homero* era o mais alto e o mais vistoso dos dois, caminhava mui desempenado para um Homem de sua Idade, e seus Olhos eram os mais vivos e penetrantes que jamais contemplei.[56] *Aristóteles* era mui recurvo, e usava um bastão. Seu Rosto era magro, seus Cabelos lisos e ralos, sua Voz cavernosa. Em pouco tempo descobri que os dois eram de todo desconhecidos para o resto dos Presentes, e jamais os viram ou ouviram antes. E um Fantasma, cujo nome não digo, cochichou-me que esses Comentadores eram sempre mantidos o mais distante possível desses Autores no outro mundo, por Consciência de Vergonha e Sentimento de Culpa, por terem distorcido de modo tão horrível o significado deles para a Posteridade. Apresentei *Dídimo* e *Eustácio*[57] a Homero e persuadi-o a tratá-los melhor do que talvez merecessem, pois ele logo viu que eles queriam que um Gênio entrasse no Espírito de um Poeta. Mas *Aristóteles* não teve nenhuma Paciência com o relato que lhe fiz de *Escoto* e *Ramus*,[58] quando lhos apresentei, e perguntou-lhes se os outros da sua Tribo eram tão parvos quanto eles.

Pedi então ao governador que evocasse *Descartes* e *Gassendi*,[59] os quais convenci a explicarem seus Sistemas a *Aristóteles*. Este grande Filósofo reconheceu com franqueza seus próprios Erros em Filosofia Natural, porque a respeito de muitas coisas se fundava em Conjecturas, tal como fazem todos os Homens; e afirmou que *Gassendi*, o qual tornara a doutrina de *Epicuro*[60] tão aceitável quanto pôde, e os *Vórtices* de *Descartes* estavam igualmente desacreditados. Previa o mesmo destino para a *Atração*,[61] a qual é afirmada com tanto zelo pelos estudiosos do presente. Disse ele que novos Sistemas da Natureza não passavam de Modas, as quais haveriam de variar em cada Era; e mesmo aqueles que pretendem demonstrá-las com base em Princípios matemáticos só floresceriam por um período curto, e haveriam de sair de Moda quando tal período expirasse.

Passei cinco dias conversando com muitos outros Sábios da Antiguidade. Vi a maior parte dos primeiros Imperadores romanos. Convenci o Governador a evocar os Cozinheiros de *Heliogábalo*[62] para que eles nos preparassem um Jantar, porém não puderam eles demonstrar suas Habilidades, por falta de Materiais. Um *Hilota* de *Agesilau*[63] fez para nós um Caldo *Espartano*, porém não consegui tomar mais do que uma Colherada.

Os dois Cavalheiros que me haviam levado à Ilha precisavam voltar a seus Afazeres em três dias, durante os quais fiquei a conversar com alguns dos Mortos modernos, aqueles que mais fama tiveram nos últimos duzentos ou trezentos anos em nosso País e nos outros da *Europa*; e tendo sempre sido um grande Admirador das Famílias ilustres de outrora, pedi ao Governador que evocasse dez ou vinte Reis com seus Antepassados em ordem, por oito ou nove Gerações. Porém minha Desilusão foi dolorosa e inesperada. Pois em vez de uma longa sequência de Pessoas com Diademas Reais, vi numa Família dois Tocadores de Rabeca, três Cortesãos bem-apessoados e um Prelado *Italiano*. Em outra, um Barbeiro, um Abade e dois Cardeais. Minha Veneração pelas Cabeças Coroadas é tão grande que não quero me estender mais sobre Assunto tão delicado. Porém, quanto a Condes, Marqueses, Duques e quejandos, não fui tão escrupuloso. E confesso que foi com um certo Prazer que pude identificar os Traços específicos por meio dos quais certas Famílias podem ser distinguidas desde seus Fundadores. Descobri com certeza de onde vem o Queixo comprido de uma Família, por que numa segunda abundam de tal modo os Canalhas há duas Gerações, e os Parvos há mais duas; por que uma terceira costuma ser desmiolada, e uma quarta velhaca. Assim dizia *Polidoro Virgílio* a respeito de uma grande Família, *Nec Vir fortis, nec Faemina Casta*.[64] Como a Crueldade, a Falsidade e a Covardia se tornaram Marcas de Distinção de certas Famílias, tão exatas quanto seus Brasões. Quem foi o primeiro a introduzir o Gálico numa Família nobre, a qual passou em linha direta seus Tumores escrofulosos à Posteridade. Também nada disso era de admirar, quando vi que as linhagens eram de tal modo interrompidas por Pajens, Lacaios, Criados, Cocheiros, Jogadores, Capitães e Ladrões.

O que mais repulsa me causou foi a História moderna. Pois tendo examinado com cuidado todas as Pessoas de maior Renome nas Cortes dos Príncipes nos últimos cem anos, vi o quanto o Mundo fora enganado por Escritores prostituídos, os quais atribuíram os maiores Feitos de Guerra a Covardes, as Ideias mais sábias a Parvos, a Sinceridade a Lisonjeadores, a Virtude *Romana* a Traidores de seus Países, a Devoção a Ateus, a Castidade a Sodomitas, a Verdade a Delatores. Quantas Pessoas inocentes e excelentes foram condenadas à Morte ou ao Exílio, por Ardis de grandes Ministros e com a Corrupção de Juízes, e a Malícia de Facções. Quantos Vilões foram elevados a cargos de Confiança, Poder, Dignidade e Lucro: quantos Acontecimentos nas Cortes, Conselhos e Senados foram devidos a Alcoviteiros, Marafonas, Rufiões, Parasitas e Bufões: que má Impressão tive eu da Sabedoria e da Integridade humanas quando me foram reveladas as Fontes e Motivações dos grandes Empreendimentos e Revoluções do Mundo, e os Acidentes desprezíveis a que eles deviam seu Êxito.

Aqui descobri a Vileza e a Ignorância daqueles que se propõem escrever *Anedotas*, ou Histórias secretas,[65] que despacham tantos Reis para suas Sepulturas com uma Taça de Veneno; que repetem a Conversação entre um Príncipe e seu Primeiro-Ministro quando não havia Testemunha por perto; que exibem os Pensamentos e os Gabinetes de Embaixadores e Secretários de Estado, e têm o perpétuo Infortúnio de estarem enganados. Aqui descobri as Causas secretas de muitos grandes Eventos que surpreenderam o Mundo, de que modo uma Marafona pode governar a Escada dos fundos, a Escada dos fundos um Conselho, e o Conselho um Senado. Um General confessou em minha presença que obteve uma Vitória apenas pela força da Covardia e da má Conduta: e um Almirante que, à falta de Informações apropriadas, derrotou o Inimigo a quem ele pretendia trair a Frota. Três Reis declararam que em todos os seus Reinados jamais promoveram sequer uma vez alguém com Mérito, que não fosse por Engano ou devido à Traição de algum Ministro em quem confiavam: e tampouco o fariam se voltassem à Vida; e demonstraram com muita força de Razão, que o Trono Real não se pode sustentar sem Corrupção, pois o Temperamento ferrenho, confiante e obstinado, que a Virtude confere ao Homem, era um Obstáculo constante aos Negócios públicos.

Tive a Curiosidade de indagar, de modo preciso, por meio de que Método tantos haviam logrado obter elevados Títulos de Honra e Patrimônios prodigiosos; e restringi minha indagação a um Período bem moderno: porém, sem incluir o tempo presente, pois não queria eu ofender sequer os Estrangeiros (pois cuido que o Leitor compreenda que de modo algum tenho em mente meu próprio País no que ora digo), muitíssimas Pessoas foram evocadas, e bastou um Exame mui ligeiro para que fosse revelado tamanho Espetáculo de Infâmia que não posso refletir no assunto sem ficar um tanto grave. Perjúrio, Opressão, Suborno, Fraude, Lenocínio e outras *Doenças* semelhantes eram das Artes mais desculpáveis que eles tinham a mencionar, e com esses, o que era razoável, fui mui complacente. Mas quando alguns confessaram que deviam sua Grandeza e Riqueza à Sodomia ou ao Incesto, outros à Prostituição de suas próprias Esposas e Filhas; outros à Traição de seu País ou de seu Príncipe; outros a Venenos, e outros mais à perversão da Justiça com o fito de destruir inocentes: espero ser perdoado se tais Descobertas me inclinam a atenuar um pouco a profunda Veneração que naturalmente tendo a sentir pelas Pessoas de Condição elevada, as quais devem ser tratadas com o máximo de Respeito que é devido à sua sublime Dignidade, por nós, que lhes somos inferiores.

Muitas vezes eu lera sobre os grandes Serviços prestados a Príncipes e Estados, e assim desejei ver aquelas Pessoas que haviam desempenhado tais Serviços. Ao fazer minha indagação, foi-me dito que de seus Nomes não havia Registro, senão de uns poucos, os quais a História representa como os mais vis Canalhas e Traidores. Quanto ao resto, nunca ouvi falar deles uma só vez. Todos apareceram com Ar combalido, com Trajes os mais abjetos, e muitos me disseram que morreram na Miséria e na Vergonha, e os outros num Cadafalso ou num Patíbulo.

Entre os demais havia uma Pessoa cujo caso parecia um tanto singular.[66] Havia a seu lado um Mancebo de cerca de dezoito anos. Disse-me ele que por muitos anos fora Comandante de um Navio, e na Batalha Naval de *Áccio*[67] teve a boa sorte de romper a grande Linha de Batalha do Inimigo, afundar três de suas principais Naus e tomar uma quarta, o que foi a única Causa da fuga de *Marco Antônio*, e da Vitória que se seguiu; que o Jovem a seu lado, seu único Filho, foi morto no Combate. Acrescentou ele, que levando em conta seu Mérito, e estando terminada a Guerra, foi a *Roma*, e pediu à Corte de *Augusto* que lhe fosse concedido o Governo de um Navio maior, cujo Comandante fora morto; mas que nenhuma atenção foi dada a suas Pretensões, e que o Navio coube a um Jovem que jamais vira o Mar, filho de uma *Liberta*, que assistia a uma das Amantes do Imperador. Voltando a suas Naus, foi acusado de negligenciar seus Deveres, e seu Navio foi entregue a um Pajem favorito de *Publícola*, o Vice-Almirante; quando então ele se recolheu a uma Fazenda pobre, mui distante de *Roma*, e lá terminou seus dias. Tão curioso fiquei a respeito da veracidade dessa História, que pedi que fosse evocado *Agripa*,[68] o Almirante daquela Batalha. Ele apareceu e confirmou todo o Relato, porém de modo a aumentar em muito o Valor do Capitão, cuja Modéstia o levara a diminuir ou ocultar grande parte de seu Mérito.

Surpreendeu-me saber que a Corrupção crescera tão rápido e a tais dimensões naquele Império, por efeito do Luxo introduzido tão recentemente, o que me levou a admirar-me menos de tantos Casos semelhantes ocorridos em outros Países, onde Vícios de todas as espécies vicejam há muito mais tempo, e onde todos os Elogios, bem como toda a Pilhagem, cabem ao principal Comandante,[69] o qual é talvez quem menos mereceria uma coisa e outra.

À medida que cada Pessoa evocada aparecia tal como o fizera no Mundo, pus-me a refletir com Melancolia que uma grande parte da Humanidade estava degenerada entre nós, nesses últimos cem anos. Que o Gálico, com todas as suas Consequências e Denominações, havia alterado todos os Traços do Rosto *Inglês*, reduzido o tamanho dos Corpos, afrouxado os Nervos, relaxado os Tendões e Músculos, introduzido uma Tez amarelenta, e tornado a Carne mole e *rançosa*.

Cheguei mesmo a desejar que alguns Soldados *Ingleses* da velha Estirpe fossem chamados para aparecer, outrora tão famosos pela Simplicidade de suas Maneiras, Dieta e Vestimenta, pela Justiça em seus Atos, pelo vero Espírito de Liberdade, pela Bravura e Amor à Pátria. Tampouco pude permanecer insensível após comparar os Vivos com os Mortos, quando considerei que todas essas Virtudes puras nativas haviam sido prostituídas em troca de Dinheiro por seus Netos, os quais, vendendo seus Votos, e adulterando as Eleições, adquiriram todos os Vícios e Corrupções que podem ser aprendidos numa Corte.

IX

O Autor volta a Maldonada. *Parte para o Reino de* Luggnagg. *É confinado. É convocado pela Corte. A maneira como foi lá admitido. A grande Clemência do Rei para com seus Súditos.*

Chegado o dia da nossa Partida, despedi-me de sua Alteza o Governador de *Glubbdubdrib* e voltei com meus dois Companheiros a *Maldonada*, onde, após uma quinzena de espera, um Navio ficou pronto para partir rumo a *Luggnagg*. Os dois Cavalheiros e algumas outras Pessoas tiveram a Generosidade e a Bondade de me fornecer Provisões, e assistir ao meu Embarque. A Viagem durou um mês. Tivemos uma Tempestade violenta, e fomos obrigados a seguir para o Oeste, onde há um Vento Alíseo que se mantém por mais de sessenta léguas. No dia 21 de *Abril* de 1709, penetramos o Rio *Clumegnig*,[70] onde há um Porto marítimo, no extremo Sudeste de *Luggnagg*. Lançamos Âncora a uma légua da Cidade, e fizemos sinal para um Piloto. Dois deles subiram a bordo em menos de meia hora, e guiaram-nos por entre certos Bancos de Areia e Rochedos que são mui perigosos na Passagem que dá numa ampla Enseada, onde uma Frota pode chegar em segurança a uma distância de um cabo dos Muros da Cidade.

Alguns de nossos Marinheiros, quer por Traição, quer por Inadvertência, haviam dito aos Pilotos que eu era um Forasteiro e um grande Viajante, e eles transmitiram a Notícia a um Aduaneiro, o qual me examinou de modo mui rigoroso quando aportei. Esse Oficial falou-me no Idioma de *Balnibarbi*, que por efeito do intenso Comércio é geralmente compreendido naquela Cidade, especialmente pelos Marinheiros, e aqueles que trabalham na Alfândega. Fiz-lhe um curto Relato de alguns Pormenores, cuidando que meu Discurso fosse o mais plausível e coerente possível; mas julguei necessário disfarçar meu País, e afirmei-me *Holandês*, pois tencionava visitar o *Japão*, e sabia que os *Holandeses* eram os únicos *Europeus* que tinham licença de entrar naquele Reino.[71] Assim, disse eu ao Aduaneiro que, tendo sofrido um Naufrágio na costa de *Balnibarbi*, e ficando ilhado num Rochedo, fui recolhido para *Laputa*, a Ilha voadora (da qual ele ouvira falar muitas vezes), e agora pretendia chegar ao *Japão*, de onde eu poderia encontrar um meio de voltar a meu País. Disse-me o Aduaneiro que eu teria de ficar confinado até que ele recebesse Ordens da Corte, as quais ele solicitaria de imediato, e para as quais esperava receber Resposta sem demora. Fui levado a um Alojamento conveniente, com uma Sentinela à porta; eu podia, porém, frequentar um Jardim extenso, e fui tratado de modo bastante humano, sendo mantido sempre às custas do Rei. Convidaram-me várias pessoas, movidas principalmente pela Curiosidade, porque segundo se dizia eu vinha de Países mui remotos dos quais eles jamais ouviram falar.

Contratei um Jovem chegado no mesmo Navio para ser meu Intérprete; era ele Nativo de *Luggnagg*, porém vivera alguns anos em *Maldonada*, e dominava com perfeição os dois Idiomas. Com sua ajuda, pude conversar com os que vinham me visitar; mas as Conversas consistiam apenas em perguntas feitas por eles, e respostas por mim dadas.

O Despacho veio da Corte mais ou menos na hora em que era esperado. Continha um Mandado para que eu fosse levado juntamente com minha Comitiva a *Traldragdubb* ou *Trildrogdrib* (pois o nome é pronunciado das duas maneiras, se não me falha a memória) por dez Cavaleiros. Minha Comitiva consistia apenas naquele pobre Rapaz que era meu Intérprete, o qual convenci a se tornar meu Criado, e foi atendido meu humilde Pedido de que se concedesse uma Mula a cada um de nós para nos servir de Montaria. O Mensageiro foi enviado meio dia de Viagem à nossa frente, para avisar o Rei de minha chegada, e para pedir a sua Majestade que escolhesse o dia e a hora em que eu teria a Honra de *lamber o Pó diante de seu Escabelo.*[72] É esse o estilo da Corte, e descobri que era mais do que uma questão de forma. Pois quando fui admitido, dois dias após minha chegada, deram-me ordens de me aproximar rastejando, lambendo o Chão por onde passava; mas, por ser Forasteiro, tomou-se o cuidado de varrê-lo com muito apuro para que o Pó não me causasse ofensa. Isso, porém, era uma Graça especial, concedida apenas a Pessoas do mais alto Escalão, quando solicitam uma Audiência. Pois às vezes joga-se Poeira no Chão de propósito, quando a Pessoa a ser admitida tem Inimigos poderosos na Corte. E vi uma vez um grão-Senhor com a Boca tão cheia que, ao chegar à Distância apropriada do Trono, não conseguiu dizer palavra. E não há remédio, pois é Crime capital aquele que recebe uma Audiência cuspir ou limpar a Boca na Presença de sua Majestade. Há também um outro Costume que não posso aprovar de todo. Quando o Rei decide matar um dos seus Nobres de modo suave e indulgente, manda ele que o Soalho seja coberto por um certo Pó castanho, de Composição mortal, que ao ser lambido causa a Morte infalivelmente em vinte e quatro horas. Porém, em Justiça à grã-Clemência desse Príncipe, e ao cuidado que tem com as Vidas de seus Súditos (e oxalá o imitem os Monarcas da *Europa*), e em sua Honra, seja dito que por ordem do Rei as partes infetas do Chão são muito bem lavadas após cada uma dessas Execuções, e se forem negligentes os Criados, correm eles o risco de cair em Desgraça. Eu próprio ouvi o Rei ordenar que fosse açoitado um de seus Pajens, a quem cabia transmitir a ordem de lavar o Soalho após uma Execução, e que deixou de fazê-lo por malícia, e por sua Negligência um jovem Senhor, mui esperançoso, vindo a uma Audiência, foi desgraçadamente envenenado, embora não tivesse o Rei no momento nenhuma tenção de executá-lo. Mas tão gracioso era esse bom Príncipe que perdoou o pobre Pajem, livrando-o dos Açoites, desde que prometesse nunca mais fazer o que fizera, sem Ordens especiais.

Voltando após minha Digressão, quando havia me arrastado até uma distância de quatro jardas do Trono, delicadamente ergui-me sobre os Joelhos e então, batendo com a Testa sete vezes no Chão, pronunciei as Palavras que se seguem, as quais me haviam sido ensinadas na véspera: *Ickpling Gloffthrobb Squutserumm blhiop Mlashnalt Zwin tnodbalkguffh Slhiophad Gurdlubb Asht.* É essa a Saudação estabelecida pelas Leis do País para todas as Pessoas que são recebidas na Presença do Rei. Pode ser traduzida assim: *Que sua celestial Majestade sobreviva ao Sol, a onze Luas e meia.* Em resposta, disse o Rei algo que não entendi, porém repliquei conforme havia sido instruído: *Fluft drin Yalerick Dwuldom prastrad mirpush*, o que significa: *Minha Língua está na Boca de meu Amigo*, expressão essa cujo sentido era que eu pedia licença para que fosse admitido meu Intérprete; quando então o Jovem já mencionado pôde entrar, e por intermédio dele respondi todas as Perguntas que sua Majestade me fez em mais de uma hora. Eu falava na Língua de *Balnibarbi*, e meu Intérprete traduzia minhas Palavras para o Idioma de *Luggnagg*.

O Rei muito apreciou minha Companhia, e mandou que seu *Bliffmarklub*, isto é, Ecônomo-chefe, preparasse Aposentos na Corte para mim e meu Intérprete, com Refeições diárias e uma grande Bolsa de Ouro para meus Gastos comuns.

Três meses permaneci nesse País em total Obediência a sua Majestade, que houve por bem me conceder Favores e me fazer Ofertas mui honoráveis. Julguei, porém, mais prudente e justo passar o resto de meus dias com minha Mulher e minha Família.

X

Elogio dos Luggnaggianos. *Descrição minuciosa dos* Struldbruggs, *com muitas Conversações entre o Autor e algumas Pessoas eminentes sobre esse Assunto.*

Os *Luggnaggianos* são um Povo cortês e generoso, e embora não lhes falte um pouco daquele Orgulho que é peculiar a todos os Países *Orientais*, no entanto são gentis com os Forasteiros, especialmente aqueles que são favorecidos pela Corte. Tinha eu muitos Conhecidos entre as Pessoas mais bem reputadas, e sempre acompanhado por meu Intérprete tive com elas Conversações que não foram desagradáveis.

Um dia, estando em companhia de muita Gente boa, perguntou-me uma Pessoa de Qualidade se eu já vira algum dos *Struldbruggs*, ou *Imortais*. Respondi que não, e pedi-lhe que me explicasse o que significava tal Nome aplicado a uma Criatura mortal. Disse-me ele que por vezes, conquanto mui raramente, acontecia de nascer numa Família uma Criança com uma Marca circular vermelha na Testa, diretamente acima da Sobrancelha esquerda, o que era Sinal infalível de que ela jamais morreria. Essa Marca, tal como ele a descrevia, tinha mais ou menos o tamanho de uma Moeda de Prata de três *pence*, mas com o tempo aumentava e mudava de Cor; pois aos doze anos de idade tornava-se verde, e assim continuava até os vinte e cinco, quando então ficava de um azul-escuro; aos quarenta e cinco ficava negra como Carvão, e do tamanho de um xelim *Inglês*,[73] mas depois não sofria mais nenhuma Alteração. Disse-me que tais Nascimentos eram tão raros que não acreditava haver mais de mil e cem *Struldbruggs* de ambos os Sexos em todo o Reino, dos quais ele calculava que houvesse cinquenta na Metrópole, e entre os outros uma menina nascida cerca de três anos antes. Que essas Ocorrências não eram específicas de nenhuma Família, porém um mero efeito do Acaso, e que os filhos de *Struldbruggs* eram tão mortais quanto o resto do Povo.

Confesso que senti então um Prazer inexprimível ao ouvir tal Relato: e como a Pessoa que mo fez compreendia a Língua de *Balnibarbi*, a qual eu falava muito bem, não me contive e fiz algumas Exclamações talvez um pouco extravagantes. Disse eu, como se num Êxtase: Feliz a Nação onde toda Criança tem ao menos uma chance de ser imortal! Feliz o Povo que dispõe de tantos Exemplos vivos da Virtude antiga, e Mestres prontos para instruí-los na Sabedoria de todas as Eras passadas! Porém, felizes acima de todos aqueles excelentes *Struldbruggs*, que por nascerem isentos dessa Calamidade universal da Natureza humana, têm as Mentes livres e bonançosas, sem o peso e a depressão de Ânimo causada pela constante Apreensão da Morte. Revelei-me admirado por não ter observado nenhuma dessas Pessoas ilustres na Corte: o Sinal preto na Testa, sendo uma Distinção tão notável, decerto não me poderia ter passado despercebido: e era impossível que sua Majestade, um Príncipe tão judicioso, não dispusesse de um bom número de tais Conselheiros sábios e capazes. Quiçá, porém, a Virtude desses Sábios reverendos fosse demasiado severa para as Maneiras corruptas e libertinas de uma Corte. E muitas vezes nos ensina a Experiência que os Jovens são demasiadamente opiniáticos e voláteis para serem guiados pelos sóbrios Ditames dos mais velhos. Porém, como o Rei me concedia Acesso à sua Real Pessoa, estava eu decidido a lhe dar minha Opinião sobre esse Assunto na primeira oportunidade, com a ajuda de meu Intérprete; e quer ele seguisse meu Conselho, quer não, de uma coisa estava eu certo, que sua Majestade, tendo me oferecido muitas vezes uma Renda neste País, com muita gratidão eu aceitaria o Favor, e haveria de passar minha Vida aqui em Conversação com esses Seres superiores, os *Struldbruggs*, se eles condescendessem em me admitir.

O Cavalheiro a quem dirigi meu Discurso, o qual (como já observei) falava a Língua de *Balnibarbi*, disse--me, com a espécie de Sorriso que normalmente exprime Piedade para com os Ignorantes, que via com prazer qualquer oportunidade de me conservar entre eles, e pediu-me licença para explicar aos outros o que eu dissera. Assim o fez, e ficaram a conversar por algum tempo em sua própria Língua, da qual eu não compreendia sequer uma Sílaba, nem tampouco pude observar pelos seus Semblantes de que modo meu Discurso fora recebido por eles. Após um curto Silêncio, disse-me a mesma Pessoa que seus e meus Amigos (assim quis ele se exprimir) estavam mui contentes com meus Comentários judiciosos sobre a grande Felicidade e muitas Vantagens da Vida imortal, e gostariam que eu expusesse de modo minucioso que Forma de vida eu haveria de adotar se por acaso tivesse nascido *Struldbrugg*.

Respondi que era fácil ser eloquente sobre tema tão copioso e aprazível, especialmente para mim, que costumava me divertir com Visões do que eu faria se fosse Rei, General ou um Grão-Senhor: e quanto a este caso em particular, muitas vezes já tinha eu imaginado todo o Sistema que haveria de empregar para passar o tempo se estivesse certo de que viveria para sempre.

Que, se tivesse tido a boa Fortuna de vir ao Mundo como um *Struldbrugg*, tão logo descobrisse minha própria Felicidade ao me dar conta da diferença entre Vida e Morte, em primeiro lugar eu tentaria, por meio de todas as Artes e Métodos, obter Riquezas. Com esse fito, por meio da Economia e boa Administração, seria razoável supor que em cerca de duzentos anos eu me tornasse o Homem mais rico do Reino. Em segundo lugar, desde a mais tenra Juventude dedicar-me-ia ao estudo das Artes e Ciências, e assim com o tempo haveria de superar a todos em matéria de Saber. Por fim, faria um Registro cuidoso de toda Ação e Evento importante ocorrido na Esfera pública, traçaria os Caracteres de diversas Sucessões de Príncipes e grandes Ministros de Estado de modo imparcial, com minhas próprias Observações a respeito de cada Aspecto. Haveria eu de registrar com exatidão as diversas Mudanças nos Costumes, Línguas, Modas, Vestimentas, Dieta e Diversões. Por meio de todas essas Realizações, eu seria um Tesouro vivo de Conhecimento e Sabedoria, e decerto tornar-me-ia o Oráculo da Nação.

Não voltaria a me casar após os sessenta anos, porém viveria de modo hospitaleiro, mas sempre com economia. Eu haveria de me entreter formando e orientando as Mentes de Jovens esperançosos, convencendo-os, a partir da minha própria Memória, Experiência e Observação, com o lastro de muitos Exemplos, da utilidade da Virtude na Vida pública e privada. Mas minha Escolha e meus Companheiros constantes seriam uma comunidade de Irmãos imortais, dentre os quais eu elegeria uma dúzia, dos mais antigos até os meus contemporâneos. Se a alguns deles faltasse Fortuna, eu lhes forneceria Alojamentos convenientes nas minhas Propriedades, e teria sempre alguns como Comensais, admitindo apenas uns poucos dos mais valiosos de vós, Mortais, os quais com o passar do tempo me acostumaria a perder com pouca ou nenhuma relutância, e a tratar a vossa Posteridade do mesmo modo, como quem se diverte com a sucessão anual de Cravos e Tulipas em seu Jardim, sem lamentar a perda dos que feneceram no ano anterior.

Com esses *Struldbruggs* eu trocaria Observações e Lembranças no decorrer do tempo, observando as várias gradações em que a Corrupção se introduz no Mundo, e a ela opor-me-ia a cada momento, dando sempre à Humanidade Alerta e Instrução; o que, juntamente com a forte Influência de nosso Exemplo, provavelmente impediria aquela contínua Degeneração da Natureza Humana de que se faz queixa com tanta justiça em todas as Eras.

Acresça-se a isso o prazer de ver as diversas Revoluções

de Estados e Impérios, as Mudanças no Mundo superior e no inferior, Cidades antigas em ruínas, e Aldeias obscuras a tornarem-se Sedes de Reinos; Rios famosos minguando até virarem Regatos rasos, o Oceano deixando uma Costa seca e sobrepujando Outra; o Descobrimento de muitos Países ainda desconhecidos. A Barbárie se instaurando nas Nações mais urbanas, e as mais Bárbaras civilizando-se. Eu veria então a Descoberta da *Longitude*, do *Moto-Perpétuo*, do *Remédio Universal* e muitas outras grandes Invenções aprimoradas ao grau mais extremo.[74]

Que maravilhosos Descobrimentos haveríamos de fazer na Astronomia, ao sobrevivermos e confirmarmos nossas próprias Predições, ao observarmos o Progresso e o Retorno de Cometas, com as Mudanças dos Movimentos do Sol, da Lua e das Estrelas.

Discorri sobre muitos outros Tópicos que o natural desejo de uma Vida infinita e de Felicidade sublunar me traziam à mente com facilidade. Quando terminei, e a Súmula de meu Discurso foi interpretada como antes para os outros presentes, houve muita Conversação entre eles na Língua do País, e não sem alguns Risos às minhas custas. Por fim o mesmo Cavalheiro que fora meu Intérprete disse que os outros gostariam de corrigir uns poucos Erros em que eu incorrera pela Debilidade comum da Natureza Humana, e assim sendo não devia eu ser por eles censurado. Que os tais *Struldbruggs* só existiam em seu país, pois não havia semelhantes a eles nem em *Balnibarbi* nem no *Japão*, onde ele tivera a honra de ser Embaixador de sua Majestade, e havia observado que fora muito difícil convencer os Nativos de ambos esses Reinos que tal era possível, e que o Espanto que eu demonstrara quando o assunto me fora mencionado pela primeira vez indicava que era para mim coisa de todo nova e difícil de crer. Que nos dois Reinos acima mencionados, nos quais durante sua Residência ele muito havia conversado, observara ele que uma Vida longa era o Desejo universal da Humanidade. Que todo aquele que tinha um Pé na Cova fazia questão de manter o outro de fora por tanto tempo quanto pudesse. Que os mais velhos ainda tinham esperança de viver por mais um dia, e consideravam a Morte como o maior dos Males, o qual a natureza sempre os fazia evitar; somente nesta ilha de *Luggnagg* o apetite pela vida não era tão grande, graças ao exemplo contínuo dos *Struldbruggs* que todos tinham diante dos olhos.

Que o Sistema de Vida por mim elaborado não era razoável nem correto, pois pressupunha a Perpetuidade da Juventude, da Saúde e do Vigor, o que seria Estultícia esperar, por mais extravagantes que sejam os Desejos que se possa ter. Que a Questão, portanto, não era saber se um Homem haveria de preferir estar sempre na Flor da Idade, abençoado com Prosperidade e Saúde, mas sim como haveria de passar uma Vida perpétua com todas as Deficiências que soem advir da Velhice. Pois embora poucos afirmem desejar ser imortais em Condições tão duras, no entanto nos dois Reinos acima mencionados, *Balnibarbi* e *Japão*, ele observara que todos desejavam adiar a Morte mais um pouco, que ela viesse sempre mais tarde, e raramente ouvira falar de quem tivesse morrido por gosto, a menos que incitado por uma Dor ou Tortura extrema. E perguntou-me se naqueles Países por onde eu havia passado, bem como no meu, eu não havia observado a mesma Disposição geral.

Após esse preâmbulo, fez-me o Cavalheiro um relato circunstanciado dos *Struldbruggs* que havia entre eles. Disse-me que costumavam agir de modo semelhante aos Mortais, até chegarem a cerca de trinta anos de idade, quando então se tornavam melancólicos e desanimados, ficando cada vez mais assim até chegarem aos oitenta anos. Isso eles os ouvira confessar, pois como não havia mais do que dois ou três daquela Espécie nascidos numa Época, eram poucos demais para que se formasse uma

Observação geral deles. Chegando aos oitenta anos, a Idade considerada extrema naquele País, eles não apenas manifestavam todos os Achaques e Sandices comuns aos Velhos, mas também muitos outros que provinham da terrível Perspectiva de jamais morrer. Eram não apenas opiniáticos, iracundos, avaros, sorumbáticos, vaidosos e palavrosos, mas também incapazes de formar amizades, e indiferentes a todos os Afetos naturais, que jamais se estendiam para além de seus Netos. A Inveja e os Desejos impotentes são as Paixões que neles predominam. Porém os Objetos a que mais se dirige sua Inveja, ao que parece, são os Vícios dos mais jovens, e as Mortes dos velhos. Ao refletir naqueles, veem que não lhes resta nenhuma possibilidade de Prazer; e diante de um Enterro, lamentam-se por saber que aos outros cabe um Refúgio de Descanso a que eles jamais hão de ter acesso. Não se lembram de nada senão do que aprenderam ou observaram na Juventude e na Meia-idade, e mesmo essas Lembranças são mui imperfeitas. Quanto à Verdade ou aos Pormenores de qualquer Fato, antes fundar-se nas Tradições comuns do que nas melhores Recordações deles. Os menos infelizes dentre eles parecem ser os que se tornam caducos, e perdem de todo o Entendimento; esses encontram mais Piedade e Auxílio, porque lhes faltam muitas das más Qualidades que nos outros abundam.

Se por acaso um *Struldbrugg* desposa um semelhante, o Casamento é forçosamente dissolvido por Sanção do Reino, tão logo o mais jovem do Casal atingir a idade de oitenta anos. Pois julga a Lei ser razoável que os que são condenados, sem terem cometido nenhuma Falta, a uma Existência perpétua no Mundo não devem ter sua Desgraça duplicada pelo Fardo de uma Esposa.

Tão logo completam oitenta anos, passam a ser considerados mortos pela Lei; seus Herdeiros de imediato assumem seus Patrimônios, e apenas uma Ninharia é destinada para seu Sustento, sendo os mais pobres sustentados pelo Erário. Depois desse período tornam-se incapazes de exercer qualquer Cargo, seja de confiança ou remunerado, não podem adquirir Terras nem alugar imóveis, nem podem prestar Testemunho em qualquer Causa, cível ou criminal, nem mesmo em Decisões referentes a Marcos e Divisas.

Aos noventa anos perdem os Dentes e os Cabelos, nem sentem mais nenhum Gosto, porém comem e bebem o que conseguem obter, sem Gozo nem Apetite. As Doenças a que eram sujeitos ainda continuam, sem aumento nem diminuição. Quando falam, esquecem os Nomes comuns das coisas, e os das Pessoas, até mesmo dos Amigos e Parentes mais próximos. Pelo mesmo motivo, não podem eles divertir-se com a Leitura, pois sua Memória não lhes permite ir do início de uma Frase ao fim dela; e por conta desse Defeito são privados do único Entretenimento que ainda poderiam desfrutar.

Como a Língua desse País está sempre em Mutação, os *Struldbruggs* de uma Era não compreendem os de outra, e tampouco podem, após o intervalo de duzentos anos, trocar mais do que umas poucas Palavras gerais com seus Vizinhos mortais, e assim têm o Dissabor de viver como Estrangeiros em seu próprio País.

Tal foi o Relato que me foi feito dos *Struldbruggs*, a confiar na minha Memória. Posteriormente vi cinco ou seis deles, de diferentes Idades, o mais jovem tendo menos de duzentos anos, os quais me foram trazidos em diversas ocasiões por alguns dos meus Amigos; mas embora lhes fosse dito que eu era um grande Viajante, e que tinha conhecido todo o Mundo, não tiveram eles a menor curiosidade de me fazer nenhuma Pergunta; apenas me pediam que eu lhes desse algum *Slumskudask*, ou Memento, o que é uma maneira modesta de mendigar, para evitar a Lei que proíbe tal coisa, pois são sustentados pelo Erário, ainda que com Verba mui escassa.

São eles desprezados e odiados por toda espécie de

Gente; quando nasce um deles, o Evento é tomado por aziago, e o Nascimento é registrado de modo mui circunstanciado; assim, pode-se saber a Idade deles consultando o Registro, o qual, porém, foi iniciado há apenas mil anos, a menos que os Registros anteriores tenham sido destruídos pelo tempo ou por Distúrbios públicos. Mas a maneira costumeira de lhes calcular a Idade é perguntar-lhes de que Reis ou Pessoas importantes se lembram, e depois consultar a História do País, pois é certo que o Príncipe mais antigo dc que eles se recordam não iniciou seu Reino após eles completarem oitenta anos.

Nunca vi coisa mais mortificadora do que essas Criaturas, sendo as Mulheres mais horrendas que os Homens. Além das Deformidades usuais da extrema Velhice, advinha-lhes um Horror adicional em proporção a seu número de anos, algo que se não pode descrever, e dentre meia dúzia deles em pouco tempo logrei distinguir qual era o mais velho, embora a diferença entre um e outro não fosse mais do que um ou dois séculos.

O Leitor há de compreender que, a partir do que ouvi e vi, diminuiu deveras meu intenso Apetite por uma Vida perpétua. Muito me envergonharam as Visões deleitosas que havia concebido, e ocorreu-me que nenhum Tirano seria capaz de inventar uma Morte tal que eu não a abraçasse com muito gosto para escapar de uma Vida assim. O Rei soube de toda a Conversa que tive com meus Amigos nessa ocasião, e zombou de mim gostosamente, desejando que eu levasse um ou dois *Struldbruggs* para meu País, pois desse modo nosso Povo perderia o Temor da Morte; mas parece-me que tal é proibido pelas Leis fundamentais do Reino, senão teria eu aceito de bom grado o encargo e a despesa de transportá-los.

Não pude deixar de concordar que as Leis desse reino, relativas aos *Struldbruggs*, eram fundadas nas mais fortes Razões, e que qualquer outro País teria necessidade delas em Circunstâncias semelhantes. Pois, como a Avareza é Consequência necessária da Velhice, esses Imortais com o tempo se tornariam Donos de toda a Nação, e açambarcariam o Poder Civil, e assim, por lhes faltar capacidade para administrá-lo, terminariam por levar à ruína a Coisa Pública.

XI

O autor parte de Luggnagg *rumo ao* Japão. *De lá volta num navio* Holandês *a* Amsterdã, *e de* Amsterdã *à* Inglaterra.

Julguei que esse Relato dos *Struldbruggs* talvez proporcionasse entretenimento ao Leitor, pois parece um pouco fora do comum;[75] ao menos não me recorda nada semelhante em nenhum dos Livros de Viagens que chegaram a minhas Mãos: e se me engano, desculpo-me argumentando que têm necessidade os Viajantes, os quais descrevem o mesmo País, de muitas vezes alongar-se sobre os mesmos Pormenores, sem que por isso mereçam a pecha de terem tomado emprestado ou copiado daqueles que escreveram antes.

Há, de fato, Comércio constante entre esse Reino e o grande Império do *Japão*, e é bem provável que os Autores *Japoneses* tenham feito algum Relato dos *Struldbruggs*; porém minha Estada no *Japão* foi tão curta, e o Idioma de lá me era tão estranho, que não me foi possível fazer nenhuma Indagação. Porém espero que os *Holandeses*, lendo este meu Relato, sejam curiosos e capazes o bastante para corrigir meus Defeitos.

Sua Majestade, tendo amiúde insistido para que eu aceitasse algum Cargo em sua Corte, e vendo estar eu absolutamente decidido a voltar a meu País nativo, houve por bem conceder-me Permissão para partir, e fez-me a honra de dar-me uma Carta de Recomendação escrita por seu próprio Punho destinada ao Imperador do *Japão*. Outrossim, presenteou-me com quatrocentos e quarenta e quatro Moedas de Ouro graúdas (pois os Números pares muito aprazem esta Nação) e um Diamante vermelho que vendi na *Inglaterra* por mil e cem libras.

No dia 6 de *Maio* de 1709, despedi-me solenemente de sua Majestade e de todos os meus Amigos. Este gracioso Príncipe ordenou que uma Guarda me conduzisse até *Glanguenstald*, o qual é um Porto Real da parte *sudoeste* da Ilha. Seis dias depois, encontrei um Navio prestes a zarpar para o *Japão*, e a Viagem durou quinze dias. Atracamos num pequeno Porto chamado *Xamoschi*,[76] situado na parte *Sudeste* do *Japão*; a Cidade fica no Cabo *Ocidental* onde há um Estreito apertado, que leva ao *Norte* até um longo Braço de mar, na parte do *Noroeste* do qual fica a Metrópole, *Yedo*.[77] Ao desembarcar, mostrei aos Aduaneiros minha Carta do Rei de *Luggnagg* endereçada a sua Majestade Imperial. Eles conheciam muito bem o Sinete, o qual era tão largo quanto a Palma da minha Mão. A Imagem era a de *um Rei levantando da Terra um Mendigo manco*. Os Magistrados da Cidade, ao terem notícia de minha Carta, receberam-me como um Ministro; forneceram-me Carruagens e Criados, e levaram minha Bagagem até *Yedo*, onde fui recebido numa Audiência e entreguei minha Carta, a qual foi aberta com grande Cerimônia, e explicada ao Imperador por um Intérprete, que então me disse, por Ordem de sua Majestade, que eu fizesse meu Pedido, fosse o que fosse, que ele seria concedido em atenção a seu Real Irmão de *Luggnagg*. Esse intérprete era usado nas Transações com os *Holandeses*, e em pouco tempo percebeu por minhas Feições que eu era *Europeu*, e assim sendo repetiu as Ordens de sua Majestade em *Holandês*, Língua que falava com perfeição. Respondi (tal como havia dito antes) que era um Comerciante *Holandês*, que havia sofrido um Naufrágio num País mui remoto, do qual viajara por Mar e por Terra até *Luggnagg*, e depois viera de Navio até o *Japão*, onde sabia que meus Compatriotas comerciavam com frequência, e tinha esperança de voltar à *Europa* com eles: assim, humildemente eu solicitava seu Favor Real para que desse ordens de ser eu levado em segurança a *Nangasac*:[78] a isso acrescentei outra Petição, que em atenção a meu Protetor, o Rei de *Luggnagg*, sua Majestade condescendesse em me poupar da Cerimônia imposta a meus compatriotas de *pisar no Crucifixo*,[79] pois tinha eu sido levado a seu Reino por meus Infortúnios, sem nenhuma tenção de comerciar. Quando essa segunda Petição foi interpretada para o Imperador, ele pareceu um pouco surpreso, e disse ser eu o primeiro dos meus Compatriotas a revelar algum escrúpulo quanto a isso, e que começava a suspeitar que talvez eu não fosse um *Holandês* deveras, e sim um CRISTÃO. Porém, pelos Motivos que eu havia apresentado, mas principalmente para gratificar o Rei de *Luggnagg*, como Marca excepcional de seu Favor, aceitaria o meu pedido *singular*, mas a Questão devia ser resolvida com Destreza, e seus Oficiais deveriam me deixar passar como se por Descuido. Pois, assegurou-me ele, se o segredo fosse descoberto pelos meus Compatriotas, os *Holandeses*, eles haveriam de cortar minha Garganta durante a Viagem. Agradeci através do Intérprete por um Favor tão excepcional, e como naquele momento alguns Soldados estivessem marchando em direção à *Nangasac*, o Oficial Comandante recebeu ordem de me levar até lá em segurança, com Instruções especiais relativas à Questão do *Crucifixo*.

No dia 9 de *Junho* de 1709, cheguei a *Nangasac*, após uma viagem mui demorada e difícil. Logo me vi na companhia de alguns Marinheiros *Holandeses* que trabalhavam no *Amboyna*[80] de *Amsterdã*, um grande Navio de quatrocentos e cinquenta toneladas. Eu vivera muitos anos na *Holanda*, como estudante em *Leida*, e falava bem o *Holandês*. Os Marinheiros em pouco tempo tiveram notícia de onde eu havia chegado: estavam curiosos para saber de minhas Viagens e de meu Curso de Vida. Fiz-lhes um Relato tão curto e provável quanto pude, porém ocultei a maior parte. Conhecia eu muitas Pessoas na *Holanda*, e inventei Nomes para meus Pais, os quais fingi serem Pessoas obscuras da província de *Guéldria*. Teria dado ao Capitão (um certo *Theodorus Vangrult*)[81] o que ele me cobrasse para minha viagem à *Holanda*; porém, ao saber que eu era Cirurgião, ele aceitou a metade do Preço habitual, com a condição de que eu exercesse minha Profissão. Antes de partirmos, alguns Marinheiros perguntaram-me onde eu havia executado a Cerimônia mencionada acima. Evadi-me da Pergunta com Respostas gerais, dizendo que havia satisfeito o Imperador e a Corte sob todos os aspectos. Porém, um Criado de Camarote malicioso foi a um Oficial e, apontando para mim, disse-lhe que eu ainda não tinha *pisado no Crucifixo*. Mas o outro, que recebera Instruções para me deixar passar, deu no Tratante vinte Vergastadas de Bambu nos Ombros, depois do qual ninguém mais me importunou com tais Perguntas.

Nada ocorreu nessa Viagem que valha a pena relatar. Navegamos com bons Ventos até o *Cabo da Boa Esperança*, onde ficamos apenas o tempo suficiente para abastecer o Navio de Água de beber. No dia 16 de *Abril* chegamos sãos e salvos a *Amsterdã*, tendo perdido apenas três Homens por Doença na Viagem, e mais um quarto que caiu do Mastro de Proa no Mar, não muito longe da Costa da *Guiné*. De *Amsterdã* pouco depois zarpei para a *Inglaterra* num pequeno Navio pertencente àquela Cidade.

No dia 10 de *Abril* de 1710 chegamos a *Downs*. Desembarquei na manhã seguinte, e mais uma vez vi meu País nativo após uma ausência de cinco anos e seis meses exatos. Fui diretamente a *Redriff*, aonde cheguei no mesmo dia às duas da tarde, e encontrei minha Mulher e minha Família com boa Saúde.

Fim da Terceira Parte

VIAGENS

Quarta parte — viagem ao país dos Houyhnhnms

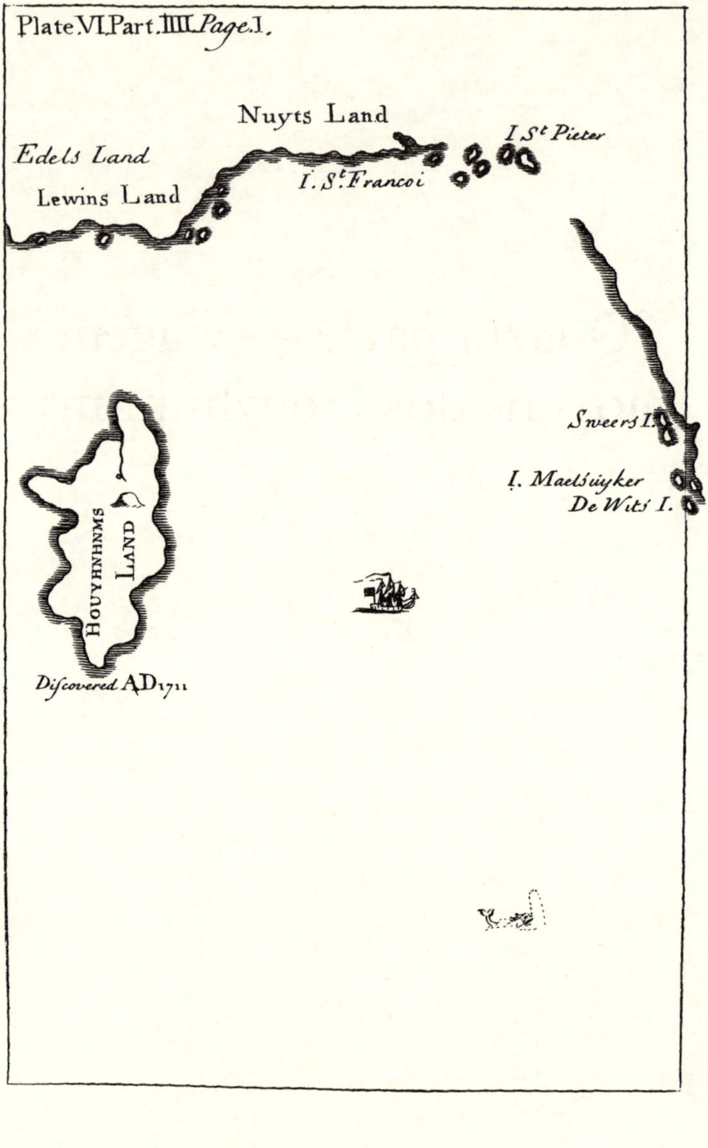

ilustração 8

I

O Autor parte em viagem como Capitão de Navio. Seus Homens conspiram contra ele, confinam-no por muito tempo em seu Camarote e abandonam-no na Costa de uma Terra desconhecida. Ele penetra no Interior. Os Yahoos,[1] *uma estranha espécie de Animal, é descrita. O Autor encontra dois* Houyhnhnms.[2]

Continuei em casa com minha Mulher e meus Filhos por cerca de cinco meses, numa situação de muita Felicidade, e oxalá tivesse aprendido a Lição de saber reconhecer-me feliz. Deixei minha pobre Esposa esperando Filho e aceitei uma Proposta vantajosa para ser Capitão do *Adventure*, um Navio Mercante de trezentas e cinquenta toneladas: pois eu conhecia bem a arte da Navegação, e estando cansado de trabalhar como Cirurgião de bordo, ofício que, porém, eu poderia exercitar ocasionalmente, contratei um Jovem bem qualificado nessa Profissão, chamado *Robert Purefoy*,[3] para assumi-la no meu navio. Partimos de *Portsmouth* no segundo dia de *Agosto* de 1710; no dia 14, encontramos em *Tenerife* o Capitão *Pocock* de *Bristol*, o qual estava seguindo para a Baía de *Campeche* para cortar Campeche.[4] No dia 16, ele foi apartado de nós por uma Tempestade; após minha volta, soube que seu Navio afundou, e ninguém escapou senão um Criado de Camarote. Era ele um Homem honesto e um bom Marinheiro, porém um tanto categórico a respeito de suas próprias Opiniões, o que foi a causa de sua Destruição, como o foi da de tantos outros. Pois, houvesse ele seguido meus Conselhos, talvez estivesse agora são e salvo em sua casa com sua Família, tal como estou eu.

Alguns Homens de meu Navio morreram de Calentura,[5] e assim fui obrigado a buscar Substitutos em *Barbados* e nas *Ilhas de Sotavento*,[6] onde aportei seguindo o Conselho dos Mercadores para quem eu trabalhava, do que em pouco tempo me arrependi; pois descobri depois que em sua maioria eles haviam sido Piratas. Tinha eu cinquenta Homens a bordo, e havia recebido Ordens de comerciar com os *Índios* do *Mar do Sul*, e fazer as Descobertas que pudesse. Esses Patifes que eu havia contratado perverteram meus outros Homens, e todos formaram uma Conspiração para tomar o Navio e me prender; o que fizeram uma manhã, entrando de Súbito no meu Camarote e amarrando-me os Braços e as Pernas, ameaçando jogar-me no Mar se eu lhes opusesse resistência. Respondi-lhes que era seu Prisioneiro e me submeteria. Obrigaram-me a jurar e em seguida desamarraram-me, acorrentando apenas uma de minhas Pernas junto à Cama e pondo uma Sentinela à minha porta com sua Arma carregada, com ordens de atirar para matar se eu tentasse escapar. Davam-me de comer e beber, e assumiram a Governança do Navio. Seu plano era o de tornarem-se Piratas e roubar os *Espanhóis*, o que só poderiam fazer se conseguissem mais Homens. Mas primeiro resolveram vender as Mercadorias que havia no Navio, e em seguida ir a *Madagascar* recrutar Marinheiros, já que alguns deles haviam morrido desde que eu fora confinado. Passamos semanas navegando, comerciando com os *Índios*, porém não sabia eu que Curso seguíamos, pois era mantido Prisioneiro em meu Camarote, esperando a qualquer momento que me assassinassem, pois era essa a Ameaça que me faziam com frequência.

No dia 9 de *Maio* de 1711, um certo *James Welch* veio ter comigo no meu Camarote; disse ele ter Ordens do Capitão de me abandonar em Terra. Tentei dissuadi--lo, mas em vão; tampouco quis me dizer quem era o novo Capitão. Puseram-me à força no Batel, deixando que eu vestisse minhas melhores Roupas, as quais estavam como novas, e levasse uma pequena Trouxa de Roupa de baixo, mas nenhuma Arma senão meu Espadim; e tiveram a bondade de não mexer em meus Bolsos, onde eu levava o pouco Dinheiro que tinha, juntamente com alguns pequenos Objetos de necessidade. Remaram por cerca de uma légua, e então largaram-me numa Praia. Pedi que me dissessem em que País eu estava. Todos juraram que o sabiam tanto quanto eu, porém disseram que o Capitão (pois assim o chamavam) tinha decidido, após vender o Carregamento, livrar-se de mim tão logo encontrassem Terra. Foram embora imediatamente, aconselhando-me a me apressar para não ser levado pela Maré, e assim despediram-se de mim.

Em tal desolação fui seguindo, até chegar à Terra firme, onde sentei-me num Banco de Areia para descansar e pensar no que fazer. Quando me senti um pouco repousado, penetrei no Interior, decidido a me entregar aos primeiros Selvagens que encontrasse, e comprando minha Vida ao preço de alguns Braceletes, Anéis de Vidro e outros Enfeites que os Marinheiros costumam levar nessas Viagens, dos quais tinha eu alguns: era a Terra dividida por longas Fileiras de Árvores que não haviam sido plantadas de modo regular, porém cresciam naturalmente; havia muita Grama e várias Roças de Aveia. Eu caminhava mui circunspecto, temendo ser surpreendido ou ser alvejado de súbito por uma Flecha vinda de trás ou de um dos lados. Fui ter numa Estrada bem trilhada, onde vi muitas marcas de Pés humanos, algumas de Patas de Vacas, mas principalmente de Cavalos. Por fim vi alguns Animais num Campo, e um ou dois da mesma espécie sentados em meio às Árvores. Sua Forma era mui singular, e deformada, o que me perturbou um pouco, e por isso deitei-me atrás de uma Moita para melhor observá-los. Como alguns se aproximassem do lugar onde eu estava, tive uma Oportunidade de vê-los com mais clareza. A Cabeça e o Peito eram cobertos de Pelo espesso, crespo em uns, liso em outros; tinham Barba semelhante à dos Bodes e uma longa Crista de Pelos nas Costas, e também na parte da frente das Pernas e Pés, mas o resto do Corpo era liso, de modo que se via a Pele, a qual era de um Tom de castanho-claro. Não tinham Cauda, nem Pelo algum no Traseiro, senão em torno do Ânus; o qual, imagino, a natureza colocara ali para protegê-los quando se sentassem no Chão; pois ficavam nessa Postura, bem como deitados, e muitas vezes ficavam de pé nas Patas traseiras. Subiam Árvores altas, ágeis como Esquilos, pois tinham Garras fortes e compridas na frente e atrás, as quais terminavam em pontas aguçadas e recurvas. Muitas vezes pulavam e saltavam, com agilidade prodigiosa. As Fêmeas eram um pouco menores que os Machos, tinham Pelos longos e lisos na Cabeça, mas não os tinham no rosto, além de uma espécie de Penugem no resto do Corpo, tirando a região em torno do *Ânus* e das *Partes pudendas*. Os Peitos caíam entre as Patas dianteiras, e muitas vezes quase tocavam no Chão quando andavam. Os Pelos de ambos os sexos eram de várias cores, castanho, vermelho, preto e amarelo. No todo, em todas as minhas Viagens jamais vi Animal tão desagradável, nem que me inspirasse uma Antipatia natural tão forte. Assim, pensando já ter visto o bastante, cheio de Desprezo e Aversão, levantei-me e segui pela Estrada, na esperança de chegar à Cabana de algum *Índio*. Não havia ido muito longe quando encontrei uma dessas Criaturas no mesmo Caminho que eu, vindo diretamente a mim. O Monstro horrendo, ao me ver, contorceu de todos os modos suas Feições, olhando-

-me como se jamais tivesse visto semelhante Objeto; então, achegando-se mais, levantou a Pata dianteira, se por Curiosidade ou com mau Intento, não pude eu discernir. Porém saquei meu Espadim e acertei-lhe um forte golpe com o lado sem corte da Arma, pois não quis ferir a Criatura, temendo que os Habitantes se voltassem contra mim se viessem a saber que eu matara ou ferira uma de suas Crias. Quando a Fera sentiu o Golpe, recuou, e rugiu tão alto que uma Manada contendo ao menos quarenta veio do Campo próximo, uivando e fazendo Caretas de ódio; porém corri até uma Árvore, e com ela às minhas Costas mantive-os afastados brandindo meu Espadim. Alguns daqueles Animais malditos agarraram-se aos galhos de trás e subiram na Árvore, e do alto dela começaram a jogar seus Excrementos na minha Cabeça: porém escapei, mantendo-me colado ao tronco da Árvore, ainda que quase tenha ficado sufocado com a Imundícia que caía a meu redor, por todos os lados.

No meio dessa Aflição, vi que todos de súbito começaram a fugir, quando então me arrisquei a afastar-me da Árvore e retomar a caminhada, sem compreender o que os fizera assustar-se de tal modo. Quando, porém, olhei para a esquerda, vi um Cavalo caminhando com passos silenciosos no Campo: então fora isso que, tendo meus Perseguidores percebido antes que eu o fizesse, os levara a fugir. O Cavalo surpreendeu-se um pouco ao se aproximar de mim, mas logo recuperou-se e encarou-me o Rosto com Sinais visíveis de Espanto: examinou-me as Mãos e os Pés, contornando-me várias vezes. Eu teria seguido em frente não tivesse ele se posto bem no Caminho, e no entanto olhando-me com um Ar mui lhano, sem jamais ameaçar a menor Violência. Ficamos algum tempo a nos entreolhar; por fim ousei estender a Mão em direção ao Pescoço do Cavalo, com tenção de acariciá-lo, falando e assobiando tal como fazem os Cavaleiros ao lidarem com uma Cavalgadura desconhecida. Porém aquele Animal, parecendo receber minha Cortesia com Desdém, balançou a Cabeça e franziu as Sobrancelhas, erguendo um pouco a Pata dianteira direita para retirar minha Mão. Então rinchou três ou quatro vezes, mas numa Cadência tão diferente que quase comecei a pensar que ele estivesse falando consigo próprio numa sua Língua.

Estávamos eu e ele assim ocupados quando um outro Cavalo se aproximou; o qual dirigiu-se ao outro de modo mui formal, e delicadamente ficaram a bater-se os Cascos dianteiros direitos, rinchando repetidamente, um de cada vez, e variando o Som, de tal modo que quase pareciam estar articulando Palavras. Afastaram-se alguns Passos, como se para conversar juntos, caminhando lado a lado, indo para a frente e para trás, como Pessoas discutindo uma Questão importante, porém voltando os olhos para mim, como se temessem que eu escapasse. Causou-me espanto ver tais Ações e tal Comportamento em Animais, e concluí que se os Habitantes desse País fossem imbuídos de grau proporcional de Razão, haveriam de ser as Pessoas mais sábias da Terra. Esse Pensamento de tal modo me confortou que resolvi seguir em frente até descobrir alguma Casa ou Aldeia, ou encontrar algum dos Nativos, deixando os dois Cavalos a conversar o quanto quisessem. Mas o primeiro, que era de Pelo cinzento malhado, ao me ver escapulir rinchou em minha direção num Tom tão expressivo que imaginei compreender o que ele queria dizer; assim, voltei-me para trás e aproximei-me dele, para aguardar suas Ordens vindouras; porém ocultando meu medo o tanto quanto podia fazê-lo, pois já começava a sentir um certo temor a respeito do modo como aquela Aventura poderia terminar; e o Leitor há de compreender que aquela Situação não me agradava muito.

Os dois Cavalos achegaram-se a mim, olhando com muita atenção para meu Rosto e minhas Mãos. O cinzento passou seu Casco dianteiro direito em torno de meu Chapéu, de tal modo entortando-o que fui obrigado a tirá-lo e pô-lo de novo na Cabeça; quando então tanto ele quanto seu Companheiro (o qual era um baio escuro) pareceu ficar mui surpreso, e ao apalpar a Fralda de meu Casaco e observar que ela pendia frouxa ao meu redor, os dois voltaram a olhar com novos Sinais de Espanto. Ele acariciou minha Mão direita, parecendo admirar-lhe a Brandura e a Cor; porém apertou-a com tanta força entre o Casco e a Quartela que fui obrigado a gritar; depois do qual os dois passaram a me tocar com toda a Ternura possível. Pareciam mui perplexos com meus Sapatos e Meias, nos quais tocavam muitas vezes, rinchando um para o outro, e usando vários Gestos que se assemelhavam aos de um Filósofo[7] que tenta resolver algum Fenômeno novo e difícil.

No todo, o Comportamento desses Animais era tão ordenado e racional, tão cuidoso e judicioso, que por fim concluí que haveriam de ser Magos, os quais haviam assumido aquela forma por algum motivo, e ao se depararem com um Estranho tinham resolvido divertir-se com ele; ou talvez estivessem de fato espantados diante de um Homem tão diferente quanto às Vestimentas, à Fisionomia e à Tez dos que viveriam numa Região tão remota. Com base nesse Raciocínio, a eles me dirigi assim: Cavalheiros, se Magos fordes, como tenho bom Motivo para supor, podereis compreender minha fala; assim, sabei que sou um pobre *Inglês* em grande aflição, levado por seus infortúnios à vossa Costa, e assim sendo suplico que um de vós me permita montar-vos, como se fôsseis um Cavalo de verdade, e seguir até alguma Casa ou Aldeia, onde possa obter ajuda. Em troca desse favor, dar-vos-ei esta Faca e este Bracelete (tirando-os do Bolso). As duas Criaturas permaneceram em silêncio enquanto eu falava, parecendo ouvir-me com muita Atenção; quando terminei, trocaram vários rinchos, como se estivessem envolvidos numa Conversação séria. Observei com clareza que a Língua deles exprimia mui bem as Paixões, e que as palavras poderiam sem muita dificuldade ser expressas num Alfabeto com maior facilidade do que o *Chinês*.[8]

Percebi com frequência a palavra *Yahoo*, a qual foi repetida por cada um deles várias vezes; e embora me fosse impossível conjecturar o que ela significava, enquanto os dois Cavalos conversavam resolvi praticar a Palavra com minha Língua; e assim que eles se calaram pronunciei alto e bom som *Yahoo*, imitando, ao mesmo tempo, da melhor maneira possível, o Rinchar de um Cavalo; diante disso os dois ficaram visivelmente surpresos, e o Cavalo cinzento repetiu a mesma Palavra duas vezes, como se tentasse me ensinar a Pronúncia correta, quando então falei depois dele tão bem quanto pude, e percebi que melhorava a cada vez, ainda que mui longe da Perfeição. Em seguida, o Baio tentou ensinar-me uma segunda Palavra, muito mais difícil de se pronunciar; porém, reduzindo-a à *Ortografia Inglesa*, ela poderia ser escrita assim: *Houyhnhnm*. Nessa não me saí tão bem quanto na anterior, mas após duas ou três tentativas consegui ter mais sucesso; e os dois pareciam surpresos diante de minha Capacidade.

Após mais alguma Conversação, que me pareceu dizer respeito a mim, os dois Amigos se despediram, com o mesmo Cumprimento de tocar os Cascos dianteiros; e o Cinzento fez sinal de que eu caminhasse à frente dele, no que julguei prudente lhe obedecer, enquanto não encontrasse quem melhor me orientasse. Quando eu afrouxava o Passo ele exclamava *Hhuun*, *Hhuun*; compreendi o significado e fi-lo entender, da melhor maneira que pude, que estava cansado, e não podia andar mais depressa; então ele parava por algum tempo para que eu descansasse.

II

O Autor é levado por um Houyhnhnm *a sua Casa. Descrição da Casa. De como o Autor foi recebido. A Comida dos* Houyhnhnms. *O Autor, atormentado pela falta de Carne, por fim encontra alívio. Modo como ele se alimentava nesse País.*

Tendo viajado cerca de três milhas, chegamos a uma espécie de Prédio alongado, feito de Troncos enfiados no Chão e trançados com Vime; o Telhado era baixo, e recoberto de Palha. Comecei a sentir-me um pouco confortado, e tomei algumas Bugigangas, dessas que os Viajantes costumam levar para presentear os *Índios* selvagens da *América* e de outras partes, na Esperança de que a Gente da Casa ficasse disposta a me receber bem. O Cavalo fez sinal para que eu entrasse primeiro; era uma Sala ampla, com Chão de Barro liso, e uma Manjedoura que se estendia ao longo de todo o comprimento do Recinto num dos lados. Havia três Rocins e duas Éguas, não comendo, e sim como se sentados sobre seus Jarretes, o que muito me espantou; mais ainda espantou-me, porém, ver os outros ocupados com Tarefas domésticas. Pareciam Animais comuns; mas isso só fez confirmar minha primeira Opinião, a de que um Povo que de tal modo era capaz de civilizar Alimárias havia de ser mais sábio do que todas as Nações do Mundo. O Cavalo cinzento entrou logo depois, impedindo assim que os outros porventura me maltratassem. Rinchou várias vezes num tom de Autoridade e recebeu Respostas.

Além dessa Sala havia mais três, ocupando o comprimento da Casa, e para nelas se chegar passava-se por três Portas, uma em frente à outra, em Linha reta ; atravessamos a segunda Sala em direção à terceira, e aqui o Cavalo cinzento foi na frente, fazendo sinal para que eu aguardasse: esperei na segunda Sala, a preparar os Presentes para o Senhor e a Senhora da Casa: duas Facas, três Braceletes com Pérolas falsas, um Espelho pequeno e um Colar de Contas. O Cavalo rinchou três ou quatro vezes, e fiquei à espera de ouvir alguma Resposta em Voz humana, porém não as ouvi senão no mesmo Idioma, apenas uma ou duas Vozes um pouco mais agudas que a dele. Comecei a pensar que aquela Casa havia de pertencer a uma Pessoa de muito respeito entre eles, pois era só com grande Cerimônia que eu podia ser admitido. Mas que um Homem de Qualidade tivesse Cavalos por Serviçais me parecia inexplicável. Temia que meu cérebro Estivesse perturbado por meus Sofrimentos e Infortúnios: incitei-me a olhar a minha volta e examinar o Recinto em que fora deixado a sós; era mobiliado tal como o primeiro, só que de modo mais elegante. Esfreguei os Olhos várias vezes, porém continuava a ver os mesmos Objetos. Belisquei os Braços e as Ilhargas para despertar-me, na esperança de que aquilo fosse um Sonho. Em seguida, concluí sem qualquer dúvida que todas aquelas Aparições não podiam ser outra coisa senão Necromancia e Magia. Mas não tive tempo de levar adiante essas Cogitações; pois o Cavalo cinzento veio à Porta e fez-me sinal para que eu o seguisse em direção à terceira Sala, onde vi uma Égua mui faceira, com um potro jovem e outro ainda mais pequeno, todos sentados em Esteiras de Palha feitas com certa arte, e perfeitamente limpas.

A Égua, tão logo entrei, levantou-se de sua Esteira e, aproximando-se de mim, depois de observar com atenção minhas Mãos e meu Rosto, dirigiu-me um Olhar cheio de desprezo; então, virando-se ela para o Cavalo, ouvi a palavra *Yahoo* repetida muitas vezes entre eles; palavra cujo significado não pude então compreender, ainda que fosse a primeira que eu aprendera a pronunciar; porém logo isso me ficou claro, para minha eterna Mortificação: pois o cavalo, fazendo sinal para mim com a Cabeça, e repetindo a palavra *Hhuun*, *Hhuun*, tal como fizera na Estrada, fazendo-me entender que eu devia segui-lo, levou-me a uma espécie de Pátio, onde havia um outro Prédio a alguma distância da Casa. Lá entramos, e vi três daquelas Criaturas detestáveis que eu encontrara logo após chegar àquela Terra, a comer Raízes e a Carne de alguns Animais, que depois vi serem Asnos e Cães, e de quando em vez uma Vaca morta de Acidente ou doença. Estavam todos amarrados pelo Pescoço com Laços fortes feitos de Ramos, presos a uma Viga; seguravam a Comida com as Garras das Patas dianteiras e rasgavam-na com os Dentes.

O Cavalo Senhor mandou que um Rocim alazão, um de seus Criados, desarmasse o maior desses Animais e o levasse para o Quintal. A Fera e eu fomos postos um ao lado do outro; e nossos Rostos comparados com atenção, tanto pelo Senhor quanto pelo Criado, os quais em seguida repetiram várias vezes a palavra *Yahoo*. Impossível exprimir o Horror e o Espanto que senti quando observei, naquele Animal abominável, uma perfeita Figura humana; embora fosse o Rosto chato e largo, o Nariz afundado, os Lábios grandes, e a Boca larga. Mas essas Diferenças são comuns a todas as Nações Selvagens, em que os Traços da Fisionomia são distorcidos pelos Nativos por permitirem que seus Filhos fiquem a rastejar pela Terra, ou por carregá-los nas costas, deixando que seus rostos fiquem chatos de tanto se aninhar nos ombros da mãe. As Patas dianteiras dos *Yahoos* só diferiam das minhas Mãos pelo Comprimento das Unhas, a Aspereza e a Pele escura das Palmas, e o Pelo nas Costas. Havia a mesma Semelhança entre nossos Pés, com as mesmas Diferenças, que eu bem sabia, embora não o soubessem os Cavalos, causadas pelos Sapatos e Meias; o mesmo quanto a todas as partes de nossos Corpos, tirando as diferenças de Pelos e Cor, das quais já falei.

A grande Dificuldade que parecia confundir os dois Cavalos era ver tamanha Diferença entre o resto do meu Corpo e os dos *Yahoos*, devida às minhas roupas, das quais eles não faziam Ideia: o Rocim alazão ofereceu-me uma Raiz, que ele segurava (à maneira deles, como veremos no lugar adequado) entre o Casco e a Quartela; segurei-a com minha Mão, e, tendo-a cheirado, devolvi-a do modo mais delicado possível. Ele trouxe do Canil dos *Yahoo* um pedaço de Carne de Asno, mas seu fedor era tamanho que dela me afastei com asco; em seguida, ele jogou-a para o *Yahoo*, o qual a devorou com voracidade. Em seguida, mostrou-me um Maço de Feno e estendeu-me o Machinho cheio de Aveia; porém balancei a Cabeça, para indicar que nenhuma dessas coisas era Comida para mim. E dei-me conta naquele instante de que eu haveria de morrer de fome se não conseguisse encontrar alguém da minha Espécie: pois quanto àqueles imundos *Yahoos*, embora na época poucos amassem a Humanidade tanto quanto eu, confesso jamais ter visto um Ser tão detestável sob todos os aspectos; e quanto mais deles eu me aproximava, mais odiosos se tornavam para mim, durante todo o tempo em que permaneci naquele País. Isso o Cavalo Senhor observou por meio de meu Comportamento, e assim sendo mandou o *Yahoo* de volta para seu Canil. Em seguida levou o Casco da Pata dianteira à Boca, o que muito me surpreendeu, embora ele o fizesse com facilidade, e num Movimento que parecia perfeitamente natural, e perguntou-me por meio de outros Sinais o que eu haveria de comer; porém não consegui lhe dar uma Resposta que ele compreendesse; e, mesmo se me tivesse compreendido, não sabia eu de que modo seria possível encontrar Alimento para mim. Enquanto estávamos assim ocupados, vi uma Vaca passando, e apontei para ela, exprimindo o Desejo de ordenhá-la. Isso surtiu efeito; pois ele me levou novamente para a Casa, e deu ordens a uma Égua Criada para que abrisse a porta de um Recinto onde havia uma boa quantidade de Leite em Recipientes de Barro e de Madeira, mui bem ordenados e limpos. Deu-me ela uma

Tigela grande cheia, da qual bebi com muito gosto, e me senti bem alimentado.

Por volta do meio-dia vi aproximar-se da Casa uma espécie de Veículo puxado à maneira de um Trenó por quatro *Yahoos*. Dentro dele vinha um Cavalo velho, que parecia de Qualidade; ele saltou avançando com as Patas traseiras, pois havia num acidente ferido a Pata dianteira esquerda. Vinha almoçar com o nosso Cavalo, o qual o recebeu com muita civilidade. Almoçaram na melhor Sala, tendo como segundo Prato Aveia cozida em Leite, que o Cavalo velho comeu quente, mas os outros comeram frio. As Manjedouras formavam um círculo no meio da Sala, sendo dividida em várias Partições, em torno das quais eles sentavam-se em Montes de Palha. No meio havia uma Estrutura grande com Ângulos que correspondiam a cada Divisão da Manjedoura. Assim, cada Cavalo e cada Égua comia seu próprio Feno, e sua própria Porção de Aveia com Leite, de modo decente e organizado. O Comportamento dos dois Potros parecia mui recatado, e o Senhor e a Senhora extremamente alegres e educados para com o Convidado. O Cavalo cinzento deu ordem para que eu ficasse em pé seu lado, e conversou muito com seu Amigo a meu respeito, como observei ao ver que o Estranho olhava-me amiúde, e ao ouvir a Repetição frequente da palavra *Yahoo*.

Eu estava por acaso com Luvas, as quais o Cavalo cinzento observou, perplexo, sem compreender o que eu fizera com minhas Patas dianteiras; três ou quatro vezes tocou-as com seu Casco, como se pedisse que eu as fizesse retomar sua condição original, o que fiz, descalçando ambas as Luvas e guardando-as na Algibeira. Isso forneceu assunto para mais Conversas, e observei que os Comensais estavam mui contentes com meu Comportamento, o que em breve teria bons efeitos. Pediram que eu pronunciasse as poucas palavras que eu compreendia, e durante o Almoço o Senhor ensinou-me os nomes de

Aveia, Leite, Fogo, Água e algumas outras coisas; esses nomes eu os repetia de imediato, tendo desde jovem grande Facilidade no aprendizado de Línguas.

Terminado o Almoço, o Cavalo Senhor chamou-me à parte, e por meio de sinais e palavras exprimiu sua Inquietação por não ter eu nada para comer. Na língua deles, a aveia se chama *Hlunnh*. Esta Palavra eu pronunciei duas ou três vezes; pois, embora tendo recusado a Aveia de início, ocorreu-me então que com ela eu podia fazer uma espécie de Pão, o qual, juntamente com o Leite, haveria de me manter vivo até que eu pudesse escapar para algum outro País onde houvesse Criaturas da minha Espécie. Imediatamente o Cavalo mandou que uma Égua branca, que era Criada de sua Família, trouxesse-me uma boa quantidade de Aveia numa espécie de Bandeja de Madeira. Aqueci-a diante do fogo, e esfreguei-a até que as Cascas caíssem, e separei-as dos Grãos, peneirando como pude; depois moí os Grãos batendo-os entre duas pedras, acrescentei água e fiz uma espécie de Pasta ou Bolo, que cozinhei ao fogo e comi quente, com Leite. Foi de início uma Dieta mui insípida, embora comum em muitas partes da *Europa*,[9] mas com o tempo veio a me parecer tolerável; e sendo tantas vezes obrigado a comer mal em minha Vida, não foi essa a primeira vez que verifiquei o quanto é fácil satisfazer a Natureza. E não posso deixar de observar que não estive doente por sequer uma hora durante todo o tempo em que permaneci nessa Ilha. É bem verdade que por vezes logrei pegar um Coelho ou uma Ave, com Arapucas feitas de Pelos de *Yahoos*, e muitas vezes colhi Ervas salutares, as quais eu cozia, ou comia como Salada junto com meu Pão, e de vez em quando, como uma raridade, fazia um pouco de Manteiga e bebia o Soro. De início senti muita falta do Sal; mas com o tempo acostumei-me a ficar sem ele; e estou certo de que o uso frequente que fazemos do Sal é um efeito do Luxo, e que ele foi introduzido com o fim de instigar a

Bebida; salvo quando é necessário para preservar a Carne em Viagens longas, ou em lugares distantes dos grandes Mercados. Pois observamos que nenhum Animal gosta de Sal a não ser o Homem: e quanto a mim, depois que parti desse País, levei um bom tempo até voltar a suportar seu Sabor em qualquer coisa que eu comesse.

Isso há de bastar com respeito à minha Dieta, Assunto com que outros Viajantes enchem seus Livros, como se seus Leitores tivessem interesse pessoal em saber se nos alimentamos bem ou mal. Porém, foi necessário mencionar essa Questão, para que não pense o Mundo que tenha sido para mim impossível encontrar alimento durante três anos em tal País, e vivendo entre tais Habitantes.

Quando anoiteceu, o Cavalo Senhor mandou que se preparasse um Lugar para eu dormir; ficava a apenas seis jardas da Casa, e separado da Estrebaria dos *Yahoos*. Ali peguei um pouco de Palha, e cobrindo-me com minhas próprias Roupas, dormi muito bem. Mas em pouco tempo encontrei melhores acomodações, como o Leitor ficará sabendo quando eu discorrer com mais Pormenores a respeito de meu modo de Vida.

III

O Autor aplica-se ao estudo do idioma, ajudado por seu Senhor Houyhnhnm. *A descrição do Idioma. Alguns* Houyhnhnms *de Qualidade vêm ver o Autor, movidos pela Curiosidade. Ele faz a seu Senhor um breve Relato de sua Viagem.*

Minha principal Ocupação era aprender o Idioma, que meu Senhor (pois assim me referirei a ele doravante) e seus Filhos, bem como todos os Criados de sua Casa, desejavam me ensinar. Pois julgavam eles um prodígio que um Animal bruto exibisse tais Sinais de uma Criatura racional. Eu apontava todas as Coisas e perguntava seus

Nomes, os quais anotava em meu *Diário* quando estava a sós, e corrigia minha Enunciação defeituosa pedindo aos Membros da Família que os pronunciassem amiúde. Nessa tarefa um Rocim alazão, que era um dos Criados mais humildes, estava sempre mui disposto a ajudar-me.

Quando falam, eles pronunciam as Palavras pelo Nariz e Garganta, e sua Língua aproxima-se mais do *Alemão* que de qualquer outro Idioma *Europeu*; porém é muito mais gracioso e expressivo. O Imperador Carlos V fez a mesma Observação quando disse que, se falasse com seu Cavalo, fá-lo-ia em *Alemão*.[10]

Tamanhas eram a Curiosidade e Impaciência de meu Senhor, que dedicou muitas horas de seu Lazer à Tarefa de instruir-me. Estava convencido (como depois me disse) de que eu devia ser um *Yahoo*, porém surpreendia-se ao ver que era possível ensinar-me, e que eu era cortês e limpo; tais qualidades eram inteiramente opostas às daqueles Animais. O que mais perplexo o deixava eram minhas Roupas, que o faziam perguntar-se se não seriam elas parte do meu Corpo; pois eu só me despia quando toda a Família havia adormecido, e voltava a vestir-me antes que eles despertassem na manhã seguinte. Meu Senhor queria muito saber de onde eu vinha, de que modo eu adquirira aquelas Aparências de Razão que exibia em todos os meus Atos, e queria ouvir meu relato de minha própria Boca, o que esperava que eu pudesse fazer em breve graças a minha grande Mestria em aprender e pronunciar as Palavras e Sentenças de sua Língua. Para auxiliar minha Memória, eu registrava tudo que ouvia com o Alfabeto *Inglês*, e anotava as Palavras juntamente com as Traduções. Depois de algum tempo, aventurei-me a fazer isso na Presença de meu Senhor. Foi mui difícil explicar-lhe o que eu estava a fazer; pois os Habitantes de lá não têm nenhuma noção do que sejam os Livros nem a Literatura.

Em cerca de dez semanas já me era possível compreender a maioria das Perguntas que ele me dirigia, e após três meses podia dar-lhe Respostas aceitáveis. Ele tinha grande Curiosidade em saber de que parte do País eu vinha, e de que modo me haviam ensinado a imitar uma Criatura racional, pois os *Yahoos* (aos quais, como ele via, eu era mui semelhante quanto à Cabeça, às Mãos e ao Rosto, as únicas partes que eram visíveis) que tinham alguma aparência de Astúcia, e a mais forte tendência ao malfazer, eram os Animais que mais dificuldade tinham de aprender alguma coisa. Respondi que eu vinha de Além-Mar, de um Lugar distante, onde havia muitos outros da minha própria Espécie, num grande Vaso oco feito com os Corpos das Árvores. Que meus Companheiros me obrigaram a aportar naquela Costa, e então me deixaram entregue a minha própria Sorte. Foi só com alguma Dificuldade, e com o auxílio de muitos Sinais, que pude me fazer entender. Respondeu-me ele que eu havia de estar enganado, ou de estar a *dizer a coisa que não era*. (Pois não há palavra na Língua deles para exprimir a Mentira ou a Falsidade.) Ele sabia ser impossível que houvesse um País Além-Mar, ou que Seres brutos fossem capazes de levar um Vaso vazio para onde quisessem sobre a Água. Estava certo de que nenhum *Houyhnhnm* vivo era capaz de fazer um tal Vaso, nem encarregaria *Yahoos* de manejá-lo.

A palavra *Houyhnhnm*, na Língua deles, significa *Cavalo*, em sua etimologia, *a Perfeição da Natureza*. Disse eu a meu Senhor que me era difícil exprimir-me, porém que trataria de melhorar tão depressa quanto possível; e esperava que em pouco tempo pudesse lhe falar de Maravilhas. Ele houve por bem ordenar que sua própria Égua, e seus Potros, e os Criados da Família, utilizassem todas as Oportunidades para me instruir, e todos os dias, por duas ou três horas, ele próprio impunha-se a mesma Tarefa: vários Cavalos e Éguas de Qualidade daquela vizinhança vinham com frequência à nossa Casa ao ouvir falar na Presença de um *Yahoo* maravilhoso, que era capaz de falar como um *Houyhnhnm*, e que parecia, por suas Palavras e Atos, ter alguns Vestígios de Razão. Muito lhes aprazia conversar comigo; faziam-me muitas Perguntas, e recebiam as Respostas que eu era capaz de dar. Com tantos Auxílios, progredi de tal modo que, cinco meses após minha Chegada, eu já compreendia tudo que era dito e sabia exprimir-me razoavelmente bem.

Os *Houyhnhnms* que vinham visitar meu Senhor, com o fito de me ver e conversar comigo, mal podiam crer que eu fosse deveras um *Yahoo*, porque meu corpo tinha uma cobertura diferente de todos os outros da minha Espécie. Muito se espantavam de me ver sem o Pelo e a Pele habituais, senão na Cabeça, no Rosto e nas Mãos; porém revelei esse Segredo a meu Senhor, por conta de um Acidente, que acontecera cerca de uma quinzena antes.

Como já sabe o Leitor, todas as noites, quando a Família se deitava, era meu costume despir-me e cobrir-me com minhas Roupas: aconteceu que uma manhã, bem cedo, meu Senhor mandou que me chamasse o Rocim alazão, que era seu criado pessoal; quando ele chegou, eu dormia profundamente, com as Roupas caídas para um lado e a Camisa acima de minha cintura. Despertei com o Barulho que ele fez, e percebi que ele me transmitiu sua Mensagem com certa Perturbação; em seguida, foi ter com meu Senhor, e muito assustado lhe fez um Relato bem confuso do que vira: isso compreendi pouco depois; pois, ao apresentar-me a meu Senhor tão logo me vesti, perguntou-me ele o que significava o que lhe fora relatado por seu Criado, que adormecido eu não era como eu parecia ser em outras ocasiões; que seu Criado lhe assegurara que uma parte de mim era branca, outra amarela, ou ao menos não tão branca, e outra parda.

Até então eu havia ocultado o Segredo de minhas Roupas, a fim de diferenciar-me tanto quanto possível daquela Raça maldita dos *Yahoos*; porém percebi que de nada me valeria continuar a fazê-lo. Ademais, eu sabia que minhas Roupas e Sapatos em pouco tempo haveriam de se gastar, já estando em declínio, e seria necessário substituí-los, utilizando para tal as Peles dos *Yahoos* ou de algum outro Animal bruto; e assim todo o Segredo seria revelado. Disse eu, pois, a meu Senhor que no País de onde eu vinha os de minha Espécie sempre cobriam seus corpos com as Peles de certos animais preparadas com muita Arte, não só por Decência como também para evitar as Inclemências do Calor e do Frio; que estava disposto a lho demonstrar de imediato se tal me fosse ordenado, pedindo-lhe apenas que me permitisse não expor aquelas Partes que a Natureza nos ensinou a ocultar. Respondeu-me ele que todo o meu Discurso era mui estranho, em particular o final; pois não lhe parecia compreensível que a Natureza nos ensinasse a ocultar alguma coisa que ela própria nos dera. Que nem ele nem sua Família tinham Vergonha de quaisquer partes de seus Corpos; mas que eu poderia fazer como quisesse. Assim sendo, primeiro desabotoei meu Casaco e tirei-o. Fiz o mesmo com o Colete; descalcei Sapatos e Meias e tirei as Calças. Abaixei a Camisa até a Cintura e recolhi as Fraldas, amarrando-as como um Cinturão em torno do meio do Corpo para ocultar minha Nudez.

Meu Senhor observou toda a Demonstração dando grandes Mostras de Curiosidade e Admiração. Recolheu todas as minhas Roupas com sua Quartela, uma por uma, e examinou-as com Diligência; em seguida, alisou meu Corpo mui delicadamente e olhou-me à volta várias vezes, após o qual afirmou não ter dúvida de que eu era um perfeito *Yahoo*; mas que eu diferia muito dos outros de minha Espécie quanto à Brandura, Brancura e Lisura de minha Pele, a falta de Pelos em várias partes do meu Corpo, a Forma e do Tamanho das minhas Garras de trás e da frente, e minha insistência em andar sempre ereto com as Patas traseiras. Nada mais quis ver, e deu-me licença para me vestir outra vez, pois eu tremia de frio.

Manifestei minha inquietação ao ouvi-lo chamar-me tantas vezes de *Yahoo*, um Animal detestável, que tanto Ódio e Desprezo me inspiravam. Supliquei-lhe que evitasse usar essa Palavra para se referir a mim, e desse Ordem a toda sua Família para que fizesse o mesmo, bem como aos Amigos a quem me mostrava. Pedi-lhe também que o Segredo da Cobertura falsa de meu Corpo não fosse revelado a mais ninguém, ao menos enquanto durassem minhas Roupas atuais; pois, quanto ao Rocim alazão, seu Criado, sua Excelência podia ordenar que ele ocultasse o fato.

Tudo isso meu Senhor me concedeu graciosamente, e assim o Segredo foi mantido até que minhas Roupas começaram a se gastar, quando então me vi obrigado a valer-me de vários Recursos, que mencionarei adiante. Nesse ínterim, pediu-me que continuasse a me aplicar com toda a minha Diligência no Aprendizado de seu Idioma, porque mais o surpreendia minha Capacidade de falar e raciocinar do que a Aparência de meu Corpo, fosse ou não coberto; acrescentando que aguardava com certa Impaciência a hora de eu lhe falar das Maravilhas que lhe havia prometido.

Daí em diante, duplicou seus Esforços de me instruir; apresentou-me a todos e fê-los me tratar com Civilidade, porque, como lhes explicou em particular, desse modo eu ficaria de bom humor e me tornaria mais divertido.

Todos os dias, quando eu me apresentava a meu Senhor, ele, além de se dar o Trabalho de me ensinar, dirigia-me Perguntas a respeito de mim mesmo, as quais eu respondia da melhor maneira que podia; e desse modo chegou a formar algumas Ideias gerais, ainda que mui imperfeitas. Seria maçante relatar os diferentes Graus por meio dos quais me tornei capaz de entabular uma Conversação normal: porém o primeiro Relato mais extenso que fiz de mim mesmo teve o teor seguinte:

Que eu viera de um País mui distante, como já havia tentado lhe dizer, acompanhado de cinquenta Seres da minha Espécie; que viajáramos pelos Mares, num grande Vaso oco feito de Madeira, maior do que a Casa de sua Excelência. Descrevi-lhe o Navio da melhor maneira que pude, e expliquei, com a ajuda de meu Lenço desdobrado, de que forma o Vento o impelia. Que, por conta de uma Briga entre nós, fui abandonado naquela Costa, e caminhei sem rumo até que ele me salvou da Perseguição daqueles execráveis *Yahoos*. Perguntou-me ele quem fizera o Navio, e como era possível que os *Houyhnhnms* de meu País o entregassem à Governança de Animais brutos? Minha Resposta foi de que eu não ousava prosseguir em meu Relato, a menos que ele me desse a sua Palavra de Honra que não haveria de ofender-se, e que só então eu lhe falaria das Maravilhas tantas vezes prometidas. Ele o fez; e prossegui, dizendo-lhe que o Navio fora feito por Criaturas como eu, as quais, em todos os Países por onde eu viajara, bem como no meu, eram os únicos Animais racionais que dominavam; e que, ao chegar ali, fiquei tão atônito ao ver *Houyhnhnms* agindo como Seres racionais quanto ele e seus Amigos ficavam ao encontrarem Sinais de Razão numa Criatura que ele considerava um *Yahoo*, pois eu me assemelhava a esses Seres sob todos os aspectos, porém não saberia explicar sua Natureza degenerada e brutal. Disse também que se eu tivesse a Felicidade de poder voltar a meu País nativo para lá relatar as minhas Viagens, como pretendia fazer, todos haveriam de pensar que eu *dizia a coisa que não era*; que eu inventara toda essa História; e que, com todo o respeito a meu Senhor, sua Família e seus Amigos, e valendo-me de sua Promessa de não se ofender, meus Compatriotas não julgariam possível que os *Houyhnhnms* fossem as criaturas dominantes de uma Nação onde os Animais brutos fossem os *Yahoos*.

IV

O Conceito de Verdade e Falsidade dos Houyhnhnms. *O Discurso do Autor é reprovado por seu Senhor. O Autor faz um Relato mais circunstanciado de si próprio e dos Acidentes de sua Viagem.*

Meu Senhor escutava-me dando grandes mostras de Inquietação em sua Fisionomia, pois a *Dúvida* e a *Descrença* são tão pouco conhecidas nesse País que os Habitantes não sabem como se comportar em tais Circunstâncias. E lembro que, em frequentes Conversas com meu Senhor a respeito da Natureza Humana, em outras Partes do Mundo, tendo ocasião de falar sobre *Mentira*, e *Falsidade*, foi só com muita Dificuldade que ele compreendeu o que eu queria dizer, embora seu Juízo fosse mui aguçado. Pois, argumentou ele, o uso da Fala era fazer-nos compreender uns aos outros, e receber Informações sobre Fatos; ora, se uma Pessoa *dissesse a coisa que não era*, esses Fins não eram atingidos; pois não se pode dizer que eu a tenha compreendido, e estou tão longe de ter recebido Informações que ela me deixa num estado pior do que a Ignorância, porque sou levado a crer que uma Coisa é *preta* quando é *branca*, *curta* quando é *longa*. E eram essas todas as Ideias que ele tinha a respeito da Faculdade de Mentir, tão perfeitamente compreendida pelas Criaturas humanas.

Retomando o fio da Meada, quando lhe afirmei que os *Yahoos* eram os únicos Animais dominantes em meu País, o que segundo meu Senhor lhe era de todo incompreensível, quis ele saber se tínhamos *Houyhnhnms* entre nós, e com que se ocupavam: respondi que os tínhamos em grande número, que no Verão pastavam nos Campos, que no Inverno eram mantidos em Casas, alimentados com Feno e Aveia, onde *Yahoos* criados eram usados para lhes escovar as Peles, pentear as Crinas, limpar os Cascos, servir Comida e preparar a

Cama. Compreendo-te bem, disse meu Senhor; agora está bem claro, a partir do que me dizes, que embora os *Yahoos* se arroguem alguma porção de Razão, são os *Houyhnhnms* seus Senhores; muito me agradaria que fossem tão dóceis os nossos *Yahoos*. Pedi a sua Excelência que me escusasse de prosseguir, pois estava certo de que o Relato que ele esperava de mim ser-lhe-ia mui desagradável. Porém ele insistiu em me ordenar que lhe dissesse o melhor e pior: respondi-lhe que lhe obedeceria. Reconheci que os *Houyhnhnms* que havia entre nós, aos quais dávamos o nome de *Cavalos*, eram os Animais mais generosos e belos que tínhamos; eram incomparáveis quanto à Força e à Rapidez; e quando pertenciam a Pessoas de Qualidade, sendo usados para viajar, fazer Corridas ou puxar Carruagens, eram tratados com muita Bondade e Zelo, até que adoecessem ou ficassem mancos; então eram vendidos, e usados para toda sorte de Trabalho pesado até que morressem; quando então suas Peles eram arrancadas e vendidas, e seus Corpos eram abandonados para serem devorados por Cães e Aves de Rapina.[11] Mas a Raça mais comum de Cavalos não tinha tão boa Fortuna, sendo esses mantidos por Fazendeiros e Carregadores e outras Pessoas mesquinhas, que os obrigavam a fazer Trabalhos mais pesados, e lhes alimentavam pior. Relatei da melhor maneira que pude nosso jeito de montar, descrevendo a forma e o uso do Freio, da Sela, da Espora, do Chicote, dos Arreios e das Rodas. Acrescentei que lhes pregávamos Placas de uma Substância dura chamada *Ferro* nos Cascos, para que estes não se quebrassem nos Caminhos cobertos de Pedras em que viajávamos amiúde.

Meu Senhor, após algumas Manifestações de grande Indignação, indagou como ousávamos montar nas Costas de um *Houyhnhnm*, pois estava certo de que o Criado mais fraco de sua Casa seria capaz de se livrar do mais forte dos *Yahoos*, ou então haveria de deitar-se e rolar no chão, esmagando o Animal até matá-lo. Respondi que nossos Cavalos eram treinados a partir dos três ou quatro anos de idade a trabalhar para nós da maneira desejada; que se algum deles se revelava intratável, era usado para puxar Carroças; que levavam fortes pancadas quando faziam alguma travessura enquanto eram jovens: que os Machos, utilizados para serem montados ou para puxar carroça, normalmente eram *castrados* cerca de dois anos após o Nascimento, para que perdessem o Ardor e ficassem mais mansuetos e dóceis; que sem dúvida alguma compreendiam as Recompensas e Castigos; porém, sua Excelência havia de compreender, não tinham o menor vestígio de Razão, tal como os *Yahoos* naquele País.

Tinha eu de recorrer a muitos Circunlóquios para dar a meu Senhor uma Ideia exata do que eu dizia; pois não abunda a Língua deles em Variedade de Palavras, pois que suas Necessidades e Paixões são menos numerosas que as nossas. Mas é impossível exprimir a nobre Indignação por ele manifestada diante do modo selvagem como tratamos a Raça dos *Houyhnhnms*, em particular quando lhe expliquei a Prática de *castrar* os Cavalos, para impedir que eles propaguem sua Espécie e para torná-los mais servis. Disse ele que se fosse possível haver um País onde só os *Yahoos* fossem dotados de Razão, sem dúvida que haveriam de ser o Animal dominante, pois com o Tempo a Razão sempre prevalece contra a Força bruta. Considerando, porém, a Composição de nossos Corpos, e especialmente do meu, não cria ele que houvesse Criatura de Volume semelhante tão mal preparada para utilizar essa Razão nas Ocupações comuns da Vida; em seguida, perguntou-me se os da minha Terra assemelhavam-se a mim ou aos *Yahoos* de seu País. Assegurei-lhe que minhas Formas eram tão bem-proporcionadas quanto as da maioria dos Homens da minha Idade: porém que os mais jovens e as Fêmeas eram mui mais suaves e tenros, e as Peles das Fêmeas em geral eram alvas como o Leite. Disse ele que eu diferia deveras dos outros *Yahoos*, sendo muito mais limpo e menos deformado que eles, mas quanto às Vantagens reais, julgava ele que minhas Diferenças me tornavam inferior. Que minhas Unhas não serviam nem às Patas dianteiras, nem às traseiras; que, quanto a minhas Patas dianteiras, não podia na verdade referir-se a elas com tal Nome de modo apropriado, pois jamais me via caminhar com elas; que eram macias demais para resistir ao Chão; que eu geralmente as tinha descobertas; que tampouco a Cobertura por vezes usada por mim tinha a mesma forma ou mesma força das minhas Patas traseiras. Não podia eu andar com muita Segurança, pois bastava que uma das Patas traseiras escorregasse para que eu caísse inevitavelmente. Em seguida, pôs-se a encontrar Defeitos em outras Partes de meu Corpo: o Rosto era chato, o Nariz era saliente, os Olhos ficavam ambos à frente, e assim não podia eu olhar para nenhum dos lados sem ter de virar a Cabeça: não podia me alimentar sem ter que levantar uma das Patas dianteiras até a Boca: e por isso me dotara a Natureza daquelas Juntas que atendiam a essa necessidade. Não entendia qual a Utilidade daquelas várias Fendas e Divisões nas Patas traseiras; pois eram macias demais para suportar as Pedras duras e afiadas sem estarem protegidas por uma Cobertura feita com a pele de algum outro Animal bruto; todo meu Corpo necessitava de uma Proteção contra o Calor e o Frio, a qual eu era obrigado a colocar e retirar todos os dias, uma Tarefa maçante e custosa. E por fim, ele observava que todos os Animais no seu país sentiam uma Repulsa natural pelos *Yahoos*, que eram evitados pelos mais fracos e expulsos pelos mais fortes. Assim, supondo-se que tivéssemos o Dom da Razão, não compreendia ele como fosse possível curar aquela Antipatia natural que todas as Criaturas manifestavam por nós; consequentemente, não via como poderíamos domá-las nem torná-las nossas Serviçais. Porém, não continuaria (disse ele) a discutir a Questão, pois queria saber mais sobre minha História, o País onde eu nascera e as diferentes Ações e Eventos da minha Vida antes de eu chegar ali.

Afirmei que muito gostaria de satisfazê-lo sobre todas essas Questões; mas duvidava que me fosse possível explicar alguns assuntos a respeito dos quais sua Excelência não podia fazer Ideia, pois nada havia em seu País que se lhes assemelhasse. Porém eu haveria de fazer o melhor possível, tentando exprimir-me através de Comparações, humildemente pedindo sua Ajuda quando me faltassem as Palavras apropriadas; e isso ele prometeu-me que faria.

Disse-lhe então que eu nascera em boa Família, numa Ilha chamada *Inglaterra*, a qual era tão distante daquele país que lá só chegaria o mais forte dos Criados de sua Excelência se ficasse a caminhar por todos os dias que leva o Sol para descrever seu Curso anual. Que meu Ofício era o de Cirurgião, isto é, alguém que cura as Feridas e Machucados do Corpo, causados por Acidentes ou pela Violência; que meu País era governado por um Homem Fêmea, a quem dávamos o nome de *Rainha*. Que eu partira de lá para amealhar Riquezas, para poder com elas sustentar a minha Família quando voltasse. Que na minha última Viagem eu fora o Capitão do Navio, e que tinha sob minhas ordens cerca de cinquenta *Yahoos*, muitos dos quais haviam morrido no Mar, o que me levara a substituí-los por outros colhidos em diversas Nações. Que duas vezes nosso Navio correu o Perigo de afundar; a primeira vez, por causa de uma grande Tempestade, e na segunda, por ter batido contra um Rochedo. Nesse ponto meu Senhor interrompeu-me, perguntando como pudera eu convencer Estranhos de diferentes Países a aventurar-se comigo, tendo eu sofrido as Perdas que sofrera e corrido os Riscos que correra.

Respondi que eram Homens desesperados, obrigados a fugir dos Lugares onde haviam nascido, por conta da sua Pobreza. Alguns foram arruinados por Processos na forma da Lei; outros gastaram tudo que tinham com a Bebida, as Meretrizes e o Jogo; outros fugiram por Traição; muitos por Assassinato, Furto, Uso de Veneno, Assalto, Perjúrio, Falsificação, Fabricação de Dinheiro falso, Comissão de Estupros ou Sodomia, por desertarem de seu Exército ou se juntarem ao Inimigo, havendo a maioria deles fugido da Prisão; todos temiam voltar a seu País nativo temendo ser enforcado, ou morrer de fome numa Cadeia; e assim precisavam buscar Sustento em outros Lugares.

No decorrer desse Discurso, meu Senhor houve por bem interromper-me várias vezes; eu lançava mão de muitos Circunlóquios para lhe explicar a Natureza de vários Crimes, os quais fizeram com que a maioria de meus Marinheiros fugisse de seu País. Essa Tarefa ocupou a Conversação de vários dias até que ele lograsse me compreender. Não conseguia ele entender qual a Utilidade ou Necessidade de praticar tais Vícios. A fim de esclarecer, tentei lhe dar uma Ideia do Desejo de Poder e Riqueza, dos terríveis Efeitos da Concupiscência, Intemperança, Malícia e Inveja. Todos esses Vícios fui obrigado a definir e descrever apresentando Exemplos, e fazendo Suposições. Em seguida, como se concebesse em sua Imaginação algo que jamais vira e de que jamais ouvira falar, levantava os Olhos com Espanto e Indignação. Para designar Poder, Governo, Guerra, Lei, Castigo e mil outras coisas, não havia termos em sua Língua, o que tornava quase impossível fazer com que meu Senhor formasse Ideia do que eu lhe dizia. Porém, tendo ele um excelente Entendimento, mui aperfeiçoado pela Contemplação e a Conversação, ele por fim chegou a um Conhecimento competente do que a Natureza humana nas nossas Partes do Mundo é capaz de realizar, e pediu que eu lhe fizesse um Relato específico daquela Terra a que chamamos *Europa*, mas em particular de meu próprio País.

V

O Autor, obedecendo às Ordens de seu Senhor, informa-o do Estado da Inglaterra. *As Causas da Guerra entre os Príncipes da* Europa. *O autor começa a explicar a Constituição* Inglesa.

Leve em conta o Leitor que o Extrato seguinte de muitas Conversações que tive com meu Senhor contém um Sumário dos Pontos mais importantes, os quais foram discutidos várias vezes por mais de dois anos, pois sua excelência exigia Explicações cada vez mais completas à medida que aumentavam meus Conhecimentos da Língua dos *Houyhnhnms*. Fiz-lhe o melhor Relato que pude sobre todo o Estado da *Europa*; discorri sobre Comércio e Manufaturas, Artes e Ciências; e as Respostas que dei a todas as Perguntas por ele feitas, por se referirem a diversos assuntos, eram um Fundo inesgotável de Conversação. Porém só registrarei aqui a Substância do que dissemos a respeito de meu próprio País, ordenando o Discurso tão bem quanto me for possível, sem levar em conta o Tempo e as outras Circunstâncias, porém mantendo estrita adesão à Verdade. Inquieta-me apenas pensar que não hei de fazer Justiça aos Argumentos e Expressões de meu Senhor, que serão prejudicados por minha falta de capacidade, bem como pela Tradução neste nosso Idioma bárbaro[12] que é o *Inglês*.

Assim, obedecendo às Ordens de sua Excelência, falei-lhe da Revolução conduzida pelo Príncipe de *Orange*,[13] a prolongada guerra com a *França* iniciada por esse Príncipe, e renovada por sua Sucessora, a atual Rainha,[14] uma Guerra em que as maiores Potências da *Cristandade* se envolveram, e que ainda continuava: computei, atendendo a seu pedido, que cerca de um milhão de *Yahoos* foram mortos durante o Conflito, e talvez mais de cem Cidades foram tomadas, e o triplo desse número de Navios foi queimado ou afundado.

Perguntou-me ele quais eram as Causas ou Motivos usuais que levavam um País a ir à Guerra contra o outro. Respondi que eram inumeráveis, porém mencionaria apenas umas poucas entre as mais importantes. Por vezes a Ambição dos Príncipes, que jamais julgam ter Terra ou Gente suficiente para governar: por vezes a Corrupção dos Ministros, que induzem seu Senhor a fazer Guerra a fim de sufocar ou desviar o Clamor dos Súditos contra sua má Governança. As diferenças de Opiniões têm custado muitos milhões de Vidas: por exemplo, se a *Carne* é *Pão*, ou o *Pão* é *Carne*; se o Suco de uma certa *Fruta* é *Sangue* ou *Vinho*; se *Assobiar* é um Vício ou uma Virtude; se é melhor *beijar uma Tábua* ou jogá-la no Fogo; qual a melhor Cor para uma *Túnica*, *Preto*, *Branco*, *Vermelho* ou *Cinza*; se ela devia ser *longa* ou *curta*, *estreita* ou *larga*, *suja* ou *limpa*, e muitas outras coisas.[15] E não há Guerras tão furiosas e sangrentas, nem tão duradouras, quanto as que são ocasionadas por Diferenças de Opinião, especialmente quando se trata de coisas sem importância.

Por vezes a Briga entre dois Príncipes tem o fito de decidir qual deles haverá de espoliar um terceiro de seus Domínios, sendo que nenhum dos dois se arroga qualquer Direito sobre eles. Por vezes briga um Príncipe com outro, temendo que o outro brigue com ele. Por vezes faz-se Guerra porque o Inimigo é *forte* demais, e outras vezes porque ele é *fraco* demais. Por vezes nossos Vizinhos *querem* as *Coisas* que *temos*, ou *têm* as Coisas que *queremos*; e brigamos os dois, até que eles tomem o que é nosso ou nos deem o que é deles. É Causa de Guerra mui justificável invadir um País depois que o Povo foi dizimado pela Fome, destruído pela Peste ou confundido por Facções internas. É justificável declarar Guerra a nosso Aliado mais próximo, quando uma de suas Cidades nos convém, ou quando um Território seu tornaria nossos Domínios redondos e completos. Se manda um Príncipe suas Forças atacarem uma Nação em que o Povo é pobre e ignorante, pode ele legalmente matar metade das Pessoas e escravizar as outras, a fim de civilizá-las e corrigir seus Hábitos bárbaros. É Prática mui honrada e frequente, e digna de um Rei, quando um Príncipe pede auxílio a outro para protegê-lo de uma Invasão, que o Auxiliador, tendo expulsado o Invasor, tome ele próprio os Domínios em questão, e mate, prenda ou exile o Príncipe que viera auxiliar. As Alianças por Sangue ou Matrimônio são Causa frequente de Guerras entre Príncipes, e quanto mais próximo for o Parentesco, maior sua Disposição para guerrear: as Nações *pobres* têm *Fome*, as *ricas* têm *Orgulho*, e Orgulho e Fome sempre estão em conflito. Por esses Motivos, o Ofício de *Soldado* é tido como o mais honrado de todos: pois um *Soldado* é um *Yahoo* cujo Trabalho consiste em matar a Sangue-frio tantos Membros de sua própria Espécie, os quais jamais o ofenderam, quantos puder ele matar.

Há também uma Espécie de Príncipes Mendigos na *Europa*, os quais não podem fazer Guerra por conta própria, e assim arrendam suas Tropas a Nações mais ricas, cobrando tanto por dia quanto por cabeça; e dessa renda três quartos vão para seu Bolso, e constituem seu principal Sustento; tais são os Príncipes da *Alemanha* e outras Partes *Setentrionais* da *Europa*.

O que me dizes (afirmou meu Senhor) sobre a Guerra revela de fato, e de modo admirável, os Efeitos daquela Razão que vos arrogais: afortunadamente, porém, é maior a *Vergonha* que o *Perigo*; e a Natureza vos deixou de todo incapazes de fazer muito mal.

Pois ficando vossas Bocas no plano do Rosto, não podeis morder-vos uns aos outros senão com Consentimento. Também as Garras das vossas Patas dianteiras e traseiras são tão curtas e frágeis que um apenas de nossos *Yahoos* daria cabo de uma dúzia dos vossos. E assim, quando me falaste sobre os muitos que foram mortos em Batalha, sou levado a concluir que tu me *disseste a coisa que não é.*

Não pude deixar de balançar a Cabeça e sorrir um pouco diante de sua ignorância. E assim, não sendo ignorante na Arte da Guerra, fiz-lhe um relato dos Canhões, Colubrinas,[16] Mosquetes, Carabinas, Pistolas, Balas, Pólvora, Espadas, Baionetas, Batalhas, Cercos, Retiradas, Ataques, Solapas, Trincheiras, Bombardeios, Batalhas navais; Navios soçobrados com mil Homens dentro, vinte mil Mortos de cada lado; Gemidos de Moribundos, Braços e Pernas voando no Ar, Fumaça, Ruído, Confusão, Homens pisoteados por Patas de Cavalos; Fugas, Perseguições, Vitórias; Campos coalhados de Cadáveres abandonados como Pasto para Cães, Lobos e Aves de Rapina; Saques, Pilhagens, Estupros, Incêndios e Devastações. E para afirmar a Bravura de meus queridos Compatriotas, assegurei-lhe que uma vez os vira matar num Bombardeio centenas de Inimigos num Cerco, e outro tanto num Navio, e vi os Corpos caindo das Nuvens despedaçados, para grande Diversão dos Espectadores.

Queria eu prosseguir, dando-lhe Pormenores adicionais, quando meu Senhor ordenou-me que me calasse. Disse ele que quem compreendesse a Natureza dos *Yahoos* acreditaria sem hesitar que fosse possível para um animal tão vil ser capaz de todas as Ações por mim mencionadas, se sua Força e Astúcia igualassem sua Malícia. Porém, o meu Discurso não apenas acentuara o Horror que lhe inspirava toda a Espécie, como também causara uma Perturbação em sua Mente, que jamais experimentara antes. Julgava ele que, tendo seus Ouvidos expostos a Palavras tão abomináveis, aos poucos elas poderiam passar a ser admitidas com menos Repulsa.

Que embora detestasse os *Yahoos* de seu País, assim mesmo os não culpava por suas Qualidades abomináveis, tal como não culpava o *Gnnayh* (uma Ave de Rapina) por sua Crueldade, nem uma Pedra aguçada por lhe cortar o casco. Mas quando uma Criatura que se arrogava a Razão era capaz de tamanhas Monstruosidades, temia ele que a Corrupção dessa Faculdade pudesse ser pior do que a própria Condição de Bruto. Assim, parecia-lhe claro que éramos dotados não de Razão, e sim de alguma Qualidade que amplificava nossos Vícios naturais; tal como o Reflexo na Superfície de um Rio turbulento dá a Imagem de um Corpo deformado, não apenas *maior*, porém ainda mais *distorcido*.

Acrescentou que já ouvira demais sobre o Assunto da Guerra, tanto naquele meu Discurso quanto em outros anteriores. Havia uma outra Questão que o confundia um pouco no momento. Dissera-lhe eu que alguns dos nossos Marinheiros abandonavam seus Países por terem sido arruinados por Processos na forma da *Lei*; eu já lhe explicara o significado da Palavra; porém não compreendia ele de que modo a Lei que visava a Preservação de todo Homem pudesse causar a Ruína de algum. Assim, pedia que eu lhe explicasse melhor o que significavam a *Lei* e aqueles que dela cuidavam, segundo a Prática atual no meu País, pois julgava ele que Natureza e Razão fossem guias suficientes para um Animal razoável,[17] tal como pretendíamos ser, mostrando-nos o que deveríamos fazer e o que deveríamos evitar.[18]

Assegurei a meu Senhor que a Lei era uma Ciência da qual eu tinha pouco Conhecimento, tendo apenas contratado Advogados em vão, por conta de Injustiças de que fora vítima. Porém eu dar-lhe-ia as Informações que tinha para dar.

Disse-lhe eu que havia entre nós uma Sociedade de Homens que desde jovens eram treinados na Arte de provar, por Palavras multiplicadas com tal fim, que o Branco é Preto, e o Preto é Branco, conforme quem os pagasse. Dessa Sociedade todas as outras Pessoas são Escravas. Por exemplo, se meu Vizinho quer se apossar da minha Vaca, ele contrata um Advogado para provar que tem o Direito de tirá-la de mim. Tenho eu então de contratar um outro Advogado para defender meu Direito, sendo contra todas as Regras da Lei que um Homem fale por si próprio. Ora, nesse caso, eu, o verdadeiro Dono, vejo-me em condição de Inferioridade, por dois motivos. Em primeiro lugar, tendo meu Advogado aprendido quase desde o Berço a defender a Falsidade, ele se vê fora de seu Elemento quando se trata de advogar pela Justiça, uma Tarefa contra a sua Natureza que ele realiza com muita Incompetência, ou mesmo com má Vontade. Em segundo lugar, deve meu Advogado proceder com grande Cautela, senão será censurado pelos Juízes e odiado por seus Colegas, por desmerecer a Prática da Lei. E assim sendo, restam-me apenas dois Métodos de conservar a minha Vaca. O primeiro é cativar o Advogado de meu Adversário pagando-lhe o dobro, para que ele traia seu Cliente insinuando que ele tem a Justiça de seu lado. O segundo é que meu Advogado faça com que minha Causa pareça a mais injusta possível, concedendo que a Vaca pertence a meu Adversário; se isso for feito com Astúcia, certamente ele conquistará o Favor do Juiz. Ora, saiba sua Excelência que esses Juízes são pessoas nomeadas para decidir todas as Controvérsias a respeito de Propriedade, bem como julgar Criminosos, e são escolhidos entre os Advogados mais Sagazes, que se tornaram velhos ou preguiçosos, e que, tendo no decorrer de todas as suas Vidas cultivado o Desdém pela Verdade e a Equidade, sentem uma Necessidade tão irresistível de favorecer a Fraude, o Perjúrio e a Opressão, que sei de casos em que vários deles recusaram um Suborno polpudo oferecido pelo lado onde estava a Razão, a fim de não prejudicar a *Classe* por fazer algo impróprio para sua Natureza ou seu Cargo.

Há uma Máxima entre esses Advogados, segundo a qual o que foi feito antes pode legalmente ser feito outra vez: e assim, cuidam eles sempre de registrar todas as Decisões tomadas outrora contra a Justiça comum, e a Razão geral da Humanidade. Tais Decisões, sob o nome de *Jurisprudência*, são por eles mencionadas como Autoridades que justificam os Pareceres mais iníquos; e os Juízes sempre tomam suas Decisões desse modo.

Em seus Arrazoados, cuidam sempre de evitar qualquer Menção aos *Méritos* da Causa; porém alongam-se no modo mais veemente, violento e maçante em arrolar todas as *Circunstâncias* irrelevantes. Por exemplo, no Caso mencionado acima, jamais querem saber em que se funda a Pretensão ou Direito de meu Adversário sobre minha *Vaca*, e sim se a *Vaca* em questão é vermelha ou preta, se seus Chifres são compridos ou curtos; se o Pasto onde a levo é redondo ou quadrado, se ela é ordenhada em casa ou em outro lugar, que Doenças ela já teve, e coisas assim; em seguida, consultam a *Jurisprudência* e adiam a Decisão, de tempos em tempos, e após dez, vinte ou trinta anos chegam ao Veredicto.

Observe-se também que esta Sociedade tem um Jargão e uma Rabularia peculiares, que nenhum outro Mortal é capaz de entender, e no qual todas as suas Leis são escritas, Leis essas que eles cuidam de multiplicar ao máximo; desse modo confundem por completo a própria Essência da Verdade e da Falsidade, do Certo e do Errado; de modo que se tornem necessários trinta anos para decidir se o Campo legado a mim por meus Antepassados há seis Gerações pertence a mim ou a um Estranho que mora a trezentas milhas de lá.

Quando se trata de julgar Pessoas por Crimes contra o Estado, o Método é mui mais breve e louvável. O Juiz primeiro informa-se sobre a Disposição das Pessoas que estão no Poder, e em seguida decide com facilidade se manda para a Forca ou se solta o Criminoso, preservando estritamente todas as devidas Formas da Lei.

Nesse ponto meu Senhor interrompeu-me, dizendo ser uma pena que Criaturas providas de tão prodigiosas Capacidades mentais quanto haveriam de ser esses tais Advogados, conforme a Descrição que deles lhe fizera eu, não fossem instigados a instruir os outros na Sabedoria e no Conhecimento. Em resposta a isso, expliquei a sua Excelência que, quanto a todas as outras Questões que não as do seu Ofício, eram eles os mais ignorantes e parvos entre nós, os mais desprezíveis numa Conversação comum, Inimigos jurados de todo Conhecimento e Saber, estando igualmente dispostos a perverter a Razão geral da Humanidade em todos os demais Assuntos, tal como na sua Profissão.

VI

Prossegue o Relato sobre o Estado da Inglaterra *no Reinado da Rainha* Ana. *O Caráter de um Primeiro-Ministro de Estado nas Cortes Europeias.*

Meu Senhor ainda não conseguia compreender que Motivos poderiam levar essa Raça de Advogados a se confundir, inquietar e exaurir, e formar uma Confederação de Injustiça, com o único fito de prejudicar os outros Animais de sua Espécie; tampouco compreendia o que significava dizer que eles o faziam por *Dinheiro*. Em seguida, tive muita dificuldade em lhe explicar a utilização do *Dinheiro*, os Materiais de que era feito, e o Valor dos Metais; que, quando um *Yahoo* tinha grande cópia dessa substância preciosa, podia adquirir o que bem entendesse, as Roupas mais finas, as Casas mais nobres, grandes extensões de Terra, as Carnes e Bebidas mais caras, e escolher entre as mais belas Fêmeas. Assim, como apenas o *Dinheiro* era capaz de realizar todos esses Feitos, nossos

Yahoos pensavam que *Dinheiro* nunca era demais, para gastar ou para guardar, conforme fosse sua Inclinação natural a Prodigalidade ou a Avareza. Que o Rico desfrutava o Fruto do Trabalho do Pobre, e que havia mil Pobres para cada Rico. Que o grosso de nosso Povo era obrigado a viver na Miséria, trabalhando todos os dias por um Salário ínfimo, para que uns poucos pudessem viver em Abundância. Muito me alonguei sobre esses Pormenores e tantos outros afins: porém sua Excelência continuava sem entender: pois ele pressupunha que todos os Animais tinham direito a uma Parte dos Produtos da Terra, em particular os que presidiam sobre os outros. Portanto quis ele saber o que eram essas Carnes caras, e de que modo alguns de nós adquiriam gosto por elas. Em resposta, arrolei tantas quantas me vieram à cabeça, bem como os diversos Métodos de prepará-las, que exigiam que fossem mandados Navios para todas as partes do Mundo, e também para buscar Bebidas, e Molhos, e inúmeras outras Conveniências. Assegurei-lhe que era necessário dar ao menos três voltas ao Mundo para que uma das nossas *Yahoos* Fêmeas mais importantes pudessem fazer a primeira Refeição do dia, ou dispor de uma Chávena para acompanhá-la. Disse ele que havia de ser um País mui miserável, pois que não era capaz de fornecer Alimento para seus próprios Habitantes. Porém o que mais espanto lhe causava era saber que havia tão grandes extensões de Terra como as que eu descrevera de todo desprovidas de *Água de beber*, e que as pessoas eram obrigadas a cruzar os Mares para obter Água. Respondi que a *Inglaterra* (a minha querida Terra natal), segundo fora calculado, produzia três vezes a quantidade de Comida que seus Habitantes eram capazes de consumir, bem como Bebidas extraídas de Cereais, ou do Fruto de certas Árvores, que eram muito boas de se beber, e a mesma Proporção de todas as outras Conveniências da Vida. Mas para atender ao Luxo e à Intemperança dos Machos, e à Vaidade das Fêmeas, mandávamos a maior parte de nossas coisas necessárias para outros Países, de onde trazíamos em trocas os Materiais das Doenças, das Loucuras e dos Vícios, para deles nos valermos. Disso decorria que grande número dos nossos era obrigado a ganhar a Vida mendigando, roubando, furtando, prevaricando, alcovitando, perjurando, lisonjeando, subornando, forjando, jogando, mentindo, adulando, intimidando, votando, escrevinhando, devaneando, empeçonhando, fornicando, dissimulando, difamando, livre-pensando[19] e abraçando Ocupações semelhantes: e cada um desses Termos foi mui difícil fazê-lo compreender.

Que o *Vinho* não era importado de Países estrangeiros para compensar a falta de Água ou de outras Bebidas, mas por ser uma espécie de Líquido que nos tornava alegres, fazendo-nos perder o Juízo; afastava todos os Pensamentos melancólicos, gerava Quimeras loucas e extravagantes no Cérebro, levantava nossas Esperanças e expulsava nossos Temores, suspendendo todas as Funções da Razão por algum tempo, privando-nos do uso de nossos Membros, até que mergulhávamos num Sono profundo; embora fosse necessário admitir que sempre acordávamos doentes e desanimados, e que o uso dessa Bebida causava muitas Doenças, que tornava nossas Vidas desconfortáveis e curtas.

Mas além de tudo isso o Grosso da nossa Gente se sustentava fornecendo as Necessidades ou Conveniências da Vida aos Ricos, e uns aos outros. Por exemplo, quando estou em casa vestido como costumo estar, levo no meu Corpo o fruto do Trabalho de cem Artesãos; o Prédio de minha Casa e os Móveis que há nela empregam outro tanto, e cinco vezes esse número é o necessário para enfeitar minha Esposa.

Em seguida, pus-me a falar sobre outra espécie de Gente, os que ganham a vida cuidando dos Doentes, tendo em algumas Ocasiões dito a sua Excelência que muitos dos meus Marinheiros tinham morrido de Doenças. Mas nesse ponto foi com a maior dificuldade que logrei fazê-lo entender-me. Ele compreendia perfeitamente que um *Houyhnhnm* se sentisse fraco e pesado uns poucos dias antes de sua Morte, ou que num Acidente ferisse um Membro. Mas que a Natureza, a qual leva todas as coisas à Perfeição, permitisse que Dores se formassem em nossos Corpos, ele julgava impossível, e queria saber a razão de um Mal tão inexplicável. Disse-lhe eu que nos alimentávamos com mil coisas que atuavam umas contra as outras; que comíamos quando não tínhamos Fome, e bebíamos sem o estímulo da Sede; que passávamos acordados noites inteiras bebendo Bebidas fortes sem nada comer, o que nos tornava preguiçosos, inflamava nossos Corpos e precipitava ou impedia a Digestão. Que as *Yahoos* Fêmeas que se prostituíam adoeciam de um certo Mal que fazia apodrecerem os Ossos daqueles que caíam em seus Braços; que essa Doença e muitas outras eram passadas de Pai para Filho, de modo que muitos já vinham ao mundo com Males difíceis; que eu não terminaria nunca se começasse a enumerar todas as Doenças de que sofriam os Corpos humanos; pois não poderiam ser menos do que quinhentas ou seiscentas, abrangendo todos os Membros e Juntas; em suma, cada Parte do Corpo, externa ou interna, tinha Moléstias que lhe eram peculiares. Para remediar isso, havia uma espécie de Pessoa que aprendia a exercer a Profissão ou a Pretensão de curar os Doentes. E porque eu tinha alguma Habilidade nesse Ofício, por Gratidão a meu Senhor eu lhe revelaria todo o Mistério e o Método de seu procedimento.

O seu Princípio fundamental é que todas as Doenças derivam da *Repleção*, de onde concluem que uma grande *Evacuação*[20] do Corpo é necessária, ou pela Passagem natural, ou por cima, pela Boca. O próximo Passo é, a partir de Ervas, Minerais, Gomas, Óleos, Conchas, Sais, Sucos, Algas, Excrementos, a Casca das Árvores,

Serpentes, Sapos, Rãs, Aranhas, a Carne e os Ossos de Defuntos, Aves, Animais e Peixes, formar uma Composição com Cheiro e Gosto os mais abomináveis, nauseabundos e detestáveis que forem capazes de realizar, de modo que o Estômago imediatamente a rejeite com asco; e a isso eles dão o Nome de *Vomitivo*; ou então, utilizando os mesmos Materiais, com alguns Acréscimos venenosos, eles mandam-nos tomar pelo Orifício *superior* ou pelo *inferior* (dependendo da disposição do Médico no momento) um remédio igualmente incômodo e repulsivo para os Intestinos, o qual, fazendo relaxar o Ventre, empurra para baixo tudo que encontra a sua frente, e a isso dão o Nome de *Purgação* ou *Clister.* Pois tendo a Natureza (assim alegam os Médicos) destinado o Orifício superior e anterior apenas para a *intromissão* de Sólidos e Líquidos, e o inferior posterior para a Excreção, esses Artífices engenhosos consideram que em todas as Doenças a Natureza é expulsa de sua Sede; portanto, para repô-la no lugar, deve o Corpo ser tratado de um modo diretamente contrário, trocando-se a Serventia de cada Orifício, introduzindo à força Sólidos e Líquidos pelo *Ânus* e fazendo Evacuações pela Boca.

Porém, além das Moléstias reais, somos sujeitos a muitas que são apenas imaginárias,[21] para as quais os Médicos inventaram Curas imaginárias; elas têm cada uma seu Nome, como têm seus Nomes as Drogas a elas apropriadas, e tais doenças sempre infestam as nossas *Yahoos* Fêmeas.

Uma das Artes em que esta Tribo mais demonstra Perícia é a de fazer *Prognósticos*, no que raramente se enganam; suas Previsões em matéria de Doenças reais, quando atingem um certo grau de Malignidade, geralmente indicam a *Morte*, a qual está sempre em seu Poder, enquanto a recuperação não está: portanto, havendo Sinais inesperados de Melhoria, tendo eles pronunciado sua Sentença, para não serem acusados de Falsa Profecia, sabem como provar Sua sagacidade ao Mundo por meio de uma Dose oportuna.

São também eles de especial Utilidade para os Maridos e Mulheres, quando estes se cansam de seus Consortes, aos Filhos primogênitos, aos Grãos-Ministros de Estado e muitas vezes aos Príncipes.

Tinha eu anteriormente conversado com meu Senhor a respeito da Natureza do *Governo* em geral, e em particular da nossa *excelente Constituição*, merecidamente objeto de Admiração e Inveja de todo o Mundo. Porém, tendo nesse ponto mencionado por acaso um *Ministro de Estado*, ordenou-me ele algum tempo depois que lhe informasse a que Espécie de *Yahoo* em particular eu me referia por aquele Nome.

Disse-lhe eu[22] que o *Principal* ou *Primeiro-Ministro de Estado*, a Pessoa que eu tencionava descrever, era uma Criatura de todo isenta de Alegria e Dor, Amor e Ódio, Piedade e Ira; ou, ao menos, não lançava mão de nenhuma outra Paixão além de um violento Desejo de Riqueza, Poder e Títulos; que ele utiliza a Palavra com todos os Fins, menos o de revelar seus Pensamentos; que jamais diz uma *Verdade* senão com a intenção de que seja tomada por *Mentira*; nem jamais mente, senão pretendendo que sua Palavra seja tomada por *Verdade*; que aqueles que ele mais maldiz pelas costas são os que certamente gozam de seu Favor; que sempre que elogia uma Pessoa para ela própria ou para outrem, isso é sinal de que os dias dela estão contados. O pior que dele se pode receber é uma Promessa, principalmente quando confirmada com um Juramento; depois disso, quem é sábio se recolhe e abandona todas as Esperanças.

Há três Métodos por meio dos quais se pode chegar a Primeiro-Ministro: o primeiro é saber, de modo prudente, dispor de uma Esposa, Filha ou Irmã: o segundo é trair ou enfraquecer seu Predecessor: e o terceiro é manifestar um *Zelo furioso* nas Assembleias públicas contra as Corrupções da Corte. Mas o Príncipe sábio prefere escolher aqueles que praticam o último desses Métodos; porque esses Zelotes são sempre os que mais se mostram obsequiosos e subservientes à vontade e às Paixões de seu Senhor. Que esses ministros, tendo todos os Empregos a sua disposição, conservam-se no Poder subornando a Maioria de um Senado ou de um grande Conselho; e, por fim, por um Expediente denominado *Ato de Imunidade*[23] (cuja Natureza lhe expliquei) protegem-se de Ajustes de Contas posteriores e recolhem-se da Vida pública, locupletados com os Despojos da Nação.

O Palácio de um Primeiro-Ministro é uma Sementeira onde se formam outros do seu Ofício: os Pajens, Lacaios e Porteiros, imitando seu Senhor, se tornam *Ministros de Estado* em seus respectivos Distritos, e aprendem a destacar-se nos três principais *Ingredientes*, a *Insolência*, a *Mentira* e o *Suborno*. Assim, fazem-lhes uma Corte *Subalterna* Pessoas da melhor Categoria, e por vezes, graças a sua Destreza e Impudência, a pouco e pouco terminam por se tornar Sucessores de seu Senhor.

Ele costuma ser governado por uma Devassa decaída ou um Criado favorito, que são os Túneis através dos quais todas as Graças são transmitidas, e podem ser apropriadamente chamados, *em última instância*, de Governantes do Reino.

Um dia, tendo em nossa Conversa me ouvido mencionar a *Nobreza* de meu País, meu Senhor houve por bem fazer-me um Elogio a que eu certamente não fazia jus: que ele estava certo de que eu haveria de pertencer a uma Família Nobre, porque em matéria de Forma, Cor e Limpeza, eu excedia em muito todos os *Yahoos* de sua Nação, embora parecesse lhes ser inferior em Força e Agilidade, o que deveria ser atribuído à Espécie de Vida que eu levava em contraposição à daqueles Animais; além disso, eu era não apenas dotado da Faculdade da Fala, mas também de alguns Rudimentos da Razão, tanto assim que todos os seus Conhecidos me tinham por um Prodígio.

Ele me fez observar que entre os Houyhnhnms, os *Brancos*, os *Alazões* e os *Cinzentos-Escuros* não tinham Forma tão exata quanto os *Baios*, os *Cinzentos-Pintados* e os *Pretos*; nem tampouco nasciam com os mesmos Talentos Mentais, nem com a Capacidade de aperfeiçoá-los; e assim continuavam sempre na Condição de Criados, sem jamais desejar sair de sua Raça, o que naquele País seria considerado monstruoso e contrário à natureza.

Em resposta, agradeci humildemente sua Excelência pela boa Opinião que formara de mim; porém ao mesmo tempo assegurei-lhe que meu Berço não era dos mais elevados, pois eram meus Pais Gente simples e honesta, que apenas puderam me dar uma Instrução razoável: que a *Nobreza* entre nós era coisa mui diferente da ideia por ele formada; que nossos Jovens *Nobres* desde a Infância são acostumados a viver no Ócio e no Luxo; que, tão logo sua Idade o permita, consomem seu Vigor e contraem Doenças detestáveis entre as Mulheres desavergonhadas; e que, quando suas Fortunas estão quase arruinadas, desposam alguma Mulher de Origem vil, Figura desagradável e Constituição malsã, apenas pelo Dinheiro delas, embora as odeiem e desprezem. Que o Produto de tais Casamentos costumam ser Crianças escrofulosas, mirradas ou deformadas, motivo pelo qual a Família raramente dura mais que três Gerações, a menos que a Esposa encontre um Pai saudável entre seus Vizinhos ou Domésticos, com o fito de melhorar e dar continuidade à Raça. Que um Corpo fraco e doente, uma Fisionomia magra e uma Tez amarelenta são as verdadeiras Marcas do Sangue Nobre; e que uma Aparência saudável e robusta é tão vergonhosa num Homem de Qualidade que o Mundo todo conclui que o Pai verdadeiro há de ter sido um *Palafreneiro* ou *Cocheiro*. As Imperfeições de sua Mente são paralelas às de seu Corpo, a saber, um composto de Melancolia, Apatia, Capricho, Sensualidade e Orgulho.

Sem o Consentimento desse *ilustre Corpo*, não se pode fazer, revogar nem alterar nenhuma Lei, e dependem de Homens assim as Decisões referentes a todos os nossos Bens, de que não cabe Apelação.

VII

O grande Amor do Autor por sua Terra Nativa. As Observações de seu Senhor sobre a Constituição e a Administração da Inglaterra, *tal como descritas pelo Autor, com Casos paralelos e Comparações. Observações de seu Senhor sobre a Natureza humana.*

O Leitor talvez se sinta inclinado a perguntar como pude apresentar um Retrato tão fiel da minha própria Espécie em meio a uma Raça de mortais já disposta a formar a pior Opinião da Humanidade por haver uma total Congruência entre a minha Pessoa e os seus *Yahoos*. Devo confessar, porém, que as muitas Virtudes daqueles excelentes Quadrúpedes, contrapondo-se às Corrupções humanas, de tal modo tinham aberto meus Olhos e ampliado meu Entendimento, que comecei a ver as Ações e Paixões do Homem a uma Luz mui diversa, e a julgar que a Honra da minha Espécie não merecia muitos cuidados da minha parte; o que, de resto, não me teria sido possível diante de uma Pessoa dotada de tão aguçado Juízo quanto meu Senhor, que a cada dia me convencia da existência de mil Defeitos em mim mesmo, dos quais eu jamais tivera nenhuma Percepção, e que entre nós não seriam sequer contados entre as Fraquezas humanas, tendo eu também aprendido, a partir de seu Exemplo, a abominar toda e qualquer Falsidade ou Disfarce; e a *Verdade* me parecia tão desejável que decidi a ela tudo sacrificar.

Para ser de todo franco com o Leitor, devo confessar

também que havia ainda um Motivo muito mais forte para a Liberdade com que fiz meu Relato das coisas. Antes mesmo de completar um ano naquele País, passei a sentir tamanho Amor e Veneração pelos Habitantes que tomei a firme Resolução de jamais voltar a viver entre os Seres humanos, porém passar o resto da minha Vida em meio àqueles admiráveis *Houyhnhnms*, na Contemplação e Prática de todas as Virtudes; lá onde eu não teria Exemplo nem Estímulo para o Vício. Porém quis a Fortuna, minha perpétua Inimiga, que tão grande Felicidade me não coubesse. No entanto, penso agora com algum Conforto que, em tudo que disse a respeito de meus Compatriotas, *extenuei* seus Defeitos tanto quanto ousei fazer diante de um Questionador tão rigoroso, e apresentei cada Ponto pelo Ângulo mais *favorável* possível. Pois que Homem não se deixa levar pelo Viés e a Parcialidade em prol do Lugar em que nasceu?

Relatei a Substância de várias Conversas que tive com meu Senhor, durante a maior parte do tempo em que tive a Honra de servir, mas por uma questão de Brevidade omiti muito mais do que o que deixo aqui registrado.

Tendo eu respondido todas as suas Perguntas, e parecendo estar de todo satisfeita a sua Curiosidade, meu Senhor chamou-me bem cedo uma manhã, e dando-me a ordem de sentar-me a alguma distância dele (Honra que jamais me havia conferido), disse-me que vinha pensando com muita Seriedade em todo o meu Relato, no que dizia respeito tanto a mim mesmo quanto a meu País: que nos encarava como uma espécie de Animal que, por um Acidente para ele inimaginável, havia recebido alguns Laivos de *Razão*, com os quais não fazíamos outra coisa que não usá-los para agravar nossas Corrupções *naturais*, e adquirir outras novas, as quais nos não dera a Natureza. Que abrimos mão das poucas Capacidades que ela nos concedera, com muito sucesso multiplicamos nossas Carências originais e parecíamos viver todas as nossas Vidas em Tentativas vãs de supri-las com nossas próprias Invenções. Que, no que dizia respeito a mim, claro estava que me faltavam a Força e a Agilidade de um *Yahoo* comum, que eu andava sem firmeza sobre as Patas traseiras, havia encontrado um meio de fazer com que minhas Garras não tivessem serventia nem servissem de defesa, e de remover os Pelos de meu Queixo, os quais existiam para me proteger do Sol e das Intempéries. Por fim, que eu não podia correr tão depressa nem subir Árvores como meus *Irmãos* (pois assim ele os designava), os *Yahoos* de seu País.

Que nossas instituições de *Governo* e *Lei* claramente eram devidas a nossos grosseiros Defeitos de *Razão*, e, consequentemente, de *Virtude*; pois a *Razão* basta para governar uma Criatura *racional*; o que sem dúvida era uma Afirmação que eu não podia contestar, tendo eu feito o Relato que fizera de minha própria Gente, muito embora ele percebesse que, a fim de favorecê-los, eu ocultara muitos pormenores, e muitas vezes *dissera a coisa que não era*.

O que mais confirmava essa sua Opinião era a observação de que todos os traços de meu Corpo eram idênticos aos dos outros *Yahoos*, com exceção dos meus Pontos de Inferioridade, no que dizia respeito à Força, à Velocidade e à Atividade, o Tamanho reduzido das minhas Garras e alguns outros particulares que não dependiam da Natureza; assim, com base no Relato que eu lhe fizera de nossas Vidas, nossos Costumes e nossas Ações, ele encontrara a mesma Semelhança na Disposição de nossas Mentes. Disse que, como era sabido, os *Yahoos* detestavam-se um aos outros mais do que a qualquer Espécie diferente de Animal; e a Razão disso, segundo se pensava, residia nas suas próprias Formas detestáveis, que cada um via nos outros mas não em si próprio. Assim, começara a pensar que talvez não fosse má Ideia *cobrirmos* nossos Corpos, e graças a essa invenção ocultarmos uns dos outros muitas das nossas Deformidades, quase insuportáveis. Porém agora concluía que se enganara, e que as Dissensões desses Animais em seu País deviam-se às mesmas Causas que as nossas, tal como as relatara eu. Pois (disse ele) se jogamos para cinco *Yahoos* uma quantidade de Comida que seria suficiente para cinquenta deles, ao invés de comerem em paz, eles se atacam uns aos outros, cada um querendo ficar com *toda a comida*; e assim, normalmente um Criado era obrigado a ficar por perto quando eles comiam fora de casa, e os que eram mantidos em casa eram amarrados a uma certa Distância um do outro; que se uma Vaca morresse de velha ou por Acidente antes que um *Houyhnhnm* pudesse se apossar dela para seus próprios *Yahoos*, os que estivessem mais perto vinham em bando agarrá-la, e tinha início então uma Batalha como aquelas que eu descrevera, com terríveis Feridas feitas por suas Garras em ambas as Facções, ainda que raramente conseguissem matar-se uns aos outros, por lhes faltarem os Instrumentos de Morte convenientes que havíamos inventado. Em outras ocasiões, Batalhas semelhantes têm ocorrido entre os *Yahoos* de diferentes Vizinhanças, sem nenhuma Causa visível: os de um distrito ficam atentos para qualquer Oportunidade de pegar de surpresa os de outra antes que eles estejam preparados. Mas quando se frustra seu Plano, voltam para casa e, à falta de Inimigos, dão início àquilo que denominei de *Guerra Civil*.

Que em alguns Campos daquele País há certas *Pedras luzidias* de Cores variadas que inspiram uma Paixão violenta nos *Yahoos*, e quando uma parte dessas *Pedras* está fixada na Terra, o que ocorre às vezes, eles passam dias a escavar com suas Garras para arrancá-las, e depois as levam dali e escondem Pilhas delas em seus Canis; porém continuam a olhar à volta com muita Cautela, temerosos de que seus Camaradas descubram o seu Tesouro. Disse meu Senhor jamais ter logrado descobrir a Razão desse Apetite desnaturado, nem qual o Uso que essas *Pedras* poderiam ter para um *Yahoo*; porém agora julgava ele que se tratasse do mesmo Princípio da *Avareza*, o qual eu havia atribuído à Humanidade; que ele uma vez, a título de Experimento, retirou secretamente uma tal Pilha de *Pedras* do Lugar onde um de seus *Yahoos* as havia enterrado: quando o sórdido Animal deu pela falta de seu Tesouro, atraiu com seus Gritos de Lamento toda a Manada àquele Lugar, e lá ficou a urrar de Infelicidade, depois começou a morder e rasgar os outros, e em seguida passou a definhar, nem queria mais comer, nem dormir, nem trabalhar; até que meu Senhor mandou que um Criado fosse secretamente repor as *Pedras* no mesmo Buraco, e escondê-las tal como antes; quando seu *Yahoo* as encontrou, em pouco tempo recuperou o Ânimo e o bom Humor, porém deu-se o trabalho de levá-las para um esconderijo melhor, e desde então tornou-se um Animal mui útil.

Meu Senhor assegurou-me, e também eu observei, que nos Campos em que abundam essas *Pedras luzidias* é que se travam as mais ferozes e mais frequentes Batalhas, causadas pelas constantes Invasões dos *Yahoos* das Vizinhanças.

Disse-me ele que quando dois *Yahoos* descobriam uma *Pedra* assim num Campo, e disputavam sua Posse, era mui comum que um terceiro se valesse da Oportunidade e a levasse dos dois; o que, segundo meu Senhor, parecia ter uma certa Semelhança com as nossas *Ações judiciais*; no que achei melhor não corrigi-lo; pois a Decisão por ele mencionada era mui mais equitativa do que o que se dá muitas vezes entre nós: pois lá o Querelante e o Réu perdiam apenas a *Pedra* que disputavam, enquanto que nossos *Tribunais de Equidade*[24] jamais dariam fim à Causa enquanto restasse alguma coisa a uma das Partes.

Meu Senhor, prosseguindo em seu Discurso, disse que nada tornava mais odiosos os *Yahoos* que seu Apetite indiferente, o qual os levava a devorar tudo que encontravam, fossem Ervas, Raízes, Frutas, a Carne apodrecida dos Animais ou tudo isso misturado: e era-lhes peculiar gostar mais do que foi obtido pela Rapina ou pela Astúcia, e a uma Distância maior, do que a Comida de mui melhor qualidade que lhes era fornecida em casa. Se lhes não faltassem Presas, comiam até quase rebentar, motivo pelo qual a Natureza lhes indicara uma certa *Raiz* que lhes proporcionava uma Evacuação geral.

Havia também uma outra espécie de *Raiz*, mui *suculenta*, mas um tanto rara e difícil de encontrar, a qual os *Yahoos* buscavam com muito Empenho, e que sugavam com grande Delícia; e produzia neles os mesmos Efeitos que tem o Vinho sobre nós. Por vezes fazia com que eles se abraçassem, e por vezes se atacassem; urravam e sorriam, e palravam, e cambaleavam, e caíam, e adormeciam na Sujeira.

De fato, observei que os *Yahoos* eram os únicos Animais daquele País sujeitos a Doenças; as quais, porém, eram mui menos numerosas do que os males que afligem os Cavalos entre nós, e contraídas não por serem maltratados, mas pela Imundícia e Avidez daquele Animal sórdido. A Língua deles não tem senão um Termo geral para essas Moléstias, o qual é emprestado do nome do animal, *Hnea-Yahoo*, isto é, o *Mal do Yahoo*, e o Remédio para ela prescrito é uma Mistura de *seus próprios Excrementos* e *Urina*, enfiada à força pela Goela do *Yahoo*. Tive ocasião de ver tal Tratamento ser aplicado com bom êxito, e assim recomendo-o a meus Compatriotas para o Bem público, como um Remédio admirável contra todas as Doenças produzidas pela Repleção.

Quanto ao Saber, ao Governo, às Artes, às Manufaturas e quejandos, meu Senhor confessava encontrar pouca ou nenhuma Semelhança entre os *Yahoos* de seu País e os do nosso. Pois não lhe interessava senão observar a Paridade que havia entre nossas Naturezas. Ouvira, em verdade, alguns *Houyhnhnms* curiosos observarem que na maioria das Manadas havia uma espécie de *Yahoo* dominante (como costuma haver entre nós um Veado dominante nos Parques) que era sempre mais *deformado* no Corpo, e mais *maléfico* no *Temperamento*, do que qualquer um dos outros. Que esse *Líder*[25] costumava ter um Favorito tão *semelhante a ele* quanto fosse possível encontrar, cuja ocupação era *lamber os Pés e o Traseiro de seu Senhor, e levar as Yahoos fêmeas* para o seu *canil*; sendo por isso recompensado de vez em quando com um pedaço de Carne de Asno. Esse *Favorito* é odiado por toda a Manada, e assim, para proteger-se, sempre fica *perto da Pessoa de seu Chefe*. Ele costuma permanecer no Cargo até que se possa encontrar um outro pior; mas no momento exato em que é descartado, seu Sucessor, à frente de todos os *Yahoos* daquele Distrito, Jovens e Velhos, Machos e Fêmeas, vêm todos juntos e despejam seus Excrementos sobre ele, dos Pés à Cabeça. Mas até que ponto isso se aplicaria a nossas *Cortes* e *Favoritos*, e *Ministros de Estado*, meu Senhor disse que só eu poderia determinar.

Não *ousei* dar Resposta a essa Insinuação maliciosa, que rebaixava o Entendimento humano, tornando-o inferior ao Faro de um *Cão* comum, que tem Juízo suficiente para distinguir e seguir o chamado do *Cão mais hábil do Bando*, sem jamais se enganar.

Disse-me meu Senhor que havia algumas Qualidades notáveis nos *Yahoos*, as quais ele não me ouvira mencionar, ou apenas muito de passagem, nos Relatos que lhe fizera da Espécie humana; disse ele que esses Animais, como outros, tinham as Fêmeas em comum; porém diferiam Nisto, que a *Yahoo* Fêmea recebia o Macho quando estava grávida, e que os Machos brigavam e se atracavam com as Fêmeas com tanta ferocidade quanto faziam uns com os outros. Ambas as Práticas revelavam um Grau de Brutalidade infame que nenhuma outra Criatura viva atingia jamais.

Outro Aspecto dos *Yahoos* que lhe causava Espanto era sua estranha Tendência à Porcaria e à Sujeira, quando parece haver um Amor natural à Limpeza em todos os outros Animais. Quanto às duas Acusações anteriores, deixei-as passar sem Resposta, pois nada tinha a dizer em defesa da minha Espécie, o que sem dúvida teria sido levado a fazer por minhas próprias Inclinações. Porém teria sido fácil livrar a Humanidade da Acusação de Singularidade no que diz respeito ao último Ponto, se houvesse Porcos no País (infelizmente não havia), pois o Porco, ainda que seja um *Quadrúpede mais agradável* do que um *Yahoo*, na minha humilde opinião não poderia com Justiça ser apontado como um Animal mais limpo; e assim teria concordado sua Excelência, se tivesse visto sua maneira imunda de se alimentar, e seu costume de Chafurdar e dormir na Lama.

Meu Senhor mencionou também uma outra Qualidade que seus Criados haviam descoberto em alguns *Yahoos*, e que lhe parecia de todo inexplicável. Disse-me ele que por vezes um *Yahoo* por Capricho encolhia-se num Canto e lá se deitava a urrar, e gemer, e expulsar todos os que dele se aproximassem, mesmo se fosse jovem e gordo, e lhe não faltasse Comida nem Água; tampouco podiam os Criados imaginar que Mal o estaria a afligir. E o único Remédio que conheciam era obrigá-lo a ocupar-se com algum Trabalho pesado, pois assim em seguida ele infalivelmente voltava a si. Quanto a isso, permaneci em silêncio por Parcialidade em relação a minha própria Espécie; no entanto, aqui me pareceu residirem as verdadeiras Sementes da *Melancolia*,[26] que só ataca os Preguiçosos, os Voluptuosos e os Ricos; os quais, se fossem obrigados a submeter-se ao mesmo Regime, certamente haveriam de curar-se.

Sua Excelência observou também que uma *Yahoo* Fêmea com frequência se punha por trás de um Barranco ou Arbusto, e ficava a olhar para os jovens Machos que passavam, e em seguida aparecia, depois escondia-se, fazendo muitos Gestos e Esgares fantásticos, e observara ele que nesses momentos ela emitia *um cheiro mui detestável*; e quando algum dos Machos se aproximava, ela lentamente se afastava, olhando para trás de quando em quando, e fingindo Medo, corria para algum Lugar conveniente aonde sabia que o Macho haveria de segui-la.

Em outras ocasiões, se uma Fêmea estranha surgisse entre elas, três ou quatro do mesmo sexo punham-se em torno dela, e ficavam a olhar e palrar, e mostrar os Dentes, e cheirá-la toda, e em seguida afastavam-se com Gestos que pareciam exprimir Desprezo e Desdém.

Talvez meu Senhor enfeitasse um pouco essas Especulações, as quais se fundavam em Observações que ele próprio fizera, ou no que lhe fora relatado por outrem: porém, não pude deixar de refletir, com certo Espanto, e muita Dor, que os Rudimentos da *Concupiscência*, da *Afetação*, da *Censura* e do *Escândalo* pareciam fazer parte dos Instintos da Mulher.

A cada momento eu esperava que meu Senhor acusasse os *Yahoos* daqueles Apetites anormais que são tão comuns entre nós, em ambos os sexos. Porém, ao que parece a Natureza não foi tão boa Mestra nesse caso; e esses Prazeres mais refinados são de todo Frutos da Arte e da Razão, no nosso lado do Globo terrestre.

VIII

O Autor relata diversos Pormenores dos Yahoos. *As grandes Virtudes dos* Houyhnhnms. *A Educação e o Exercício de sua Juventude. Sua Assembleia Geral.*

Como eu devia compreender a Natureza Humana muito melhor do que julgava ser possível para meu Senhor, foi-me fácil aplicar o Caráter por ele traçado dos *Yahoos* a mim mesmo e a meus Compatriotas, e pareceu-me que eu podia fazer ainda outras Descobertas com base nas minhas próprias Observações. Assim, pedi-lhe Licença para examinar as Manadas de *Yahoos* das Redondezas, o que me foi mui graciosamente consentido, pois estava ele perfeitamente convicto de que o Ódio que me inspiravam aqueles Animais jamais deixaria que eles me corrompessem; e sua Excelência ordenou que um de seus Criados, um Rocim Alazão forte, mui honesto e afável, fosse meu Guarda, sem cuja Proteção eu não ousaria empreender tais Aventuras. Pois já tenho dito ao Leitor o quanto me atenazaram aqueles Animais detestáveis tão logo lá cheguei. E em outras ocasiões, três ou quatro vezes escapei por muito pouco de cair nas Garras deles, quando por acaso me afastei um pouco da Casa sem levar meu Espadim. E tenho razão para crer que tinham eles alguma Noção de que eu pertencia à sua Espécie, no que eu próprio os ajudei muitas vezes, ao arregaçar as Mangas e exibir o Peito e os Braços nus na presença deles, estando comigo meu Protetor: ocasiões nas quais eles se aproximavam de mim tanto quanto ousavam, e imitavam minhas Ações tal como fazem os Macacos, porém sempre com muitos Sinais de Ódio, tal como um *Corvo* domesticado,[27] provido de Gorro e Meias, é sempre perseguido pelos seus Semelhantes selvagens, quando se vê entre eles.

São eles prodigiosamente ágeis desde mui pequenos; porém uma vez peguei um Filhote macho de três anos de idade, e tentei com todos os sinais de Ternura fazê-lo se calar; porém o pequeno Demônio pôs-se a berrar, e arranhar, e morder com tamanha Violência que fui obrigado a largá-lo, a e em bom tempo o fiz, pois todo um Tropel de Adultos veio acorrendo em nossa direção ao ouvir o Barulho, mas ao constatar que o Filhote estava bem (pois ele foi embora correndo) e que o Rocim Alazão estava a meu lado, não ousaram chegar perto. Observei que a Carne do Filhote tinha um forte fedor, entre cheiro de *Doninha* e de *Raposa*, porém muito mais desagradável.

Ia-me esquecendo de uma outra Circunstância (e talvez o Leitor me perdoasse por omiti-la), que enquanto eu segurava a detestável Criatura, ela expeliu seus Excrementos imundos, uma Substância líquida amarela, encharcando minhas Roupas; afortunadamente, havia um Riacho bem perto, onde me lavei o quanto pude, mas só ousei aproximar-me de meu Senhor depois que me arejei bem.

Pelo que pude descobrir, os *Yahoos* parecem ser os Animais a que é mais difícil se ensinar alguma coisa, não demonstrando Capacidade de fazer nada mais do que puxar ou carregar Fardos. Porém sou da opinião de que tal Defeito decorre principalmente de uma Disposição perversa e contumaz. Pois são astuciosos, maliciosos, traiçoeiros e vingativos. São fortes e resistentes, mas têm Espírito covarde, e são, consequentemente, insolentes, abjetos e cruéis. Observa-se que os Animais de ambos os Sexos que têm *Pelos vermelhos* são mais libidinosos e maldosos que os outros, sendo também mui mais fortes e ativos.

Os *Houyhnhnms* guardam os *Yahoos* que estão em uso em Cabanas a pouca distância da Casa; os outros, porém, são enviados para certos Campos, onde cavam Raízes, comem vários tipos de Ervas e procuram Carniças, e às vezes capturam *Doninhas* e *Luhimuhs* (uma espécie de *Rato silvestre*), que devoram com avidez. A Natureza ensinou-os a cavar Buracos fundos com as Unhas nas Encostas de Terra, nos quais se deitam a sós; apenas os Canis das Fêmeas são maiores, neles cabendo dois ou três Filhotes.

Nadam desde pequenos como Sapos, e logram ficar longos Períodos debaixo d'água, onde muitas vezes pegam Peixes, os quais as Fêmeas levam para seus Filhotes. E, neste Ensejo, espero que o Leitor me perdoe por relatar uma Aventura estranha.

Um dia, estando eu no campo com meu Protetor, o Rocim Alazão, e fazendo muitíssimo Calor, pedi-lhe que me deixasse me banhar num Rio que havia ali por perto. Ele consentiu, e imediatamente despi-me por completo, e fui entrando pouco a pouco na Água. Aconteceu que uma jovem *Yahoo* fêmea, que estava por trás de um Barranco, viu tudo que acontecia, e inflamada pelo Desejo, conforme imaginamos o Cavalo e eu, veio correndo mui depressa, e pulou dentro d'Água a cinco jardas do lugar onde eu me banhava. Nunca em minha Vida senti tanto pavor; o Cavalo estava a pastar a alguma distância, não suspeitando de nenhum Perigo. Ela abraçou-me do modo mais asqueroso; gritei com todas as forças, e o Cavalo veio em galope em minha direção, quando então ela me largou, com muita Relutância, e pulou para a Margem oposta, onde ficou a olhar e gritar enquanto eu me vestia.

Esse Incidente muito divertiu meu Senhor e sua Família, tanto quanto me mortificou. Pois agora não podia mais eu negar que era um verdadeiro *Yahoo*, sob todos os Aspectos, pois que as Fêmeas sentiam uma Atração natural por mim como membro de sua própria Espécie: e nem os pelos dessa Fêmea em particular eram de Cor vermelha (o que talvez desculpasse seu Apetite um pouco irregular), porém eram negros como Abrunhos, e suas Feições não eram tão horrendas como as dos outros Seres de sua espécie; pois, creio eu, não tinha ela mais de onze anos de idade.

Tendo eu vivido três anos nesse país, o Leitor, imagino, espera de mim, como de outros Viajantes, um Relato dos Costumes dos Habitantes, e de fato foi no seu Estudo que mais me empenhei.

Como esses nobres *Houyhnhnms* são dotados pela Natureza de uma Disposição geral para todas as Virtudes, e não têm Concepção ou Ideia do que seja o Mal numa Criatura Racional; sua principal Máxima é cultivar a *Razão*, e ser de todo governado por ela. E para eles não é a *Razão* um Ponto problemático, tal como é entre nós, pois que os Homens defendem de modo plausível ambos os lados de uma Questão; porém lá ela afirma-se com uma Convicção imediata;[28] o que deveras há de acontecer sempre que ela não é mesclada, obscurecida ou empanada pela Paixão e pelo Interesse. Lembro que foi com extrema Dificuldade que consegui fazer com que meu Senhor compreendesse o significado da Palavra *Opinião*, e de que modo uma Questão podia estar em disputa; porque a *Razão* nos ensinou a afirmar ou negar apenas aquilo de que temos certeza; e quanto ao que está além de nosso Conhecimento, não podemos fazer nem uma coisa, nem outra. De modo que Controvérsias, Altercações, Disputas e Convicções a respeito de Proposições falsas ou Duvidosas são Males desconhecidos pelos *Houyhnhnms*. Do mesmo modo, quando eu lhe explicava nossos vários Sistemas de *Filosofia Natural*, ele riu-se ao ver uma Criatura que se julgava dotada de *Razão* dar Valor a si própria com base no Conhecimento das Conjecturas de outrem, e no que diz respeito a Coisas cujo Conhecimento, mesmo se fosse certo, não teria nenhuma Utilidade. Manifestou ele total acordo com os Sentimentos de *Sócrates*, tal como foram expressos por *Platão*;[29] o que menciono como o mais elevado Elogio que posso fazer a esse Príncipe dos Filósofos. Desde então, tenho refletido que tal Doutrina teria Efeito devastador sobre as Bibliotecas da *Europa*, e daria fim a muitas Sendas que levam à Fama no Mundo do Saber.

A *Amizade* e a *Benevolência* são as duas principais Virtudes entre os *Houyhnhnms*, e elas não se restringem a Objetos específicos, porém se estendem universalmente a toda a Raça. Pois um Forasteiro vindo das Paragens mais remotas é tratado do mesmo modo que o Vizinho mais próximo, e onde quer que ele vá ele se sente em casa. Eles preservam a *Decência* e a *Civilidade* nos Graus mais elevados, porém de todo desconhecem a *Cerimônia*. Não têm Predileção por seus próprios Potros, mas os Cuidados com que os educam provêm inteiramente dos Ditames da *Razão*. E observei que meu Senhor demonstrava a mesma Afeição pelos Filhos de seu Vizinho que tinha pelos seus. Acreditam eles que a *Natureza* os ensina a amar toda a *Espécie*, e é apenas a Razão que faz uma Distinção de Pessoas, havendo Grau superior de Virtude.

Depois que geram um Filho de cada Sexo, não mais coabitam com seus Esposos as Matronas *Houyhnhnms*, a menos que percam um de sua Prole por algum Acidente, o que ocorre mui raramente: mas em tal Caso voltam a coabitar, e também quando um Acidente semelhante ocorre com uma Pessoa cuja Esposa não está mais em idade de procriar, caso em que um outro Casal lhes cede um de seus Potros e voltam a juntar-se até que a Mãe engravide. Esta Cautela é necessária para impedir que o País fique sobrecarregado de Habitantes. Porém a raça de *Houyhnhnms* inferiores, criados para servir, não é tão estritamente limitada quanto a isso; esses têm licença de produzir três de cada Sexo, para serem Domésticos nas Famílias nobres.

Em seus Casamentos, cuidam muito de escolher as Cores de modo que não surja uma Mistura desagradável nas Crias. A *Força* é particularmente valorizada nos Machos, e a *Formosura* nas Fêmeas, não em consideração a questões de *Amor*, mas para que a Raça não degenere; pois, quando uma Fêmea por acaso se destaca pela *Força*, escolhe-se seu Par tendo-se em conta a *Formosura*. Namoro, Amor, Presentes, Usufruto,[30] são coisas que não lhes ocupam as Mentes; tampouco há em sua Língua Palavras que as exprimam. O jovem Casal se conhece e se une, apenas por ser essa a Determinação dos Pais e Amigos: é o que eles veem ocorrer a cada dia, e encaram-no como uma das Ações necessárias de um Ser racional. Porém a Violação do Matrimônio, ou qualquer outro Ato contra a Castidade, jamais lá ocorreu: e o Casal unido vive toda sua vida com a mesma Amizade e Benevolência mútua manifestada para com todos os outros Membros de sua espécie que encontram; sem Ciúmes, Paixões, Arrufos nem Descontentamento.

Na Educação dos Jovens de ambos os Sexos, o Método que usam é admirável, e muito merecia ser por nós imitado. Não lhes permitem provar um Grão de *Aveia*[31] senão em certos dias, até os dezoito anos de idade; nem tampouco Leite, senão mui raramente; e no Verão pastam duas horas pela manhã e outras tantas à tarde, tal como fazem seus Pais; porém não têm os Criados licença de pastar mais do que metade desse tempo, e boa parte da Grama que comem é trazida para casa, e eles a comem nas horas mais convenientes, quando podem se afastar do Trabalho.

Temperança, *Trabalho*, *Exercícios* e *Limpeza* são as Lições que se dão e igualmente aos jovens de ambos os Sexos: e meu Senhor julgou monstruoso quando soube que damos às nossas Fêmeas Educação diversa da que damos aos Machos, salvo no que diz respeito a alguns Artigos de Economia Doméstica; observou ele, com razão, que metade de nossos Nativos não serve para outra coisa que não gerar Filhos: e confiar os cuidados de nossos Filhos a esses Animais inúteis, disse ele, era mais uma Manifestação de Desrazão.

Porém os *Houyhnhnms* treinam seus Jovens para serem fortes, rápidos e resistentes, exercitando-os na Prática de subir e descer correndo Encostas íngremes, e caminhar em Terrenos pedregosos, e quando estão bem suados, dão-lhes ordem de mergulhar numa Lagoa ou Rio. Quatro vezes por ano os Jovens de cada Distrito se reúnem para demonstrar sua Proficiência nas Artes de correr e saltar, e realizar outros Feitos de Força e Agilidade, tendo o Vitorioso, macho ou fêmea, como Recompensa uma Canção em seu Louvor. Nesse Festival os Criados trazem uma Manada de *Yahoos* para o campo, carregados com Feno, Aveia e Leite, para o repasto dos *Houyhnhnms*; em seguida, os Animais são imediatamente levados embora, para que não perturbem a Reunião.

Uma vez a cada quatro anos, no *Equinócio de Primavera*, realiza-se um Conselho Representativo de toda a Nação, numa Planície a cerca de vinte milhas da nossa Casa, e a Reunião se prolonga por cerca de cinco ou seis dias. Nela, eles indagam sobre o Estado e a Condição dos diferentes Distritos; se abundam ou carecem de Feno ou Aveia, Vacas ou *Yahoos*. E, havendo alguma Carência (o que é raro), ela é imediatamente suprida pelo Consentimento unânime e a Contribuição de todos. Ali, também, a Regulação dos Filhos é feita: assim, por exemplo, se um *Houyhnhnms* tem dois Potros machos, ele troca um deles com outro que tenha duas Potras: e quando uma Criança se perdeu por algum Acidente, e a Mãe não está mais em idade de procriar, determina-se qual a Família do Distrito que há de gerar outro para compensar a Perda.

IX

Grande Debate na Assembleia Geral dos Houyhnhnms, *e como se chegou a uma Decisão. O Saber dos* Houyhnhnms. *Seus Prédios. Sua forma de Sepultamento. A Defectividade de sua Língua.*

Uma dessas Grãs-Assembleias foi realizada no tempo em que eu lá estava, cerca de três meses antes da minha Partida, e para lá foi meu Senhor como Representante de nosso Distrito. Nesse Conselho retomou-se o antigo Debate deles, na verdade o único que jamais ocorreu naquele País; e dele meu Senhor me fez um Relato mui circunstanciado quando voltou.

A questão a ser discutida era se os *Yahoos* deveriam ser exterminados da face da Terra. Um dos *Membros* favoráveis à Ideia ofereceu vários Argumentos de muita Força e Peso, alegando que o *Yahoo* era o Animal mais imundo, asqueroso e deformado que a Natureza jamais produzira, sendo também o mais obstinado e menos propício a aprender, o mais maldoso e malicioso: pois os *Yahoos* mamavam à socapa nas Tetas das Vacas dos *Houyhnhnms*, matavam e devoravam seus Gatos, pisavam e destruíam suas Plantações de Aveia e Grama, se não fossem constantemente vigiados, e cometiam mil outras Extravagâncias. Ele mencionou uma Tradição, segundo a qual os *Yahoos* não existiam outrora naquele País: mas que, muitas Eras atrás, dois desses Animais apareceram juntos numa Montanha, não se sabia se gerados pelo calor do Sol sobre a Lama e a Imundície ou se pelo Limo e a Escuma do mar. Que esses *Yahoos* procriaram, e em pouco tempo seus Descendentes se tornaram tão numerosos que infestaram toda a Nação. Que, a fim de dar fim a esse Mal, os *Houyhnhnms* promoveram uma Caçada geral, e por fim cercaram toda a Manada e, destruindo os mais velhos, cada *Houyhnhnm* prendeu dois Filhotes num Canil, e os domesticou até onde é possível fazê-lo com um Animal naturalmente tão selvagem; e usaram-nos para a Tração e o Transporte. Que parecia haver muito de verdadeiro nessa Tradição, e que aquelas Criaturas não podiam ser *Ylnhniamshy* (isto é, *Aborígines* da Terra) por inspirarem um Ódio tão violento nos *Houyhnhnms* e em todos os outros Animais; o que, embora sua disposição para o Mal bem o merecesse, jamais teria chegado a tal Grau se eles fossem *Aborígines*, pois então havia muito teriam sido exterminados. Que os Habitantes, resolvendo empregar os *Yahoos* como Animais domésticos, imprudentemente negligenciaram a Criação de *Asnos*, Animais belos, fáceis de manter, mais mansos e dóceis, sem nenhum Cheiro desagradável, forte o bastante para o Trabalho, ainda que menos ágeis do que os outros; e se seu Zurro não é um Som agradável, é de longe preferível aos Urros horrendos dos *Yahoos*.

Vários outros Membros manifestaram Sentimentos semelhantes, quando então meu Senhor propôs um Expediente à Assembleia, valendo-se de uma Ideia que eu lhe inspirara. Ele concordava com a Tradição mencionada pelo *Honrado Membro*[32] que falara antes dele, e afirmou que os dois *Yahoos* que teriam sido os primeiros a ser vistos por lá haviam vindo de Além-Mar; que, chegando a Terra, e sendo abandonados por seus Companheiros, recolheram-se às Serras, e degenerando pouco a pouco, com o passar do tempo se tornaram mui mais selvagens que do que eram os de sua Espécie no país de onde vieram os dois Originais. O que o levava a afirmar tal coisa era o fato de que ele tinha agora em sua Posse um certo *Yahoo* maravilhoso (ou seja, eu) a respeito do qual a maioria deles já ouvira falar, e que muitos já haviam visto. Em seguida, relatou-lhes como me encontrou; que meu Corpo era todo coberto por uma Composição artificial de Peles e Pelos de outros animais: que eu falava um Idioma próprio, e havia aprendido à perfeição o deles: que eu lhe relatara os Acidentes que me haviam levado até lá: que quando ele me viu sem minha Cobertura, eu era um *Yahoo* perfeito sob todos os aspectos, apenas mais claro, menos peludo e com garras mais Curtas. Acrescentou que eu lograra convencê-lo de que no meu País, bem como em outros, os *Yahoos* eram o Animal racional dominante, que mantinham na Servidão os *Houyhnhnms*: que ele observava em mim todas as Qualidades de um *Yahoo*, apenas um pouco mais civilizadas por algumas Tinturas de Razão, porém num grau mui inferior ao da Raça dos *Houyhnhnms*, tal como os *Yahoos* de lá me eram inferiores: que, entre muitas outras coisas, eu mencionara a Prática que tínhamos de *castrar* os *Houyhnhnms* quando eram jovens, a fim de domá-los; que a Operação era fácil e segura; que não era nada vergonhoso aprender com a Sabedoria dos Animais, assim como a Dedicação ao Trabalho é ensinada pela Formiga, e a Arte da Construção pela Andorinha (pois é assim que traduzo a palavra *Lyhannh*, embora seja uma Ave muito maior). Que essa Invenção poderia ser praticada nos *Yahoos* mais jovens de lá, e que ela, além de torná-los mais dóceis e apropriados ao Trabalho, com o tempo daria fim a toda a Espécie sem a necessidade de matar. Que, nesse ínterim, os *Houyhnhnms* deveriam ser *exortados* a cultivar a Raça dos *Asnos*, os quais, por serem sob todos os aspectos Animais mais valiosos, têm também a Vantagem de serem aptos a trabalhar aos cinco anos de idade, enquanto os outros só o são aos doze.

Tal foi tudo que meu Senhor julgou necessário me contar naquela ocasião, do que se passou no Grão-Conselho. Porém ocultou um Particular, que dizia respeito pessoalmente a mim, cujo Efeito infeliz vim a sentir em pouco tempo, como o Leitor há de saber no Momento adequado, e que foi o Ponto de partida de todos os Infortúnios que se seguiram em minha Vida.

Os *Houyhnhnms* não conhecem as Letras, e consequentemente seu Saber é todo tradicional. Porém, como acontecem poucos Eventos importantes num Povo tão unido, naturalmente disposto a todas as Virtudes, inteiramente governado pela Razão e isolado de todo o Comércio com as outras Nações, sua História é preservada com facilidade e sem lhes sobrecarregar a Memória. Já observei que eles não sofrem de Doença alguma, e portanto não precisam de Médicos. Porém dispõem de excelentes Remédios compostos de Ervas, para curar Cortes e Contusões acidentais na Quartela ou na Ranilha, causados por Pedras afiadas, bem como demais Ferimentos e Machucados nas diversas Partes do Corpo.

Eles calculam o ano pela Revolução do Sol e da Lua, porém não usam Subdivisões em Semanas. Conhecem mui bem os Movimentos desses dois Astros e compreendem a Natureza dos *Eclipses*; e não vão além disso seus Conhecimentos de *Astronomia*.

Na *Poesia*, há que reconhecer que eles excedem todos os outros Mortais; pois a Exatidão de seus Símiles, e a Delicadeza e a Precisão de suas Descrições, são de fato inimitáveis. Em seus Versos são abundantes essas duas coisas, e normalmente também ocorrem Exaltações à Amizade e à Benevolência, o Elogio dos Vencedores das Corridas e de outros Exercícios corpóreos.[33] Seus Prédios, ainda que mui rudes e simples, não são incômodos, e apropriados para protegê-los de todos os Males do Frio e do Calor. Têm eles uma espécie de Árvore, a qual aos quarenta anos de idade perde a firmeza das Raízes, e cai com a primeira Tempestade; elas crescem bem retas, e tornando-as pontudas como Estacas, com uma Pedra afiada (pois os *Houyhnhnms* não conhecem o uso do ferro), eles enfiam-nas eretas no Chão até a profundidade de cerca de dez polegadas, e depois trançam entre elas Palha de Aveia, ou então às vezes Vime. O Telhado é feito da mesma maneira, e também as Portas.

Os *Houyhnhnms* usam a Parte oca entre a Quartela e o Casco de suas Patas dianteiras tal como usamos nossas Mãos, e com maior Destreza do que eu podia imaginar de início. Vi uma Égua branca da nossa Família passar a Linha por uma Agulha (a qual eu lhe emprestei com esse fim) utilizando essa Articulação. Eles ordenham suas Vacas, colhem a Aveia e fazem da mesma maneira todo Trabalho que exige Mãos. Dispõem de uma espécie de Pederneira dura, a qual, esfregando em outras Pedras, transformam em Instrumentos, usados à guisa de Cunhas, Machados e Martelos. Com Ferramentas feitas com essas Pederneiras, cortam o Feno e colhem a Aveia, que cresce naturalmente em vários Campos: os *Yahoos* transportam os Feixes em Carroças, e os Criados pisam-nos em certas Cabanas cobertas para extrair-lhes o Grão, o qual é guardado em Armazéns. Fazem uma espécie de Vaso grosseiro de Barro, que cozem ao Sol.

Se conseguem evitar Acidentes, morrem apenas de

Velhice, sendo enterrados nos Lugares mais obscuros que podem ser encontrados, e seus Amigos e Parentes não manifestam nem Alegria nem Tristeza diante de sua Partida, nem tampouco o Moribundo exprime nenhuma Lamentação por partir do Mundo, tal como não o faria ao voltar de uma Visita a um de seus Vizinhos; lembro que uma vez meu Senhor aguardava um Amigo e sua Família, que vinham visitá-lo para resolver um Assunto de certa Importância; no dia combinado, a Esposa e os dois Filhos chegaram mui atrasados; ela desculpou-se dando dois Motivos, o primeiro, pelo Marido, que, segundo ela, tinha justo naquela Manhã sofrido *Lhnuwnh*. A Palavra é fortemente expressiva na Língua deles, porém difícil de traduzir, e significa *recolher-se à Mãe primeira*. Ela se desculpou por não ter chegado mais cedo porque seu Marido havia morrido no final da manhã, e ela levara algum tempo a consultar seus Criados a respeito de um Lugar conveniente para enterrar seu Corpo; e observei que ela se comportava em nossa Casa com tanta Alegria quanto as outras Pessoas, e morreu cerca de três meses depois.

Eles costumam viver até os setenta ou setenta e cinco anos, mui raramente até os oitenta. Algumas semanas antes da Morte, sentem um Caimento gradual, mas sem Dor. Durante esse tempo, são muito visitados pelos Amigos, pois que não podem sair de casa com a Facilidade e Satisfação costumeiras. Porém, cerca de dez dias antes da Morte, cuja data quase sempre calculam sem erro, retribuem as Visitas feitas pelos Vizinhos mais próximos, sendo levados numa espécie de Trenó apropriado puxado por *Yahoos*, veículo que usam não apenas nessa Ocasião, mas também quando estão velhos, em Viagens mais longas ou quando sofrem algum Acidente que os impede de andar. E assim, quando os *Houyhnhnms* moribundos retribuem as Visitas, despedem-se solenemente dos Amigos, como se fossem partir numa Viagem para uma Região remota do País, onde resolvessem passar o resto de suas Vidas.

Não sei se vale a pena observar que os *Houyhnhnms* não contam com nenhuma Palavra em seu Idioma para exprimir qualquer coisa que seja *má*, porém nesses Casos tomam emprestado as Deformidades ou Qualidades negativas dos *Yahoos*. Assim, denotam a Insensatez de um Criado, a Omissão de uma criança, uma Pedra que lhes corte os pés, um mau Tempo extemporâneo ou que se prolongue por demais, e coisas semelhantes, acrescentando ao Nome da coisa o Epíteto de *Yahoo*. Por exemplo, *Hhnm Yahoo*, *Whnaholm Yahoo*, *Ynlhmndwihlma Yahoo*, e uma casa malfeita, *Ynholmhnmrohlnw Yahoo*.

Seria para mim mui prazeroso estender-me mais sobre os Costumes e Virtudes desse excelente Povo; mas como pretendo em breve publicar um Volume inteiramente dedicado a esse Assunto, encaminho o Leitor interessado a essa obra futura. Nesse ínterim, relato a triste Catástrofe que me sucedeu.

X

A Economia e a Vida feliz do Autor entre os Houyhnhnms. *Os grandes Avanços em sua Virtude, proporcionados pelas Conversas com eles. As Conversas. O Autor é informado por seu Senhor de que terá de partir do País. Ele desmaia de Desgosto, porém obedece. Planeja e constrói uma Canoa, com a ajuda de um outro Criado, e faz-se ao Mar à ventura.*

Eu organizara minha pequena Economia[34] conforme meu agrado. Meu Senhor mandara preparar um Quarto para mim à maneira deles, a cerca de seis jardas da Casa, cujas Paredes e Assoalho eu havia revestido de Barro e forrado com tapetes de Junco de meu próprio fabrico; soquei Cânhamo, Planta que lá cresce como mato, e fiz disso uma espécie de Tecido grosseiro, o qual estofei com Penas de várias Aves que eu havia apanhado em Armadilhas feitas com Pelo de *Yahoo*, e que eram muito boas de comer. Fiz duas Cadeiras com minha Faca, sendo ajudado pelo Rocim Alazão nas Tarefas mais rudes e trabalhosas. Quando minhas Roupas se transformaram em Farrapos, fiz novas com Pele de Coelho, e de um certo Animal, mui belo, mais ou menos do mesmo tamanho, chamado *Nnuhnoh*, cuja Pele é coberta por uma Penugem fina. Com o mesmo Material fiz também Meias bem passáveis. Fiz Solas para meus Sapatos de Madeira que cortei de uma Árvore, e quando a parte de cima dos Sapatos se gastou, substituí-a por pele de *Yahoo* secada ao sol. Com frequência eu colhia Mel em árvores ocas e misturava-o com água, ou comia com meu Pão. Ninguém melhor que eu verificou a Verdade destas duas Máximas, *que a Natureza se satisfaz mui facilmente*, e *que a Necessidade é a Mãe da Invenção*. Eu gozava de perfeita Saúde corporal e Tranquilidade mental;[35] não conheci Traição nem Inconstância de Amigo, nem Injúria de Inimigo secreto ou confesso. Não tive ensejo de subornar, adular nem alcovitar, nem de recorrer aos Favores de algum grande Homem ou de seus Sequazes. Não precisava de Proteção contra a Fraude ou a Opressão; lá não havia Médico para destruir-me o Corpo, nem Advogado para arruinar-me a Fortuna; nem Delator para vigiar minhas Palavras e Atos, ou forjar Acusações contra mim por paga: lá não havia Zombadores, Censores, Caluniadores, Ladrões, Salteadores, Arrombadores, Advogados, Alcoviteiros, Bufões, Jogadores, Políticos, Facetos, Rabugentos, Tagarelas Cansativos, Controversistas, Violadores, Assassinos, Bandidos, Sabichões; nem Chefes nem Seguidores de Partidos e Facções; nem Incitadores ao Vício, pela Sedução ou pelo Exemplo: nem Masmorras, Machados, Forcas nem Pelourinhos: nem Comerciantes e Artesãos desonestos: nem Orgulho, Vaidade e Afetação: nem Casquilhos, nem Valentões, nem Beberrões, nem Meretrizes nas Ruas, nem Gálico: nem Esposas mal-humoradas, lascivas ou gastadeiras: nem Pedantes estúpidos e orgulhosos: nem Companheiros importunos, arrogantes, brigões, barulhentos, vazios, pretensiosos e chulos: nem Canalhas, elevados da Lama por obra de seus Vícios, nem Nobres, nela lançados por conta de suas Virtudes: nem Senhores, nem Tocadores de Rabecas, nem Juízes, nem Mestres de Dança.

Tive o privilégio de conversar com vários *Houyhnhnms*, que vinham visitar meu Senhor ou com ele jantar, onde sua Excelência graciosamente me permitia ficar na Sala e ouvi-los conversar. Tanto ele quanto seus Visitantes amiúde condescendiam em fazer-me Perguntas e em ouvir minhas Respostas. Por vezes tinha eu também a Honra de acompanhar meu Senhor em suas Visitas. Jamais ousei falar, senão quando me dirigiam uma Pergunta, e sempre que o fazia lamentava interiormente estar a desperdiçar um Tempo que poderia usar em prol de meu Melhoramento: porém era infinito o meu Prazer de acompanhar, na condição de humilde Ouvinte, aquelas Conversações em que nada se dizia senão o que era útil, expresso do modo mais conciso com as Palavras mais significativas: em que se observava o maior Recato, sem o menor grau de Cerimônia; em que nenhuma Pessoa falava sem agradar a si própria e a seus Companheiros: em que não havia Interrupção, Tédio, Ira nem Diferença de Sentimentos. Creem eles que quando se reúnem Pessoas, um Silêncio breve em muito melhora a Conversação: o que verifiquei ser verdade; pois durante esses pequenos Intervalos na Conversa, novas Ideias surgiam em suas Mentes, as quais muito animavam o Discurso. Seus Temas costumam ser a Amizade e a Benevolência, ou a Ordem e a Economia, por vezes as Operações visíveis da Natureza, ou as antigas Tradições; os Limites da Virtude, as infalíveis Regras da Razão ou alguma

Decisão a ser tomada na próxima grande Assembleia; e muitas vezes as diversas Excelências da *Poesia*. Posso acrescentar, sem Vaidade, que minha Presença muitas vezes lhes servia de Assunto suficiente, pois proporcionava a meu Senhor ensejo de relatar a seus Amigos a minha História e a de meu País, a respeito do qual todos costumavam fazer Comentários não muito elogiosos sobre a Espécie humana; motivo pelo qual não repetirei aqui o que diziam: permitam-me apenas a Observação de que sua Excelência, para minha grande Admiração, parecia compreender a Natureza dos *Yahoos* em todos os Países muito melhor do que eu. Enumerou todos nossos Vícios e Insânias, descobrindo muitos que eu jamais lhe mencionara, apenas supondo que Qualidades um *Yahoo* dos que viviam em seu País, se lhe fora concedida uma pequena proporção de Razão, seria capaz de manifestar; concluindo, com alto grau de Probabilidade, que uma tal Criatura haveria de ser tão vil quanto infeliz.

Confesso de bom grado que todo o parco Conhecimento que tenho de algum valor, adquiri-o nas Lições que recebi de meu Senhor, e nas Conversas decorridas entre ele e seus Amigos; das quais mais me orgulho de ter ouvido do que de me orgulharia de falar diante da maior e mais sábia Assembleia da *Europa*. Eu admirava a Força, a Beleza e a Celeridade dos Habitantes; e uma tal Constelação de Virtudes em Pessoas tão gentis produziu em mim a mais elevada Veneração. De início, é bem verdade, não sentia eu aquela Admiração natural que os *Yahoos* e todos os Animais lhes dedicam, porém o Sentimento brotou em mim gradualmente, muito mais cedo do que eu imaginava, combinado com um misto de Respeito, Amor e Gratidão, por eles condescenderem em me distinguir do resto da minha Espécie.

Quando pensava na minha Família, nos meus Amigos, nos meus Compatriotas ou na Raça Humana em geral, via-os tal como eram, *Yahoos* quanto à Forma e à Disposição, apenas um pouco mais civilizados, e dotados da Fala, porém não fazendo outro uso da Razão que não o de aperfeiçoar e multiplicar aqueles Vícios dos quais os seus Irmãos naquele País só compartilhavam o quinhão que lhes concedia a Natureza. Quando via por acaso meu Reflexo num Lago ou Fonte, eu desviava o Olhar, presa de Horror e Ódio de mim mesmo, e era-me tão difícil suportar a visão de um *Yahoo* comum quanto a de mim mesmo. De tanto conversar com os *Houyhnhnms*, e encará-los com deleite, passei a imitar-lhes a Andadura e os Gestos, o que se tornou em mim de tal modo um Hábito que meus Amigos muitas vezes me dizem, de modo rude, que *ando a trotar como um Cavalo*; o que, porém, tomo com um grande Elogio: também não nego que, ao falar, costumo assumir a Voz e a maneira dos *Houyhnhnms*, e vejo que escarnecem de mim por esse motivo sem sentir a menor Mortificação.

No meio de tamanha Felicidade, e quando eu me sentia estabelecido para o resto da Vida, mandou-me chamar meu Senhor certa manhã, um pouco mais cedo do que à hora costumeira. Observei por sua Fisionomia que estava um tanto perplexo, sem saber como começar. Após um curto Silêncio, disse-me que não sabia como eu haveria de receber o que ele tinha a me dizer: que na última Assembleia geral, quando se passou a discutir a Questão dos *Yahoos*, os Representantes haviam se mostrado ofendidos por ele manter um *Yahoo* (ou seja, eu) em sua Família, mais como se fosse um *Houyhnhnm* do que como um Animal bruto. Que era sabido que ele conversava comigo frequentemente, como se lhe adviesse algum Lucro ou Prazer da minha Companhia: que tal Prática não estava em harmonia com a Razão nem com a Natureza, e tampouco tinha precedente entre eles. A Assembleia, portanto, *exortava*-o a utilizar-me tal como se fazia com os outros da minha Espécie, ou então ordenar que eu voltasse a nado a meu Lugar de origem. Que a primeira das Alternativas fora rejeitada de modo cabal por todos os *Houyhnhnms* que já me tinham visto na Casa de meu Senhor ou em suas próprias Casas: pois, alegavam eles, tendo eu alguns Rudimentos da Razão, juntamente com a Depravação natural daqueles Animais, temia-se que eu os pudesse seduzir nas Florestas e Serras do País, e conduzi-los num Ataque noturno para destruir o Gado dos *Houyhnhnms*, pois eu havia de ser do tipo rapace e inimigo do Trabalho.

Acrescentou meu Senhor que todos os dias os *Houyhnhnms* da Vizinhança instigavam-no a ceder à Exortação da Assembleia, o que ele não podia adiar por muito mais tempo. Temia que fosse impossível eu ir até outro País a nado, e portanto ordenava-me que construísse uma espécie de Veículo semelhante àqueles dos quais lhe havia falado, que pudesse me transportar no Mar, e que nessa Tarefa eu teria o Auxílio de seus próprios Criados, bem como os de seus Vizinhos. Concluiu dizendo que, de sua parte, consentiria em me ter como Criado pelo resto da minha Vida, pois que eu me havia curado de alguns maus Hábitos e Propensões, esforçando-me por imitar, até onde mo permitia a minha Natureza inferior, os *Houyhnhnms*.

Cabe aqui informar o Leitor de que um Decreto da Assembleia geral deste País se exprime pela palavra *Hnhloayn*, que não posso traduzir de maneira melhor do que como *Exortação*: não podem eles imaginar que uma Criatura racional seja obrigada, porém apenas aconselhada, ou exortada, pois ninguém pode desobedecer à Razão, sem renunciar à Pretensão de ser uma Criatura Racional.

Fui tomado pelos mais profundos Sofrimento e Desespero ao ouvir as Palavras de meu Senhor, e não conseguindo suportar a Agonia, desfaleci a seus Pés; quando voltei a mim, ele me disse ter concluído que eu havia morrido. (Pois esse Povo não é sujeito a tais Imbecilidades da Natureza.) Respondi, com Voz trêmula, que a Morte teria sido uma Felicidade demasiadamente grande; que, ainda que eu não pudesse condenar a *Exortação* da Assembleia, nem a Insistência de seus Amigos, no entanto, com meu Juízo fraco e corrompido, pensava eu que não seria incompatível com a Razão uma Atitude menos rigorosa. Que eu não era capaz de nadar por uma légua, e provavelmente o País mais próximo de lá ficaria a mais de cem léguas: que muitos Materiais, dos necessários para se construir um pequeno Barco que me levasse embora, eram de todo inexistentes naquele País; no entanto, movido pela Obediência e pela Gratidão a sua Excelência, eu tentaria fazer o que me fora dito, embora concluísse ser impossível e portanto já me considerasse fadado à Destruição. Que a certeza de uma Morte extemporânea era o menor de meus Males: pois, supondo-se que eu lograsse escapar com vida graças a alguma estranha Aventura, como poderia eu pensar com tranquilidade em passar o resto de meus Dias em meio aos *Yahoos*, e recair nas minhas antigas corrupções, por falta de Exemplos que me inspirassem e me mantivessem nos Caminhos da Virtude? Que eu compreendia muito bem em que Razões sólidas se fundavam todas as Decisões dos sábios *Houyhnhnms*, e que não seriam elas abaladas por Argumentos de um mísero *Yahoo* como eu; e assim, após lhe prestar meus humildes Agradecimentos por me oferecer a ajuda de um de seus Criados para a construção de meu Barco, e lhe pedir um tempo razoável para levar a cabo tão árdua Tarefa, disse-lhe que tentaria preservar este meu Ser miserável; e que, se algum dia voltasse à *Inglaterra*, tinha alguma Esperança de ser útil à minha própria Espécie, louvando os renomados *Houyhnhnms* e propondo suas Virtudes como dignas de serem imitadas pela Humanidade.

Em poucas Palavras, meu Senhor respondeu-me de modo mui gracioso, concedendo-me o prazo de dois *meses* para a Construção de meu Barco; e deu ordem ao

Rocim Alazão, meu colega (pois a essa distância creio podê-lo chamar assim), de que seguisse minhas Instruções, porque dissera eu a meu Senhor que sua Ajuda seria suficiente, e sabia o Afeto que ele me tinha.

Em sua Companhia, minha primeira Providência foi ir até o trecho da Costa em que meus Homens rebeldes me fizeram aportar. Subi num Morro e, olhando para o Mar em todas as direções, julguei ver uma pequena Ilha a *Nordeste*: tomei minha Luneta e pude então discerni-la com clareza, a cerca de cinco léguas da Costa, segundo meus cálculos; o Rocim Alazão, porém, tomou-a por uma Nuvem azul apenas: pois, não tendo ele Ideia de nenhum País que não o seu, não era de se esperar que soubesse distinguir um Objeto distante no Mar tal como fazemos nós, que tanto frequentamos esse Elemento.

Tendo descoberto essa Ilha, não procurei mais nada, porém decidi que ela, se lá conseguisse chegar, seria o primeiro Sítio de meu Exílio, e o que viesse depois dependeria da Fortuna.

Voltei para casa e, após consultar o Rocim Alazão, fomos a um Capão a uma certa distância de lá, onde, com minha Faca, e ele com uma Pederneira afiada, fixada de modo mui engenhoso, à maneira deles, a um Cabo de Madeira, cortamos alguns Pedaços de Carvalho mais ou menos da espessura de uma Bengala, e outros maiores. Porém não pretendo aborrecer o leitor com os Pormenores de minhas Atividades mecânicas; bastará dizer que, no decorrer de seis semanas, com a ajuda do Rocim Alazão, o qual desempenhou as Tarefas que exigiam mais trabalho, construí uma espécie de Canoa como as dos *Índios*, porém muito maior, cobrindo-a com Peles de *Yahoos* bem costuradas, com linha de Cânhamo de meu próprio fabrico. Também minha Vela foi feita com a Pele do mesmo Animal; porém usei os mais tenros que pude obter, pois a dos mais velhos era por demais dura e espessa, e também muni-me de quatro Remos. Fiz uma

Provisão de Carne cozida de Coelhos e Aves, e levei dois Vasos, um cheio de Leite, o outro de Água.

Experimentei minha Canoa numa Lagoa grande perto da Casa de meu Senhor, e em seguida corrigi o que estava defeituoso; todas as Frestas foram calafetadas com Sebo de *Yahoo*, até que a Canoa ficou estanque, e capaz de me sustentar, juntamente com meus Bens. E quando estava tão perfeita quanto me era possível torná-la, fi-la transportar até a Costa, numa Carroça puxada bem devagar por *Yahoos*, conduzidos pelo Rocim Alazão e um outro Criado.

Quando tudo estava pronto, e chegou o dia da minha Partida, despedi-me de meu Senhor e minha Senhora, e de toda a Família, meus Olhos a verter Lágrimas, e meu Coração transido de Dor. Mas sua Excelência, por Curiosidade e talvez (se me permitem dizê-lo sem Vaidade) em parte por Bondade, decidiu ir ver-me em minha Canoa, e chamou vários de seus Amigos da Vizinhança para acompanhá-lo. Fui obrigado a esperar mais de uma hora pela Maré, e então, observando que o Vento mui afortunadamente soprava em direção à Ilha que era meu Objetivo, despedi-me pela segunda vez de meu Senhor; porém, quando estava prestes a me prostrar para lhe beijar o Casco, ele fez-me a Honra de levantá-lo delicadamente até a altura de minha Boca. Bem sei o quanto tenho sido censurado por mencionar esse último Pormenor. Pois meus Detratores querem crer que seja improvável tão ilustre personagem conceder tamanha Distinção a uma Criatura tão inferior quanto eu. Tampouco esqueci o quanto certos Viajantes tendem a vangloriar-se dos Favores extraordinários que lhes foram concedidos. Mas se os que me censuram conhecessem melhor a Disposição nobre e cortês dos *Houyhnhnms*, logo haviam de mudar de Opinião.

Saudei os outros *Houyhnhnms* que acompanhavam sua Excelência; então, entrando em minha Canoa, afastei-me da Costa.

XI

A perigosa viagem do Autor. Ele chega à Nova Holanda, *com esperança de por lá se estabelecer. É ferido por uma Flecha lançada por um dos Nativos. É aprisionado e levado à força para um Navio* Português. *As muitas Civilidades do Capitão. O Autor chega à* Inglaterra.

Dei início a essa Viagem desesperada aos 15 de *Fevereiro* de 1714/5,[36] às nove horas da manhã. O Vento era mui propício; porém, de início usei apenas meus Remos, mas considerando que logo eu haveria de me cansar, e que o Vento poderia cessar, aventurei-me a içar minha pequena Vela; e assim, com a ajuda da Maré, segui à velocidade de légua e meia por hora, segundo pude calcular. Meu Senhor e meus Amigos continuaram na Costa até eu quase desaparecer de vista; e ouvi muitas vezes o Rocim Alazão (que sempre me amou) a gritar, *Hnuy illa nyha majah Yahoo*,[37] Cuida de ti próprio, gentil *Yahoo.*

Meu Plano era, se possível, descobrir alguma Ilhota desabitada, porém suficiente para me fornecer, com meu Trabalho, tudo que é necessário para a Vida, o que me parecia uma Felicidade maior do que ser Primeiro-Ministro da Corte mais elegante da *Europa*; pois tamanho era o horror que me inspirava a Ideia de voltar a viver em Sociedade com *Yahoos* e sob um Governo *Yahoo.* Pois numa Solidão tal como eu desejava ser-me-ia possível ao menos gozar meus próprios Pensamentos, e refletir com deleite sobre as Virtudes daqueles inimitáveis *Houyhnhnms*, sem nenhuma Oportunidade de recair nos Vícios e Corrupções da minha própria Espécie.

O Leitor talvez recorde o que relatei sobre a Conspiração de meus Homens, os quais me confinaram a meu Camarote. Que lá permaneci várias semanas, sem saber que Rumo tomávamos; e que, quando fui posto no Batel, os Marinheiros me juraram, fosse verdade ou mentira, não saberem em que Parte do Mundo estávamos. Porém, julgava eu que estivéssemos a cerca de dez graus a *Sul* do *Cabo da Boa Esperança*, ou a cerca de 45 graus de Latitude ao *Sul*, conforme supus tendo ouvido algumas Palavras trocadas entre eles, estando, imaginava eu, a *Sudeste* em seu trajeto pretendido a *Madagascar*. E embora isso fosse pouco mais do que uma Conjectura, resolvi seguir para o *Leste*, na esperança de chegar à Costa *Sudoeste* da *Nova Holanda*, e talvez a alguma Ilha tal como eu desejava, a *Oeste* de lá. O Vento soprava diretamente para o *Oeste*, e às seis da tarde calculei que me havia deslocado no mínimo dezoito léguas para o *Leste*, quando vi uma Ilha mui pequena a cerca de meia légua de distância, e a ela logo cheguei. Era apenas uma Rocha com uma única Angra naturalmente escavada pela força das Tempestades. Nela penetrei com minha Canoa, e subindo uma parte da Rocha divisei com clareza Terra ao *Leste*, a estender-se de *Sul* a *Norte*. Passei toda a noite em minha Canoa; e, repetindo minha Viagem de manhã cedo, cheguei em sete horas ao Ponto *Sudeste* da *Nova Holanda*. Isso confirmou minha Opinião de longa data, de que os *Mapas* e *Cartas* situam esse País ao menos três graus a mais para o *Leste* do que sua Posição verdadeira; Ideia essa que comuniquei há muitos anos a meu ilustre Amigo, o Sr. *Herman Moll*,[38] expondo-lhe as Razões que a fundavam, embora ele tenha resolvido seguir outros Autores.

Não vi Habitantes no Lugar onde aportei, e, estando desarmado, temia avançar no Interior. Encontrei alguns Mariscos na Praia e comi-os crus, não ousando acender uma Fogueira para não ser descoberto pelos Nativos. Passei três dias a comer Ostras e Lapas, para poupar minhas Provisões; e afortunadamente achei um Riacho de Água excelente, o que me proporcionou grande Alívio.

No quarto dia, saí de manhã cedo e, avançando um pouco mais longe, vi vinte ou trinta Nativos num Monte, a não mais de quinhentas jardas de mim. Estavam nus em pelo, Homens, Mulheres e Crianças, em torno de uma Fogueira, como percebi por causa da Fumaça. Um deles me avistou, e avisou os outros; cinco deles avançaram em minha direção, deixando as Mulheres e as Crianças junto ao Fogo. Fugi para a Praia o mais depressa possível, e, entrando em minha Canoa, afastei-me da Costa: os Selvagens, percebendo minha retirada, correram em minha direção; e antes que eu pudesse ir muito longe, lançaram uma flecha, que me feriu fundo atrás do Joelho esquerdo (levarei a Cicatriz para a Sepultura). Temendo que a Flecha estivesse envenenada, e remando até onde os Dardos não me alcançariam (pois o dia era de Bonança), mais que depressa suguei o Sangue da Ferida, e arranjei o melhor Curativo que pude fazer.

Agora não sabia eu que passo tomar, porquanto não ousava voltar ao mesmo Desembarcadouro, porém mantive o rumo para o *Norte*, sendo obrigado a remar; pois o vento, ainda que mui suave, vinha na direção contrária, soprando para o *Noroeste*. Enquanto procurava um lugar seguro para aportar, vi uma Vela a *Nor-Nordeste*, que se tornava mais visível a cada minuto, e não sabia eu se devia ou não esperar por ela, mas por fim meu Ódio à Raça dos *Yahoos* foi mais forte, e, virando a Canoa para o lado oposto, impelido pelo vento e remando, segui para o *Sul*, voltando à mesma Angra de onde havia partido pela manhã, preferindo confiar-me àqueles *Bárbaros* a viver com os *Yahoos Europeus*. Aproximei da Costa minha Canoa tanto quanto possível e escondi-me atrás de uma Pedra junto ao pequeno Riacho, cuja Água, como já disse, era excelente.

O Navio chegou a meia légua dessa Angra, e mandou seu Batel carregado de Vasos para recolher a Água doce (ao que parecia, aquele Sítio era mui bem conhecido), porém só me dei conta disso quando o Barco estava quase chegado à Costa e já era tarde demais para procurar outro Esconderijo. Os Marinheiros, ao desembarcarem, observaram minha Canoa, e após esquadrinhá-la concluíram que seu Dono não poderia estar longe. Quatro deles, bem armados, olharam em cada Canto e Buraco, até me encontrarem, deitado de bruços, atrás da Pedra. Olharam-me por um tempo, admirados com minha Roupa estranha e tosca, meu Casaco feito de Peles, meus Sapatos de Solas de Madeira, minhas Meias com pelos; tudo isso, porém, fê-los concluir não ser eu nativo de lá, pois que os daquela Terra todos andam nus. Um dos Marinheiros, falando em *Português*, mandou-me levantar-me, e perguntou-me quem eu era. Conhecendo a Língua muito bem, levantei-me e disse que era um pobre *Yahoo*, banido pelos *Houyhnhnms*, e que lhes pedia que me deixassem partir. Surpreenderam-se de ouvir-me dar Resposta em sua própria Língua, e viram pela Cor de minha Pele que eu certamente era *Europeu*; porém não compreenderam o que seriam *Yahoos* e *Houyhnhnms*, e ao mesmo tempo puseram-se a rir do meu estranho Tom ao falar, que lembrava o Relincho de um Cavalo. O tempo todo eu tremia, de Medo e Ódio: mais uma vez pedi que me deixassem partir, e fui seguindo devagar para minha Canoa; porém eles me agarraram, a indagar: de que País era eu? De onde vinha eu? E muitas outras Perguntas assim. Respondi-lhes que era nascido na *Inglaterra*, de onde partira cerca de cinco anos antes, e que na época o País deles e o nosso estavam em Paz. Assim sendo, tinha eu Esperança de que me não tratassem como Inimigo, pois não lhes desejava eu mal algum, sendo um pobre *Yahoo* que buscava algum Sítio desolado onde passar o resto de sua infeliz Existência.

Quando começaram a falar, julguei jamais ter ouvido nem visto algo tão contrário à Natureza; pois aquilo me parecia tão monstruoso quanto o seria um Cão ou uma Vaca falante na *Inglaterra*, ou um *Yahoo* na terra dos *Houyhnhnms*. Os honestos *Portugueses*[39] estavam igualmente atônitos diante de minha Roupa estranha e de meu modo insólito de falar, embora me entendessem muito bem. Falaram-me com muita Humanidade, e disseram estar certos de que seu Capitão me levaria de graça a *Lisboa*, de onde eu poderia voltar a meu próprio País; que dois dos Marinheiros iriam ao Navio, dando a notícia ao capitão do que tinha visto e tornando com as suas Ordens; entretanto, a menos que eu jurasse solenemente que não haveria de fugir, eles me prenderiam à força. Julguei melhor acatar-lhes a Proposta. Tinham muita curiosidade de saber minha História, porém pouca satisfação lhes dei; e todos conjecturaram que minhas Desgraças haviam abalado minha Razão. Em duas horas, o Barco, carregado com Vasos d'Água, voltou com a ordem do Capitão de me levar a bordo. Ajoelhei-me e pedi que me concedessem minha Liberdade; mas foi em vão, e os Homens, tendo me atado com Cordas, carregaram-me para o Barco, no qual fui conduzido até o Navio, e lá fui levado ao Camarote do Capitão.

Chamava-se ele *Pedro de Mendez*, e era Pessoa mui cortês e generosa; pediu-me que fizesse um Relato do que me sucedera, e perguntou-me o que eu queria comer ou beber; disse que eu seria tão bem tratado quanto ele próprio, e fez-me tantas outras Observações agradáveis, que me surpreendi de ser tratado com tantas Civilidades por um *Yahoo*. Porém permaneci silencioso e aborrecido; sentia-me prestes a desmaiar só de sentir o cheiro dele e de seus Homens. Por fim pedi que me trouxessem algo de minha Canoa para eu comer; porém ele mandou que trouxessem Frango e um Vinho excelente, e depois deu ordens de que eu fosse posto para dormir num Camarote bem limpo. Não quis me despir, porém deitei-me por cima dos Lençóis, e meia hora depois saí à socapa, quando imaginei que todos estivessem comendo, e chegando até a Amurada estava prestes a pular para dentro do Mar e sair a nado, arriscando a Vida, para não ter de continuar vivendo em meio aos *Yahoos*. Todavia, um dos Marinheiros impediu-me e, tendo informado o Capitão, fui acorrentado em meu Camarote.

Depois da refeição *Dom Pedro* veio ver-me, e perguntou-me o que me levara a tentar fazer algo tão desesperado: assegurou-me que só queria me ser tão útil quanto pudesse; e falou de modo tão comovente que por fim condescendi em tratá-lo como um Animal dotado de algum vestígio de Razão. Fiz-lhe um Relato mui curto de minha Viagem, da Conspiração de minha Equipagem, do País em que fui largado e dos três anos que lá vivera. Tudo isso lhe pareceu um Sonho ou uma Visão; o que muito me ofendeu, pois eu já me havia esquecido da Faculdade de Mentir, tão peculiar aos *Yahoos* de todos os Países por eles dominados, e consequentemente da Tendência a suspeitar da Veracidade de outros Membros de sua própria Espécie. Perguntei-lhe se era Costume em seu País *dizer a Coisa que não era?* Assegurei-lhe que já quase esquecera o que queria ele dizer por Falsidade, e que se tivesse vivido mil anos na *Terra dos Houyhnhnms*, jamais teria ouvido uma Mentira dita pelo mais humilde Criado; que me era de todo indiferente ele acreditar ou não em mim; mas, em retribuição a seus Favores, eu condescenderia com a Corrupção de sua Natureza a ponto de responder qualquer Objeção que ele levantasse, pois que assim ele com facilidade haveria de descobrir a Verdade.

O Capitão, um Homem sábio, depois de muitas Tentativas de me fazer cair em Contradição em alguma parte de meu Relato, por fim começou a ter uma Opinião melhor de minha Veracidade.[40] Porém acrescentou que, como eu afirmava um Apego tão inviolável à Verdade, tinha eu de lhe dar minha Palavra de Honra de que seguiria Viagem sem qualquer Atentado contra a minha própria Vida, senão ele me manteria Prisioneiro até chegarmos a *Lisboa*. Fiz-lhe a Promessa exigida; ao mesmo tempo, porém, protestei que preferia sofrer os maiores Infortúnios a ter de voltar a viver entre os *Yahoos*.

Nossa Viagem transcorreu sem nenhum Acidente considerável. Por Gratidão, por vezes fiz companhia ao

Capitão, atendendo a seus Apelos sinceros, tentando ocultar minha Antipatia pela Espécie humana, embora ela se manifestasse amiúde, sem que ele fizesse qualquer Comentário. Porém passava eu a maior parte do dia confinado em meu Camarote, para não ver nenhum dos Marinheiros. O Capitão muitas vezes me pedira que despisse aqueles Trajes selvagens, oferecendo emprestar-me a melhor Muda de Roupas de que ele dispunha. Isso não logrou ele fazer-me aceitar, pois que me parecia uma Abominação cobrir-me com qualquer coisa que já tivesse sido usada por um *Yahoo*. Pedi-lhe apenas que me emprestasse duas Camisas limpas, as quais, tendo sido lavadas desde a última vez que ele as usara, não haveriam de me conspurcar muito, parecia-me. A cada dois dias mudava de Camisa e lavava-a eu próprio.

Chegamos a *Lisboa* em 5 de *Novembro* de 1715. Ao desembarcarmos, o Capitão obrigou-me a me cobrir com sua Capa, para que a Ralé não se amontoasse ao meu redor. Fui levado a sua Casa, e atendendo a meu Pedido insistente, levou-me ele para o Quarto mais alto que dava para os Fundos. Implorei que não relatasse a ninguém o que eu lhe dissera a respeito dos *Houyhnhnms*, pois o menor rumor dessa História não apenas atrairia muita Gente para me ver, mas também provavelmente me exporia ao risco de ser preso, ou queimado pela *Inquisição*.[41] O Capitão convenceu-me a aceitar uma Muda de Roupas novas, mas não deixei que o Alfaiate tomasse as minhas medidas; porém, sendo *Dom Pedro* quase de meu tamanho, elas me serviram bastante bem. Ele me proveu de todos os outros Objetos necessários, todos novos, e deixei-os arejar por vinte e quatro horas antes de usá-los.

O Capitão não tinha Esposa, e contava com apenas três Criados, nenhum dos quais tinha permissão de estar presente durante as Refeições, e todo o seu Comportamento era de tal modo gentil, acrescido a um Entendimento *humano* tão bom, que comecei a de fato tolerar sua Companhia. Tanto ele prevaleceu sobre mim que me aventurei a olhar pela Janela dos fundos. Pouco a pouco fui levado a um outro Quarto, do qual eu olhava de relance para a Rua, porém, assustado, punha a Cabeça de volta para dentro. Após uma semana, ele me convenceu a ir até a Porta. Constatei que meu Terror gradualmente diminuía, porém meu Ódio e meu Desprezo pareciam aumentar. Por fim tive coragem suficiente para caminhar pela Rua em Companhia do Capitão, porém com o nariz bem tampado com Arruda,[42] ou por vezes com Fumo.

Após dez dias, *Dom Pedro*, a quem eu fizera um Relato de minha Situação Doméstica, convenceu-me de que a Honra e a Consciência me obrigavam a voltar a meu País nativo, e viver em minha Casa com minha Mulher e meus Filhos. Disse-me ele que havia um Navio *Inglês* no Porto prestes a zarpar, e que ele me forneceria todas as coisas necessárias. Seria aborrecido repetir seus Argumentos e minhas Réplicas. Afirma ele que era de todo impossível encontrar uma Ilha solitária como a que eu desejava para nela viver; porém em minha própria Casa eu daria as Ordens, e poderia viver em reclusão se assim o desejasse.

Por fim consenti, não vendo Alternativa melhor. Parti de *Lisboa* em 24 de *Novembro*, num Navio Mercante *Inglês*, mas jamais quis saber quem era o Capitão. *Dom Pedro* acompanhou-me até o Navio e emprestou-me vinte libras. Despediu-se de mim com afeto e abraçou-me, e suportei seu Abraço da melhor maneira que pude. Durante minha última Viagem, não travei relação com o Capitão nem com seus Homens, porém, fingindo estar doente, permaneci em meu Camarote. No dia 5 de *Dezembro* de 1715 ancoramos em *Downs* por volta das nove da manhã, e às três da tarde cheguei são e salvo a minha Casa em *Redriff*.

Minha Mulher e minha Família receberam-me com muita Surpresa e Alegria, pois haviam concluído que eu certamente estaria morto; mas devo confessar que ao vê-

-los senti apenas Ódio, Nojo e Desprezo, Sentimentos que se tornavam tão mais fortes quanto mais eu refletia sobre a Aliança que tinha com aquelas Pessoas. Pois, embora desde o momento em que fora desafortunadamente exilado do País dos *Houyhnhnms* eu me houvesse obrigado a suportar os *Yahoos*, e a conversar com *Dom Pedro de Mendez*, no entanto em minha Memória e minha Imaginação estavam constantemente presentes as Virtudes e Ideias dos excelsos *Houyhnhnms*. E quando comecei a pensar que ao copular com uma *Yahoo* eu havia gerado mais desses Seres, fui dominado pelos mais profundos Sentimentos de Vergonha, Confusão e Horror.

Tão logo entrei em casa, minha Mulher tomou-me em seus Braços e beijou-me, quando então, estando havia tantos anos desabituado do toque desse odiento Animal, perdi os sentidos por quase uma hora. No momento em que escrevo, já se passaram cinco anos desde minha volta à *Inglaterra*: no primeiro ano, não podia eu suportar a presença de minha Mulher e meus Filhos, pois até mesmo seu Cheiro era intolerável; e era ainda mais insuportável comer na mesma Sala que eles. Até hoje não ousam tocar no meu Pão, nem beber no mesmo Copo que eu, e tampouco permito que me tomem pela Mão.[43] Meu primeiro Gasto foi com a Aquisição de dois Garanhões, os quais mantenho numa boa Estrebaria, e depois deles meu maior Favorito é o Palafreneiro; pois sinto-me revigorado pelo Cheiro que ele traz da Estrebaria. Meus Cavalos compreendem-me razoavelmente bem; converso com eles pelo menos quatro horas por dia. Não conhecem eles Brida nem Sela; vivem em grande Harmonia comigo e em Amizade um com o outro.

XII

A Veracidade do Autor. Seu Propósito ao publicar esta Obra. Sua Crítica àqueles Viajantes que se desviam da

Verdade. O Autor escusa-se de quaisquer Intenções sinistras. Resposta a uma Objeção. O Método de fundar Colônias. Elogio de seu País Nativo. O Direito da Coroa àqueles Países descritos pelo Autor é justificado. A Dificuldade de conquistá-los. O Autor despede-se pela última vez do Leitor: expõe seu Projeto de Vida para o Futuro, dá bons Conselhos e conclui.

Assim, gentil Leitor, fiz-te um Relato fiel das minhas Viagens num período de dezesseis anos e mais de sete meses, em que cuidei menos de Ornamentos que da Verdade. Eu poderia, talvez, como outros, haver te surpreendido com Histórias estranhas e improváveis; porém resolvi relatar apenas Fatos puros, adotando a Maneira e o Estilo mais simples; porque meu Propósito principal era informar-te, e não divertir-te.

Para aqueles de nós que viajamos até Países remotos raramente visitados por *Ingleses* e outros *Europeus*, é fácil fazer Descrições de Animais maravilhosos do Mar e da Terra. Porém, o principal Objetivo de um Viajante deveria ser o de tornar os Homens mais sábios e melhores, e aperfeiçoar suas Mentes pelos bons e maus Exemplos colhidos em Sítios estrangeiros.

Muito bom seria que houvesse uma Lei obrigando todo Viajante, antes que se lhe dessem Licença de publicar suas Viagens, a jurar perante o *Chanceler do Reino* que tudo por ele declarado era absolutamente verdadeiro, até onde ia seu Conhecimento; pois desse modo o Mundo não mais seria enganado como costuma ocorrer, quando alguns Escritores, para que suas Obras mais circulem em meio ao público, impõem ao Leitor incauto as mais grosseiras Falsidades. Quando jovem, li com grande prazer vários Livros de Viagens; porém, tendo tido ensejo de conhecer a maior parte do Globo terrestre, e podendo assim contradizer muitos Relatos fabulosos lidos a partir de minha própria Observação, passei a sentir grande Repulsa por esse tipo de Leitura, e alguma Indignação ao ver a Credulidade dos Homens ser abusada de modo tão desavergonhado. Portanto, como meus Conhecidos houveram por bem julgar que meus pobres Esforços talvez não fossem de todo inaceitáveis para meu País, impus a mim mesmo uma Máxima, da qual jamais deveria me desviar, de *manter estrita adesão à Verdade*; e, de fato, jamais poderei sentir a menor tentação de afastar-me dela, enquanto tiver em mente as Lições e os Exemplos que me foram proporcionados por meu Nobre Senhor, e os outros Ilustres *Houyhnhnms*, dos quais tive por tanto tempo a Honra de ser um humilde Ouvinte.

— Nec si miserum Fortuna Sinonem
Finxit, vanum etiam, mendacemque improba finget.[44]

Bem sei que não se ganha muita Reputação por meio de Escritos que não requerem nem Gênio nem Saber, nem qualquer outro Talento além de uma boa Memória, ou um *Diário* cuidadoso. Sei também que os Autores de Livros de Viagens, tal como os de *Dicionários*, são empurrados para as profundezas do Olvido pelo Peso e Volume daqueles que vêm depois deles, e portanto ficam por cima. E é bem provável que os Viajantes que doravante visitem os Países descritos nesta minha Obra venham a encontrar Erros meus (se os houver) e a acrescentar muitas novas Descobertas, fazendo com que meu Livro saia da moda e colocando-se em meu lugar, levando o Mundo a esquecer que também eu fui Escritor. Isso haveria de me causar grande Mortificação se meu intuito ao escrever fosse granjear Fama: porém, sendo minha única Meta O BEM PÚBLICO, minha Desilusão jamais será completa. Pois quem poderá ler a respeito das virtudes dos Gloriosos *Houyhnhnms*, por mim mencionadas, sem envergonhar-se de seus próprios Vícios, quando se dá conta de que é o Animal racional dominante de seu

País? Nada direi daquelas Nações remotas em que os *Yahoos* predominam, entre as quais a menos corrompida é a dos *Brobdingnaguianos*, cujas sábias Máximas sobre a Moralidade e a Governança nos conduziriam à Felicidade se as observássemos. Porém não me estenderei mais, deixando ao Leitor Judicioso a tarefa de fazer seus próprios Comentários e Aplicações.

Agrada-me sobremaneira saber que esta minha Obra não poderá ser alvo de Censuras: pois que Objeções poderiam ser levantadas contra um Escritor que não faz outra coisa senão relatar Fatos puros que ocorreram em Países tão distantes, com os quais não temos o menor Interesse quanto ao Comércio ou a Negociações? Cuidei de evitar todos os Defeitos de que os Autores de Livros de Viagens costumam ser acusados amiúde, com justiça. Ademais, não faço nenhuma menção a qualquer *Partido*, porém escrevo sem Paixões, Preconceitos ou Má Vontade contra qualquer Homem ou conjunto de Homens. Escrevo com o mais nobre dos Fins, que é informar e instruir a Humanidade, podendo me arrogar, sem prejuízo da Modéstia, alguma Superioridade em relação aos Homens graças às Vantagens que recebi por ter conversado por tanto tempo com os Excelentíssimos *Houyhnhnms*. Escrevo sem qualquer objetivo de obter Lucros ou Elogios. Jamais me permito escrever uma só Palavra que possa parecer uma Acusação, ou causar a menor Ofensa até mesmo àqueles que são mais propensos a se ofenderem. Assim, espero poder com Justiça afirmar ser um Autor de todo livre de censura, contra o qual as Tribos dos que respondem, consideram, observam, acusam, investigam e comentam jamais encontrarão Assunto para exercitar seus Talentos.

Confesso que, segundo alguém me sussurrou, como Súdito da *Inglaterra* tinha eu o Dever de apresentar um Relatório ao Secretário de Estado tão logo retornei; pois todas as Terras que são descobertas por um Súdito pertencem à Coroa. Porém duvido que nossas Conquistas nos Países por mim descritos teriam sido tão fáceis como as que *Ferdinando Cortez*[45] logrou contra os *Americanos* nus. Os *Liliputianos*, creio eu, não compensariam a despesa de uma Frota e um Exército para dominá-los, e não me parece prudente nem seguro tentar conquistar os *Brobdingnaguianos*. Também duvido que um Exército *Inglês* se sentisse à vontade tendo uma Ilha Voadora acima de suas Cabeças. Quanto aos *Houyhnhnms*, de fato eles não parecem estar tão bem preparados para enfrentar uma Guerra, Ciência sobre a qual nada sabem, especialmente sobre Armas que obram à distância. Porém, se eu fosse Ministro de Estado, jamais recomendaria que o País deles fosse invadido. Sua Prudência, Unanimidade, Ausência de Medo e Amor à Pátria haveriam de suprir com facilidade todas as suas Deficiências nas Artes Militares. Imaginem-se vinte mil deles irrompendo no meio de um Exército *Europeu*, confundindo os Soldados, derrubando as Carroças, esmagando os Rostos dos Guerreiros com terríveis Coices desferidos com as Patas traseiras. Pois eles haveriam de merecer o comentário que foi feito a propósito de *Augusto*: *Recalcitrat undique tutus*.[46] Porém, em vez de propor a Conquista daquela Nação magnânima, melhor seria se ela tivesse Capacidade e Disposição para enviar um Número suficiente de seus Habitantes com o fito de civilizar a *Europa*, ensinando-nos os Princípios básicos da Honra, Justiça, Verdade, Temperança, Espírito Público, Fortitude, Castidade, Amizade, Benevolência e Fidelidade. Os *Nomes* de todas essas Virtudes ainda são conservados entre nós na maioria dos Idiomas, e podem ser encontrados nas Obras dos Autores modernos tanto quanto nas dos antigos; é o que eu mesmo posso afirmar com base em minhas parcas Leituras.

Tinha eu, contudo, uma outra Razão para me sentir pouco inclinado a aumentar os Domínios de sua Majestade com minhas Descobertas. Para dizer a Verdade, passei a ter certos Escrúpulos a respeito da Justiça Distributiva[47] dos Príncipes nessas Ocasiões. Por exemplo, um Navio de Piratas é levado por uma Tempestade a um Lugar desconhecido; após algum tempo, um Rapaz divisa Terra do alto do Mastro principal; os Homens vão a Terra para roubar e saquear; encontram um Povo inofensivo, são recebidos com Bondade, dão ao País um novo Nome, apossam-se formalmente dele em nome de seu Rei, fincam no Chão uma Tábua podre ou uma Pedra como Monumento, assassinam duas ou três dezenas de Nativos, levam embora à força mais dois como Amostra, voltam a seu País e obtêm o Perdão real. Assim tem início um novo Domínio, adquirido por *Direito Divino*. Na primeira Oportunidade, enviam-se Navios para lá, os Nativos são expulsos ou mortos, seus Príncipes são torturados para que revelem onde guardam seu Ouro; dá-se licença para que se pratiquem todos os atos de Desumanidade e Lascívia, e a Terra fede com o Sangue de seus Habitantes: e esse execrável Bando de Carniceiros utilizados numa Expedição tão pia é uma *Colônia moderna*, enviada para converter e civilizar um Povo idólatra e bárbaro.

Porém essa Descrição, confesso, de modo algum atinge a Nação *Britânica*, que pode servir de Exemplo para todo o Mundo por sua Sabedoria, Cuidado e Justiça na Fundação de Colônias; suas generosas Dotações para o Progresso da Religião e do Saber; sua Escolha de Pastores devotos e capazes para propagar o *Cristianismo*; sua Cautela ao prover as Províncias de Pessoas de Vida e Discurso sóbrios, advindas da Metrópole; sua Observância rigorosa da Distribuição da Justiça, nomeando para a Administração Civil de todas as Colônias funcionários da maior Capacidade, de todo imunes à Corrupção; e, para coroar tudo isso, enviando para lá os mais vigilantes e virtuosos Governadores, os quais não têm outro Objetivo que não a Felicidade das Pessoas sobre as quais presidem, e a Honra do Rei seu Senhor.

Contudo, como aqueles Países que são Objeto de meus Relatos não parecem ter nenhum Desejo de ser conquistados e escravizados, assassinados ou expulsos por Colonos, nem tampouco abundam em Ouro, Prata, Açúcar ou Fumo, humildemente concluí não serem eles de modo algum Objetos apropriados de nosso Zelo, nossa Bravura e nosso Interesse. Porém, se aqueles a quem tais Assuntos mais competem tiverem Opinião diversa, estou disposto a afirmar, quando convocado a tal nos termos da Lei, que nenhum *Europeu* jamais visitou esses Países antes de mim. Isto é, se dermos Crédito às Declarações dos Habitantes; a menos que surja uma Controvérsia a respeito dos dois *Yahoos* que teriam sido vistos, muitas Eras atrás, numa Montanha na *Terra dos Houyhnhnms*, os quais teriam dado origem, segundo Opinião corrente, à Raça desses Animais brutos; e esses, até onde vai meu conhecimento, podem ter sido *Ingleses*, como fui levado a suspeitar com base nas Feições de seus Descendentes, ainda que mui desfigurados. Mas até que ponto isso poderá servir de base para qualquer Pretensão, deixo aos entendidos em Leis referentes a Colônias.

Contudo, quanto à Formalidade de tomar Posse em nome de meu Soberano, tal Ideia jamais me ocorreu; e mesmo que tivesse ocorrido, dada minha Situação nesses Sítios, por uma questão de Prudência e Autopreservação, de qualquer modo talvez tivesse sido melhor adiá-la para Ocasião mais oportuna.

Tendo dessarte respondido à única Objeção que poderá ser levantada contra mim como Viajante, despeço-me pela última vez de meus gentis Leitores, e volto a entregar-me a minhas próprias Especulações no meu pequeno jardim em *Redriff*, a aplicar aquelas excelentes Lições de Virtude que aprendi entre os *Houyhnhnms*, a instruir os *Yahoos* de minha própria Família na medida em que perceber que agem como Animais dóceis, a contemplar minha própria Imagem no espelho e desse modo, se possível, acostumar-me com o tempo a tolerar a Visão de uma Criatura humana: a lamentar a Brutalidade dos *Houyhnhnms* em meu próprio País, porém sempre a tratar suas Pessoas com respeito, por amor a meu nobre Senhor, sua Família, seus Amigos e toda a Raça dos *Houyhnhnms*, a que os nossos têm a Honra de assemelhar-se quanto a todas as Exterioridades, por mais que tenha degenerado seu Intelecto.

Na semana passada, comecei a permitir que minha Esposa faça as Refeições comigo, sentada à Extremidade oposta de uma Mesa comprida, e responda (porém do modo mais breve possível) às poucas Perguntas que eu lhe faça. Porém, como o cheiro dos *Yahoos* continua a me desagradar muitíssimo, sempre mantenho o Nariz tampado com Folhas de Arruda, Lavanda ou Fumo. E, ainda que seja difícil para um Homem a essa altura da Vida livrar-se dos antigos hábitos, ainda tenho alguma Esperança de um dia permitir a Companhia de um *Yahoo* da Vizinhança sem o Medo que ainda me inspiram seus Dentes e suas Garras.

Talvez não me fosse tão custoso reconciliar-me à Raça dos *Yahoos* se eles se contentassem com os Vícios e Insânias de que os aquinhoou a Natureza. Não me provoca nem um pouco a Visão de um Advogado, um Ladrão, um Coronel, um Parvo, um Senhor, um Jogador, um Político, um Alcoviteiro, um Médico, um Depoente, um Subornador, um Promotor, um Traidor e quejandos: tudo isso está de acordo com a Natureza comum das Coisas: mas quando me vejo diante de um Amontoado de Deformidades, e Males do Corpo e do Espírito, inflado pelo *Orgulho*, imediatamente minha Paciência encontra seus Limites; tampouco jamais poderei compreender de que modo um tal Animal e um tal Vício podem estar reunidos. Os sábios e virtuosos *Houyhnhnms*, em que abundam todas as Excelências que podem ser encontradas numa Criatura Racional, não têm nome para este Vício em sua Língua, na qual não há Termos para exprimir qualquer coisa que seja má, senão os que se referem às mais detestáveis Qualidades de seus *Yahoos*, entre os quais não puderam distinguir esse Vício do Orgulho, por não compreenderem por completo a Natureza Humana, já que ele se manifesta nos outros Países que são presididos por esse Animal. Porém eu, que tenho mais Experiência, pude observar claramente alguns Rudimentos desse Vício entre os *Yahoos* selvagens.

No entanto, os *Houyhnhnms*, que vivem sob o Domínio da Razão, não se orgulham das boas Qualidades que possuem, tal como não me orgulho eu de me não faltar uma Perna ou um Braço, coisa de que nenhum Homem em sã Consciência haverá de se gabar, ainda que sua falta os tornasse infelizes. Se me alongo nesse Tema é porque desejo tornar suportável a Presença dos *Yahoos Ingleses*, e assim sendo peço a todos aqueles que tiverem algum vestígio desse Vício absurdo que não ousem se aproximar de mim.

FINIS

Notas

ADVERTÊNCIA [P. 64]

1 Na verdade, carta de Gulliver a Sympson.

2 Benjamin Motte, responsável pela primeira edição, só morreu em 1738, mas Andrew Tooke, que com ele trabalhava e que talvez tenha sido o autor das "Interpolações", morreu em 1732. Para maiores detalhes a respeito desses editores, v. Treadwell, "Benjamin Motte, Andrew Tooke, and *Gulliver's Travels*".

3 V. p. 354.

4 Charles Ford. Ver "Nota sobre o texto", p. 56.

CARTA DO CAP. GULLIVER A SEU PRIMO SYMPSON [PP. 65-70]

1 Esta seção apareceu pela primeira vez em 1735, embora a carta seja datada de 2 de abril de 1727, pouco antes da publicação da "segunda edição" de Motte, em 4 de maio do ano em questão. O nome Sympson talvez seja uma alusão a William Sympson, pseudônimo do autor de *A new Voyage to the East Indies* (1715).

2 William Dampier, autor de *A new voyage around the world* (1697); Swift possuía um exemplar da terceira edição (1715).

3 A criatura, semelhante a um cavalo, que hospeda Gulliver em sua casa na quarta parte.

4 Sidney Godolphin e Robert Harley, conde de Oxford, ocuparam o cargo de alto tesoureiro um após o outro no reinado de Ana. Swift, como seu porta-voz Gulliver, estava na Inglaterra durante parte do reinado de Ana, atuando no governo tóri de 1710 a 1714.

5 Expressão usada pelos Houyhnhnms para designar a mentira, palavra inexistente em seu idioma.

6 Swift instruiu Charles Ford no sentido de enviar uma carta a Benjamin Motte (3 de janeiro de 1727) na qual ele reclamava de "erros de impressão" e da interpolação da "adulação" à rainha Ana (Swift, *Correspondence*, III, pp. 194-5). A carta continha também numerosas correções pontuais a serem inseridas "numa outra Edição". Para uma análise da carta e seu lugar na história do texto após sua publicação, ver "Nota sobre o texto".

7 Os seres humanoides dominados pelos Houyhnhnms no quarto livro.

8 Uma "Casa, perto de Newark, in Nottinghamshire".

9 A Inglaterra.

10 No sentido de quem recorre à Justiça.

11 Área aberta perto do centro de Londres onde eram queimados os hereges, juntamente com seus livros, no século XVI.

12 O papel, que no século XVIII era feito basicamente de algodão (*Oxford English Dictionary* II.8. 1752).

13 Teerink (pp. 244-6) cataloga dezoito pasquins ("Libelos"), interpretações ("Chaves") e outras reações às *Viagens de Gulliver* até 1727, entre eles *Lemuel Gulliver's travels into several remote nations of the world. Compendiously methodised, for public benefit*, Londres, Curb, 1726. Cada uma das quatro seções era denominada uma "Chave" das *Viagens de Gulliver.*

14 O manuscrito foi de fato destruído, como acontecia com a maior parte dos manuscritos do século XVIII após o livro ter sido impresso. Ver "Nota sobre o texto", p. 55.

15 Lugar imaginário, na obra de *sir* Thomas More do mesmo nome (1516); Swift possuía um exemplar publicado em 1631.

DO EDITOR PARA O LEITOR [PP. 71-2]

1 Rotherhithe, em Southwark, bairro da zona sul de Londres, perto do rio, em frente a Wapping.

2 Há algumas lápides de pessoas com o sobrenome Gulliver em Branbury, uma cidade entre Oxford e Stratford, na época conhecida por seu puritanismo, ou seja, protestantismo radical.

PRIMEIRA PARTE — VIAGEM A LILIPUTE [PP. 85-157]

1 Uma faculdade conhecida no século XVII por sua receptividade ao não conformismo.

2 A idade em que Swift ingressou no Trinity College de Dublin; mais cedo do que era comum na época, mas não a ponto de causar espécie.

3 No original, *surgeon*, termo assim definido no dicionário de Samuel Johnson (1755): "Aquele que cura por meio de operações manuais; aquele cujo ofício é atuar em males externos sob a direção de um médico".

4 Uma universidade na Holanda, país com uma tradição protestante mais liberal do que a da Igreja Anglicana.

5 Nome pelo qual era conhecido o atual Oriente Médio.

6 Provavelmente o mesmo que Old Jewry, bairro no centro de Londres habitado na época por protestantes não conformistas; era também esse o nome da igreja dos não conformistas.

7 O título "senhora" é aqui apenas marca de deferência, não indicando se tratar de mulher casada.

8 Gulliver ganha, ao casar-se, uma fortuna respeitável para um homem de classe média (o equivalente a cerca de 60 mil libras, ou 100 mil dólares em valores de 2001).

9 Com a primeira mudança, Gulliver desloca-se alguns quarteirões para oeste, na City; na segunda ele vai para o leste, afastando-se bastante da City, indo morar junto ao cais do porto, habitado na época por marinheiros e prostitutas.

10 Nome antigo da Tasmânia, uma grande ilha ao sul da Austrália, "descoberta" pelos holandeses e cortada ao meio pelo paralelo de 42° aos 146° de longitude. V. mapa fictício à p. 84.

11 Um cabo equivalia a seiscentos pés, pouco menos de 183 metros.

12 Uma légua equivalia a cerca de 6,6 quilômetros.

13 Cerca de 1,6 quilômetro [N. T.].

14 Um quartilho equivale a pouco mais de meio litro.

15 Uma polegada equivale a 2,54 centímetros; assim, os liliputianos teriam menos de quinze centímetros de altura [N. T.].

16 Paul Odell Clark argumenta de modo convincente que as palavras "estrangeiras" em Swift muitas vezes são anagramas, complicados pelas substituições de letras características da fala de bebês, ou "pequena língua", que ele utilizou em seu *Diário a Stella*. De acordo com esse método, as vogais são quase todas intercambiáveis, como o são as consoantes *l* e *r*, *b* e *v*, *h* e *w*, *t* e *c*, entre outras. Esta expressão ele traduz como "*What in the Devil!*" ("Que diabo!", p. 600). Como, porém, o próprio Clark reconhece, a intuição e a sensibilidade para os sons são muitas vezes guias mais apropriados para as invenções linguísticas de Swift do que um exame metódico ou formalista.

17 Uma jarda equivale a pouco mais de noventa centímetros [N. T.].

18 Um pé (doze polegadas) equivale a cerca de trinta centímetros [N. T.].

19 Alusão a Westminster Hall, onde Carlos I foi condenado à morte em 1649.

20 Um quarto de um acre, ou seja, 0,10 hectare.

21 Traços característicos dos Habsburgo, uma caricatura de Jorge I.

22 Mistura de italiano com outras línguas mediterrâneas, utilizada pelos comerciantes.

23 Funcionários encarregados de emitir documentos oficiais e cartas régias: aqui, como na Inglaterra, Swift dá a entender, esses funcionários são venais.

24 Provável referência à investigação realizada pelos *whigs* da possível sedição praticada pelo governo tóri que caiu com a morte da rainha Ana em 1714, governo do qual Swift havia participado.
25 Termo legal, com o sentido de "em primeiro lugar".
26 Supostamente, Robert Walpole, poderoso ministro *whig*.
27 Talvez lorde Carteret, amigo de Swift, que, como lorde tenente da Irlanda, ofereceu uma recompensa pela identificação do autor dos panfletos antigovernamentais de Swift conhecidos como *The Drapier's letters*.
28 A duquesa de Kendal, amante do rei, ajudou Walpole a voltar ao poder em 1717; também participou do episódio conhecido como "o meio pêni de Wood", um plano no sentido de vender moedas de cobre na Irlanda; as *Drapier's letters* de Swift constituem um ataque prolongado a esse plano.
29 Em 1726, as cores são roxo, amarelo e branco, ao que parece para evitar ou disfarçar a sátira às Ordens da Jarreteira, do Banho e do Cardo, associadas respectivamente ao azul, vermelho e verde. Os exemplares anotados das *Viagens de Gulliver*, ao que parece, restituem as cores originais. V., porém, com relação a essas "restaurações" encaradas como exemplos de reescrita, Lock (1980), p. 79.
30 Como a famosa estátua que se erguia no porto de Rodes na Antiguidade.
31 O último nome evoca o duque de Marlborough, inimigo político importante de Swift.
32 Corresponde à França, enquanto Lilipute corresponde à Inglaterra, na alegoria política do livro.
33 Quase um anagrama de *London*, e a ordem das letras evoca Mile End, na época um bairro pobre a leste de Londres propriamente dita.
34 A população aproximada de Londres em 1700.
35 Evocam os partidos tóri e *whig*, associados respectivamente à "alta Igreja" (anglicanos mais próximos do catolicismo) e à "baixa Igreja" (anglicanos mais próximos das seitas protestantes), respectivamente.
36 O príncipe de Gales a partir de 1714, futuro Jorge II (1727-60), que parecia favorecer os tóris antes de subir

ao trono, mas uma vez coroado manteve Walpole e seu gabinete *whig*.

37 Alusão à controvérsia teológica setecentista sobre a existência de outros mundos habitados.

38 Com frequência interpretado como Henrique VIII, que se separou da Igreja Católica (Extremidade-Grandinos) e criou a Igreja Anglicana (Extremidade-Pequeninos); essa divisão em dois deixa de lado os protestantes dissidentes, que aparecem em outra obra de Swift, *Uma história de um tonel*, uma alegoria das diferenças religiosas.

39 Alusões a Carlos I, decapitado em 1649, e Jaime II, deposto em 1688.

40 Alusão às Leis do Teste, promulgadas durante o reinado de Carlos II, que restringiam os cargos subordinados à Coroa a seguidores da Igreja Anglicana.

41 Swift define *schism* ("cisma") como o rompimento com a Igreja do Estado; v. *Sentiments of a Church of England man* (1708) e o *Dictionary* de Johnson (verbete *schism*).

42 Lugares-comuns, ditos de sabedoria (v. citação da *Letter to a Young clergyman* de Swift no *Dictionary* de Johnson [verbete *topic*]).

43 Referência ao polêmico Tratado de Utrecht assinado com a França (1714), negociado pelo governo tóri para dar término à guerra, porém criticado como fraco pelos *whigs*.

44 A caracterização pejorativa das mulheres como leitoras de romances remonta no mínimo à *Sexta sátira* de Juvenal.

45 Lembra o termo latim *flumen*, "rio".

46 Essa passagem foi interpretada como uma referência à reação da rainha Ana a *Uma história de um tonel* de Swift, recusando-se a lhe conceder uma diocese, apesar de seus serviços prestados à Coroa. Porém o episódio de Robert Harley, lorde Oxford, demitido pela rainha por tê-la desrespeitado, é uma leitura alegórica melhor, porque melhor se coaduna com outros aspectos da alegoria política do livro. A respeito do contexto político das *Viagens de Gulliver*, v. "Introdução", pp. 43-8.

47 Nome inventado, assemelhado a Casontes ou Vascontes, aparentado ao basco moderno.

48 Uma formulação resumida da Lei do Teste.

49 Paródia das acusações levantadas contra importantes ministros tóris junto aos quais Swift serviu, em particular Robert Harley, lorde Oxford e Henry Saint-John, visconde Bolingbroke.

50 Alusão à camisa de Nesso, que Hércules morreu por vestir.

51 Uma palavra cheia de associações em Swift: v. *Uma modesta proposta*, em que o autor da proposta enlouquecida não vê outra solução para o problema da pobreza dos irlandeses que não o seu plano de usar os bebês como comida: "Que ninguém me venha falar deste ou de outros Expedientes semelhantes". A proposta de cegar Gulliver alude ao destino de Sansão na Bíblia (Juízes 16), mas também é uma paródia da proposta dos *whigs* no sentido de destituir Oxford e Bolingbroke de todos os seus títulos por *high misdemeanours* (altas infrações), em vez de executá-los por traição.

52 Oxford era acusado de ser católico e simpatizante da causa dos Stuart.

53 No original, *Lenity*, esta e várias outras palavras deste trecho foram italicizadas na edição de 1735, aparentemente visando auxiliar o leitor a alcançar a ironia swiftiana.

54 Tal como Gulliver, Bolingbroke fugiu para a França para escapar do processo de impedimento.

55 Ou seja, Pacífico Norte e Pacífico Sul.

56 Ancoradouro na costa de Kent, Inglaterra.

57 Passagem irônica, já que Swift panfletou contra o monopólio inglês sobre a lã irlandesa; ver seu *Proposal for the Universal Use of Irish Manufacture* (1720).

58 Cidade onde se realizava uma feira, atualmente na borda nordeste da Grande Londres.

59 Nome real e endereço real de uma estalagem existente no bairro londrino de Holborn.

60 Um dos mais antigos portos da Índia, localizado no golfo de Cambaia, no mar da Arábia.

SEGUNDA PARTE —
VIAGEM A BROBDINGNAG [PP. 159-239]

1 "Nova Álbion" era o nome antigo da Califórnia, e alguns dos outros nomes também são californianos; os Estreitos de Annian talvez correspondam à baía de São Francisco, mas a implicação escatológica é evidente.

2 Ilhas da Indonésia a leste da Nova Guiné e ao sul das Filipinas, muito disputadas pelas nações europeias no início da era moderna, até que caíram sob domínio holandês.

3 Eddy (p. 143) descobriu que este parágrafo é uma imitação parodística, porém bem fiel, de uma passagem publicada no *Mariner's Magazine* de Samuel Sturmy (1678); a terminologia é correta (com a possível exceção de um termo que parece inventado), mas glosar cada expressão seria pedantismo.

4 O Nordeste da Ásia.

5 No verbete *giant* ("gigante") de seu dicionário, Johnson comenta: "Observa-se que a ideia de um gigante vem sempre associada ao orgulho, à brutalidade e à maldade".

6 Cf. o som do relógio de Gulliver tal como era percebido pelos Liliputianos (p. 105).

7 Uma distância de sete ou oito quilômetros.

8 "Coisa de menina", segundo o método de decodificação proposto por Clark (p. 610).

9 Tal como *Homunceletino*, uma palavra inventada baseada em *homunculus*, mas com o termo latino *nanus* ("anão") no lugar de *homo* ("homem"); ou seja, um anão pequeno ou não inteiramente desenvolvido.

10 Clark decodifica o termo como "Agarra-boneca-feroz(mente)".

11 Termo (*little Language*) com que Swift se referia à linguagem infantilizada e anagramática que usava em suas cartas a Esther Johnson, que constituem a obra *Diário a Stella*.

12 "Londres" no idioma inventado por Swift para Brobdingnag, em que as palavras são sempre cheias de *g*, *b* e *r* (Clark, p. 611).

13 *Atlas nouveau* (1689), um livro que media 52,3 por 52,1 cm.

14 No original, *moydore*, palavra derivada da expressão portuguesa "moeda de ouro"; na época, uma dessas moedas valia cerca de 27 xelins e seis *pence* (v. *moidore* no *Oxford English Dictionary*); assim, oitocentas dessas moedas corresponderiam a cerca de £1400, bem mais do que mil guinéus (£1050).

15 Uma expressão irônica para Swift.

16 Um capricho da natureza.

17 "Davam os aristotélicos o nome de qualidades ocultas não a qualidades manifestas, mas às que eles apenas supunham existirem nos corpos, e serem as causas desconhecidas de efeitos manifestos" (Isaac Newton, *apud Dictionary* de Johnson, verbete *occult*).

18 Cidade a cerca de cinquenta quilômetros ao norte de Londres, conhecida no século por suas cotovias.

19 Sede da Real Sociedade e de seu museu de "raridades".

20 A palavra é derivada por apofonia de *long* ("comprido"), com um *g* inicial que é característico das palavras de Brobdingnag.

21 Com 123 m (404 pés) de altura, ao ser concluído em 1352, era o mais alto da Inglaterra, ainda que menor que outros no continente europeu.

22 Tem 34 metros de diâmetro.

23 Um barril equivale a cerca de 240 litros.

24 Um tonel equivale a cerca de 960 litros.

25 "Reunião em torno de um homem poderoso pela manhã" (Johnson, verbete *levee*).

26 Os dois maiores oradores clássicos, que foram comparados um com o outro em textos famosos de Longino (*Do sublime*, 12.4-5) e Plutarco (VII. 210-21).

27 Inglaterra, Irlanda e Escócia.

28 A Câmara dos Lordes era o tribunal mais alto da Inglaterra; os doze juízes da Suprema Corte de Judicatura ainda hoje atuam como membros da Câmara dos Lordes, formando a Comissão Judicial.

29 Como "lordes espirituais", os bispos juntaram-se aos "lordes temporais" na Câmara dos Lordes.

30 Só se tornou um título oficial no século XIX; o termo era usado ironicamente para referir-se a Robert Walpole no século XVIII.

31 "'Aquele que celebra o serviço religioso numa capela, e assiste ao rei ou outra pessoa, para instruir a ele e a sua família, ler orações e pregar.' [John] Cowell [...] 'Não há governante poderoso que não tenha um *capelão* ordinário e analfabeto, amante dos títulos e privilégios.' Swift" (Johnson).

32 No número 13 do *Examiner* (2 de novembro de 1710), Swift criticou a dívida nacional, que ele considerava uma consequência da Revolução Gloriosa (v. Lock [1980], p. 51), que em 1689 derrubou o rei católico Jaime II, da casa de Stuart, e empossou em seu lugar sua filha protestante Maria II e seu genro, o holandês Guilherme, príncipe de Orange, para impedir que Jaime viesse a ser sucedido no trono pelo filho nascido em 1688, o qual presumivelmente seria criado como católico.

33 Uma força militar paga, que Swift atacou no número 20 do *Examiner* (21 de dezembro de 1710) e em outras ocasiões (v. Lock [1980], p. 139), propondo, em seu lugar, o antiquíssimo costume de formar uma milícia para defender a pátria.

34 Historiador grego que viveu em Roma depois de 30 a.C., autor da obra *Das antiguidades romanas*, uma história entusiástica; Swift possuía uma edição cara, em formato in-fólio, em dois volumes.

35 Também Milton imagina Satanás como inventor da pólvora (*Paraíso perdido*, 6:557-627).

36 Alusão ao pensamento político de Maquiavel, iniciado na obra *O príncipe* (1513); Swift possuía uma edição em in-fólio (1695) das obras de Maquiavel.

37 Lugares-comuns.

38 Termos técnicos importantes para os sistemas filosóficos platônico e escolástico.

39 O número de letras no alfabeto latino, segundo as gramáticas comumente usadas no tempo de Swift (p. ex., *Brevissima institutio seu ratio grammatices* [1596], assinatura de página: Aii *recto*).

40 Paráfrase de Gênesis 6,4: obras de "filosofia natural" que tentavam comprovar a história mosaica, como *Primitive origination of mankind* (1677), de Matthew Hale, eram comuns no tempo de Swift, mas não há registro de nenhuma delas no catálogo de sua biblioteca.

41 Obras de "teologia prática", como *A practical discourse concerning death*, de William Sherlock (1689), eram comuns e populares, mas não aparecem no catálogo da biblioteca de Swift.

42 Semelhante às milícias organizadas propostas pelos que se opunham à existência de um exército permanente.

43 Quedas-d'água na fronteira entre o oeste do estado de Nova York, Estados Unidos, e a província de Ontário, Canadá. Não há indício de que Gulliver tivesse viajado a esse lugar, porém o efeito ensurdecedor de uma catarata é um tópico que remonta no mínimo às obras de Cícero (v. Samuel Johnson, *A voyage to Abyssinia*, ed. Joel Gold [1985], p. 3 e n. 3).

44 Filho de Hélio (o Sol); tendo o pai lhe prometido realizar um desejo seu, ele quis conduzir a carruagem do Sol, porém, não estando à altura da tarefa, por um triz não ateou fogo à Terra, e foi derrubado dos céus por um raio de Zeus; v. Shakespeare, *Ricardo II*, 3.3.178-9.

45 Nome dado por missionários jesuítas franceses ao norte do Vietnã.

46 No mundo real, corresponde ao Norte do Japão.

47 Austrália, uma parada importante no itinerário de William Dampier (v. "Introdução", p. 38).

TERCEIRA PARTE — VIAGEM A LAPUTA, BALNIBARBI, LUGGNAGG, GLUBBDUBDRIB E JAPÃO [PP. 241-316]

1 Construído pela Companhia Inglesa das Índias Orientais em Madras, foi a sede da Companhia no Sul da Índia a partir de 1641.

2 A República dos Países Baixos e a Inglaterra aliaram-se contra a França durante a Guerra da Sucessão Espa-

nhola (1701-14), mas a aliança não resistiu às negociações no final da guerra.

3 Os mapas da época contavam 360 graus de longitude a leste de Greenwich; essas coordenadas (946 norte, 177 oeste) correspondem a uma posição no Pacífico Norte, ao sul das ilhas Aleutas.

4 Uma curva, não uma figura geométrica.

5 "A puta" em espanhol, embora interpretações adicionais sejam possíveis, com base, por exemplo, no verbo latino *puto*, "pensar", ou o substantivo inglês *put*, "idiota" (*Oxford English Dictionary*, sb. 4; talvez a palavra também esteja por trás de *Liliput*e).

6 Mais uma forma de *Londres* (Clark, p. 613).

7 Conceito pitagórico e platônico de harmonia cósmica, perpetuado por matemáticos posteriores, como Joannes Kepler (1571-1630).

8 "Uma Arte que ensina ou pretende julgar as Influências ou Efeitos dos Astros" (Bailey), em oposição à "astrologia natural", que combinava aspectos das modernas ciências da astronomia e da meteorologia.

9 O interesse pela política e a fé inconfessa na astrologia apontam para a figura de Isaac Newton, que defendeu a posição de Walpole na questão do meio pêni de Wood (v. Introdução, p. 47).

10 Todos esses temores foram manifestados por membros da Real Academia e registrados em suas *Philosophical transactions*; para maiores detalhes, v. Marjorie H. Nicholson e N. M. Mohler, *Annals of Science* 2 (1937), pp. 405-30.

11 Relatório científico, uma paródia dos artigos publicados nas *Philosophical Transactions* da Royal Academy; para maiores detalhes, v. Marjorie H. Nicholson e N. M. Mohler, *Annals of Science* 2 (1937), pp. 110-54.

12 Quase um anagrama de *London, England* ("Londres, Inglaterra") (Clark, p. 613).

13 Essa descoberta fictícia talvez se baseie na teoria de Kepler, segundo a qual o número de luas deve aumentar geometricamente quanto maior a distância entre um planeta e a Lua — uma para a Terra, duas para Marte, quatro

para Júpiter (o número então aceito) etc. (Turner). Embora a teoria de Kepler fosse incorreta, a ficção de Swift se realizou em 1877 quando Asaph Hall descobriu Fobos e Deimos, as duas luas de Marte.

14 Os satélites de Swift obedecem à terceira lei de Kepler.

15 Provavelmente uma imagem da tirania econômica exercida pela Inglaterra sobre a Irlanda e outras colônias.

16 Ver notas textuais. Esses cinco parágrafos foram escritos e inseridos no exemplar das *Viagens de Gulliver* que pertencia a Charles Ford e que agora está na Forster Collection, no Victoria and Albert Museum. Costuma-se presumir que eles faziam parte do texto original, mas que foram suprimidos pelos editores — Motte em 1726 e 1727, e Faulkner em 1735 — por medo de represálias políticas. (Só foram publicados em 1896.) Porém, F. P. Lock argumenta que essa passagem, como muitas das alterações que aparecem no exemplar de Ford, talvez sejam revisões, e não reinserções de trechos originais (Lock [1980], p. 85). O trecho em questão representa a resistência irlandesa ao meio pêni de Wood (v. "Introdução", p. 47 acima), e Arthur Case atribui significados alegóricos precisos aos diversos detalhes do episódio (82-4).

17 O nome alude a Dublin (Clark, p. 613).

18 O Ato de Sucessão (1701; estatutos 12 e 13, Guilherme III) afirma "que nenhuma pessoa que doravante venha a ter a posse desta coroa, sairá dos domínios da Inglaterra, Escócia ou Irlanda sem permissão do Parlamento". Porém, numa medida polêmica, Jorge I, natural de Hanôver, havia convencido o Parlamento a revogar este trecho do Ato.

19 Várias interpretações alegóricas foram propostas, segundo as quais Munodi representaria Robert Harley, o visconde de Bolingbroke e *sir* William Temple; o nome parece ser uma abreviação de *mundus odi* ("odeio o mundo"), um lema filosófico que bem se adéqua a qualquer um desses homens que foram ligados a Swift e se afastaram da política.

20 Paródia da Real Sociedade de Londres para o Progresso

do Conhecimento da Natureza, que começou a se reunir em caráter informal por volta de 1645, oficializou-se em 1662 e começou a publicar suas *Philosophical transactions* em 1665; foi com base em relatos de experimentos reais contidos nessa publicação que Swift extraiu muitos dos planos aparentemente fantásticos que aparecem neste capítulo (v. Nicholson e Mohler); um dos sentidos de *projector* era "aquele que cria planos insensatos e impraticáveis" (Johnson, segunda acepção).

21 Termo de jargão científico com o sentido de "poder de procriação".

22 Turner cita a rivalidade entre Newton e Leibnitz pela honra de ter inventado o cálculo; talvez Swift também tivesse em mente o concurso que premiaria quem inventasse um método para determinar a longitude, o que levou um de seus amigos ao suicídio (v. *Letters* 3.240; 27 de setembro de 1727).

23 A Real Sociedade nomeou uma comissão com este fim, mas esse era um assunto sobre o qual muitos escritores fizeram propostas, inclusive o próprio Swift, autor de *A proposal for correcting, improving and ascertaining the English tongue, in a letter to the Earl of Oxford* (1712).

24 Um lugar-comum cuja expressão mais importante se deve a John Locke; v. *An essay concerning human understanding* (III.II ["*Of the signification of words*"].

25 Projetos desse tipo eram numerosos no tempo de Swift; sobre o assunto, v. James Knowlson, *Universal language schemes in England and France 1600-1800*, University of Toronto Press, 1975.

26 Tintura Cefálica: Uma "infusão" que é "medicinal para a cabeça" (Johnson).

27 "Alguém escolhido como companheiro por seu superior; um reles miserável cuja única ocupação é agradar por todo e qualquer meio" (Johnson, segunda acepção de *favorite*).

28 "Uma fantasia vã e louca, tão distante da realidade quanto a existência da quimera poética, um monstro que teria cabeça de leão, ventre de cabra e cauda de dragão" (Johnson, *chimera*).

29 "As diferentes espécies de umidade no corpo humano, as quais, segundo os médicos antigos, seriam a fleuma, o sangue, a bile amarela e a bile negra, e que, predominando, supostamente determinariam o temperamento da mente" (Johnson, segunda acepção de *humour*).

30 "Gases acumulados em quaisquer cavidades do corpo, causados pela indigestão e pela má transpiração interna [...]" (John Quincy, *apud* Johnson, *flatus*).

31 Referentes à escrófula, "uma depravação dos humores do corpo, que abre feridas; comumente chamada de *king's evil* [mal do rei, porque supostamente poderia ser curada pelo toque de um rei]" (Johnson, acepção 2 de *scrofula*).

32 "Arroto causado por gases e indigestão" (Johnson, *ructation*).

33 "Fome *canina*, em medicina, é um apetite que não pode ser satisfeito" (Johnson, segunda acepção de *canine appetites*).

34 Remédios que acalmam, abrem (o intestino), limpam, corroem, restringem, facilitam, relaxam (os intestinos), tratam a dor de cabeça, tratam a icterícia, extraem a fleugma (um dos humores) do sangue e tratam de perturbações da audição, respectivamente.

35 Sátira ao julgamento do bispo Atterbury, acusado de jacobitismo em 1722, em que a promotoria usou como provas cartas retiradas do penico do réu (Case, p. 91).

36 Este parágrafo e o seguinte no exemplar das *Viagens de Gulliver* pertencente a Forster (porém apenas este no exemplar de Morgan) estão riscados, sendo substituídos por outros (o segundo parágrafo é revisto no exemplar de Morgan de modo a aproximar-se bastante do que foi inserido no de Forster. Ver notas textuais. Este trecho inserido contém uma alegoria excessivamente explícita e, a meu ver, é mais fraco do ponto de vista artístico, mas por uma questão de coerência editorial sou obrigado a adotá-lo.

37 Anagramas óbvios — e, sob esse aspecto, pouco característicos de Swift — de *Britain* (Grã-Bretanha) e *England* (Inglaterra).

38 Registrado principalmente no preço dos bônus do tesouro.

39 Mais uma alusão ao julgamento de Francis Atterbury em 1722; um cachorro francês manco que lhe pertencia, chamado Harlequin, foi usado para estabelecer uma ligação entre ele, através da correspondência com o conde de Mar, e um complô que visava devolver o trono aos Stuart, o que constituía traição. Swift escreveu um poema satírico sobre esse julgamento em 1722, que foi publicado pela primeira vez por Faulkner em 1735. Para maiores detalhes, v. *Poems* 1:297-301.

40 Para que o anagrama dê certo, as letras *i* e *j* devem ser tomadas como equivalentes, o que era comum na época; *The Tour* é uma referência a um nome adotado por Bollingbroke no tempo em que passou na França, M. La Tour (Case, p. 91).

41 Mais uma forma de *London*.

42 Uma forma de *Dublin*.

43 Mais uma forma de *England* (Clark, p. 615).

44 Uma posição no meio do oceano Pacífico; as indicações espaciais e coordenadas deste trecho também não correspondem ao mapa fictício da p. 242.

45 Ilha britânica no canal da Mancha, com cerca de 37 quilômetros de comprimento e 23 de largura.

46 Atualmente conhecida como batalha de Gaugamela (Norte do Iraque), na qual Alexandre derrotou o imperador persa Dario III, em 331 a.C.

47 Plutarco afirma que "a maioria dos autores [...] crê que a história do envenenamento é de todo falsa", criada a fim de dar um desfecho dramático a uma vida acidentada (77.3); adota a posição de Aristóbolo, para quem a morte foi causada por uma febre e a insaciável sede de vinho por ela provocada (75.4).

48 Referência a uma história muito criticada, relatada por Tito Lívio, segundo a qual Aníbal teria atravessado trechos montanhosos fazendo fogueiras diante das pedras que constituíam obstáculos e em seguida vertendo vinagre sobre elas, para que rachassem e se esfarelassem (21:37.2-3).

49 Na batalha decisiva da guerra civil romana, César derrotou Pompeu em Farsalo (48 a.C.).

50 Marco Júnio Bruto, pretor que liderou a conspiração que visava assassinar César e restaurar a República (44 a.C.).

51 Lúcio Júnio Bruto, cônsul de Roma em 509 a.C., exilou a tirânica família dos Tarquínios.

52 O famoso filósofo (469-399 a.C.) preferiu ser executado a abrir mão de suas crenças religiosas ou políticas.

53 General de Tebas, que retirou do controle de Esparta muitas áreas da Grécia no século IV a.C.

54 Marco Pórcio Catão (95-46 a.C.), herói da causa republicana em Roma, que optou pelo suicídio para não ver sua região nativa, a Útica, ser dominada por César; antes de morrer releu o *Fédon* de Platão, que narra de modo comovente a morte de Sócrates.

55 Autor da sátira política *Utopia*, chanceler da Inglaterra, decapitado em 1535 por se recusar a aceitar Henrique VIII como chefe da Igreja Anglicana.

56 Homero é tradicionalmente representado como cego; Turner demonstra que aqui Swift glosa o diálogo de Luciano com o falecido Homero.

57 Dois comentadores prolíficos de Homero, dos séculos I e XII, respectivamente.

58 Duns Escoto, filósofo escolástico e comentador de Aristóteles (século XIII); Petrus Ramus, inovador da lógica e retórico que se opunha a muitas posições de Aristóteles (século XVI).

59 Pensadores franceses do século XVII, mencionados aqui por defenderem teorias materialistas do mundo físico.

60 Filósofo do século IV a.C., considerado o fundador da física atomística.

61 A gravidade, a força primária na física newtoniana, prescinde dos vórtices de Descartes.

62 Imperador romano (218-22), que se tornou infame por seus excessos e fausto.

63 Um escravo do rei de Esparta (399-60 a.C.) cuja virtude foi celebrada por Xenofonte.

64 Nenhum homem era bravo, nenhuma mulher era casta; a Polidoro Virgílio (morto em 1556), nativo de Urbino, Itália, que passou a maior parte de sua vida na

Inglaterra, atribui-se a publicação de uma coletânea de provérbios (1498), além de sua obra mais famosa, uma extensa história da Inglaterra.

65 Obras de história desse tipo ocupavam um lugar de destaque na biblioteca de Swift; em várias delas ele fez abundantes e irritadas anotações à margem, inclusive em *History of his own times*, de Gilbert Burnett (1724-34), um ótimo exemplo de "história secreta"; v. *Prose writings* 5: 241-320.

66 Identificado como Charles Mordaunt, terceiro conde de Peterborough, amigo pessoal de Swift que lutou com sucesso na Guerra da Sucessão Espanhola, perdeu um filho e não recebeu nenhuma promoção (Case, pp. 92-4).

67 A batalha em que Otaviano derrotou as frotas de Marco Antônio e Cleópatra em 32 a.C.; era difundida a ideia de que a batalha foi perdida quando Antônio seguiu Cleópatra, que fugiu da luta por covardia.

68 Comandantes, respectivamente, da ala direita e esquerda da frota de Otaviano na batalha de Áccio.

69 Identificado por Turner como John Churchill, primeiro duque de Marlborough, um dos mais importantes inimigos políticos de Swift; comandante muito condecorado das forças inglesas de 1702 a 1711, quando foi demitido pelo ministério a que Swift serviu.

70 Jogo de palavras com o termo latino *flumen* (rio), com sufixo diminutivo.

71 Uma revolta de japoneses católicos (1637-8) foi esmagada com a ajuda dos holandeses na batalha de Shimabara, o que levou a uma política de *sakoku* (isolamento), segundo a qual apenas os holandeses e os chineses tinham permissão para entrar no país a partir de 1638. Nessa época, foram instituídas tentativas de extirpar o cristianismo, como o *fumi-e*, em que pessoas suspeitas de serem cristãs eram obrigadas a pisar numa imagem de Cristo ou da Virgem Maria.

72 Uma imagem do Velho Testamento: "Aqueles que habitam no deserto se inclinarão ante ele [o rei Salomão], e os seus inimigos lamberão o pó" (Salmos 72,9; cf. Isaías 49,23 e Miqueias 7,17).

73 Moeda britânica que valia um vigésimo de uma libra, abolida a partir de 1971, quando o país adotou o sistema decimal para sua moeda.

74 Um método de determinar a longitude em alto-mar, buscado com afinco e muitas vezes tido por impossível, foi finalmente estabelecido em 1773 por John Harrison, que recebeu da Comissão de Longitude o prêmio integral de £20.000; v. Dava Sobel, *Longitude: the true story of a lone genius who solved the greatest scientific problem of his time* (Walker, 1995); o moto-perpétuo e o remédio universal eram duas outras metas populares entre os cientistas da época.

75 Citando Plínio e Luciano, Turner ressalta que esses relatos de longevidade eram lugar-comum nas histórias de viajantes.

76 Talvez Choshi, um porto na estrada comercial de Edo (v. abaixo), porém situado a noroeste.

77 Edo, nome antigo de Tóquio.

78 Nagasáqui, o porto usado por navios estrangeiros a partir de 1636.

79 A prática do *fumi-e*; v. nota 71, acima.

80 Nome de uma ilha nas Índias Orientais onde em 1623 os holandeses afastaram os comerciantes ingleses através de um infame ato de tortura.

81 Talvez por associação com a palavra alemã *Greuel*, horror, ultraje.

QUARTA PARTE — VIAGEM AO PAÍS DOS HOUYHNHNMS [PP. 318-408]

1 Para Clark, a palavra é outra forma de relincho, sem os sons nasais (p. 622); como a reduplicação é tão comum nas palavras inventadas por Swift, *Yahoo* talvez seja derivada de *you* ("você") ou parte da palavra *human* ("humano").

2 O nome incorpora o som do relincho emitido pelos cavalos, talvez dentro do contexto fonológico da palavra *human*.

3 Literalmente, “pura fé”; como observa Turner, um jogo de palavras com *Puritan* (“puritano”).

4 “O campeche tem uma textura muito densa e firme. [...] Viceja tanto nas Índias Orientais quanto nas Ocidentais, mas em nenhum lugar é tão abundante quando na costa da baía de Campeche. [...] Recém-introduzido na medicina, revela-se um excelente adstringente” (*Materia medica* de John Hill, *apud* Johnson; a baía de Campeche fica no golfo do México, na península de Iucatã, no México.

5 “Um mal peculiar dos marinheiros, nos climas quentes; no qual imaginam que o mar é um campo verdejante, e neles querem jogar-se, tendo de ser contidos” (*Lexicon physico-medicum* de John Quincy [1719], *apud* Johnson).

6 Grupo das Antilhas Menores mais ao norte, que inclui as ilhas Virgens, São Martinho e Montserrat, a cerca de 320-480 quilômetros a nor-nordeste de Barbados.

7 Filósofo natural; estudioso das ciências naturais.

8 A multiplicidade dos caracteres no chinês era vista como um obstáculo para sua adoção como língua universal, um sonho dos projetistas linguísticos do século XVII (James Knowlson, *Universal language schemes in England and France 1600-1800*, Toronto, University of Toronto Press, 1975, pp. 24-7).

9 Johnson define *oats* (“aveia”) como “Um cereal, que na Inglaterra geralmente se dá aos cavalos, mas que na Escócia alimenta as pessoas”.

10 Carlos V (1500-8), imperador do Sacro Império Romano e rei da Espanha, teria afirmado que se dirigia a seu Deus em espanhol, a sua amante em italiano e a seu cavalo em alemão.

11 Uma alusão à *Ilíada* (1:4-5) e, de modo mais geral, à morte ignóbil, em termos clássicos.

12 *Barbarousness* (“qualidade de bárbaro”) é termo definido no dicionário de Johnson como “Impureza de Linguagem” (segunda acepção).

13 A chamada “Revolução Gloriosa” de 1688-9, que deu a Guilherme de Orange o trono britânico.

14 Ana, rainha da Inglaterra no período 1702-14.

15 Alusão às prolongadas disputas entre diferentes seitas cristãs a respeito do significado do sacramento da comunhão; o uso da música durante o culto religioso; a veneração dos ícones e imagens; e as vestes apropriadas ao clero, respectivamente.

16 "Espécie de canhão de vários tamanhos" (Bailey).

17 Expressão resumida de uma antiga posição filosófica, representada pelos estoicos, como Zenão de Cítio, e pelos deístas modernos, como William Wollaston, alvo frequente de críticas de escritores como Swift e Samuel Johnson, que defendiam posições religiosas mais ortodoxas (a esse respeito, v. Turner; v. também Gwin Kolb, org. *Rasselas* de Johnson [Yale, 1990], p. 83 e n. 1).

18 A frase anterior e os próximos três parágrafos foram escritos e colados nos exemplares das *Viagens* de Forster e de Morgan, sendo riscados os parágrafos originais. Em sua carta a Motte, Ford escreveu que esta passagem está "claramente corrompida do modo mais bárbaro, cheia de Platitudes, Jargão e Atenuações que não fazem jus à Dignidade, ao Espírito e à Equidade do Autor. O admirável Exemplo da Vaca deixa claro que a Sátira se dirige contra toda a Profissão, & não apenas contra os *Attorneys* [advogados que representam litigantes e réus em processos] ou, como lá são referidos de modo facecioso, Rábulas. Por uma questão de Justiça, devias repor aquelas doze Páginas da Lição verdadeira". F. P. Lock (1980, p. 83) argumenta porém que o original não é menos agressivo como sátira, ainda que talvez seja um pouco mais restrito; ele conclui que a nova versão é uma revisão, e não uma correção, do manuscrito original. Na verdade, o início do texto de 1726 parece ainda mais ofensivo do que a revisão ou correção, embora subsequentemente o texto se torne mais suave. V. Notas textuais.

19. Johnson define o "livre-pensador" como "um libertino; um detrator da religião" e cita *Um argumento contra a abolição do cristianismo*, de Swift.

20 "A prática de esvaziar o corpo pela medicina. 'A prática comum da medicina entre nós fundamenta-se de

todo na evacuação, pela sangria, pelo vômito ou alguma purgação.' [William] Temple" (Johnson, acepção 3 de *evacuation*].

21 Swift tem em mente doenças psicológicas como a melancolia, o mau humor e os vapores temporários; esses males mal definidos porém muito comuns eram aproximadamente equivalentes a males modernos mal definidos como depressão e síndrome da fadiga crônica.

22 V. "Notas textuais" para a passagem riscada nos livros de Ford e omitida em 1735. Em sua carta a Motte (v. "Nota sobre o texto", p. 55), Ford escreveu: "Tenho total Respeito pela Memória da falecida Rainha, e sempre me agrada ver que outrem também o tenha; mas esse Parágrafo a respeito dela parece de tal modo irrelevante que não posso crer que tenha sido escrito pelo mesmo Autor. Espero que o senhor & seus amigos concordem em não o incluir na próxima edição. Pois é claramente falso, porque todo mundo sabe que a Rainha, durante todo seu longo Reinado, governou através de um ou outro Primeiro-Ministro. Tampouco sei de qualquer passagem em que o Autor se entregue à Bajulação, ou sequer dê mostras de ser mui favorável a qualquer Príncipe ou Ministro".
O mais provável é que essa passagem tenha sido omitida porque Motte não quis causar ofensa. Porém F. P. Lock argumenta que Motte imprimiu o manuscrito de Swift de modo fidedigno e que essa passagem representa uma crítica severa a Jorge I, e não Ana, tendo Swift feito a substituição após uma reflexão, por razões estilísticas (Lock [1980], pp. 83-5).

23 Anistia decretada por ocasião da restauração da monarquia na Inglaterra, em agosto de 1660, que perdoava quase todos os que haviam lutado contra o rei durante a Guerra Civil.

24 "Um tribunal de equidade e consciência, moderando o rigor de outros tribunais, que mais estreitamente se apegam à letra da lei..." (John Cowell, *The interpreter*, 1607).

25 No original, *Leader*. "Aquele que detém o comando de qualquer partido ou facção: como o detestável [Tho-

mas] Wharton [1648-1716], que era o *chefe* dos whigs. 'As decisões de um senado são subjugadas por três ou quatro *chefes*, orientadas a criar ou manter [seus] empregos' [Swift]" (Johnson, quarta acepção).

26 No original, *spleen* (literalmente "baço"): "Melancolia; vapores hipocondríacos" (Johnson, quarta acepção); mais ou menos equivalente à depressão.

27 No original, *Jack-Daw*, ave semelhante ao corvo "que é ensinada a imitar a voz humana" (Johnson).

28 Como observa Turner, a expressão evoca a descrição feita por John Locke do "conhecimento intuitivo" (*Ensaio sobre o entendimento humano*, livro 4, capítulo 2, seção 1); no sistema de Locke essa categoria é reservada às verdades matemáticas (tais como "três é mais do que dois") e verdades por definição (como "preto não é branco"); porém os Huyhnhnms a aplicam de modo bem mais amplo.

29 O paralelo mais próximo está no discurso de Xenofonte sobre os sentimentos de Sócrates (*Memoráveis* 1.1.11, como observa Turner), mas trata-se de uma posição eminentemente socrática (por exemplo, *Apologia* 29 D-E), sendo repetida com frequência na Antiguidade (*Antologia grega*, 11.50.5-6: "Com a Vida, e a moral, teus pensamentos ocupe;/ Deixe às escolas os átomos e seu vazio" (tradução de Samuel Johnson, *Rambler* nº 180).

30 No original, "*Jointures, Settlements*"; *jointure*, segundo Johnson, é "propriedade legada a uma esposa para que dela tenha usufruto após a morte do marido"; *settlement* é definido como "*jointure* concedida a uma esposa".

31 Por ser uma espécie de doce; do mesmo modo, Locke impediria as crianças de comerem frutas ou doces até o final da tarde (v. *Pensamentos sobre a educação*, obra que parece servir de modelo para muitos aspectos do regime de vida dos Houyhnhnms).

32 Tratamento dado a um parlamentar.

33 Uma forma de poesia clássica associada a Esparta, exemplificada de modo magnífico nas odes de Píndaro (v. Turner, pp. 364-5).

34 No sentido de gerenciamento de uma casa.

35 Ideal estoico, cuja expressão mais famosa está na déci-

ma sátira de Juvenal (especialmente no v. 356, "*mens sana in corpore sano*").

36 O dia 15 de fevereiro era 1714 pelo calendário juliano, no qual o ano-novo começava em 25 de março, e 1715 segundo o calendário gregoriano, que só foi adotado na Inglaterra em 1752.

37 Clark traduz literalmente: "(*Let*) *not ill* (*come*) *nigh* (*thee*), *my Yahoo!*" ("Que o mal não chegue perto de ti, meu Yahoo!") (p. 624).

38 Geógrafo holandês falecido em 1732; esteve em Londres em 1698; Case demonstra que Swift consultava Moll com atenção (p. 51), particularmente seu *New and correct map of the whole world* (1719).

39 Os portugueses participaram ao lado da Inglaterra na Grande Aliança durante a Guerra da Sucessão Espanhola (1701-13).

40 Entre essas duas palavras, na edição de 1726 havia algumas linhas em que o narrador dá a entender que o capitão se convenceu de que Gulliver dizia a verdade por conta de relatos que ele teria ouvido recentemente a respeito de criaturas que correspondiam à descrição feita por Gulliver dos Yahoos. Presumindo que a passagem tenha sido suprimida por questões de estilo, e que a decisão tenha partido de Swift, não a transcrevo aqui. V. Notas textuais.

41 "Tribunal estabelecido em alguns países sujeitos ao papa para a investigação de heresias" (Johnson, *inquisition*, quarta acepção).

42 "Uma erva chamada erva da graça, porque era usada para aspergir água benta. [...] 'A doninha, antes de ir ter com a serpente, protege-se comendo arruda'. *More's antidote against atheism*" ["Antídoto contra o ateísmo", obra de Henry More] (Johnson).

43 Há aqui um eco das palavras de Cristo nos Evangelhos e das advertências de são Paulo sobre a pureza dos comungantes (Turner).

44 As palavras enganosas de Sinon, encarregado pelos gregos de convencer os troianos de que os invasores haviam partido deixando como presente o cavalo de Troia: "E nem por ter a cruel Fortuna tornado Sinon

infeliz deverá ela fazê-lo também mentiroso e desonesto" (*Eneida* 2. 79-80).

45 Hernán Cortés (1485-1547), conquistador dos astecas.

46 Ele escoiceia para todos os lados, para defender-se (Horácio, *Sátiras* 2. 1. 20). Horácio descreve a reação de Augusto a panegíricos enviados pela pessoa errada na hora errada. Um amigo de Horácio, Trebácio, lhe sugerira escrever versos em louvor a Augusto em vez de sátiras, e todo o poema é uma defesa da vocação de Horácio para a sátira.

47 "A que distribui a cada um sua sentença ou direito" (Johnson).

Notas textuais

A despeito de serem apresentadas no formato tradicional de aparato crítico, a razão destas notas não é fornecer uma história completa desse texto muito conturbado. Elas registram principalmente alterações significativas de uma ou mais palavras feitas em relação ao texto-base (a primeira edição de 1726), informando suas fontes.* Também foram destacadas algumas diferenças significativas entre a primeira edição de 1726 e a edição Faulkner de 1735, esta o texto habitualmente preferido como base para as edições modernas de *As viagens de Gulliver* (ver "Nota sobre o texto"). Não houve preocupação alguma aqui em modernizar as passagens recusadas da primeira edição. Na maior parte dos casos, as diferenças mínimas entre as fontes de determinada edição não são ressaltadas: as cópias Forster e Morgan, por exemplo, não são destacadas e comparadas, a despeito de serem frequentes as variações entre elas. Em trechos registrados do texto-base foram empregadas elipses a fim de evitar repetições extensas.

ABREVIAÇÕES TEXTUAIS

26: Primeira edição, primeira tiragem (Teerink A) de *Travels into Several Remote Nations of the World*, 2 vols.,

* NOTA DO TRADUTOR: Nesta seção, foram suprimidas as notas que se referem a discrepâncias menores existentes entre as diferentes edições da obra.

(Motte), Londres, 1726 (exemplar Rothschild depositado na Wren Library, Trinity College, Cambridge).

26C: Terceira edição (Teerink B), publicada por Motte no final de 1726. A fonte para essas variantes é Williams (1941).

35: Vol. III de Swift, *Works* (George Faulkner), Dublin, 1735 (exemplar Rothschild depositado na Wren Library, Trinity College, Cambridge).

FF: Correções de Charles Ford num exemplar em folhas grandes, de 1726 (Teerink A), Forster Collection, National Art Reference Library, Victoria and Albert Museum, Londres.

FM: Correções de Charles Ford num exemplar em folhas grandes, de 1726 (Teerink A), Pierpoint Morgan Library, Nova York.

Ar: Correções de Swift em uma cópia ampliada de 1726 (Teerink A), Armagh Public Library, que no entanto foi surrupiada em dezembro de 1999. Baseio-me na edição fac-símile de Delmar (Nova York, Scholar's Facimiles & Reprints, 1976) e Woolley (1978).

MATERIAL PRELIMINAR

Advertência: Este parágrafo apareceu pela primeira vez em 1735.

Carta: Esta seção apareceu pela primeira vez em 1735.

Prancha 1, Mendendo: Erro; leia-se "Mildendo", *26, 35*.

PARTE TERCEIRA

pp. 287-8: Disse-lhe eu [...] significa *FF* / Disse-lhe eu que, se por acaso eu vivesse num Reino em que Tramas e Conspirações estivessem na Moda, por efeito da turbulência da Gente mais baixa, ou fossem utilizadas pelas Pessoas de Situação mais elevada, eu haveria de exaltar e incitar a estirpe dos Descobridores, Testemunhas, Informantes, Acusadores, Promotores, Depoentes e Juradores, juntamente com seus diversos Instrumentos subservientes e subalternos; e quando tivesse um Número suficiente deles, de todas as espécies e Capacidades, eu haveria de pô-los sob a suposta Autoridade e o Mando de Pessoas hábeis com poder suficiente para protegê-las e recompensá-las. Homens com tais Qualificações e Poderes talvez soubessem usar as Tramas de modo excelente e vantajoso, elevando seus próprios Caracteres e passando por Políticos mui sagazes, revigorando um Governo fraco, sufocando os Descontentes de modo geral; enchendo os Bolsos graças a Confiscos, e levantando ou baixando o Conceito do Crédito Público, conforme uma coisa ou a outra lhes proporcionasse Vantagem pessoal. Isso poderia ser feito decidindo-se entre eles que Suspeitos seriam acusados de uma Conspiração. Depois tomar-se-ia o Cuidado de obter todas as suas Cartas e Papéis, e pôr os Criminosos sob uma Guarda segura. Esses Papéis seriam entregues a Artífices mui hábeis em descobrir os Significados misteriosos de Palavras, Sílabas e Letras. Teriam eles licença de lhes dar a Interpretação que bem lhes aprouvesse, dando-lhes um Sentido que não apenas não tivesse nenhuma relação com elas, mas também que fosse de todo contrário à sua verdadeira Intenção e ao seu real Significado; assim, por exemplo, poderiam, se tal desejassem, interpretar uma *Peneira* como uma *Dama da Corte*, um *Cão manco* como um *Invasor*, a *Peste* como um *Exército Permanente*, um *Urubu* como um *Grão-Estadista*, a *Gota* como um *Alto Sacerdote*, um *Mijadeiro* como um *Conselho de Autoridades*, uma *Vassoura* como uma *Revolução*, uma *Ratoeira* como um *Emprego*, um *Poço sem Fundo* como um *Tesouro*, uma *Cloaca* como uma *Corte*, uma *Carapuça de Bobo* como um *Favorito*, um *Caniço quebrado* como um *Tribunal*, um *Barril vazio* como um *General*, uma *Ferida a supurar* como um *Governo*.

PORÉM, caso tal Método falhasse, poder-se-ia recorrer a outros mais eficazes, que os Doutos chamam de *Acrósticos* e *Anagramas*. Primeiro, encontrar-se-iam Homens de Habilidade e Sagacidade, sabedores de que todas as Iniciais têm Significados políticos. Assim, *N* significa 26

QUARTA PARTE

pp. 351-2: o que significavam [...] Decisões desse modo. *FM, FF, 35* / o que significavam a *Lei* e aqueles que dela cuidavam, por meio de cujas Práticas a Propriedade de uma Pessoa podia perder-se, ao invés de se preservar. Acrescentou ele não perceber o Motivo para haver a tal *Lei*, pois que todas as suas Intenções e Propósitos podem ser de todo atendidos em se seguindo os Ditames da *Natureza* e da *Razão*, os quais são Guias suficientes para um Animal Razoável, tais como pretendíamos ser, mostrando-nos o que deveríamos fazer, e o que deveríamos evitar. Assegurei a meu Senhor que a Lei era uma Ciência da qual eu não tinha muito Conhecimento, dela sabendo pouco mais do que havia aprendido ao contratar Advogados em vão, por conta de Injustiças de que fora vítima, e conversando com outros que, através do mesmo Método, primeiro perderam seus Bens, e depois abandonaram seu País, mortificados por tais desilusões, porém eu dar-lhe-ia as Informações que tinha para dar.

DISSE EU que aqueles que dessa Ciência faziam sua profissão multiplicavam-se muitíssimo, sendo quase tantos quanto as Lagartas em Número; que eram de diferentes Graus, Distinções e Denominações. Eram tantos os que se dedicavam a essa Profissão que a Vantagem e a Renda a que seus praticantes tinham direito não eram suficientes para manter de modo decente e apropriado as Multidões de seus Seguidores. Assim, julgou-se necessário suprir, por Artifícios e Astúcias, aquilo que não podia ser obtido por Métodos justos e honestos: para melhor atingir tal fim, um número grandíssimo de Homens desde jovens eram treinados na Arte de provar, por Palavras multiplicadas com tal fim, que o *Branco* é *Preto*, e o *Preto* é *Branco*, conforme quem os pagasse. A Grandeza da Confiança desses Homens e a Ousadia de suas Pretensões impuseram-se à Opinião do Vulgo, que de certo modo foi escravizado por eles, e fez com que caísse em suas Mãos a maior Parte da Clientela de sua Profissão. Esses Praticantes, chamavam-nos os Homens de Discernimento de *Rábulas* (isto é, os que *confundem*, ou melhor, *destroem o Direito*), e foi meu Infortúnio, tal como foi a Desgraça de meus Conhecidos sofredores, envolver-me somente com essa Espécie de Praticante da Profissão. Pedi a sua Excelência que compreendesse que a Descrição que eu tinha a apresentar, e a Ruína de que me queixara, a qual dizia respeito a esses Sequazes apenas, e o modo e os meios pelos quais os Infortúnios que experimentamos foram causados pela Atuação desses Homens, seriam mais fáceis de conceber se lhe fosse explicado o Método de Procedimento deles, o que não poderia ser feito de melhor maneira do que lhe fornecendo um Exemplo.

MEU Vizinho, disse eu, suponhamos, quer se apossar da minha *Vaca*, contrata um Advogado para provar que ele deveria tirá-la de mim. Tenho eu então de contratar um outro Advogado para defender meu Direito, sendo contra todas as Regras da *Lei* que um Homem tenha licença de falar por si próprio. Ora, nesse caso, eu, o verdadeiro Dono, vejo-me em condição de Inferioridade, por dois motivos. Em primeiro lugar, tendo meu Advogado, como já se disse, aprendido quase desde o Berço a defender a Falsidade, ele se vê fora de seu Elemento quando se trata de defender o Direito, uma Tarefa contra a sua Natureza que ele realiza com muita Incompetência, ou mesmo com má Vontade. Em segundo lugar, deve meu Advogado proceder com grande Cautela; pois, como o Sustento de tantos depende de que os Negócios sejam mantidos, caso ele aja de modo excessivamente sumário, se não cair em Desgraça entre os seus Superiores, certamente será odiado por seus Colegas, sendo considerado por eles alguém que desmerece a Prática da Lei. Assim sendo, restam-me apenas dois Métodos de conservar a minha *Vaca*. O primeiro é cativar o Advogado de meu Adversário pagando-lhe o dobro; pelo que se disse sobre a Maneira e o Propósito da Educação dos Advogados, é fácil compreender que ele será induzido a livrar-se de seu Cliente e fazer com que a Balança penda para o meu Lado. O segundo é que meu Advogado não insista na Justiça de minha Causa, concedendo que a *Vaca* pertence a meu Adversário; o que, se feito com Destreza e Astúcia, muito ajudará a obter um Veredicto favorável, tendo-se concluído, a partir da Observação cuidosa de Questões e Eventos, que a Parte errada, sendo servida por tais Praticantes, tem mais Possibilidades de Sucesso, mais especialmente se ocorre, como foi no meu Caso e no de meu Amigo, e pode ter ocorrido em Casos subsequentes, de a Pessoa nomeada para decidir todas as Controvérsias em torno de Propriedade, bem como o Julgamento de Criminosos, que deve ser escolhida entre os mais doutos e sábios dos de sua Profissão, ser, por Recomendação de um grande Favorito, ou Cortesã, escolhida entre os Sequazes mencionados acima, e assim, tendo no decorrer de todas as suas Vidas uma aversão à Verdade e à Equidade e à Lisura, como se movida por uma fatal Necessidade de favorecer a Fraude, a Duplicidade e a Opressão, e além disso, por efeito da Idade, Doença e Mau Humor, tendo se tornado preguiçosa, ociosa e desatenta, ficando assim quase incapaz de fazer qualquer coisa requerida pela Natureza de seu Trabalho, e o Dever de seu Cargo. Em tais Casos, é razoável supor-se que as Decisões e Determinações de Homens criados assim, e assim qualificados, serão favoráveis à Causa errada, pois não admira que os que tomam por Raciocínios as Arengas e o Barulho (desde que executados de modo acalorado, e prolongados com afinco), deduzam o peso da Argumentação a partir da veemência do Pleito.

É uma Máxima entre esses Homens, que tudo o que foi feito antes pode legalmente ser feito outra vez: e assim, cuidam eles sempre de registrar todas as Decisões tomadas outrora, mesmo as que, por Ignorância ou Corrupção, contradizem as Regras da Justiça comum e a Razão geral da Humanidade. Tais Decisões, sob o nome de *Jurisprudência*, são por eles mencionadas como Autoridades que justificam os Pareceres mais iníquos; e tão afortunados são através dessa Prática que ela raramente deixa de lhes lograr Decisões que correspondam a seus Intentos e suas Expectativas. *26*

p. 353: O Juiz primeiro [...] preservando estritamente *FF* / Pois se os que detêm o Poder, que bem sabem como escolher Instrumentos adequados a seus Propósitos, cuidam de recomendar e promover a partir dessa Facção uma Pessoa adequada, seu Método de Educação e sua Prática tornam fácil para ela, uma vez conhecida a Disposição de seu Protetor, sem Dificuldade ou Estudo, ou condenar ou absolver o Criminoso, e ao mesmo tempo preservar estritamente *26*

p. 354: quanto a todas [...] Saber, e *FM*, *FF*, 35: o Trabalho e o Estudo de sua Vocação e Profissão de tal modo lhes ocupavam totalmente os Pensamentos e o Tempo, que de nada mais cuidavam, e portanto em relação a todas as Questões que não as de seu Ofício, muitos deles eram de Ignorância e Estupidez tamanhas que era difícil encontrar em qualquer Profissão uma Geração de Homens mais desprezíveis numa Conversação comum, ou que eram considerados por tantos como Inimigos jurados de todo o Conhecimento e Saber *26*

p. 359: o Principal ou *Primeiro-Ministro de Estado*, a Pessoa que eu tencionava descrever, era uma Criatura *FM, FF* / nossa Governadora ou Rainha, não tendo Ambição a gratificar, Inclinação a satisfazer de estender seu Poder de modo a prejudicar seus Vizinhos, ou seus próprios Súditos, estava portanto tão longe de precisar de um Ministério corrupto para promover ou ocultar quaisquer Planos sinistros, que Ela não apenas conduz suas próprias Ações em prol do Bem de seu Povo, realiza-as através da Direção, e restringe-as segundo as Limitações das Leis de seu próprio País; como também submete a Conduta e as Ações daqueles a quem Ela confia a Administração de Seus Negócios ao Exame de Seu grande Conselho, e sujeita-os às Penalidades da Lei; e assim jamais confia de tal modo em nenhum de seus Súditos a ponto de lhe confiar a totalidade da Administração de seus Negócios: porém acrescentei que, em alguns Reinados anteriores, na *Inglaterra* e em muitas outras Cortes da *Europa*, onde os Príncipes se tornaram indolentes e descuidaram de seus próprios Negócios através da constante Dedicação ao Prazer, fez-se uso de um tal Administrador, tal como mencionei, com o Título de *Principal* ou *Primeiro-Ministro de Estado*, a Descrição do qual, até onde pode ser recolhida não apenas de seus Atos, mas também das Cartas, Memórias e Escritos por eles publicados, cuja Veracidade ainda não foi disputada, pode ser feita como se segue: ele é uma Pessoa *26*

p. 361: as verdadeiras Marcas do Sangue Nobre; e que uma Aparência saudável e robusta [...] todos os nossos Bens, de que não cabe Apelação. *FM, FF, 35* / marcas comuns de um *Grande Homem*; e uma Aparência saudável e robusta é tão vergonhosa num Homem de Qualidade que o Mundo todo conclui que o Pai verdadeiro há de ter sido um dos Inferiores da Família, especialmente quando se verifica que as Imperfeições de sua Mente são paralelas às de seu Corpo, e pouco mais são do que um composto de Melancolia, Apatia, Capricho, Sensualidade e Orgulho. *26*

p. 398: Veracidade. Porém *35* / Veracidade, mais ainda por me confessar ter ele conhecido um Capitão *Holandês*, que afirmava ter desembarcado com cinco de seus Homens numa certa Ilha ou Continente a *Sul* da *Nova Holanda*, onde foram buscar Água de beber, e viram um Cavalo conduzindo a sua frente alguns Animais que em tudo se assemelhavam aos que descrevi com o nome de *Yahoos*, e mais alguns Pormenores, que o Capitão afirmava ter esquecido; porque ele então concluiu que era tudo Mentira. Porém *26*

ABREVIAÇÕES

Johnson: Samuel Johnson, *Dictionary* (1755)
OED: *Oxford English Dictionary*, diversas edições, inclusive a versão on-line, http://dictionary.oed.com
Bailey: Nathan Bailey, *Dictionarium Britannicum* (1736)

Em muitas outras citações, utilizo o nome do autor (e por vezes a data) de uma obra que consta nas Indicações de leitura.

NOTAS ÀS ESTAMPAS 1 E 2

O retrato de Gulliver apareceu em três versões diferentes nas edições de 1726-7. Na segunda versão, um lema em latim foi acrescentado: *Compositum jus, fasque animi sanctosque recessus/ Mentis, et incoctum generoso pectus honesto* (Pérsio, *Sátiras* 2. 73-4). Vindo na conclusão de um poema sobre a vaidade das esperanças e desejos humanos, esses versos dizem que devemos rezar não por fama e fortuna, e sim por "o que é justo e certo disposto dentro da alma, e os sagrados recessos da mente, e um peito imbuído de honestidade generosa". A idade de Gulliver era a mesma de Swift quando as *Viagens* foram editadas pela primeira vez em 28 de outubro de 1726. Em 1735, aparece um novo retrato de Gulliver, com um outro lema: *Splendide Mendax*, "gloriosamente mentiroso/a", Horácio, *Odes* III. 11. A expressão refere-se a uma mulher virtuosa que se recusa a trair o marido para satisfazer os desejos de seu pai tirânico. Observou-se que este retrato, o frontispício do volume III da edição de Faulkner das obras reunidas de Swift, assemelha-se ao retrato do autor utilizado como frontispício de toda a edição (v. Rodino).

A folha de rosto da edição de 1735 inclui uma epígrafe latina de Lucrécio: *Retroq;/ Vulgus abhorret ab his* (*De rerum natura*, 4.19-20): O vulgo horroriza-se com essas coisas [por isso eu as apresento em versos encantadores].

Outras leituras

OBRAS DE SWIFT

The Correspondence of Jonathan Swift. Org. de Harold Williams. Clarendon Press, 1963-5, 5 vols.

The Correspondence of Jonathan Swift. Org. de David Woolley. Lang, 1999—.

The Drapier's Letters. Org. de Herbert Davis. Clarendon Press, 1935.

Gulliver's Travels. Org. de Paul Turner. Oxford University Press, 1971.

———. Org. de Harold Williams. Londres, First Edition Club, 1926.

Jonathan Swift: The Complete Poems. Org. de Pat Rogers. Penguin, 1983.

Journal to Stella. Org. de Harold Williams. Clarendon Press, 1948, 2 vols.

The Poems of Jonathan Swift. Org. de Harold Williams. 1937, 3 vols.; second edition, Clarendon Press, 1958.

The Prose Writings of Jonathan Swift. Org. de Herbert Davis. Blackwell, 1939-68, 14 vols.; *Gulliver's Travels* é o vol. 11, org. de Harold Williams.

A Tale of a Tub. Orgs. A. C. Guthkelch e D. Nichol Smith. 1920; 2ª ed., Clarendon Press, 1958.

Panfletos satíricos. Org., trad. e intr. de Leonardo Fróes, Rio de Janeiro, Topbooks, 1999.

BIOGRAFIA E CRÍTICA

Carnochan, W. B. *Lemuel Gulliver's Mirror for Man*. University of California Press, 1968.

Case, Arthur. *Four essays on Gulliver's Travels*. Princeton University Press, 1945.

Clark, Paul Odell. "A Gulliver Dictionary". *Studies in Philology*, 50 (1953), pp. 592-624.

Crane, R. S. "The Houyhnhnms, the Yahoos, and the History of Ideas" (1959). In Donoghue, Denis (org.). *Jonathan Swift: a critical anthology*. Penguin, 1971, pp. 363-84.

Donoghue, Denis. "The Brainwashing of Lemuel Gulliver". *The Southern Review*, 32 (1996), pp. 128-46.

———. *Jonathan Swift: a critical introduction*. Cambridge University Press, 1969.

Downie, J. A. "The political significance *of Gulliver's Travels*. In Irwin, John.; Real, Hermann J.; James Woolley (orgs.). *Swift and his contexts*. AMS Press, 1989, pp. 1-19.

Eddy, W. A. *Gulliver's Travels, a critical study*. Princeton University Press, 1923.

Ehrenpreis, Irvin. *Swift: the man, his works, and the age*. Methuen, 1958-83, 3 vols.

Elliott, Robert C. *The Literary Persona*. University of Chicago Press, 1982.

Erskine-Hill, Howard. *Jonathan Swift: Gulliver's Travels*. Cambridge University Press, 1993.

Glendinning, Victoria. *Jonathan Swift: a portrait*. Holt, 1999.

Higgins, Ian. *Swift's politics: a study in disaffection*. Cambridge University Press, 1994.

LeFanu, William. *A catalogue of books belonging to Dr. Jonathan Swift*. Cambridge Bibliographical Society, 1988.

Lock, F. P. *The politics of Gulliver's Travels*. Clarendon Press, 1980.

———. "The text of *Gulliver's Travels*". *Modern Language Review*, 76 (1981), pp. 513-33.

Mezciems, Jenny. "Swift's praise of Gulliver: some Renaissance background to the *Travels*. In Rawson, Claude (org.). *The character of Swift's satire*. University of Delaware Press, 1983, pp. 245-81.

Nokes, David. *Jonathan Swift, a hypocrite reversed: a critical biography.* Oxford University Press, 1985.

Nutall, A. D. Gulliver among the Horses. *Yearbook of English Studies*, 18 (1988), pp. 51-67.

Orwell, George. "Politics vs. Literature: an examination of *Gulliver's Travels*" (1946). In Donoghue, Denis (org.). *Jonathan Swift: a critical anthology.* Penguin, 1971, pp. 342-60.

Rawson, Claude. *God, Gulliver and Genocide: barbarism and the European imagination 1492-1945.* Oxford University Press, 2001.

———. "Gulliver and others: reflections on Swift's I Narrators". In *Swift, the Enigmatic Dean.* Stauffenburg Verlag, 1998, pp. 231-46.

———. *Gulliver and the gentle reader.* Routledge and Kegan Paul, 1973.

Reilly, Edward J. (org.). *Approaches to teaching Swift's Gulliver's Travels.* Modern Language Association of America, 1988.

Rodino, Richard. "'Splendide Mendax': authors, characters, and readers in *Gulliver's Travels*". *PMLA*, 106 (1991), pp. 1054-70.

Seidel, Michael. "*Gulliver's Travels* and the contracts of fiction". *The Cambridge Companion to the Eighteenth-Century Novel.* Cambridge University Press, 1996, pp. 72-89.

Smith, Frederik N. (org.). *The genres of Gulliver's Travels.* University of Delaware Press, 1990.

Teerink, H. — Scouten, Arthur H. *A bibliography of the writings of Jonathan Swift.* University of Pennsylvania Press, 1963, 2ª ed.

Treadwell, Michael, "Benjamin Motte, Andrew Tooke and *Gulliver's Travels*". In Real, Hermann J.; Vienken, Heinz J. *Proceedings of the First Münster Symposium on Jonathan Swift.* Wilhelm Fink Verlag, 1985, pp. 287-304.

Williams, Harold, *The text of Gulliver's Travels.* Cambridge University Press, 1952.

Woolley, David, "'About ten days ago...'". In Freiburg, Rudolf;

Löffler, Arno; Zach, Wolfgang (orgs.). *Swift: the enigmatic dean, Festschrift for Hermann Josef Real*. Stauffenburg Verlag, 1998, pp. 291-302.

———. "Swift's copy of *Gulliver's Travels*". In Probyn, Clive T. (org.). *The art of Jonathan Swift*. Vision Press, 1978, pp. 163-5.

1ª EDIÇÃO [2010] 5 reimpressões

Esta obra foi composta em Sabon e impressa em ofsete
pela Geográfica sobre papel Pólen Soft da Suzano S.A.
para a Editora Schwarcz em agosto de 2021

FSC
www.fsc.org
MISTO
Papel produzido
a partir de
fontes responsáveis
FSC® C019498

A marca FSC® é a garantia de que a madeira utilizada na fabricação do papel deste livro provém de florestas que foram gerenciadas de maneira ambientalmente correta, socialmente justa e economicamente viável, além de outras fontes de origem controlada.